DIE BIBLIOTHEKARIN AUS DER CROOKED LANE

DIE GLASS-BIBLIOTHEK, BAND 1

C.J. ARCHER

Übersetzt von

SIMONE HELLER

HTTPS://CJARCHER.COM

Die Bibliothekarin aus der Crooked Lane, Die Glass-Bibliothek, Band 1
Originaltitel: The Librarian of Crooked Lane © 2022 C.J. Archer

Aus dem Englischen übersetzt von Simone Heller
© 2025

KAPITEL 1

LONDON, FRÜHLING 1920

Die Frau, die in der Nähe meiner Füße unter dem Schreibtisch hockte, gab ein wenig damenhaftes herablassendes Schnauben von sich.

Ich wurde reglos. Ich wagte es nicht, sie mit einem Stoß meines Stiefels dazu zu bringen, still zu bleiben, weil ich Angst hatte, dass es Mr. Parmiter, dem leitenden Bibliothekar, auffallen würde. Beim Geräusch des Schnaubens drehte er sich um und musterte mich ein weiteres Mal genau. Er hatte so eine Art, mir das Gefühl zu geben, ich wäre ein Staubkorn unter einem Mikroskop. Vor wenigen Augenblicken hatte er beide Handflächen auf den Schreibtisch gepresst, sich vorgebeugt, bis sein Gesicht sehr nah an meinem war, und mich mit der ganzen Härte eines Detektivs inspiziert, der nach Beweisen an einem Tatort suchte.

Tatsächlich war es zu Mr. Parmiters ursprünglicher Musterung gekommen, weil er mich eines Verbrechens verdächtigte. Des Verbrechens, dass ich geschminkt war. Laut der Bibliothek-Charta, die ich nie zu Gesicht bekommen hatte, war es den weiblichen Angestellten verboten, auch nur so etwas wie einen Hauch Farbe auf ihren Wangen anzufügen. Obwohl ich sicher war, dass es diese Regel nie gegeben hatte, da ich die erste weibliche Angestellte war, stellte ich ihn nicht infrage. Ich setzte ihn einfach davon in Kenntnis, dass ich nicht geschminkt war. Er hatte geschnieft, als würde er versuchen, meine Lüge zu erschnüffeln, und sich dann abgewandt.

Bis Daisy losgelegt und geschnaubt hatte wie ein Bulle vor dem roten Tuch.

Mr. Parmiter musterte mich erneut, aber diesmal stellte er sich einen Meter vom Schreibtisch entfernt auf. „Geht es Ihnen nicht gut, Miss Ashe?"

„Doch", sagte ich. „Ich habe mich nur geräuspert."

Diese winzigen Äuglein verengten sich weiter. Er leckte sich mit einem echsenartigen Vorschnellen der Zunge über die Lippen, befeuchtete den darüber hängenden grauen Schnurrbart. Es hätte mich nicht überrascht, hätte er über den Tisch gegriffen, um meine Stirn zu berühren und sie auf Fieber zu prüfen, aber die Angst, mir zu nahe zu kommen, hielt ihn zurück. Das konnte ich ihm nicht zum Vorwurf machen. Die Spanische Grippe hatte kürzlich schrecklich gewütet, und wir waren alle besorgt, dass sie zurückkehren würde.

„Sie sollten nach Hause gehen, wenn es Ihnen nicht gut geht", sagte er.

„Ich fühle mich gut."

Er wedelte mit der Hand vor meinem Gesicht. „Und dieses ekelhafte Zeug entfernen. Das hier ist eine respektable Einrichtung, wo gebildete Gentleman herkommen, um in Ruhe zu studieren. Attraktive Frauen sind eine Ablenkung. Wäre es nach mir gegangen, hätte ich jemanden wie Sie gar nicht eingestellt, aber es musste eben sein." Diesen letzten Satz murmelte er, während er ging.

Zum Glück gab Daisy kein weiteres Schnauben von sich. Sie war vermutlich zu schockiert und wütend, um zu sprechen. Ich war genauso wütend, aber nicht schockiert. In den beiden Monaten, seit ich die Stellung als Hilfsbibliothekarin bei der Bibliothek der London Philosophical Society angenommen hatte, war ich Mr. Parmiters Misogynie regelmäßig ausgesetzt gewesen. Er warf jungen Frauen einfach jedes Übel vor, das ihm je geschehen war – oder der Welt allgemein. Ich war sicher, er könnte eine Möglichkeit finden, uns den Krieg vorzuwerfen, wenn er sich bemühte.

„Es ist sicher", flüsterte ich.

Daisy kroch unter der Fußstütze des Schreibtisches heraus und warf einen empörten Blick in die Richtung, in die Mr. Parmiter gegangen war. Sie hatte ihn nicht gehen sehen; es war der einzige Ausgang aus der Lesenische. Ich nutzte den leeren Schreibtisch, um ein paar alte Bücher nach Spuren der Reparaturbedürftigkeit zu untersuchen. Versteckt oben im ersten Stock, zwischen den Buchregalen, war es der perfekte Ort, um in Ruhe zu recherchieren – oder sich vor dem Vorgesetzten zu verstecken, während man mit einer Freundin plauderte, die überhaupt nicht in der Bibliothek sein sollte. Daisy war kein Mitglied der London Philosophical Society. Sie war überhaupt nicht philosophisch, nicht einmal, wenn sie zu viele Cocktails getrunken hatte. Und eine betrunkene Daisy war eine kichernde Daisy, nicht schrecklich anders als die nüchterne Daisy.

Doch sie kicherte nicht, als sie sich jetzt auf die Kante des Schreibtisches setzte und mich mit einem Stirnrunzeln betrachtete. „Was hat er damit gemeint, als er gesagt hat, er hätte jemanden wie dich nicht eingestellt, aber es musste eben sein?"

Ich balancierte ein Buch über Pragmatismus auf beiden Händen, dann schloss ich es mit einem zufriedenstellenden Geräusch seiner dicken Seiten und des schweren Ledereinbands. Der Geruch nach altem Papier trieb herauf, sodass Daisy sich eine Hand über die Nase legte. Ich atmete den Geruch tief in die Lunge ein. „Es gab keine weiteren passenden Bewerber auf die Stelle als Hilfsbibliothekar", erklärte ich ihr. „Er musste sich dazu herablassen, jemand *Weiblichen* einzustellen." Ich verdrehte die Augen und lachte sarkastisch.

„Wirklich? Wo doch die ganzen zurückgekehrten Soldaten nach Arbeit suchen?"

„Es gab weitere Bewerber, aber laut Mr. Parmiter waren keine geeignet. Es waren drei andere tatsächlich da, alle vom Krieg zurückgekehrt. Einer war auf einem Auge blind, dem anderen fehlte ein Bein, und der dritte hatte kaputte Nerven, sodass er bei jedem lauten Geräusch zusammenfuhr. Mr. Parmiter behauptete, er könne sie nicht einstellen, weil sie eine beunruhigende Erinnerung an den Krieg wären und die Mitglieder der Society verstören würden."

„Das hat er wirklich gesagt?"

Ich nickte.

„Nach allem, was diese armen Seelen durchgemacht haben, und jetzt müssen sie sich auch noch von Leuten wie Tugendbold Parmiter verwöhnen lassen. Und dass er nahelegt, du wärst nur attraktiv, wenn du geschminkt bist! Der hat vielleicht Nerven." Die Hitze, mit der sie das aussprach, war genauso heftig wie bei ihrer Verteidigung der Kriegsheimkehrer. Für Daisy waren die beiden Fehleinschätzungen gleichwertig schrecklich. „Du bist hübsch, Sylvia, und lass dir von einem verstaubten alten Langweiler wie ihm nichts anderes einreden."

Ich dankte ihr für das Kompliment, aber um ganz ehrlich zu sein, ich war keine Schönheit. Nicht wie Daisy mit ihren blauen Augen und dem erdbeerblonden Haar, das zu einem welligen Bob geschnitten war, der ihr Gesicht rahmte. Der Stil war sehr modern, aber in den paar kurzen Monaten, seit ich sie kannte, war ich zu dem Schluss gekommen, dass Daisy den Trends folgte wie der Winter dem Herbst – unvermeidlich. Sie ließ sich nie lange auf etwas ein, bevor sie zum nächsten Ding weiterzog, das ihren Blick einfing. Ihr Verlangen danach, Neues auszuprobieren, war verständlich. Ich machte ihr nicht zum Vorwurf, dass sie die schwere Decke abschüttelte, die das Land nach vier Jahren Krieg und weiteren eineinhalb Jahren Grippe umhüllte. Manchmal hatte die Düsternis gewirkt, als würde sie niemals enden. Aber trotz ihrer persönlichen Verluste waren manche Leute bereit, weiterzuziehen. Daisy *musste* mit ihrem Leben vorwärtsgehen.

Ich war noch nicht ganz an diesem Punkt angelangt.

„Wo ich schon von verstaubt spreche ..." Daisy rümpfte die Nase, während sie das Buch wegschob, das ich nach Schäden hatte untersuchen wollen. Eine der Seiten hatte sich gelöst, und die Ecken einiger anderen waren umgebogen, um als Lesezeichen zu dienen. Die dünne Staubschicht darauf störte Daisy mehr.

Es lag schon eine ganze Weile auf dem Schreibtisch und wartete auf eine Bibliothekarin, die sich darum kümmerte. Vor Jahren hatte jemand all die Bücher in der Bibliothek gesammelt, die aussahen, als müsse man sie für Reparaturen wegschicken, und sie auf diesem Schreibtisch in der entlegensten Lesenische des Gebäudes gestapelt. Dann war der Krieg ausgebrochen, der Hilfsbibliothekar war auf den Schlachtfeldern Frankreichs gefallen, und niemand war an seiner statt angestellt worden, bis ich im März mit der Arbeit begonnen hatte. Es war nicht leicht, die Schuhe eines Toten zu füllen, besonders wenn Mr. Parmiter klarstellte, dass mein Geschlecht bedeutete, meine Arbeit wäre der meines Vorgängers unterlegen, aber ich genoss es, wenn er mich nicht nervte.

Es war still. Wenige Mitglieder besuchten die Bibliothek, und wenn sie es taten, sprachen sie lieber mit Mr. Parmiter als mit mir. Die Stelle wurde nicht sonderlich gut bezahlt, aber ich konnte zu Fuß zur Arbeit gehen, um mir die Transportkosten zu sparen. Ich konnte außerdem mit Daisy plaudern, wenn sie nicht in ihrer Wohnung war und malte – was die meisten Nachmittage der Fall zu sein schien – und wenn sie sich nicht vor Mr. Parameter versteckte, der heraufkam, um von Zeit zu Zeit nach mir zu sehen.

Daisy beobachtete mich, wie ich sanft das Buch öffnete, das sie weggeschoben hatte. „Wenn du schon in einer Bibliothek arbeiten musst, weshalb nicht in einer modernen mit Romanen?"

„Da all die Soldaten zurückkehren und ihre vormaligen Anstellungen wieder einnehmen, gibt es wenige Stellen für Frauen. Ich hatte Glück, dass ich diese bekommen habe."

Sie seufzte. „Wie schade auch, dass du überhaupt arbeiten musst."

Ich schaute auf und runzelte die Stirn. Sie blickte mitfühlend zu mir zurück. „Musst du das nicht?", fragte ich.

„Ach, schon, aber wir Künstler haben keinen Terminplan wie normale Leute. Wir arbeiten, wenn die Muse uns trifft. Außerdem wurde mir ein wenig Geld von meinen Großeltern hinterlassen. Das füttert mich durch."

Es war das erste Mal, dass sie ein Erbe erwähnte. Daisys Eltern wohnten in Wiltshire und hießen es nicht gut, dass ihr mittleres Kind nach London gezogen war. Sie hatte eine ältere Schwester, die ihren Mann im Krieg verloren hatte, und einen jüngeren Bruder, der sich verpflichtet hatte, als er 1918 achtzehn geworden war. Zum Glück hatte er überlebt.

„Ich arbeite tatsächlich gerne", sagte ich und meinte es auch ernst.

Ob mir Daisy glaubte oder nicht, fand ich nie heraus. Sie wurde von einer Zeitung abgelenkt, die auf einem kleinen Tisch neben einem Sessel abgelegt worden war. Sie ließ sich in den Sessel fallen und begann zu lesen.

Ich setzte mich auch hin und machte mir Notizen über die Schäden an den Büchern, sortierte sie in unterschiedliche Stapel je nach der Art der Reparaturen, die benötigt wurden. Die vielen Seiten mit Eselsohren glättete ich und streifte sie mit dem Daumen aus. Es war eine leichte und entspannende Tätigkeit. Obwohl die Themen mich nicht besonders interessierten, war es zufriedenstellend, zu wissen, dass diese Bücher abermals gelesen werden und von den Mitgliedern der Society geschätzt werden würden, meinen heutigen Bemühungen zum Dank.

„Hier ist der Leitartikel", murmelte Daisy in ihrem Sessel. Sie faltete die Zeitung in die Hälfte und drehte sie, um mir zu zeigen, was sie gelesen hatte. Aus der Ferne konnte ich allerdings nicht viel erkennen, nur einen dunkelhaarigen Mann, der auf dem Deck einer Jacht stand. „Gut aussehend, reich, Erbe eines Titels und ein Kriegsheld. So viele Tugenden in nur einem Mann."

„Keines davon ist eine Tugend, Daisy, außer vielleicht, ein Kriegsheld zu sein. Er könnte selbstbezogen und eitel sein, nach allem, was wir wissen."

„Du bist so unromantisch, Sylvia."

Ich hob das Buch über Pragmatismus auf und wedelte damit vor ihr. „Vielleicht habe ich zu lange hier gearbeitet." Ich lächelte, doch sie nahm mich beim Wort.

„Ich freue mich, dass du endlich zustimmst."

„Ich habe mich auf diesen Titel bezogen. Ich bin erst seit zwei Monaten hier."

„Lang genug." Sie schaute sich um, besorgt, dass man unsere Unterhaltung mithören könnte. „Wäre ich nicht, würden sich deine Tage in die Länge ziehen."

Ich lachte. Daisys unfehlbare Selbstsicherheit hatte mich für sie gewonnen, als wir uns begegnet waren. Hätte ich sie in

Flaschen füllen können, würde ich einen Schluck nehmen, wann immer ich spürte, wie meine eigene Selbstsicherheit nachließ.

Sie musterte erneut den Zeitungsartikel. „Ich frage mich, ob er verheiratet ist." „Falls nicht, wird er es bald sein. Ein solches Leuchtfeuer der Tugend wird nicht lange allein bleiben. Die unverheirateten Frauen von England lassen das nicht zu." Eine der traurigsten Folgen des Krieges war, dass er die jungen Männer geraubt hatte. Jetzt, da wir aus dem Nebel wieder auftauchten, bedauerten die Frauen in meinem Alter den Mangel an verfügbaren Junggesellen.

Ich war keine von ihnen. Ich war immer noch vom Nebel umfangen. Ich hatte im Krieg nicht nur meinem Bruder verloren, sondern auch meine Mutter hatte die Grippepandemie dahingerafft, die so viele im Nachhall des Krieges erwischt hatte. Sie waren meine einzige Familie gewesen. Ich hatte auch Freunde zurückgelassen, als ich nach London gezogen war. Nicht, dass ich viele Freunde zu verlieren hatte. Wir waren zu oft umgezogen, als dass ich irgendwo tief Wurzeln geschlagen hätte.

Aber ich war entschlossen, es in London zu schaffen. In den zweieinhalb Monaten seit meiner Ankunft hatte ich mich mit Daisy angefreundet und eine bezahlte Stelle gefunden. Es war eine Grundlage, auf der ich aufbauen konnte, um mir zu helfen, aus dem Nebel zu steigen, früher oder später.

„Was hat denn das Leuchtfeuer der Tugend getan, dass es gerechtfertigt ist, einen Artikel über ihn zu schreiben?", fragte ich.

„Er hat versucht, einen Fischer und seinen jugendlichen Sohn zu retten, während er vor der Küste der Isle of Wight gesegelt ist. Offensichtlich hat er gesehen, wie ihr Boot kenterte, und hat nicht gezögert, sich hinein zu stürzen und ein eigenes Leben aufs Spiel zu setzen, um sie zu retten. Sie waren unter Wasser in ihr Netz verstrickt, und er musste sie daraus freischneiden. Der Sohn überlebte, doch der Vater nicht."

„Wie schrecklich."

„In dem Artikel steht, es wäre ein Wunder, dass Mr. Glass nicht auch ertrunken ist. Dann listet er weiterhin alle Ehrenabzeichen auf, die er im Krieg bekommen hat. Gütiger Gott."

Ich spähte ihr über die Schulter. „Was denn?"

„Er meldete sich zu Beginn des Krieges freiwillig und hat die ganzen vier Jahre an der Front überlebt. Er war bei jeder größeren Schlacht dabei, und er wurde nicht einmal ernsthaft verletzt."

„Dann kann er doch nicht bei jeder größeren Schlacht während der ganzen Kriegszeit dabei gewesen sein. Außerdem hätte man dem Erben eines Titels etwas Sicheres zu tun gegeben, weit entfernt vom Feind."

„Nicht laut dem hier. Gallipoli, die Somme, Ypres, Amiens … Er hat in allen gekämpft. Seine Eltern standen bestimmt neben sich vor Sorge. Hier steht, er wäre das einzige Kind von Lord und Lady Rycroft."

Ich las über ihre Schulter mit. „Mr. Gabriel Glass, Baron und Baroness von Rycroft. Lady Rycroft ist die berühmte Magierin India Glass, geborene Steele."

„Wo kann ein Mädchen denn solch einen Mann treffen?"

„Offensichtlich auf der Isle of Wight." Ich kehrte zum Schreibtisch zurück, aber anstatt ein Buch zu nehmen, starrte ich aus dem Fenster. Die Aussicht war nicht interessant, nur die dunkelgrauen Gebäude gegenüber und eine dünne Schicht bewölkter Himmel über der Dachlinie. Mir fiel kaum etwas davon auf. Meine Gedanken waren anderswo. „Daisy, bedeutet der Name India Glass dir irgendwas?"

Sie schüttelte den Kopf. „Nein, aber ich bin keine Magierin, und ich kann es mir auch nicht leisten, magische Gegenstände zu kaufen. Ich versuche, von diesem Erbe lange was zu haben, und ich muss erst noch ein Gemälde verkaufen."

„Steht in dem Artikel sonst irgendetwas über sie?"

„Nur dass sie es aufgegeben hat, die Uhrmachermagie auszuüben, um Lord Rycroft zu heiraten, und jahrelang eine Beraterin für die Regierung zur Gesetzgebung rund um Magier war. Warum? Hast du von ihr gehört?"

„Bei dem Namen klingelt es." Ich konnte mich nur nicht erinnern, weshalb. Die Erinnerung war irgendwo in meinen Gedanken, nur außerhalb meiner Reichweite, vergraben im Nebel.

* * *

ICH LEGTE mich auf das schmale Bett in dem Raum, den ich in der Pension gemietet hatte, und starrte auf den Wasserfleck an der Decke. Ich fühlte mich müde, doch ich kämpfte dagegen an, watete durch den Nebel, während ich nach dem Namen suchte.

India Glass.

Wo hatte ich ihn gesehen? Ich wusste, ich hatte ihn gesehen, nicht gehört. Das bedeutete, er war in einem Brief oder Artikel aufgetaucht, aber ich las kaum je die Zeitung, also war es wohl ein privates Schreiben gewesen. Es gab nur eine Person, die mir je geschrieben hatte. Eine Person, deren Briefe ich aufgehoben hatte.

Ich schob den Stuhl zu meinem Schrank und stellte mich darauf, ging auf die Zehenspitzen, um mich zu strecken, und fluchte auf meine kleine Statur. Zum Glück war der Koffer leicht. Ich schaffte es, ihn zu nehmen, ohne das ganze Ding auf meinen Kopf fallen zu lassen. Es war ein Kinderkoffer aus beigem Leder, klein genug für ein junges Mädchen, um ihn durchs Land zu ziehen. Und ich hatte ihn gezogen. Häufige Umzüge wurden von den Kratzern und dem Fleckenmuster aus Beulen bezeugt. Ich öffnete ihn auf dem Bett und starrte auf die übrigen Reste der Leben meiner Mutter und meines Bruders hinab.

Ich hatte ihren Lieblingsschal aufgehoben, aus smaragdgrüner Seide mit japanischen Motiven, die überall darauf gestickt waren, und genauso einen einfachen Silberring, zwei Emaillehaarkämme und ein paar alte Fotos von James und mir als Kinder. James' Habseligkeiten waren genauso karg. Ich hatte keinen Sinn darin gesehen, seine alten Kleider mitzunehmen, also hatte ich sie verkauft, bevor ich nach London aufgebrochen war. Ich hatte das Geld gebraucht. Seine Taschenuhr hatte ich zur Seite gelegt, seine Kriegsmedaille und ein Notizbuch. Ich holte die zwei Pakete mit Briefen heraus, beide mit einer Schnur verschnürt. Ein Paket war dick und enthielt Dutzende von Briefen, die von meiner Mutter und mir an James geschrieben worden waren. Er hatte sie alle behalten, und sie waren nach dem Tod an uns zurückgeschickt worden. Das andere Paket enthielt die Briefe, die er uns geschickt hatte. Ich löste die Schnur und strich leicht über den obersten Umschlag.

Der Anblick seiner ordentlichen, präzisen Handschrift ließ einen heftigen Schmerz in meiner Brust aufkommen.

Ich las jeden Brief, fand aber keinen Hinweis auf India Glass. Vielleicht erinnerte ich mich falsch und hatte den Namen sonst wo gesehen. Ich band die Schnur wieder fest, und mit einem tiefen Seufzen packte ich die Briefe zurück in den Koffer, eingeklemmt zwischen dem Notizbuch und der Rückseite.

Ich nahm das Notizbuch und klappte es auf. Es war lange Zeit bei James gewesen. Der Lederumschlag war zerkratzt und verblichen, nicht mehr sein ursprüngliches Waldgrün, sondern eher die Farbe einer schlammigen Pfütze. Die Seiten waren verknittert, weil sie feucht geworden und wieder getrocknet waren, sodass das ganze Buch dicker wurde, als es im Neuzustand gewesen wäre. Die schmutzigen Fingerabdrücke meines Bruders erschienen auf fast jeder Seite, und das einst weiße Papier war inzwischen braun vom Schlamm der Westfront. Ich hatte das Notizbuch von einem Ende zum anderen gelesen, nachdem es uns zurückgegeben worden war, bevor ich es mit seinen anderen Habseligkeiten in dem Koffer verstaut hatte. Da Mutter krank geworden und gestorben war, und ich mich dann selbst mit der Grippe angesteckt hatte, hatte ich es vergessen und seither nicht mehr angesehen. Es war damals schmerzhaft gewesen, James' Worte zu lesen, so bald, nachdem wir ihn verloren hatten. Es war jetzt immer noch schmerzhaft, aber der ursprüngliche scharfe Schmerz war zu einem Pochen gedämpft, während ich mich auf meiner Suche nach dem Namen verirrte.

India Glass.

Ich musterte die Seiten, wollte nicht jedes Wort lesen. Das würde den Schmerz in meiner Brust nur wieder anschwellen lassen. Die Seiten waren mit James' Gedanken gefüllt, manche bildeten ganze Sätze, andere nur Fragmente von Ideen, in der Form eines einzelnen Wortes oder einer Skizze. Er war ein guter Künstler gewesen.

Fast ganz am Ende fand ich den Namen. Es war in einer eigenen Zeile und bildete keinen Teil eines Satzes. Es waren nur diese zwei Worte, India Glass, von denen ich gedacht hatte, dort würde „Indisches Glas" stehen, als ich sie zum ersten Mal gelesen hatte. Vielleicht in Bezug auf eine Vase oder ein

Schmuckstück. Ich hatte mich nicht gefragt, weshalb mein Bruder sich Notizen über Glas in einem Land gemacht haben sollte, in dem er nie gewesen war, aber damals war ich zu sehr von Trauer erfasst gewesen, um klar über irgendetwas nachzudenken.

Das Wissen, dass die Worte tatsächlich ein Name waren, gab den Notizen darüber und darunter eine neue Bedeutung. Als ich sie zum ersten Mal gelesen hatte, war ich schockiert gewesen, zu erfahren, dass mein Bruder dachte, er sei ein Silberschmiedmagier, einfach, weil er silberne Dinge mochte. Wer mochte denn keine silbernen Dinge? Ich war schon Schmuck zugeneigt, der in Silber eingelegt war, aber Gold war mir lieber. Ich besaß keines von beiden, wenn ich den Silberring meiner Mutter nicht zählte. Magie konnte doch unmöglich in unserem Blut liegen. Wir waren unauffällig. Meine Mutter war eine Näherin gewesen, James ein Lehrer, und ich hatte Artikel für etliche Lokalzeitungen und Zeitschriften geschrieben, bevor die Arbeit ausgeblieben war, als die Soldaten in großer Anzahl zurückkehrten. Journalistinnen wurden erneut die Bereiche mit Kochen, Hausarbeit und Mode zugewiesen, und keines davon war ein Thema, in dem ich für mich Expertise oder Flair beanspruchen konnte. Die Ashes waren keine Handwerker. Wir waren einfach nur eine Familie mit verstreuten Interessen.

Ich kämpfte gegen die Tränen, als ich Mutters Ring aus dem Koffer nahm und ihn auf meinen Finger schob. Er passte auf den Mittelfinger. Er war einfach, unverziert und dünn, überhaupt kein besonderer Gegenstand. Ich spürte nichts, als ich ihn berührte. Hätte ich nicht etwas spüren sollen, wenn er Silbermagie in sich trug? Oder spürten nur andere Magier Magie?

Ich wusste nicht, wie es lief. Ich konnte mir keine Dinge leisten, die von Magiern geschaffen waren, darum hatte ich mir nie die Mühe gemacht, etwas über Magie herauszufinden.

Ich kehrte zu dem Notizbuch zurück. Laut James' Notizen hatte er Mutter nach Silbermagie gefragt, und sie hatte ihm gesagt, er würde sich irren und solle es nicht wieder erwähnen.

Unter den Namen India Glass hatte er das Wort „Antworten" geschrieben, gefolgt von einem Fragezeichen. Antworten auf was? Auf die Frage, ob die

Familie Ashe Silbermagie wirken konnte?

Ich schloss das Buch und stellte es zusammen mit dem Koffer zurück auf den Platz über dem Schrank. Ich schlief ein und dachte nicht mehr an India Glass, Silbermagie oder meinen Bruder, bis ich am folgenden Morgen in die Lesenische im ersten Stock der Bibliothek zurückkehrte und die Zeitung sah, die Daisy gelesen hatte.

„Kriegsheld rettet Jungen in wundersamem Unterwassereinsatz", stand in der reißerischen Schlagzeile.

Das Bild des mutigen Retters starrte zurück in die Kamera. Gabriel Glass wirkte ein wenig genervt von der Aufmerksamkeit, als wolle er den Reportern zurufen, sie sollen ihn in Ruhe lassen. Als ehemalige Journalistin hatte man mir viele Male gesagt, ich solle gehen. Mir fehlte das Selbstvertrauen, beharrlich zu bleiben, wo meine Kollegen durchgehalten hatten. Das war vielleicht der Grund, weshalb ich eine der ersten Frauen gewesen war, die ihre Anstellung verloren hatten, als die Journalisten, die zu Soldaten geworden waren, aus dem Krieg heimgekehrt waren.

Ich legte die Zeitung in die Schreibtischschublade und arbeitete, bis Daisy sich in die Bibliothek schlich. Als sie sich mit einem dramatischen gelangweilten Seufzen in den Sessel warf, reichte ich sie ihr.

Sie runzelte die Stirn. „Willst du mir etwas sagen?"

„Ich muss seine Mutter treffen, India Glass – Lady Rycroft."

Sie richtete sich gerade auf. „Wenn du glaubst, der Weg zu einem Mann führt über seine Mutter, dann weißt du sogar weniger über Männer, als ich gedacht habe."

Ich fuhr zurück. „Ich weiß so viel über Männer wie du, Daisy."

Sie kämpfte mit einem Lächeln. „Liebe, süße Sylvia, hast du mehr als ein ‚Guten Nachmittag' mit einem alleinstehenden Mann gewechselt, seit du in London eingetroffen bist?" Ich öffnete den Mund, um ihr zu antworten, aber sie hob einen Finger, um mich aufzuhalten. „Tugendbold Parmiter zählt nicht."

Ich schnappte ihr die Zeitung weg. „Ich bin nicht daran interessiert, Gabriel Glass zu treffen. Ich bin an seiner Mutter interessiert."

„Lady Rycroft? Warum?"

Schritte erklangen auf der Treppe und schnitten meine Antwort ab. „Mist. Versteck dich, Daisy, rasch." Sie tauchte in den Hohlraum unter dem Schreibtisch, zog die Beine an den Körper. Ich stellte mich hinter den Schreibtisch, verstellte die Sicht auf den Hohlraum, so gut ich konnte, falls Mr. Parmiter beschloss, auf meine Seite herum zu kommen.

Ich lächelte und gab vor, zuzuhören, als der leitende Bibliothekar sich über ein bestimmtes Mitglied beschwerte, das ein Buch nicht zurückgegeben hatte, das inzwischen schon überfällig war. Ich dachte eigentlich über die Behauptung meines Bruders nach, dass er ein Silbermagier sein könnte, und über die Leugnung unserer Mutter. Obwohl ich meiner Mutter zustimmte, fühlte es sich an, als würde ich es James' Andenken schulden, es herauszufinden, ein für alle Mal. Wenn er glaubte, India Glass könnte Antworten bieten, dann würde ich alles tun, was ich konnte, um mit ihr zu sprechen.

Doch erst musste ich sie finden.

KAPITEL 2

$\mathcal{N}$achdem Mr. Parmiter gegangen war und Daisy abermals unter dem Schreibtisch hervorkroch, erzählte ich ihr vom Notizbuch meines Bruders und seiner Notiz, dass wir Silbermagier waren. Sie lachte nicht oder hielt es für seltsam. Sie nahm es gelassen hin. Ich dachte allmählich, dass nichts sie aus dem Gleichgewicht bringen würde.

Sie war begeistert von dem Gedanken, Lady Rycroft zu suchen, und verlegte ihre Aufmerksamkeit sofort darauf, wie wir ein Treffen herbeiführen könnten. Daisy hatte ein leicht in Aufregung zu versetzendes Wesen. Das erste Mal, als sie sich in die Bibliothek geschlichen hatte, hatte sie ausgesehen, als wäre sie über einen Geldtopf gestolpert, als sie sich mir zwischen den Regalen angeschlossen hatte. Aber sie war einfach nur begeistert gewesen, dass sie die Anzahl der Stufen richtig geraten hatte, die zur Eingangstür der Society führten.

Sie setzte sich in den Sessel und starrte hinab auf die Fotografie von Gabriel Glass in der Zeitung, ihre Stirn konzentriert in Falten gelegt. „Es kann vielleicht leichter sein, Lady Rycroft durch ihren Sohn zu finden. Immerhin geht er vermutlich auf gesellschaftliche Zusammenkünfte, Dinners und so etwas."

„Ja, aber wir nehmen nicht an Gesellschaftspartys und Dinners teil. Ich bin eine Bibliothekarin und du eine Künstlerin." Ich fügte fast hinzu, dass sie keine renommierte Künstlerin war, aber das war ein wenig gemein. Nur weil sie nicht von ihrer Kunst leben konnte, bedeutete das nicht, dass sie nicht gut war. Viele berühmte Künstler waren während ihrer Lebenszeit buchstäblich unbekannt geblieben. Nach allem, was ich wusste, war es mit Daisy genauso. Da ich keine Kunstexpertin war, würde ich mich damit zurückhalten, eine Meinung zu ihrem Stil von mir zu geben, obwohl ich mir insgeheim geschworen hatte, nichts von ihr an einem gut einsehbaren Ort aufzuhängen. Mein Geschmack waren die Bilder nicht.

Daisy runzelte weiterhin die Stirn vor der Zeitung.

„Hältst es für seltsam, dass James India Glass in sein Notizbuch geschrieben hat, und nicht Lady Rycroft?", fragte ich. „Es sieht ihm gar nicht ähnlich, keinen Respekt zu zeigen."

„Vielleicht kannte er sie persönlich." Daisy keuchte. „Vielleicht hatten sie eine Affäre!"

„Das ist höchst unwahrscheinlich, wenn man bedenkt, dass sie bestimmt mindestens fünfzig ist, und er erst sechsundzwanzig, als er gestorben ist."

„Es ist nichts falsch daran, dass eine ältere Frau mit einem jüngeren Mann zusammen ist."

„Nein, aber mein Bruder hatte nicht die Angewohnheit, Affären mit verheirateten Damen zu haben."

„Vielleicht ist der Mann tot."

„Wäre er das, wäre dein Kriegsheld inzwischen Lord Rycroft, aber ihn nennt man in dem Bericht einfach Gabriel Glass."

„Guter Punkt. Dir entgeht nichts, Sylvia. Das ist bestimmt dein scharfes Journalistinnenauge fürs Detail." Als ich ihr erzählt hatte, dass ich während des Kriegs eine Journalistin gewesen war, hatte sie das für eine äußerst interessante Karriere gehalten. Sie hatte immer wieder die Stellenanzeigen nach Journalistenstellen für mich durchsucht, sogar nachdem ich aufgegeben und eine Stelle in der Bibliothek angenommen hatte. Es hätte mich nicht überrascht, wenn sie sogar jetzt noch weiterhin nachschaute.

„Auf jeden Fall, wo sollte James denn eine Baronin getroffen haben?", fuhr ich fort.

„Ich weiß nicht, wo *er* sie getroffen hat, aber ich glaube, ich weiß, wo *wir* sie treffen können." Sie zog ihre Oxfords aus und verschränkte die Füße auf dem Sessel untereinander. „Erinnerst du dich noch meinen Malerfreund Horatio? Er stellt dieses Jahr auf der Sommerausstellung der Royal Academy aus, und ich glaube, die Privatbesichtigungen beginnen morgen." Sie zuckte kess mit den Schultern und grinste mich triumphierend an.

Ich schaute sie ausdruckslos an. „Ich verstehe die Verbindung zu Lady Rycroft nicht. Hat die Ausstellung irgendwas mit Magie zu tun?"

„Die Privatbesichtigung der Sommerausstellung der Royal Academy ist ein Schlüsselereignis im gesellschaftlichen Kalender von London. Lords und Ladys werden teilnehmen." Sie wedelte mit der Zeitung vor mir. „Wenn wir reinkommen, können wir sie finden und fragen, ob sie James kannte."

Das würde Diplomatie erfordern, aber bei meiner Arbeit als Journalistin hatte ich schon früher Vorstellungen fabriziert. Dieses Mal war es wichtiger. Es war persönlich. Und ich stellte fest, dass ich mehr über James und seine Gedanken in seinen letzten Wochen und Monaten erfahren wollte. Es war eine Art, ihn zu ehren.

Und eine Möglichkeit, aus dem Nebel aufzusteigen.

„Glaubst du, Horatio wird zustimmen, uns zu helfen, in die Privatbesichtigung zu kommen?"

Sie lächelte geheimnisvoll vor sich hin. „O ja. Er schuldet mir einen Gefallen." Ihr Lächeln verschwand plötzlich, als ihr Blick sich auf etwas hinter mir richtete. „Verdammter Mist."

„Ich wusste es!" Mr. Parmiter stürmte zum Schreibtisch heran, ein Finger war auf mich gerichtet wie eine Waffe. „Ich wusste, dass Sie hier oben jemanden verstecken."

Ich trat zurück. „Ich ... ich, tut mir leid, Mr. Parmiter. Daisy wollte gerade gehen. Sie kam nur, um mir diesen Zeitungsartikel über ... ähm ... "

„Den Freund ihres Bruders zu zeigen." Daisy hielt ihm die Zeitung hin. „Sylvia hat nach ihm gesucht, seit der Zeit, als der Krieg geendet hat. Deshalb ist sie nach London gekommen, aber sie hat es nicht geschafft, eine Spur von ihm zu finden. Sie dachte, sie wäre dicht dran, und dann, BÄM!" Sie knallte die Zeitung auf den Schreibtisch, sodass sowohl ich als auch Mr. Parmiter zusammenfuhren. „Er war verschwunden. Bis jetzt."

Sie deutete auf die Fotografie von Gabriel Glass. „Sie würden ihr doch nicht die Gelegenheit nehmen wollen, mehr über den Freund ihres armen verstorbenen Bruders herauszufinden, oder?"

Mr. Parmiter fasste an die Aufschläge seines Jacketts, als wären sie der Saum einer Akademikerrobe, und sah sie von oben herab an. „Ich verweigere ihr gar nichts, junge Dame. Ihre Entdeckung hätte warten können, bis sie mit der Arbeit fertig ist."

„Weshalb sollte sie einen Augenblick länger warten?"

Er funkelte betont zu ihren Schuhen hinab, die neben dem Sessel standen. „Kleiden Sie sich bitte freundlicherweise an und gehen Sie."

Daisy richtete sich auf und warf die Schultern zurück, bereit für eine Schlacht. Ich ging dazwischen, bevor sie sich einmischte und mich meine Anstellung kostete.

„Wir sprechen uns später", sagte ich rasch.

Sie presste die Lippen aufeinander, doch sie gab nach. Sie schlüpfte in ihre Schuhe, band die Schnürsenkel neu und marschierte weg, warf einen letzten Blick über die Schulter auf Mr. Parmiter.

Sobald sie weg war, wandte er sich an mich. Er betrachtete mich wie ein strenger Schulmeister, mit einer Mischung aus Selbstgerechtigkeit und Herrschaftlichkeit. Es war zum Verrücktwerden, dass ich nicht weglaufen konnte, wie es Daisy getan hatte. „Sind Sie sich bewusst, was für ein Glück Sie haben, überhaupt eine Stelle zu besitzen, Miss Ashe?"

„Ja, Sir."

„Ich führe ein strenges Regiment. Ich lasse es nicht zu, dass meine Regeln gebrochen werden. Die gibt es aus einem Grund. Erst die Schminke und jetzt gestatten Sie Ihrer Freundin, in der Bibliothek unüberwacht herum zu laufen." Er hielt inne, wartete vielleicht darauf, dass ich eine Entschuldigung aussprach. Ich nahm einfach ein Buch, bei dem der vordere Umschlag fehlte, und inspizierte es nach weiteren Schäden. Ich wagte es ja vielleicht nicht, zu versuchen, mich zu verteidigen, doch ich konnte einfach nichts sagen. Es war gewissermaßen ein Protest.

Ihn lenkte es nicht ab. „Unser edles Institut kann man nicht so nachlässig behandeln. Es muss respektiert werden. Die Regeln der Charta müssen befolgt werden. Wenn jeder gegen die Regeln verstößt, wo wären wir dann?"

Ich konnte nicht mehr länger still bleiben. „Darf ich die Charta bitte sehen?"

Er reckte den Hals im Kragen und räusperte sich. „Das ist Ihre letzte Warnung, Miss Ashe. Benehmen Sie sich noch einmal daneben, dann werde ich keine Wahl haben, außer Sie zu entlassen." Er marschierte weg.

Ich sah ihm nach und setzte mich dann mit einem Seufzen. Ich hätte darauf bestehen sollen, diese sogenannte Charta zu sehen. Ich wollte wetten, dass er sie mir nicht zeigen konnte.

„Kinn hoch, altes Mädchen."

Ich schluckte mein Keuchen, was mich nur zum Husten brachte.

Daisy grinste mich an. Sie hatte sich wohl zwischen den Regalen versteckt, anstatt zu gehen. „Ich wollte sicherstellen, dass alles in Ordnung ist, bevor ich gehe."

„Es geht mir gut, danke schön."

„Ich glaube, er hat die Geschichte über den Freund deines Bruders geglaubt." Sie deutete auf die Zeitung. „Ich spreche jetzt mit Horatio. Wir sehen uns später, Sylvia." Auf Zehenspitzen gingen sie davon, wackelte mit den Fingern, um mir zu winken.

Ich lächelte. Je mehr ich sie kennenlernte, desto mehr mochte ich sie.

* * *

ICH HÄTTE DAISY VERFLUCHEN KÖNNEN. Hätte ich als Servicekraft arbeiten wollen, hätte ich mich für eine Stelle als Schankmagd beworben, als ich nach London gekommen war. Platten mit Essen für gut betuchte Gäste bei der Privatbesichtigung der Royal Academy of Arts anzubieten, war nicht mein Plan für den Samstag gewesen. Ich hatte gehofft, mich unter sie zu mischen, nicht von ihnen ignoriert zu werden. Ich schätzte, ich hätte nicht von Daisys Freund erwarten sollen, dass er mir einfach eine Einladung zu einer exklusiven Veranstaltung reichte. Ich hätte mich sowieso nie unter sie mischen können. Die Damen waren in die neuesten Moden gekleidet und troffen vor Schmuck, sie glitzerten heller als die Kronleuchter über uns. Mein bestes Kleid und der Ring meiner Mutter waren zu einfach.

Um auch noch eine Beleidigung zu der Verletzung kommen zu lassen, verbrachte Daisy mehr Zeit damit, mit einem der Kellner zu flirten, als zu arbeiten, während ich mein Bestes gab, um die Aufgabe erledigen, für die ich eingestellt worden war, und trotzdem noch nach Lady Rycroft zu suchen. Ich bot einer Traube von Ladys und Gentlemen, die vor einer Wand mit Landschaften aufgestellt waren, Pasteten an. Die gerahmten Gemälde zeigten ländliche Szenen mit Häusern, wogenden grünen Hügeln und grasendem Vieh. Einige waren ziemlich schön. Ich hätte sie den ganzen Tag anschauen und mir vorstellen können, ein Picknick unter einer schattigen Eiche zu genießen. In keinem von ihnen gab es eine einzige Erinnerung an den Krieg.

Die Gruppe ignorierte mich und fuhr fort, über ihre Anwesen und Leute zu sprechen, die sie kannten. Sie klangen, als hätten sie einander monatelang nicht gesehen. Ich hätte mich nicht zurückgewiesen fühlen sollen. Ich war schwarz gekleidet, dazu ausersehen, im Hintergrund zu verschwinden, und niemand wollte um diese Zeit Hors d'Oeuvres. Die meisten waren bestimmt gerade vom Mittagessen gekommen.

Zumindest war ich in guter Gesellschaft – die Gemälde und Künstler wurden ebenso ignoriert. Ich sah Horatio, der mit zwei anderen Kerlen sprach, die er mir vorhin als Freunde vorgestellt hatte, die ebenso ausstellten. Mit Haaren, die bis zum Kragen gingen, anstatt kurz geschnitten zu sein, und mit Halstüchern anstelle von Krawatten wirkten sie, als wären sie Fische an Land, während sie ein Ölgemälde musterten. Als eine mittelalte Frau, die ganz in Schwarz gekleidet war, sich ihnen anschloss, lächelten sie alle. Sie schienen sie zu kennen und sogar zu verehren. Sie war bestimmt eine Kunstliebhaberin und potenzielle Kundin, nach der Art, wie sie alle über die eigenen Füße stolperten, um mit ihr zu reden.

Sie berührte Horatios Brust mit der ausgestreckten Handfläche, also war sie vielleicht auch eine Liebhaberin von Künstlern, genauso wie ihrer Werke. Es schien, als wären ältere Frauen und jüngere Männer gar keine so unübliche Kombination. Ich fragte mich, ob Daisy es wusste. Sie schien von Horatio recht angetan zu sein. Ihre Augen leuchteten, wenn sie von ihm sprach, und sie wollte ihn unbedingt in unsere Suche nach Lady Rycroft einschließen.

Ich versuchte, weitere Pasteten loszuwerden, hatte aber kaum Glück. Genauso wenig hatte ich Glück damit, Lady Rycroft zu finden, obwohl es zu früh war, um aufzugeben. Ich hatte meine Suche im Hauptraum begonnen, aber es gab viele weitere Galerien, jede mit geladenen Gästen gefüllt. Das Gute daran, ignoriert zu werden, war, dass ich mich zwischen den Gruppen bewegen und nach Lady Rycrofts Namen lauschen konnte. Ich wusste nicht, wie sie aussah. Horatio hatte sie auch noch nicht getroffen, aber er versprach mir, mich wissen zu lassen, falls er hörte, dass sie hier war. Anders als die Bediensteten konnten sich die Künstler unter die Leute mischen, und er hatte eine größere Chance, sie zu treffen, als Daisy oder ich.

Daisy näherte sich, ein Tablett mit Austern auf einer Hand balancierend. „Er ist hier", flüsterte sie.

„Wer er? Wir suchen nach Lady Rycroft, keinem Mann."

„Ihr Sohn, das Leuchtfeuer der Tugend. Ich erkannte ihn von seiner Fotografie in der Zeitung." Ihre Lippen wölbten sich zu einem Lächeln. „Im echten Leben sieht er sogar noch besser aus."

„Ich schätze, wir könnten ihn fragen, welche seine Mutter ist." Ich schaute mich unter den Damen in der Nähe um, eine von ihnen blickte uns hochnäsig an. „Geh jetzt lieber", zischte ich Daisy an.

„Komm mit mir in den Keller, wo wir reden können."

„Ich kann noch nicht weg. Ich muss die hier fertig servieren."

Sie ging und stieß mich hart in die Schulter. Ich verlor das Gleichgewicht, und das Tablett fiel klappernd zu Boden, wo sich die Pasteten verteilten. Die Unterhaltungen in der Nähe hörten auf. Alle drehten sich, um zu gaffen.

Mit flammend rotem Gesicht bückte ich mich, um die Pasteten einzusammeln. Der Kellner, der mit Daisy vorhin im Keller geflirtet hatte, ging neben mir in die Hocke und half mir. Daisy war plötzlich nirgends zu sehen.

„Alles in Ordnung?", fragte er leise.

„Ja. Danke für die Hilfe. Das weiß ich zu schätzen."

„Dein erstes Mal?"

„Ist es so offensichtlich?"

Er warf mir ein Grinsen zu. Es machte seine gewichtigen Züge lockerer, verwandelte ihn von einem ziemlich wild aussehenden Mann in einen freundlichen. Er hatte braune Haut, und als er sich erhob, erkannte ich, wie groß gewachsen er war. Er ragte über mir auf. Er war auch gut gebaut, mit einer Statur, die sich gegen die steife, formale Livree wehrte. Der Kragen wirkte, als würde er ihn würgen, aber er lächelte mich weiter an, als würde ihn nichts aus der Ruhe bringen.

Der Butler, Mr. Ludlow, erschien aus der Menge, seine Nasenflügel blähten sich wie bei einem tobenden Bullen. Kein Lächeln würde *sein* wildes Aussehen zähmen. „Zurück an die Arbeit", knurrte er, seine Stimme kehlig. „Du! Neues Mädchen! Bring die zurück in die Küche und hol dir frische."

Ich warf dem Kellner, der mir geholfen hatte, ein dankbares Lächeln zu und eilte weg, schlängelte mich durch die Menge und ging aus der Hauptgalerie in eine kleinere Galerie mit mehreren Ölgemälden, und danach in einen noch kleineren Raum, der Aquarellfarben und Miniaturen zeigte. Dieser führte zu Stufen hinab zum Bedienstetenbereich im Keller, wo die Angestellten in und aus der Küche eilten, Platten mit Essen und Gläser mit Sekt trugen.

Daisy wartete auf mich. „Funkel mich doch nicht an, Sylvia, ich habe dir einen Gefallen getan. Wir müssen reden."

„Es war peinlich!"

Sie wedelte meine Sorge weg. „Diese Leute wirst du nie wieder treffen. Auf jeden Fall vergisst du, weshalb wir hier sind. Es ist, um Lady Rycroft zu finden, nicht um Snobs etwas zu servieren, die nichts Besseres zu tun haben, als zu schwatzen, während sie doch die Kunst bewundern sollten. Ich glaube nicht, dass es irgendeinem von ihnen um die Gemälde geht."

Ich schob ihr das Tablett hin. Sie stellte es auf einem Seitentisch ab. Wir waren in dem langen Gang, der zur Küche und den weiteren Bedienstetenräumen führte, wo die Angestellten Hors d'Oeuvres auf Platten stellten und die Kellner und Kellnerinnen mit einem Flattern ihrer Schürzen wegschickten. Keiner achtete auf uns, aber es würde nicht lange dauern, bis der Butler die Stufen herabkam. Nach dem Debakel oben könnte er mich gleich ganz entlassen.

„Hast du einen Plan?", fragte ich Daisy.

„Wie es der Zufall so will, ja. Du solltest mit Gabriel Glass reden. Frag ihn, wo man seine Mutter findet, da sie nicht hier zu sein scheint."

„Ich kann doch nicht an einen Fremden herantreten und ihn fragen, wo seine Mutter wohnt."

„Falls du es nicht machst, wirst du deine einzige Gelegenheit verspielen, sie zu finden. Willst du sie finden oder nicht?"

„Natürlich."

Sie nickte zu den Stufen hin, die zu den Galerien emporführten. „Dann geh. Er war im Skulpturenraum, dem ganz hinten, nicht dem zentralen. Du erkennst ihn, wenn du ihn siehst." Sie reichte mir das Tablett und gab mir einen kleinen Schubs zu den Stufen hin.

„Die kann ich doch nicht servieren. Sie sind auf den Boden gefallen."

„Das wird niemandem auffallen. Und es wird ohnehin erheiternd, zu sehen, wie diese Snobs sie essen."

„Sie essen überhaupt nichts."

Sie schnalzte mit der Zunge. „Typisch. Jetzt geh, oder ich mache es stattdessen, nur dass ich vergessen werde, ihn nach seiner Mutter zu fragen, weil ich zu beschäftigt damit sein werde, mit ihm zu flirten."

Ich ging die Stufen zurück nach oben, nur um von dem Butler mit geblähten Nasenflügeln und erhobenen Händen attackiert zu werden, damit er mich wie ein Verkehrspolizist aufhalten konnte. „Hast du frische geholt?"

„Natürlich." Rasch ging ich um ihn herum und eilte weiter, ignorierte seinen gebrüllten Befehl, dass ich warten sollte. Wie Daisy gesagt hatte, würde ich diese Leute nach heute nicht wieder treffen, und ich war schon ziemlich genervt vom Kellnern. Ich wollte mit Mr. Glass reden und so schnell wie möglich hinauskommen.

Die Ausstellung wurde in etlichen Räumen des Burlington House abgehalten, der Heimat der Royal Academy of Arts.

Bevor die geladenen Gäste gekommen waren, hatte ich eine rasche Tour zusammen mit den anderen neuen Angestellten erhalten, sodass ich wusste, wo man den hinteren Skulpturenraum fand. Da er klein war, und die Menge dicht, musste ich hin und wieder Gäste fragen, ob sie mir aus dem Weg gehen konnten. Die empörten Blicke, die ich für meine Impertinenz empfing, waren die größte Aufmerksamkeit, die den ganzen Tag lang auf mich gefallen war.

Ich schaute mich im ganzen Skulpturenraum um, aber Mr. Glass war nicht da. Ich ging durch die anschließenden Räume, machte mir nicht länger die Mühe, Gäste zu fragen, ob sie ein Hors d'Oeuvre wollten. Schließlich fand ich mein Ziel in dem großen Raum mit den Ölgemälden, wo ich mich zum Narren gemacht hatte.

Er war leicht zu sehen, nicht nur, weil er hochgewachsen genug war, um über die Köpfe der übrigen Menge hinweg sichtbar zu sein, sondern auch, weil eine Ansammlung junger Damen in seiner Nähe herumschwebte, ohne Zweifel von seiner magnetischen Anziehungskraft gebannt. Es war nicht zu leugnen, dass er gut aussehend war, aber es war wohl schon mehr als seine Größe und sein gutes Aussehen, das die Blicke sowohl von Männern als auch von Frauen auf ihn zog. Er nickte, während seine Gefährten sprachen, ehrlich interessiert an dem, was sie zu sagen hatten. Er unterbrach nie, antwortete nur, wenn sie ihn nach seiner Meinung zu einem Gemälde zu fragen schienen. Er hielt sich aufrecht, aber nicht steif, sein Blick direkt, ohne zu urteilen. Und sein Lächeln! Es brachte alle anderen als Reaktion zum Lächeln.

Er stand bei Horatio und den anderen Leuten, mit denen ich Horatio vorhin hatte reden sehen, zwei Künstlerfreunde und die elegante Frau, die in Schwarz gekleidet war. Die Schar junger Damen drang nicht ein, aber sie umkreisten eindeutig die kleine Gruppe in einem Versuch, Mr. Glass' Aufmerksamkeit auf sich zu ziehen. Ihre Versuche scheiterten.

Die Frau in Schwarz nahm Mr. Glass am Arm und lotste ihn zu einem goldgerahmten Meerespanorama mit einem Ozeanriesen, der sich durch silberschäumende Wellen schob. Die Künstler folgten, und die jungen Damen blieben am Rande dabei, taten so, als würden sie dasselbe Gemälde bewundern. Die mittelalte Frau nahm seine ganze Aufmerksamkeit ein, während sie auf den Dampf deutete, der aus den Kaminen des Schiffes wogte, sich mit den Wolken vermischte, bis es unmöglich zu sagen war, wo der Dampf endete und der Himmel begann.

Mr. Glass nickte dazu. Ich konnte nicht erkennen, ob er nur höflich war oder ob ihm das Gemälde tatsächlich gefiel. Für mich schien es gut ausgeführt, und ich hätte es nur zu gern an meine Wand gehängt, hätte ich es mir leisten können.

Da so viele Leute um ihn waren, hatte ich keine Hoffnung, privat mit Mr. Glass sprechen zu können. Ich dachte darüber nach, wie ich fortfahren sollte, als Horatio mir mit einer Kopfbewegung bedeutete, dass ich mich nähern sollte.

Daisys Freund war ein faszinierender Kerl. Als ich ihn zum ersten Mal getroffen hatte, hatte ich ihn für Anfang zwanzig gehalten wie ich. Er war immer in Künstlerarbeitsmäntel gekleidet, mit einem Spritzer Farbe entweder auf der Stirn oder der Wange, seine schlanke Statur brauchte mehr Nahrung. Aber nun, da ich ihn in einem formellen Anzug sah, seine braunen Haare nach hinten frisiert, anstatt abzustehen, als hätte er sie tagelang nicht gekämmt, fragte ich mich, ob er nicht eher dreißig oder noch älter war. Er war nicht gut aussehend. Tatsächlich ließ ihn seine spitze Nase irgendwie wie eine Maus aussehen, aber die sehr großen Augen retteten ihn. Das, und sein freundliches Wesen. Hätte er eine Affäre gewollt, hätte er vermutlich keine großen Schwierigkeiten, eine zu finden. Ich war mir nicht ganz sicher, ob die Affären Männer oder Frauen sein würden.

Während ich näherkam, stahl Horatio Mr. Glass von der Seite der Frau weg und lotste ihn zu mir. Es ging rasch und so geschickt, dass sie einen Augenblick brauchte, um es zu merken. Dieser Augenblick war lang genug, dass ich mich vorstellen konnte.

Die Konzentration, mit der Mr. Glass das Gemälde betrachtet hatte, wandte sich nun völlig mir zu. Daisy hatte recht. Er war persönlich noch attraktiver als auf der Fotografie in der Zeitung. Es war schwer, den Grund dafür zu nennen. Seine Züge waren nicht auffällig, wenn man sie getrennt betrachtete, aber zusammen ergaben sie ein perfektes Arrangement. Die Skulpturen in den anderen Galerien waren im Vergleich blass, und ich bezweifelte, dass ein Porträtkünstler den präzisen Grünton seiner Augen einfangen könnte. Die Frau, die in Schwarz gekleidet gewesen war, mit der er geredet hatte, trug ein Smaragdhalsband in fast der richtigen Farbe, doch Mr. Glass' Augen hatten Sprengsel in einem helleren Farbton, die seinen Blick noch anziehender machten.

Alles an ihm war anziehend; so sehr, dass ich erstarrte. Je mehr mir klar wurde, dass ich nur Augenblicke hatte, um mit ihm zu reden, bevor die düster dreinblickende Frau sich uns anschloss, desto mehr weigerte sich mein Mund, zu arbeiten.

Ich war armselig.

Glücklicherweise rettete mich Horatio. „Vergeben Sie uns den Überfall, Mr. Glass, aber es ist wichtig. Miss Ashe hier muss mit Ihrer Mutter reden."

„Meine Mutter?" Sogar seine Stimme war herrlich, dunkel und samtig wie seine Haare. Er wartete, dass ich etwas sagte. Als ich es nicht tat, hob er die Augenbrauen, und ein schwaches Lächeln spielte um seine Lippen.

Er fand meine Verlegenheit erheiternd. Ich fand das ziemlich nervig. Da sich mein Zorn nach außen richtete anstatt nach innen, fand ich endlich meine Stimme.

„Mein Bruder dachte, in unserer Familie könnten Silbermagier sein, und er schien zu glauben, Lady Rycroft könne ihm helfen, zu entdecken, ob wir das sind oder nicht." Es klang nun irgendwie töricht, da ich es vor diesem Fremden aussprach, in der Mitte eines gut besuchten Raumes, während seine Gefährten sich auf uns stürzten.

Mr. Glass schaute mich nicht an, als würde er das für töricht halten. Er wirkte, als hätte ich seine Neugier angeregt. „Weshalb glaubt er das?"

„Ich weiß es nicht."

„Es muss doch einen Grund geben." In seiner Stimme war ein Hauch Dringlichkeit.

Ich blinzelte, von seiner plötzlichen stählernen Art verdutzt. „Ich schätze schon."

Er schaute über meine Schulter und schüttelte leicht den Kopf zu dem- oder derjenigen, die dort stand. Ich wandte mich um, um nachzusehen, nur um den hochgewachsenen Kellner zu erblicken, der mir vorhin geholfen hatte. Ich sollte gehen, bevor dem Butler auffiel, dass ich einen der Gäste bedrängt hatte, und er mich sofort hinauswarf.

„Sie sollten ihn fragen", sagte Mr. Glass.

Ich brauchte kurz, um zu merken, dass er meinen Bruder meinte. „Kann ich nicht. Er ist im Krieg gefallen."

Mr. Glass wurde reglos. Er betrachtete mich mit diesen Augen, voller Mitgefühl und etwas Tieferem und Dunklerem. Etwas Verstörendem. „Das tut mir leid."

Horatio räusperte sich. „Sylvia, du solltest gehen."

Ich folgte seinem Blick zu dem Butler, der auf uns zustürmte, die Menge teilte wie der Bug des Schiffes in dem Gemälde, die Nasenlöcher mit jedem schnaufenden Atemzug immer größer.

„Ich fürchte, Sie können nicht mit meiner Mutter sprechen", sagte Mr. Glass zu mir.

„Aber das muss sich!" Ich hatte Glück, dass ich noch das Tablett hielt, oder ich hätte ihn vielleicht mit beiden Händen gepackt. „Sir, bitte, ich glaube, Lady Rycroft kann helfen. Mein Bruder dachte das auf jeden Fall, und er war sehr klug. Er hätte ihren Namen nicht aufgeschrieben, wenn das nicht richtig gewesen wäre. Sir, ich *muss* doch verstehen, woher ich komme."

Mr. Glass nahm meine Arme, aber es war nicht sein fester Griff, der meinen Wortschwall stoppte. Es war der Schock über meine eigenen Worte.

Ich muss verstehen, woher ich komme.

Ich hatte meinen Vater nie gekannt. Meine Mutter hatte nie von ihm gesprochen. Ich wusste von Kindesbeinen an, dass ich keine Fragen stellen sollte. Ich kannte nicht einmal seinen Vornamen. Ich dachte, ich hätte nichts über ihn wissen wollen, aber nun wurde mir klar, dass ich das tat – und zwar sehr. Und genauso mein Bruder. Vielleicht hatte James einen Hinweis gefunden, der nahelegte, dass unser Vater ein Silbermagier war, und dass irgendwie India Glass, Lady Rycroft, helfen konnte, ihn zu finden. Sie war immerhin eine berühmte Magierin. Es war nicht unvernünftig, anzunehmen, dass sie andere Magier kannte.

„Bitte lassen Sie mich mit Ihrer Mutter sprechen, Sir", flüsterte ich durch bebende Lippen.

Mr. Glass betrachtete mich mit einem intensiven Blick, der mein Herz schneller schlagen und mein Gesicht warm werden ließ. „Das würde ich, aber sie ist fort."

O nein. „Das tut mir so leid."

Seine Augenbrauen zogen sich zu einem leichten Stirnrunzeln zusammen, bevor es sich wieder löste. Er warf mir noch einmal dieses Lächeln zu, das auf seine Erheiterung über mich hinwies. „Sie ist nach Amerika fort. Sie und mein Vater sind gestern aufgebrochen."

„O." Erst gestern aufgebrochen. Ich hatte so kurz davor gestanden. Hätte ich nur früher von India Glass erfahren. Wäre ich nur interessierter am Notizbuch meines Bruders gewesen. Wäre ich nur, wäre ich nur … „Wann kehrt sie zurück?"

Erst als er mich losließ, merkte ich, dass Mr. Glass die ganze Zeit an mir festgehalten hatte. Sein Griff war stützend gewesen, und nun spürte ich, wie ich schwach wurde. Das Tablett war zu schwer. Ich würde es fallen lassen und mich wieder zum Narren machen, aber diesmal würde es so viel schlimmer sein, weil der anziehende Mr. Glass zusah.

„Entschuldigen Sie, Sir, es tut mir leid, dass sie Sie belästigt", sagte der Butler Mr. Ludlow, die Lippen empört geschürzt.

„Sie ist nicht lästig", sagte Mr. Glass.

„Miss, wenn Sie bitte mit mir kommen."

Mr. Ludlow konnte sich nicht einmal an meinen Namen erinnern. Ich mochte ja nur vorübergehend angestellt sein, aber er hätte sich zumindest die Mühe machen können, meinen Namen zu erfahren. „Ashe", sagte ich mechanisch. „Mein Name ist Sylvia Ashe."

Der Butler stutzte. „Ich sagte, *kommen Sie mit mir.*"

Ich schaute von ihm zu Horatio und Daisy, die sich uns angeschlossen hatte, ihr Tablett mit Hors d'Oeuvres nirgendwo zu sehen. Sie wölbte die Augenbrauen, als wolle sie mich fragen, ob alles in Ordnung war. Sie wirkte besorgt.

„Was geht hier vor sich?", fragte die Frau mit dem schwarzen Kleid und dem Smaragdhalsband. „Weshalb arbeiten Sie nicht, Fräulein?" Sie klang wie Daisy, wenn sie die oberen Klassen nachmachte und Fräulein als Frollein aussprach.

„Wir haben uns nur unterhalten", sagte Mr. Glass. „Da ist nichts Schlimmes passiert."

„Ganz im Gegenteil! Sie sollte nicht mit Ihnen reden. Das einzige Wort, das dieses Mädchen sagen sollte, ist *Pastete*, wenn sie sie anbietet." Sie deutete auf die Platte in meinen Händen. Das Ding hatte nicht viel gewogen, als ich es aufgenommen hatte, aber inzwischen schien es so schwer wie ein Stapel Bücher. „Ludlow!"

Der Butler zog das Kinn zurück, sodass es noch schwächer wirkte. „Ich entschuldige mich, Lady Stanhope. Ich werde dafür sorgen, dass sie sofort vom Grundstück eskortiert wird." Er trat zur Seite und bedeutete mir, dass ich vor ihm gehen sollte.

„Das ist nicht nötig", sagte Mr. Glass. „Bitte gestatten sie Miss Ashe, ihre Arbeit fortzuführen. Die Schuld liegt ganz bei mir."

Es war galant von ihm, das zu sagen, doch es war zu spät. Weder Lady Stanhope noch Mr. Ludlow würden jetzt zurückstehen. Alle schauten zu, darunter die anderen Angestellten. Mr. Ludlow musste seine Autorität wahren, und Lady Stanhope wollte nicht, dass ihre Freunde sahen, wie sie nachlässig mit einer Bediensteten umsprang.

„*Jetzt*, Miss Ashe", stieß Mr. Ludlow zwischen unbewegten Lippen hervor.

Mr. Glass öffnete den Mund, um noch einmal zu protestieren, darum meldete ich mich zuerst zu Wort. „Schon in Ordnung, ich gehe." Ich reichte Daisy die Platte und ging weg.

„Versuchen Sie die Pasteten", hörte ich Daisy ganz süß sagen. „Sie sind köstlich."

Ich warf einen Blick über die Schulter, um zu sehen, wie Lady Stanhope eine Pastete von der Platte pflückte. Sie schob sie sich in den Mund, und Daisy kicherte, wirbelte auf dem Absatz herum und folgte mir.

Wir kehrten in den Keller zurück, um uns unsere Kellneruniformen auszuziehen. Ich wollte direkt zum Ausgang gehen, aber Daisy wollte bezahlt werden. Sie machte sich auf die Suche nach Mr. Ludlow.

„Der Lohn war doch nicht der Grund dieser Übung", sagte ich, versuchte mit ihren langen Schritten mitzuhalten.

„Wir sollten für unsere Zeit kompensiert werden." Sie fragte eine der Köchinnen, ob sie Mr. Ludlow gesehen hatte, bekam aber nur ein Schulterzucken und ein Grinsen zur Antwort.

Wir hatten eine Menge grinsende und seltsame Blicke eingeheimst, während wir nach dem Butler suchten. Es schien, als wäre unsere Konfrontation oben hier unten schon Futter für die Gerüchteküche.

„Miss Ashe!"

Mein Herz setzte einen Schlag lang aus. Mr. Ludlow mochte ja nicht mein regelmäßiger Arbeitgeber sein, und ich mochte ihn wohl nie wieder sehen, doch sein Brüllen schaffte es trotzdem noch, mir die Nerven zu zerfetzen. „Was machen Sie noch hier?"

Daisy marschierte ihm entgegen. „Nach Ihnen suchen. Wir würden gern bezahlt werden."

„Sie haben Glück, dass ich nicht die Polizei auf Sie hetze. Raus mit Ihnen." Er öffnete die Tür, die zu einer Treppe führte.

Daisy stemmte die Hände in die Hüfte. „Zahlen Sie uns, oder ich mache sogar noch einen größeren Aufruhr."

Mr. Ludlows Lippen wurden weiß, weil er sie so sehr schürzte.

Daisy nahm mich an der Hand. „Komm schon, Sylvia. Ich glaube, die Hauptgalerie hat die meisten Leute, meinst du nicht?" Sie zerrte mich den Gang entlang.

„Warten Sie! Also gut, ich bezahle Sie für die Stunden, die Sie gearbeitet haben, aber keinen Penny mehr." Mr. Ludlow verschwand in sein Büro und kehrte mit einem Umschlag für jede von uns zurück. „Jetzt hinaus!"

Ich schlich mich zur Tür hin. Ich wollte einfach nur gehen. Für jemanden, der Aufmerksamkeit verabscheute, war dieser Tag erschöpfend gewesen. Es gab einfach nur eine gewisse Menge öffentlicher Erniedrigung, die man hinnehmen konnte.

Daisy schaute sich den Inhalt des Umschlags an, bevor sie mir folgte. An der Tür wandte sich zurück zu Mr. Ludlow, machte eine unhöfliche Geste und knallte die Tür hinter sich zu. „Tyrann", sagte sie, während wir die Stufen hinaufgingen.

„Er macht nur seine Aufgabe, Daisy."

„Ich werfe es dieser Frau vor. Hätte sie sich nicht aufgeführt wie die Königin von Saba, wäre Mr. Ludlow nicht aufgefallen, dass du mit Mr. Glass sprichst. Sie war unhöflich, ganz zu schweigen davon, dass sie schrecklich versnobt war. Sie hat allerdings bekommen, was sie verdient hat. Ich hoffe, sie ist an dieser schmutzigen Pastete erstickt."

Sie schlug die Tür auf, und wir gingen in den Hof hinaus. Er war immer noch voller Ladys und Gentlemen, die zu der Ausstellung kamen, während andere aufbrachen, nachdem sie schon ihren Teil Kunst und Geschwätz erhalten hatten.

„Sie haben in diese Pasteten gespuckt, oder?" Die tiefe Stimme entlockte mir ein verblüfftes Keuchen.

Ich drückte mir die Hand auf mein schnell schlagendes Herz. „Mr. Glass! Äh, nein, natürlich nicht! Mit diesen Pasteten war alles in Ordnung. Sie waren völlig akzeptabel."

„Wenn also Lady Stanhope dachte, dass sie einen ungewöhnlichen Geschmack hätten, ist das nicht Ihre Schuld?" Er lächelte erneut.

Ich fand es enervierend. Versuchte er, uns zu erwischen? Würde er uns bei Mr. Ludlow verpfeifen, dass wir Essen serviert hatten, das auf den Boden gefallen war?

Daisy zeigte keine solche Zurückhaltung. Sie streckte ihre Hand vor, die er schüttelte. „Daisy Carmichael, zu Ihren Diensten. Das ist meine Freundin, Sylvia Ashe."

„Wie geht es Ihnen?" Er schüttelte auch mir die Hand, dann bedeutete er uns, dass wir mit ihm über den Hof gehen sollten. „Für gewöhnlich hätte ich mich vorgestellt, aber Sie scheinen mich bereits zu kennen. Darf ich fragen, wie?"

Er richtete die Frage an mich, darum antwortete ich. „Wir haben von Ihnen in der Zeitung gelesen."

Er verdrehte die Augen bis hoch zum Himmel. „Dieser verdammte Artikel. Ich wollte nichts davon, aber bevor ich mich versah, geschah es schon, dass der Fotograf mir die Kamera ins Gesicht schob, und der Journalist alles aufschrieb, was ich gesagt habe. Glauben Sie nichts, was Sie lesen. Er hat eine Menge falsch verstanden. Also wie hat Sie das hierhergeführt?"

„Daisy hat gehört, dass die Privatbesichtigung eines der Hauptereignisse des sozialen Kalenders ist, und dass Leute wie Sie und Ihre Mutter eingeladen sind."

„Leute wie wir?" Er stieß ein humorloses, schnaubendes Lachen aus. Ich dachte, ich hätte ihn beleidigt. „Meine Eltern versuchen, jedes Jahr herzukommen. Sie sind große Gönner der Kunst. Da meine Mutter es dieses Jahr nicht schaffen konnte, bat sie mich, an ihrer statt teilzunehmen." Ich hatte ihn auf jeden Fall beleidigt, wenn man nach seinem Tonfall ging.

„Daisys Freund Horatio ist einer der ausstellenden Künstler, und er hat es geschafft, uns eine Anstellung zu verschaffen."

„Für gewöhnlich arbeiten wir nicht im Servicebereich", sagte Daisy.

Sein trockenes Grinsen kam wieder zum Vorschein. „Ist das so?"

„Diese Lady Stanhope ist schrecklich. Ist sie eine Freundin von Ihnen?"

„Wir sind uns noch nie zuvor begegnet. Sie ist mit einem der Ehrenmitglieder der Akademie verheiratet, Sir Richard Stanhope. Sie stellt die Privatführung auf die Beine, spricht die Einladungen aus, sorgt dafür, dass die Künstler auftauchen, so etwas eben."

„Kein Wunder, dass sie möchte, dass alles glatt läuft", sagte ich. „Sie hat bestimmt eine Menge Mühe hineingegeben."

„Das gibt ihr nicht die Freiheit, unhöflich zu den Angestellten zu sein", sagte Daisy.

Mr. Glass stimmte zu. „Tut es nicht."

„Sie hätten die Ausstellung doch nicht aus Protest wegen der Art verlassen müssen, wie sie uns behandelt hat", sagte ich.

„Habe ich nicht."

„O." Natürlich hatte er das nicht. Ich war töricht, dass ich glaubte, sein Aufbruch hätte etwas mit dieser Konfrontation zu tun. Er war nur zufällig von der Ausstellung aufgebrochen, zur gleichen Zeit wie wir. Dieses Treffen war ein völliger Zufall gewesen. Der einzige Grund, dass es sich so in die Länge zog, lag daran, dass er sich noch keine Möglichkeit hatte einfallen lassen, sich höflich zurückzuziehen.

Wir gingen durch den Bogeneingang zum Piccadilly, wo ein Automobil vorfuhr und zwei gut gekleidete Passagiere ausstiegen. „Wie lange wird es dauern, bis Lady Rycroft nach England zurückkehrt?", fragte ich.

„Ich weiß es nicht." Mr. Glass schaute über den Piccadilly auf den stetigen Strom von Automobilen und Wagen, die von einem einzelnen Pferdewagen aufgehalten wurden. Das Hupen hatte keinerlei Einfluss auf das Pferd oder den Kutscher. Mr. Glass hob eine Hand und bedeutete einem der Automobile in der Schlange etwas.

Ich legte Daisy nahe, dass wir gehen sollen, aber sie war nicht bereit. „Mr. Glass, werden Sie Ihre Mutter bitten, an Sylvia zu schreiben? Ihre Adresse lautet …"

„Ich fürchte nicht."

„Weshalb nicht?"

„Daisy", drängte ich. „Lass Mr. Glass in Frieden. Es spielt keine Rolle."

„Es spielt eine Rolle."

„Meine Mutter kennt keine Silbermagier", sagte Mr. Glass.

Daisy runzelte die Stirn. „Wie können Sie das nur wissen?"

„Miss Ashe, ich schlage vor, Sie versuchen es bei der Gilde der Silberschmiede. Sie werden wissen, ob in Ihrer Familie jemals Silberschmiede waren, selbst wenn sie Ihnen nicht abschließend sagen werden können, ob sie Magier waren."

Es war ein logischer Schritt, aber einer, der weder mir noch Daisy in den Sinn gekommen war. Wir hatten uns beide auf India Glass konzentriert. „Ja, natürlich. Es tut mir leid, dass wir Sie belästigt haben."

„Sie sind nicht lästig."

Daisy schien es allerdings darauf abgesehen zu haben, das Gegenteil zu beweisen. „Wenn es so einfach wäre wie ein Besuch bei der Gilde, hätte ihr Bruder doch den Namen India Glass nicht in sein Notizbuch geschrieben, oder?"

Mr. Glass lächelte angespannt. „Es tut mir leid, dass ich keine Hilfe bin. Wenn Sie mich entschuldigen, mein Automobil ist hier."

Ein großes schwarzes Automobil bewegte sich plötzlich hinter der Pferdekutsche heraus, schnitt ihr den Weg ab, dann bog es zu uns ab. Es blieb mit quietschenden Reifen stehen.

Mr. Glass sah es mit einem Stirnrunzeln an. „Dodson, was zum …"

Ein schwer gebauter Mann sprang aus dem Automobil und packte grob Mr. Glass' Arme, drehte sie ihm hinter den Rücken. Er versuchte, sich gegen den Mann zu wehren, doch er war ein solider Grobian und hatte ihn fest im Griff. Er rang Mr. Glass zu der offenen Tür des Autos, während der Fahrer den Motor startete.

Es geschah alles so schnell, dass alle in unserer Nähe einen Augenblick oder zwei brauchten, um zu merken, dass Mr. Glass entführt wurde.

Als der Schrecken schließlich bei mir ankam, tat ich, was natürlich war. Ich kreischte.

KAPITEL 3

aisy kreischte ebenfalls. Das durchdringende Geräusch war wie ein Schlag ins Gesicht, der mich in Bewegung brachte. Ich trat den Entführer von hinten gegen das Knie.

Sein Bein brach ein. Er ließ Mr. Glass nicht los, doch sein Griff hatte sich wohl genug gelockert, dass Mr. Glass sich befreien konnte, denn ganz plötzlich wendete sich das Blatt. Mr. Glass hatte den Schurken im Schwitzkasten.

„Lassen Sie ihn los oder ich schieße!", knurrte ein Mann aus dem Inneren des Automobils.

Mit einem Fluch ließ Mr. Glass den Grobian los und beobachtete hilflos, wie er sich auf den Rücksitz stürzte. Mit brüllendem Motor raste das Automobil weg.

„Gabe!" Der hochgewachsene, dunkelhäutige Kellner, der nett zu mir gewesen war, lief zu uns heran, überraschend schnell, wenn man bedachte, dass er wie ein Schwergewichtsboxer gebaut war. Er packte Mr. Glass an den Schultern und musterte ihn. „Gott sei's gedankt, dass es dir gut geht."

Mr. Glass schnappte tief nach Luft und nickte. „Sie sind entkommen."

„Sie?"

„Der Fahrer und ein dritter Mann auf dem Rücksitz. Ich habe nur den Lauf einer Schusswaffe gesehen, der auf mich gerichtet war. Sein Gesicht konnte ich nicht erkennen." Mr. Glass funkelte in die Richtung, in der sie geflohen waren, der Wagen war bereits in der Ferne verschwunden. Er holte noch einmal tief Luft, was seine geleerte Lunge zu füllen schien. „Ich dachte, es war Dodson."

Ein weiteres großes schwarzes Automobil blieb auf dem Bürgersteig stehen. Es wirkte sehr ähnlich wie das Automobil der Entführer. Mr. Glass begrüßte seinen Chauffeur.

„Das Auto der Entführer war kein Hudson", erklärte der Kellner.

Mr. Glass fuhr sich mit der Hand durch die Haare und seufzte. Er hatte während der Auseinandersetzung seinen Hut verloren. „Und meines schon. Vielen Dank, dass du das Offensichtliche sagst, Alex."

Der Kellner funkelte Daisy und mich an. „Ich sehe schon, dass du abgelenkt warst."

„Nicht, Alex."

Doch der Kellner ignorierte ihn und pflügte weiter. „Sie sind keine üblichen Angestellten." Das wurde mit einem beschuldigenden finsteren Blick und vor der Brust verschränkten Armen ausgesprochen. „Heute war ihr erster Tag."

„Haben Sie uns nachspioniert?" Als er nicht antwortete, schnaubte Daisy. „Ich hätte ahnen sollen, dass es für Ihre Freundlichkeit vorhin einen Hintergedanken gibt. Ich meine, offensichtlich haben Sie nicht mit mir geflirtet. Sie waren absolut fruchtbar darin. Ich hatte schon mit einem Nachtwaggon weniger hölzerne Unterhaltungen."

Alex spannte das Kinn an. „Wer sind Sie? Was machen Sie hier?"

Daisy stemmte sich eine Hand in die Hüfte. „Das beantworten wir nicht."

Alex trat näher, bis Mr. Glass eine Hand auf seinen Arm legte.

„Nicht zu antworten, lässt Sie verdächtig wirken, also rate ich Ihnen, zu sprechen", fauchte Alex.

„Sie halten uns für verdächtig!" Sie schnaubte erneut. „Falls irgendwer hier verdächtig ist, dann Sie beide. Sie scheinen einander sehr gut zu kennen, wenn man bedenkt, dass einer von Ihnen ein Lord ist und der andere nur ein Kellner."

Alex blinzelte sie an. Er öffnete den Mund, um etwas zu sagen, schloss ihn aber, als Zuschauer, die es nicht gewagt hatten, sich bei der Entführung einzumischen, sich nun näherten, da es sicher war. Die Frauen betüddelten Mr. Glass, während die Männer Zeugenberichte austauschen. Er ignorierte sie alle.

„Ist alles in Ordnung?", fragte er Daisy und mich.

„Gut, vielen Dank", sagte ich.

„Danke für das, was *Sie* getan haben. Es war gut von Ihnen, dass Sie versucht haben, mich zu retten."

„Versucht?", wiederholte Daisy. Sie war immer noch wütend auf den Kellner namens Alex. „Sylvia hat es nicht nur versucht. Wenn sie diesen Mann nicht getreten hätte, hätte er es geschafft, Sie in das Auto zu verfrachten."

Alex schnaubte herablassend.

Mr. Glass schoss ihm einen Blick zu, finsterer als der letzte. Alex rieb sich mit der Hand über den Mund, gewissermaßen zurechtgewiesen.

Der Austausch brachte mich auf die Palme. Alex schien zu denken, dass wir etwas zu verbergen hatten. Vielleicht dachte er sogar, wir würden mit den Entführern zusammenarbeiten. Mr. Glass war weniger leicht zu deuten, doch es war möglich, dass er seinen Mann zum Schweigen brachte, damit er seinen Verdacht nicht aussprach.

Meine Nerven waren immer noch strapaziert, mein Herz raste, und ich hatte den plötzlichen Drang, so weit wie möglich von Mr. Glass wegzukommen. Er zog nicht nur Gefahren an, sondern er warf mir entweder vor, ihn mit Fragen über seine Mutter abzulenken, oder er verdächtigte mich, direkt mit seinen Entführern unter einer Decke zu stecken. Dass ich ihn gerettet hatte, bedeutete gar nichts.

Ich hatte ihn gerettet, oder?

Ich war mir nicht mehr sicher. Es war alles so schnell geschehen. Vielleicht hatte mein Tritt erst sein Ziel gefunden, *nachdem* Mr. Glass es geschafft hatte, sich zu befreien. Kein Wunder, dass er uns für törichte Närrinnen hielt, dass wir seine Freiheit für uns beanspruchten, als läge alles an mir. Es war sehr wahrscheinlich, dass ich nicht mehr getan hatte, außer dem Entführer einen blauen Fleck zu verpassen.

„Sie sollten diesen Vorfall zur Anzeige bringen", sagte einer der Gentleman, der herangelaufen war, nachdem Gefahr vorüber war.

„Es gibt nie irgendwelche Schutzmänner, wie man sie braucht", sagte seine Frau.

„Sie sollten meiner Freundin danken", ließ sich Daisy vernehmen, ihre Stimme übertönte sie alle.

Mr. Glass zögerte, dann verbeugte er sich leicht vor mir. „Vielen Dank, Miss Ashe."

„Anständig, nicht mit einem herablassenden Unterton."

„Das war anständig", stieß Alex hervor.

Daisy richtete sich zu ihrer vollen Höhe auf, die sehr viel weniger war als seine. Mr. Glass war hochgewachsen, doch Alex war ein Riese. „Das sehe ich anders", sagte sie einfach.

„Keine von euch hat meine Fragen beantwortet." Alex wandte sich an mich, die Muskeln seines Gesichts angespannt, sein Körper versteift. Es gab überhaupt keine Spur mehr von dem freundlichen Mann, der mir geholfen hatte die, die zu Boden gefallenen Pasteten aufzuheben. Er wollte Antworten, und er wirkte, als würde er alles tun, um sie zu erhalten. „Wer sind Sie, und was machen Sie hier?"

Plötzlich war mir sehr heiß, und ein wenig schwindlig. Ich schaute von ihm zu Daisy und zu Mr. Glass. Dann machte ich auf dem Absatz kehrt und ging.

„Miss Ashe!", rief Mr. Glass.

„Gabe, nein." Das sagte Alex. „Dein Automobil ist hier. Steig ein. Der einzige Ort, an den du jetzt gehst, ist nach Hause."

Gabe? Daisy hatte recht. Diese beiden kannten einander gut. Sie hatte auch recht damit, dass Mr. Glass' Tonfall herablassend gewesen war, was nur bestätigte, dass ich wohl keine Hilfe gewesen war, um ihn zu befreien. Zumindest versuchte er nicht, uns am Aufbrechen zu hindern, trotz der Verdächtigung, dass wir in die Entführung involviert waren.

Daisy reihte sich neben mir ein. „Dieser Mann ist ganz und gar nicht das, was ich mir erhofft hatte."

„Ach?"

„Ich werfe das seinem Reichtum, Titel und gutem Aussehen vor – ganz zu schweigen von dem ganzen Aufruhr, den man darum macht, dass er ein Kriegsheld ist, und diesen Jungen vor dem Ertrinken gerettet hat. Ich leugne nicht, dass er ein Held ist, aber der Ruhm ist ihm wohl zu Kopf gestiegen. Das ist das Problem mit Männern wie Mr. Glass. Sie müssen sich nicht um das bemühen, was sie wollen, denn Menschen geben ihnen einfach alles. Ich wette, er hat nie einen Tag in seinem Leben gearbeitet, musste niemals um irgendetwas kämpfen, darunter auch Anerkennung."

„Also betrachtest du seine vielen Qualitäten nicht mehr länger als Tugenden?"

„Tue ich nicht."

Wir gingen weiter, nur um uns umzudrehen, als mein Name wieder gerufen wurde.

Mr. Glass grüßte uns aus dem vorderen Beifahrersitz des Automobils. „Miss Ashe, darf ich um ein Gespräch bitten?"

„Schon eher ein Verhör", murmelte Daisy.

Mr. Glass ging, um die Tür zu öffnen, doch Alex, der hinten saß, legte ihm eine Hand auf die Schulter. „Nein, Gabe. Die Entführer könnten immer noch in der Nähe sein."

Wir warteten nicht ab, um zu sehen, was Mr. Glass als nächstes tat. Daisy lotste mich erst eine Gasse entlang, dann noch eine, dann noch eine, bis ich ganz verwirrt war. London war mir immer noch neu, und dies war kein Teil, den ich oft besuchte. Wir waren im Herzen eines hochwertigen Einkaufsbereichs, wenn man nach den Boutiquen ging, die auf beiden Seiten der Straße waren. Wir gingen am Eingang eines Luxushotels vorbei, wo der Türsteher grüßend nickte und ein Page Päckchen aus einer wartenden Kutsche abholte. Das war keine Gegend der Stadt, wo Straßenhändler heruntergekommene alte Karren voller seltsamer Gegenstände herumschoben, oder Ladenbesitzer draußen standen und ihr Tagesangebot brüllten. Die Damen waren sanft, die Gentleman aufrecht und anständig. Einige der jungen Männer trugen Offiziersuniformen.

Keine von uns erwähnte noch einmal Mr. Glass. Daisy war allerdings still geworden, und auf ihrer Stirn stand eine kleine Falte.

„Was ist denn?", fragte ich.

„Ich dachte, ich wäre geistesgegenwärtiger, als einfach nur dazustehen und zu kreischen."

„Kreischen ist eine hervorragende Antwort auf Gefahr. Es hat diejenigen in der Nähe aufmerksam gemacht."

„Wer hätte gedacht, dass von uns beiden ausgerechnet du diejenige bist, die handelt?"

Anfangs hatte mich das auch überrascht, aber wenn man drüber nachdachte, war es verständlich. Daisy hatte Selbstvertrauen in Massen, aber es war eher die verbale Art, als die körperliche. Sie war im Herzen Künstlerin. Ihrem Akzent und ihrem Wesen nach konnte man erkennen, dass sie gut erzogen war, gebildet, und sehr wahrscheinlich aus einem liebenden Haushalt kam, wo die größte Angst war, ob ihr Bruder ihr etwas vom Frühstück wegessen würde.

Obwohl ich nicht gesagt hätte, dass mein Leben hart gewesen war, war es vermutlich nicht so weich wie ihres gewesen. Mir war auch beigebracht worden, wie ich mich und meine Mutter verteidigte. Von Kindesbeinen an hatte sie mir Arten gezeigt, wie man sich aus dem Handgriff eines Mannes löste, wenn ich angegriffen wurde. Heute war das erste Mal, dass ich diesen Unterricht praktisch angewendet hatte. Meine Mutter wäre stolz auf mich gewesen. Stolz und entsetzt, obwohl sie Trost in dem Wissen gefunden hätte, dass ich jemand anderem half, und nicht selbst das Ziel gewesen war. Nicht, dass ich ganz sicher war, ob ich Mr. Glass geholfen hatte.

„Was wirst du also nun tun?", fragte Daisy.

„Die Gilde der Silberschmiede aufsuchen."

„Ich komme mit dir. Was wirst du sie fragen?"

„Ich habe keine Ahnung."

* * *

DER SAAL DER SILBERSCHMIEDE, das Hauptquartier der ehrenwerten Gesellschaft der Silberschmiede, hatte am Wochenende nicht geöffnet. Wir waren den ganzen Weg von Piccadilly ins Stadtzentrum umsonst gegangen. Wir hätten auf den Bus warten sollen.

Mit einer Hand an ihrem tiefblauen Filzhut, damit er nicht herunterfiel, legte Daisy den Kopf in den Nacken und fluchte leise die beiden aufsteigenden Drachen an, die in den Stein über der Balkontür am ersten Stock gehauen waren. „Man möchte meinen, eine Gesellschaft, die reich genug ist, um in einem so großartigen Gebäude unterzukommen wie diesem, würde es sich leisten können, einen Türsteher zu haben, der am Wochenende Fragen beantwortet."

Ich lehnte mich an die hohe Säule am Fuß einer der riesigen Stützen, die die Vorhalle hielten, und seufzte. „Ein Türsteher kann vielleicht unsere Fragen nicht beantworten. Wir müssen in ihren Archiven nach Familien namens Ashe sehen."

Die Silbermagieverbindung – falls es eine gab – könnte nicht bei den Ashes bestehen. James hatte vielleicht angenommen, dass es die Familie meiner Mutter oder ein weiterer Zweig des Familienstammbaums war, und ich kannte keinen dieser Namen, darunter ihren Mädchennamen. Ich stürzte mich blind in die Recherche, und es könnte sich als unmögliche Aufgabe erweisen. Deshalb hätte ich mit Lady Rycroft beginnen wollen. Da James ihren Namen in sein Notizbuch geschrieben hatte, war ich sicher, dass es bedeutete, er nahm an, sie könnte uns mit einer Abkürzung zu den Antworten helfen.

Daisy schob ihren Arm durch meinen. „Komm schon. Suchen wir einen Teeladen, und dann gehen wir nach Hause."

„Macht es dir was, wenn wir den Teeladen überspringen? Es war ein langer Tag."

„Auch gut. Ich will sowieso ein neues Gemälde anfangen. Eines der Ölgemälde bei der Ausstellung hat mich inspiriert. Ist es dir aufgefallen? Das mit dem Dampfschiff. Normalerweise nicht meine Art, aber es war etwas ziemlich Herrliches daran. Die Art, wie der Künstler das Sonnenlicht auf den Wellenkämmen eingefangen hat, war reines Genie, und der Rauch, der aus diesen Kaminen kam … Könnte ich nur halb so gut malen wie er, würde ich glücklich sterben."

„Sei nicht so makaber, Daisy."

Sie drückte mir den Arm. „Mach keinen Aufstand, meine süße kleine Freundin. Ich sterbe nicht in nächster Zeit. Du hängst jetzt mit mir fest."

Ich hätte sie im Gegenzug angelächelt, aber ich wollte nicht, dass sie die Tränen in meinen Augen sah. Sie würde mich für armselig halten. Aber ich konnte nicht anders. Irgendwie hatte ich eine echte Freundin gefunden, ohne es auch nur zu versuchen. Ich hatte keine gute Freundin gehabt, seit … Na ja, vielleicht seit immer. Als Kind alle ein oder zwei Jahre umzuziehen, hatte es schwierig für mich gemacht, Freundschaften zu bewahren. Meine Mutter und ich waren während der ganzen vier Jahre des Krieges an Ort und Stelle geblieben, waren jedoch abermals in eine neue Stadt gezogen, nachdem mein Bruder gestorben war. Wir waren in den letzten Monaten beide zu beschäftigt gewesen, um dort Freunde zu finden. Ich hatte sowieso gedacht, dass ich schon über das Alter hinaus war, wo man leicht neue Freunde fand, aber Daisy hatte mich eines Besseren belehrt. Sie war ein paar Monate vor mir in London angekommen und suchte ebenfalls nach weiblicher Kameradschaft. Es schien, als hätten wir einander beide gefunden, als wir einander am meisten gebraucht hatten.

* * *

MEIN ZIMMER in der Pension hatte ja vielleicht kein Bad, keine Küche und kein Wohnzimmer, aber es gab genug Platz für einen kleinen Tisch, einen Stuhl und Regale, um ein paar Bücher unterzubringen, persönliche Gegenstände und Pfirsiche in Dosen, für Tage, an denen mir nicht danach war, mich den anderen Bewohnerinnen unten im Esszimmer zu den Mahlzeiten anzuschließen. Ich machte mir eine Tasse Tee und brachte sie hoch in das Zimmer. Ich hatte mich gerade hingesetzt, um sie zu genießen, als Daisy ohne zu klopfen hereinkrachte.

„Sie kommen", sagte sie atemlos.

„Wer?"

„Mr. Glass und dieser Freund von ihm, Alexander Bailey. Wir werden so tun, als wärst du nicht hier. Hoffentlich kann dieser Drachen von einer Matrone sie überzeugen, dass du ausgegangen bist."

„Sie wird für mich nicht lügen."

Sie warf einen Blick durch das Zimmer. „Du könntest dich verstecken."

„Daisy, hör auf!" Sie war viel zu schnell und ließ mich am Bahnhof stehen. „Woher weißt du, dass Mr. Glass und Mr. Bailey herkommen? Und wie hast du den Nachnamen des Kellners erfahren?"

„Sie kamen zu meiner Wohnung und haben gefragt, wo man dich findet."

„Und du hast es ihnen einfach erzählt?"

Sie kaute auf der Unterlippe. „Ich fürchte, ich habe einfach nachgegeben. Sie waren sehr offiziell und irgendwie herrisch. Ich werfe das Alex Bailey vor. Mr. Glass ist nett, aber sein Freund ist ziemlich unhöflich. Er hat *gefordert*, dass ich ihnen sage, wo du wohnst."

Ich kniff mir in den Nasenrücken und versuchte, ihren Worten einen Sinn abzuringen. „Offiziell?"

„Ich bin mit dem Rad so schnell hergefahren, wie ich konnte, habe die Abkürzung genommen, aber ich fürchte, sie sind nicht weit hinter mir."

Mrs. Whitten, die Matrone, kam herein. „Sie haben Besucher, Miss Ashe. Zwei Männer." Ihr missbilligend finsteres Gesicht betonte ihre grobschlächtigen Züge und ihr Doppelkinn. „Sie sind im Hauptwohnzimmer."

Daisy nahm meine Hände zwischen ihre beiden, versuchte, mich zurückzuhalten. Ihre aufgerissenen Augen flehten mich an, mich nicht mit ihnen zu treffen.

„Kommen Sie schon, Miss Ashe, ich habe nicht den ganzen Tag."

Ich sah nicht, dass ich eine Wahl hatte. Außerdem würde es mir die Gelegenheit verschaffen, ihnen zu sagen, dass wir auf gar keinen Fall in die Entführung verwickelt waren. „Wir sollten sie aufklären, Daisy. Sie haben den falschen Eindruck, dass wir irgendwie für den Vorfall verantwortlich wären."

„Miss Ashe!"

Daisy seufzte. „Geh voran."

Wir folgten Mrs. Whitten durch den Gang, an einem Schild an der Wand vorbei, das uns daran erinnerte, die Unschuld zu wahren, allerdings umsonst. Obwohl männliche Gäste in den

Zimmern oben nicht gestattet waren, wusste ich, dass einige der Mädchen erfinderische Möglichkeiten entdeckt hatten, um ihre Verehrer hereinzuschmuggeln.

Mrs. Whitten schob die Tür zum Hauptwohnraum auf. Ich zögerte auf der Schwelle. Mr. Glass stand neben dem Kamin bei Mr. Bailey. Sie ragten beide ziemlich hoch auf und hatten dieselbe grimmige Miene auf, während sie in den sauberen Rost starrten. Bei unserem Eintreten schauten sie auf.

„Miss Ashe, danke, dass Sie sich uns anschließen." Mr. Glass reichte mir eine Hand. „Erlauben Sie mir, meinen Freund Alex Bailey richtig vorzustellen." Er räusperte sich. „Ich hoffe, wir können reinen Tisch machen und neu beginnen."

Mr. Baileys verlegenes Nicken beim Gruß bewies, dass er ordentlich zurechtgewiesen worden war. Diese Verlegenheit wurde von Kühle abgelöst, als er Daisy betrachtete. Sie verschränkte die Arme und betrachtete ihn mit einem ebenfalls frostigen Ausdruck.

Da es spät am Samstagnachmittag war, waren die Bewohnerinnen, die in Büros oder als Lehrerinnen arbeiteten, nicht bei der Arbeit. Eine kleine Gruppe genoss ihren Tee und die Aussicht, die gerade auf zwei Paar langen Beinen hereinmarschiert war. Manche beäugten Mr. Glass und Mr. Bailey offen, während andere es mit Subtilität versuchten, indem sie über die Ränder ihrer Teetassen spähten.

Der Hauptwohnraum war der größere der beiden im Gebäude. Nur weil er größer war, hieß das nicht, dass er eleganter war. Es war ein praktischer Ort, geschaffen, um die größte Menge Tische, Sessel und Sofas aufzunehmen. Es war kein Platz zum Tanzen in der Nähe des Klaviers, es gab keine Kissen auf den harten Stühlen oder Teppiche auf dem Boden, und nicht einen Hauch Eleganz in den schweren grünen Brokatvorhängen.

„Es tut mir leid, Sie zu stören, aber ..." Mr. Glass brach mitten im Satz ab, um die Matrone anzulächeln. Sie hatte sich in Hörweite auf einen Sessel gesetzt. „Madam, dürfen wir ein wenig Privatsphäre haben, bitte?"

Sie war nicht daran gewöhnt, dass man ihre Autorität infrage stellte. Von den Bewohnerinnen ließ sie sich das nicht bieten, warf jedes Mädchen hinaus, das die Regeln brach, doch von einem Mann kommend, und einem Gentleman auch noch, wirkte sie unsicher, wie sie fortfahren sollte.

Eines der Mädchen kicherte in ihre Teetasse.

„Miss Ashe ist bei uns sehr sicher", sagte Mr. Glass als nächstes, „aber wenn Sie mehr über mich herausfinden wollen, nehmen Sie doch meine Karte."

Sie nahm sie an, drehte sie in der Hand und rieb mit dem Daumen und Zeigefinger darüber, als könne sie die Qualität eines Mannes an der Qualität seiner Visitenkarte erkennen.

„Sein Vater ist der Baron von Rycroft", sagte Mr. Bailey.

Mr. Glass' Lächeln wurde steif, und ich bekam den Eindruck, dass er versuchte, seinen Freund nicht finster anzufunkeln.

Mrs. Whitten erhob sich schließlich. „Kommt schon, Mädchen. Wir verlegen uns auf das andere Wohnzimmer."

Mr. Glass wartete, bis sie gingen, bevor er Daisy und mir Stühle an einem der Tische anbot, als wäre er der Gastgeber in seinem eigenen Haus. „Zunächst aber möchte ich mich entschuldigen, dass ich unangekündigt zu Ihnen nach Hause komme." Er räusperte sich und schaute zu Daisy, nahm aber nicht zur Kenntnis, dass sie vorausgeeilt war, um mich zu warnen. „Wir sind ins Burlington House zurückgekehrt und haben Ihren Freund, den Maler, gebeten, uns zu sagen, wo wir Sie finden. Er hat uns Miss Carmichaels Adresse gegeben, und sie hat uns hierher gelotst. Seien Sie nicht wütend auf sie. Ich habe darauf bestanden."

Daisy wandte sich an mich. „Mr. Bailey hat mir keine Wahl gelassen. Er sagte, sie würden mich festnehmen, wenn ich mich weigere!"

Ich keuchte. „Festnehmen? Sind Sie ein Polizist?"

Mr. Glass griff in seine innere Jacketttasche und reicht mir eine Karte. „Nicht ganz, aber wir arbeiten von Zeit zu Zeit für die Polizei."

Ich starrte die Karte an. Wenn er wirklich dachte, wir würden mit den Entführern unter einer Decke stecken, könnten wir in schreckliche Schwierigkeiten geraten. Ein entsetzter Kloß bildete sich in meiner Brust. Ich sollte etwas sagen, aber ich stellte fest, dass ich nichts herausbrachte.

„Wir beraten in Fällen, wo Magie involviert ist oder vermutet wird", fuhr Mr. Glass fort.

„Ich glaube, der Entführungsversuch hängt mit dem Fall zusammen, an dem wir arbeiten", sagte Mr. Bailey dazu.

„Glauben Sie das, Mr. Glass?", fragte ich.

Mr. Glass begann mit dem Daumen auf seinen Oberschenkel zu klopfen. „Es ist die logische Erklärung."

„Es ist die einzige Erklärung", erklärte Mr. Bailey ihm.

„Was ist es für ein Fall?", fragte Daisy.

„Das können wir nicht mit Zivilisten besprechen."

Mr. Glass war ein wenig höflicher. „Wir können nicht zu viel enthüllen, aber ich kann Ihnen sagen, dass wir im Diebstahl eines magischen Gemäldes investigieren." Das erklärte, weshalb Mr. Bailey als Kellner bei der Ausstellung arbeitete.

„Der Künstler ist ein Malermagier?", fragte ich.

Er nickte.

„Ich sehe schon, dass der Diebstahl mit Ihrer Entführung in Verbindung stehen könnte, wenn der Dieb versucht, Ihre Ermittlung aufzuhalten."

„Das habe ich versucht, ihm zu sagen", warf Mr. Bailey trocken ein.

Mein Mut kehrte gewissermaßen mit jedem vergehenden Augenblick zurück. Mr. Glass wäre nicht so offen mit uns, würde er uns verdächtigen. Aber ich wollte sichergehen. „Und Sie glauben, wir hätten etwas damit zu tun?"

Daisy sprach, bevor einer der Männer die Gelegenheit dazu bekam. „Weshalb sollte Sylvia vor einen von Ihnen treten, wenn wir mit ihnen im Bunde wären?"

„Damit es aussieht, als wäre sie unschuldig", erklärte Mr. Bailey.

Mr. Glass hob eine Hand. „Wir haben uns dazu noch keine endgültige Meinung gebildet. Wir versuchen nur, ein paar Punkte zu klären." Er senkte die Hand auf den Oberschenkel, wo sein Daumen wieder klopfte. Es schien eine nervöse Ange-wohnheit zu sein. Ich fragte mich, ob er sich die im Krieg ange-eignet hatte. Manche Männer kamen mit Nerven in Fetzen zurück. Manche waren so schlimm, dass sie nicht mehr in der Gesellschaft funktionstüchtig waren, doch andere zeigten nur milde Symptome wie einen Tick im Gesicht oder eine unwillkürliche körperliche Angewohnheit. Ich versuchte, nicht hinzustarren.

„Können Sie die Entführer beschreiben, Miss Ashe?", fragte er.

„Ein bisschen. Sie haben sie auch gesehen?"

„Ich habe den Mann im Wagen nicht gesehen. Hätte ich gewusst, dass er dort war, hätte ich hingesehen, aber ..." Er schnalzte mit der Zunge, war wütend auf sich. Es war allerdings kaum seine Schuld. Es war so schnell geschehen, und er war überrascht worden.

Mr. Bailey stimmte zu. „Du warst abgelenkt, Gabe."

Eindeutig warf mir Mr. Bailey immer noch diese Ablenkung vor. Er hatte damit auch recht. Ich hätte nicht weiterhin Mr. Glass bedrängen sollen, seine Mutter zu sehen, nachdem er ursprünglich abgelehnt hatte.

Ich senkte den Kopf. „Es tut mir leid."

„Leid?" Mr. Glass wirkte verwirrt.

„Ich fürchte, den anderen Mann habe ich auch nicht gesehen." Ich beschrieb ihnen den Grobian, den ich gesehen hatte, aber Mr. Glass schrieb nichts davon auf. Ich hatte ihnen nichts erzählt, was sie nicht bereits wussten. „Ich wünschte, ich könnte eine größere Hilfe sein. Daisy?"

„Ich habe nichts mehr hinzuzufügen", sagte sie, funkelte immer noch Mr. Bailey an.

Mr. Bailey erwiderte es mit einem Blick aus zusammengekniffenen Augen.

Mr. Glass seufzte. „Sie waren beide eine große Hilfe. Vielen Dank." Er stand auf. „Falls Ihnen noch irgendwas einfällt, kontaktieren Sie mich bitte unter Benutzung der Telefonnummer auf meiner Karte."

Er und Mr. Bailey wünschten uns Lebewohl, dann gingen sie zur Tür. Mr. Bailey ging hinaus, doch Mr. Glass wandte sich zurück. „Ich möchte mich für meinen Tonfall vorhin entschuldigen. Ich fürchte, ich war ein wenig brüsk zu Ihnen, als Sie nach meiner Mutter gefragt haben."

„Schon in Ordnung. Ich sehe ein, dass Sie sie beschützen möchten."

„Das ist es nicht."

„Ist es", ging Mr. Bailey dazwischen.

„Also gut, das ist es teilweise. Meine Mutter mag die Aufmerksamkeit nicht, die damit einhergeht, als die Mutter der Magie bekannt zu sein, oder wie immer die Zeitungen sie dieses Jahr nennen. Sie zieht ein stilles Leben vor, und hat dieser Tage wenig mit Magiern oder der Politik zu tun. Die hochtrabenden Dinge, die Sie über sie gehört haben, stimmen vermutlich nicht."

„Ich habe gar nichts über sie gehört. Darum geht es ja. Mein Bruder hat ihren Namen in sein Notizbuch geschrieben und nahegelegt, sie könnte uns vielleicht Antworten darauf geben, ob wir Silbermagier sind oder nicht. Ich habe keine Ahnung, wie sie das beantworten könnte. Ich bin es, die sich bei Ihnen entschuldigen sollte. Sie hatten recht, mich zur Gilde der Silberschmiede zu leiten. Falls es Silbermagie in unserer Familie gibt, werden sie in den Gildenarchiven aufgelistet sein."

„Nur, wenn sie aus London waren." Er hob die Augenbrauen.

Ich zuckte mit den Schultern. Ich hatte keine Ahnung, woher die Ashes ursprünglich stammten. „Die Gilde ist übers Wochenende geschlossen. Ich werde während meiner Mittagspause am Montag zurückkehren und ihren Archivar fragen, ob er irgendetwas über den Namen Ashe herausfinden kann."

„Vergessen Sie nicht den Mädchennamen Ihrer Mutter, oder Großmutter."

„Gehen Sie so weit zurück, wie Sie können", fügte Mr. Bailey an.

„Das weiß sie", fuhr ihn Daisy an.

Das war ja das Problem. Ich wusste nichts über meine Großmütter. Ich hatte meine Großeltern nie getroffen, meine Mutter hatte sie nie erwähnt. Oder vielmehr hatte sie sich geweigert, James und mir etwas über sie zu erzählen. Wir wurden getadelt, wann immer wir fragten.

„Was wir Ihnen sagen können, ist, dass Silbermagie selten ist", sagte Mr. Glass. „Falls die Gilde von einem Silbermagier weiß, ist er vermutlich mit Ihnen verwandt."

„Ich bezweifle sehr, dass Magie in meiner Familie existiert. Ich spüre nichts, wenn ich silberne Sachen berühre." Ich betastete den Ring meiner Mutter, den ich am Finger behalten hatte. „Ich sollte etwas spüren, oder nicht?"

„Falls Sie eine Magierin sind, ja. Es ist möglich, dass Sie die Magie nicht geerbt haben und Ihr Bruder schon. Falls ein Elternteil talentfrei ist und das andere ein Magier, gibt es eine fünfzigprozentige Chance, dass die Kinder talentfrei sein werden. Von welchem Elternteil oder Großelternteil nahm ihr Bruder denn an, ein Silbermagier zu sein?"

Ich schaute auf den Ring hinab. „Ich weiß es nicht. Meine Mutter hat niemals Magie erwähnt, und ich habe meinen Vater niemals getroffen." Ich schaute zur Seite, konnte ihm nicht in die Augen sehen. Was musste er von mir halten, ein vaterloses Kind von unbestimmter Abstammung? Die Schande, die ich beim Aufwachsen gespürt hatte, kehrte zurück, um mich heimzusuchen. Kinder können grausam sein. Als sie erfahren hatten, dass James und ich nichts über unseren Vater wussten, hatten sie uns gnadenlos damit getriezt.

Es war der andere Grund, weshalb ich so wenige Freunde hatte.

„Wo arbeiten Sie?", fragte Mr. Glass plötzlich.

„Bei der Bibliothek der Philosophical Society of London. Warum?"

„Falls ich noch einmal mit Ihnen sprechen muss. Ich würde mich lieber nicht ein zweites Mal Mrs. Whittens Zorn stellen müssen." Er fasste sich an die Hutkrempe und ging hinaus, Mr. Bailey direkt hinter ihm.

Ich starrte auf seine Karte hinab, die sich in meiner Handfläche schmiegte. Dort stand keine Adresse, und sie enthielt nur eine Telefonnummer. Ich schob sie in meine Rocktasche und versuchte, mir eine Einzelheit über die Entführer einfallen zu lassen, die ich vielleicht vergessen hatte, ihm zu sagen. Aber ganz gleich, wie sehr ich es versuchte, mir wollte kein Grund einfallen, ihn anzurufen.

„Ich mag diesen Mann nicht", sagte Daisy.

„Welchen?"

„Den Großen. Wie kann er es wagen, uns zu verdächtigen,

den Entführern geholfen zu haben, wenn deine Einmischung das Einzige war, was Mr. Glass gerettet hat?"

„Er macht sich Sorgen um seinen Freund. Außerdem hat er das Recht, misstrauisch zu sein. Immerhin haben wir die Stelle bei der Ausstellung nur angenommen, damit wir mit einem Freund sprechen konnten, und waren dort, als der Entführungsversuch stattfand."

„Ich mag ihn immer noch nicht. Er hat mit mir geflirtet, vor dem Entführungsversuch. Eindeutig verdächtigte er uns von dem Augenblick an, in dem er uns getroffen hat, und das auch noch ohne Beweise. Dadurch werden meine Rechte verletzt."

Ich lächelte. „Nicht ganz, aber ich sehe schon, worauf du hinaus willst. Wie kann es ein Mann wagen, mit dir zu flirten, ohne einen Beweis für deine Schuld zu haben?" Ich hatte es als Witz gemeint, um klarzustellen, dass er vermutlich mit ihr geflirtet hatte, weil er sie besser hatte kennenlernen wollen, aber sie war dafür nicht erreichbar.

„Ganz genau. Ich freue mich, dass du es so siehst wie ich, Sylv."

* * *

AM MONTAGMORGEN STELLTE ICH FEST, dass ich meinen Blick zu dem Zeitungsartikel über Mr. Glass wandern ließ, anstatt zu arbeiten. Am Vortag hatte ich den Besuch noch einmal mit Daisy besprechen wollen, aber sie war damit beschäftigt gewesen, zu malen. Wenn die Muse sie packte, hielt sie sich fest und ließ nicht mehr los. Ihre Antworten auf meine Fragen waren nur ein Knurren oder ergaben einfach keinen Sinn. Als ich sie fragte, ob sie dachte, Mr. Glass wäre ein Magier, sagte sie: „Hmmm." Da sie keine weitere Antwort ausführte, beschloss ich, das wäre Zustimmung. Immerhin sollte seine Mutter angeblich sehr mächtig sein, und sie hatte vermutlich gewollt, dass ihre Kinder ebenfalls Magier waren, und hatte deshalb einen geheiratet, um es sicherzustellen.

Ich lehnte die Hüfte an den Schreibtisch und musterte den Artikel nach einer Erwähnung, ob er ein Magier war.

„Lesen Sie wieder über mich, Miss Ashe?"

„Mr. Glass!" Ich ließ die Zeitung auf den Schreibtisch fallen, doch es war zu spät. Er hatte mich gesehen. Er musste mich wohl für eine besessene Bewunderin halten. Igitt. Noch eine Erniedrigung, die man auf der Liste anfügen konnte. „Ich habe nur die, äh, die Annonce daneben gelesen."

Er nahm die Zeitung und las vor. „La-Mar Reduktionsseife. Keine Diät oder Übung nötig. Wirkt wie magisch bei der Reduktion von Doppelkinn ..." Er warf einen Blick auf mein Kinn. Sein Mund bewegte sich nicht, aber in seinen grünen Augen tanzte Erheiterung. „... Bauch, unansehnlichen Knöcheln, unpassenden Handgelenken, Armen und Schultern, großen ..." Er räusperte sich und legte die Zeitung wieder auf den Schreibtisch. „Falls Sie wirklich diese Anzeige gelesen haben, darf ich klarstellen, dass Sie diese Seife nicht brauchen."

Mein Gesicht brannte. Es gab nichts dagegen zu tun, als es auszusitzen. Ich schnappte mir die Zeitung und warf sie in den Mülleimer. „Nein, dürfen sie nicht."

Er lachte leise. „Sie haben vielleicht den Artikel gelesen, nicht die Anzeige, aber Sie hätten ja keinen Grund, das zu leugnen, oder? Ich meine, es ist nichts falsch daran, ihn ein zweites Mal zu lesen. Oder ist es das dritte Mal?"

Es war mehr als das, aber das würde ich nicht zugeben. Der Mann war mehr von sich selbst eingenommen, als mir klar gewesen war. Daisys erster Eindruck von ihm war vielleicht trotzdem zutreffend gewesen. Der Überfluss an Glück hatte ihn in einen Egoisten verwandelt.

„Sind Sie ein Mitglied der Society, Mr. Glass?", fragte ich.

„Nein. Sollte ich mich anschließen?" Er schaute sich um, betrachtete den Schreibtisch mit den Bücherstapeln, die man wegräumen musste, die sich zu unseren beiden Seiten auftürmen, und den gemütlichen Ledersessel. „Ich bin kein großer Philosoph, aber vielleicht kann ich über das Leben nachdenken, während Sie arbeiten. Es ist sehr still."

Er ließ es wie etwas Seltsames klingen, oder vielleicht eine Kritik. „Es ist eine Bibliothek. Da soll es still sein. Und es ist nichts falsch daran, in Frieden gelassen zu werden, mit nur den eigenen Gedanken zur Gesellschaft."

„Das hängt von den Gedanken ab", sagte er düster. Bevor ich

etwas einwenden konnte, fuhr er fort: „Ich möchte mich für die Art entschuldigen, wie Alex und ich mit Ihnen und Miss Carmichael am Samstag gesprochen haben. Wir haben Ihnen das Gefühl gegeben, verdächtigt zu werden, und das war nicht gerecht." Es war keine Bestätigung, dass er uns von seiner Liste mit Verdächtigen entfernt hatte. Wir standen immer noch darauf. Wir standen vermutlich ganz oben.

Ich hob die Augenbrauen, wartete darauf, dass er mehr sagte, oder es vielleicht sogar bestätigte oder leugnete.

Er musterte den Umschlag eines der Bücher auf dem Schreibtisch, betastete die ausgefransten Stoffränder irgendwie geistesabwesend. Weshalb das Zögern? „Ich bin gekommen, um Ihnen etwas zu sagen, das mir gerade heute Vormittag gekommen ist."

„Fahren Sie fort."

„Ich glaube, Sie könnten doch aus einer Familie von Silbermagiern stammen."

„Weshalb glauben Sie das?", fragte ich gehaucht.

„Sie heißen Sylvia."

Meine Hoffnung war aufgestiegen, doch jetzt sank sie wieder herab. Ich nickte ihm zu, sagte ihm aber nicht, dass ich diese Verbindung bereits in Betracht gezogen hatte. Tatsächlich war es so offensichtlich, dass es sich kaum lohnte, es überhaupt zu erwähnen. Er konnte doch unmöglich hergekommen sein, um mir nur das zu sagen. Ich wartete auf mehr, aber es kam nichts mehr.

„Ist irgendetwas, Miss Ashe?"

„Nein", sagte ich bedrückt. „Sie sollten gehen."

„Hätte ich nicht an Ihren Arbeitsplatz kommen sollen? Es war niemand unten, also beschloss ich, mein Glück hier oben zu versuchen. Hätte ich mich irgendwo einschreiben sollen?"

„Sie haben Mr. Parmiter nicht gesehen?"

Er schüttelte den Kopf und zuckte mit den Schultern, als würde es keine Rolle spielen. Aber für Mr. Parmiter spielte es eine Rolle.

„Danke, dass Sie den ganzen Weg gekommen sind, um mir meinen Namen zu sagen, Mr. Glass." Ich zuckte zusammen. Ich hatte nicht so sarkastisch sein wollen. Zumindest nicht laut ausgesprochen. „Ich weiß es zu schätzen. Aber bitte machen Sie sich keine weiteren Schwierigkeiten mit meinem kleinen Problem. Sie sind bestimmt schrecklich beschäftigt, und ..." Ich schnitt mir das Wort ab und stöhnte im Stillen, als Mr. Parmiter hinter dem nächsten Regal hervorkam. Ich verabscheute es, dass es allen, die die Stufen heraufkamen, dem Blick entzog. Wenn ich beschäftigt war, wie gerade jetzt, hörte ich die Schritte nicht.

„Sir?", brüllte Mr. Parmiter. „Sind Sie hier Mitglied?"

Mr. Glass streckte eine Hand aus. „Gabriel Glass, zu Diensten. Ich war nur hier, um ..."

„Sind sie ein Mitglied?"

Mr. Glass senkte die Hand. „Nein. Ich bin hier, um mit Miss Ashe über ..."

„Dann gehen Sie bitte." Mr. Parmiter deutete hinab zum Treppenhaus. „Die Bibliothek darf nur von Mitgliedern benutzt werden."

Mr. Glass spannte das Kinn an. „Da missverstehen Sie etwas. Ich arbeite für Scotland Yard." Er holte eine Karte hervor und reichte sie Mr. Parmiter.

Mr. Parmiter hielt sie in einer Armeslänge Abstand und spähte seine Nase entlang, um sie zu lesen. „Hat Miss Ashe denn Schwierigkeiten?"

„Sie hat ein Verbrechen bezeugt, und ich bin hergekommen, um ihr nachfolgend ein paar Fragen zu stellen."

„Sie hätten erst mit mir sprechen und mich um Erlaubnis bitten sollen. Nichtmitglieder sind nicht zugelassen."

„Für die Polizei können Sie sicher eine Ausnahme machen."

„Auf Ihrer Karte steht, Sie sind ein Berater für Scotland Yard, kein richtiger Polizist."

Ich wollte unter die Höhle unter dem Schreibtisch kriechen und mich dort verstecken. Mr. Parmiter war immer nett zu den Mitgliedern der Society gewesen, also hatte ich gedacht, er würde einfach keine Frauen im Allgemeinen mögen, oder im Speziellen Daisy und mich nicht. Aber seine Unhöflichkeit gegenüber Mr. Glass bewies, dass er einfach alle verabscheute, die mit mir zu tun hatten, ganz gleich, wie locker die Verbindung auch war.

Mr. Glass hob ergeben die Hände. „Ich hoffe, ich habe Miss Ashe keine Schwierigkeiten bereitet. Das habe ich nicht beabsichtigt. Wäre jemand unten am Schreibtisch gewesen, hätte ich mich erst eingeschrieben, bevor ich mich auf die Suche nach ihr gemacht hätte."

Da Mr. Parmiter an dem Schreibtische hätte sein sollen, nahm er die Anmerkung als einen Seitenhieb auf sein Arbeitsethos hin. Seine Lippen bebten vor Empörung. „Wenn Sie jetzt fertig sind", stieß er hervor.

Mr. Glass berührte seine Hutkrempe. „Einen schönen Tag, Miss Ashe, und vielen Dank noch einmal für Ihre Unterstützung bei meiner Ermittlung." Er entschuldigte sich bei Mr. Parmiter, dass er mich von der Arbeit abgehalten hatte, dann ging er.

Mr. Parmiter wirbelte herum, um sich vor mich zu stellen. „Sie können den Rest des Tages noch arbeiten, aber machen Sie sich nicht die Mühe, morgen hier zu erscheinen."

Mir stand der Mund offen, ich starrte ihn an. „Sie entlassen mich wegen eines Besuchs, über den ich keine Kontrolle hatte? Das ist nicht fair!"

„Es ist nicht nur er. Da gibt es dieses törichte Mädchen, das sich regelmäßig hereinschleicht, genauso wie die Schminke."

„Ich trage keine Schminke!"

Er schnaubte. „Ihr Verehrer war der letzte Tropfen, der das Fass zum Überlaufen brachte. Ein Berater bei Scotland Yard, aber sicher doch."

„Das ist er!" Ich schnappte ihm die Visitenkarte weg und wedelte damit vor seinem Gesicht.

„Jeder kann sich gefälschte Visitenkarten machen lassen. Dieser Mann arbeitet nicht für die Polizei. Er ist zu jung, um ein Berater zu sein. Entweder wurden Sie hereingelegt, oder er versuchte, mich zum Narren zu halten."

Ich brauchte einen Augenblick, um meine Gedanken zu sammeln und die Worte zu finden, um mich auszudrücken. Aber als ich sie fand, schnappte ich mir meine Tasche und ging um den Schreibtisch. Ich mochte ja kleiner sein als Mr. Parmiter, aber ich stellte mir gerne vor, dass er zurückwich, weil auf meinem Gesicht ein so wilder Ausdruck stand, nicht wegen der Tatsache, dass ich so nahe an ihn heranging, dass wir fast Zehe an Zehe standen. „Sie sollten sich für die Art schämen, wie Sie Leute behandeln, aber ich bezweifle, dass Sie die

Charaktertiefe besitzen, um Scham für Ihr Verhalten zu empfinden."

Er schob das Kinn vor, gab ein gutes Ziel ab, hätte ich vorgehabt, ihn zu schlagen. „Von mir werden Sie keine Empfehlung bekommen, Miss Ashe."

„Das ist mir gleich." Ich schob mir die Tasche unter den Arm und ging. Ich konnte es nicht mehr aushalten, ihn weiter anzusehen.

„Wohin gehen Sie? Sie müssen den Tag beenden!"

„Ziehen Sie es von meinem Lohn ab."

Ich widerstand dem Drang, unflätige Gesten vor ihm zu machen, wie es Daisy getan hätte, aber ich murmelte eine Reihe Fluchwörter vor mich hin, während ich aus dem Gebäude stürmte. Das Mitglied, das am Eingangstresen mit einem Buch wartete, gab angeekelte Geräusche durch seinen wuchernden Schnurrbart hindurch von sich.

Ich ging aus dem Gebäude der Society, überquerte die Straße und schaute nicht zurück.

KAPITEL 4

Das Hinausstürmen mochte sich ja befreiend anfühlen, und es brachte meine Ansichten perfekt zum Ausdruck, aber jetzt hatte ich keine Empfehlung von meinem jüngsten Arbeitgeber. Ich verbrachte den Rest der Woche damit, auf Stellenannoncen zu antworten, mit Agenturen zu sprechen und an Bewerbungsgesprächen teilzunehmen. Ich bewarb mich auf jede Arbeit, die auch nur annähernd passend wirkte. Es gab nur eine ausgeschriebene Stelle für eine Nachwuchsjournalistin, und ich wurde nicht einmal eingeladen. Als ich beim Büro der Zeitung nachfragte, hatte man mir gesagt, dass Dutzende Männer zu einem Bewerbungsgespräch geladen worden waren.

Nun, da der Krieg vorbei war und die zurückgekehrten Soldaten den Arbeitsmarkt fluteten, war es fast unmöglich, eine Arbeit zu finden, die traditionell von Männern erledigt wurde, also gab ich auf und bewarb mich auf Arbeit, die normalerweise Frauen machten. Das Ergebnis war das gleiche. Sie wollten mich auch nicht.

„Es ist so niederschmetternd", sagte ich zu Daisy und Horatio, als ich am Freitagabend in Daisys Wohnung kam.

Horatio nahm meinen Mantel und hängte ihn auf einen Ständer in der Nähe der Tür. Er gab mir einen Kuss auf die Wange. „Du klingst, als könntest du ein Getränk vertragen. Daisy mixt Cocktails."

„Martinis", sagte Daisy vom Buffet aus.

Ich setzte mich auf das Sofa. „Klingt exotisch."

Horatio setzte sich neben mich. „Auf was für Arbeit hast du dich denn beworben?"

„Auf alles! Telefonistin, Verkäuferin, Sekretärin …"

„Putzfrau?", fragte Daisy.

„Noch nicht, aber vielleicht muss ich das."

Horatio verzog das Gesicht. „Du bist zu hübsch und zu klug für schwere Arbeit."

„Ich arbeite in der Fabrik, wenn ich muss. Ich brauche das Geld."

„Das erklärt den alten Mantel, den du trägst. Lass mich raten, es ist dein einziger?"

Ich legte mir in gespieltem Entsetzen eine Hand an die Lippen. „Du meinst, Leute haben mehr als einen Mantel im Schrank?"

„Schockierend, ich weiß." Er stieß mich mit der Schulter an. „Wie verzweifelt bist du?"

„Wenn ich nächste Woche keine Arbeit finde, werde ich nicht für mein Zimmer in der Pension zahlen können."

Daisy reichte mir einen Cocktail in einer Cocktailschale, und einen weiteren Horatio. „Ist das etwas so Schlimmes? Dieser Ort ist ein Gefängnis für alleinstehende Frauen, und diese Mrs. Leviten ist die Wärterin."

„Mrs. *Whitten* ist nicht so schlimm. Sie hat eine große Verantwortung damit, uns alle sicher zu halten."

Daisy knurrte, als sie sich auf den braunen Ledersessel setzte, die Beine im Schneidersitz. Der Sessel passte nicht zu irgendeinem der anderen Möbelstücke. Tatsächlich passte nichts von der Einrichtung zusammen. Das Sofa, auf dem Horatio und ich saßen, war ein uraltes georgianisches Ding, bedeckt mit zerfledderter Seide, die vermutlich einst in luxuriösem Gold erstrahlt war, aber zur Farbe von Knochen verblichen war. Daisy versuchte, die Flecken mit Decken und Kissen zu verbergen, die schwach nach Terpentin rochen. Oder vielleicht kam dieser Geruch von Horatio. Ein Esstisch mit robusten Beinen wurde als Tisch für ihre Skizzen benutzt, genauso ein weiterer kleiner Tisch neben dem Sofa. Die ganzen Möbel waren auf eine Seite geschoben, um einen offenen Raum zu ergeben, in dem Platz für ihre Staffelei und Leinwände war, und außerdem ein Buffet. Die ganze Wohnung war frei von Kinkerlitzchen, bis auf eine kleine Bronzeskulptur eines Bassets, der den Ehrenplatz auf einem Seitentisch einnahm. Der fehlende Schnickschnack ließ mehr Platz für Gemälde, Skizzen und ihr Fahrrad, letzteres verborgen von der Tür, wenn sie geöffnet war. Die eklektische Zusammenstellung aus Schmuck und Möbeln funktionierte. Ganz wie Daisy selbst.

Ihre Atelierwohnung war sehr viel größer als der Raum, der mir in der Pension zur Verfügung stand, und ich musste zugeben, ich war neidisch. Das alte Gebäude war renoviert und in Wohnungen umgewandelt worden, der Speicher völlig entfernt, um die Höhe der Decken in den obersten Räumen zu vergrößern. Die frisch gebauten Wohnungen gewannen durch die Gewölbedecken eine Menge an Licht und waren perfekt für Künstler. Daisy kam in das Schlafzimmer auf dem Halbgeschoss durch eine wacklige Leiter, die aussah, als wäre es schwer, sie nach ein paar Cocktails zu benutzen. Die untere Ebene der Wohnung war ein großer offener Bereich, der Kunstatelier, Wohnzimmer, Esszimmer und Küchenzeile in einem abgab. Eine Tür führte zu einem Bad. Sie musste sich nicht für einen Badbesuch anstellen, oder kalt duschen, wenn sie zu lange wartete, und niemand rief durch die Tür, dass sie sich beeilen sollte. Sie hatte alles für sich. Die Miete musste allerdings rasch das Erbe ihrer Großeltern aufbrauchen. Wenn sie nicht bald einige Gemälde verkaufte, könnte es dazu kommen, dass sie sich mir der Pension anschloss.

„Du solltest die Schilder sehen, die an die Wände der ganzen Pension gepflastert sind, Horatio", sagte Daisy. „,Bleibt unschuldig', ,schützt eure Tugend'."

„Funktionieren die Schilder?", fragte er.

„Nein", sagten sowohl ich als auch Daisy gleichzeitig.

Er lächelte in sein Cocktailglas. „Vielen Dank für den Hinweis."

Ich lachte leise. Nach allem, was ich über Horatio erfahren hatte, war er unverbesserlich kokett mit einer Liebe zum Leben, den Frauen, und vermutlich auch den Männern. Seit ich meine

Stellung bei der Bibliothek verloren hatte, verbrachte ich jeden Nachmittag mit Daisy, und manchmal Horatio, beschwerte mich über mein Pech, neue Arbeit zu finden. Sie waren gute Zuhörer, unterstützten mich, aber praktisch hilfreich waren sie nicht. Ich fing an, mich zu fragen, ob einer von ihnen im Leben jemals nach Arbeit hatte suchen müssen. Horatio war ein erfolgreicher Künstler und schaffte es, durch seine Gemälde genug zu verdienen, um davon zu leben, während Daisy von ihrem Erbe lebte.

Sie neigte den Kopf zur Seite. „Du brauchst keine weitere Geliebte, Horatio. Du hast Lucy."

„Lacy." Horatio zuckte mit den Schultern. „Sie ist schon ganz in Ordnung, aber sie *inspiriert* mich einfach nicht mehr."

„Sie langweilt dich bereits? Ehrlich. Du bist flatterhaft wie ein Schmetterling in einem Frühlingsgarten."

„Und genauso hübsch."

Ich lachte, und Daisy verdrehte die Augen.

Horatio schnippte mit den Fingern. „Sylvia! *Du* kannst es!"

Ich hatte gerade an meinem Cocktail nippen wollen, aber der plötzliche Ausbruch ließ mich ein wenig auf meine Bluse verschütten. „Ich mag verzweifelt sein, aber ich werde nicht deine Geliebte."

„Nicht meine Geliebte, meine Muse."

Daisy beugte sich herüber und reichte mir ein Taschentuch. „Ist das bei dir nicht dasselbe?"

„Manchmal."

Daisy und ich hoben vor ihm die Augenbrauen.

„Also gut, immer. Aber du kannst anders sein, Sylvia. Du musst nur für mich dasitzen und ätherisch wirken. Ich verspreche, dich nicht zu berühren. Außer, du willst mich auch, natürlich."

„Wäre ich dabei ganz angekleidet?"

Er lachte, aber es verging ihm rasch. „Ach, das hast du ernst gemeint. Die Anstellung als meine Muse verlangt, dass du dich ausziehst. Aber ich verspreche, ich werde deinen Körper nicht betrachten, wie es ein Mann täte. Ich werde dich durch die Brille des Künstlers sehen."

„Vielen Dank für das Angebot, aber ich glaube, ich werde

weiter nach Arbeit suchen." Ich nippte an meinem Cocktail. „Der Geschmack ist frisch. Was ist das?"

„Ein Martini", sagte Daisy. „Gin, Vermouth und Bitterorange. In Amerika ist das beliebt. Na ja, war es vor der Prohibition."

„Diese Elenden." Horatio stürzte seinen Cocktail in nur einem Schluck hinunter und hielt das Glas hin, damit Daisy es nachfüllen konnte. „Ich brauche noch einen. Mit Abweisung komme ich nicht gut zurecht."

Daisy löste sich aus dem Sessel und nahm das Glas.

Horatio wandte sich an mich, eine Hand auf dem Herzen. „Trotz des Schlages, den du mir versetzt hast, werde ich dir helfen. Ich weiß, wo du vielleicht vorübergehend Arbeit findest."

Ich richtete mich gerade auf. „Wo?"

„Bei der Royal Academy."

Mein Herz wurde schwer. „Das wäre für die gleiche Ausstellung, bei der ich mich zum Narren gemacht habe, der Butler mich entlassen hat, und die Gönnerin mich getadelt hat, weil ich es gewagt habe, mit einem Gast zu sprechen?"

„Lady Stanhope ist keine Gönnerin; ihr Mann ist ein Ehrenmitglied. Sie ist nur eine unhöfliche Kuh, die sich gern wichtigmacht. Auf jeden Fall wird sie nicht da sein, und genauso wenig der Butler. Die Privatbesichtigung ist vorbei, und jetzt ist die Öffentlichkeit am Zug, sodass Lady Stanhope sich rarmacht. Sie zieht es vor, sich nicht mit dem gemeinen Pöbel abzugeben. Ludlow ist ebenfalls überflüssig. Er steht halb im Ruhestand und hat nur während der Privatbesichtigung gearbeitet, weil Lady Stanhope darum gebeten hat. Die meisten der zusätzlichen Angestellten, die in der letzten Woche angeheuert wurden, sind bereits weg. Jene, die noch da sind, werden dir vermutlich auf den Rücken klopfen wollen. Euer Abgang ist legendär."

Daisy wurde fröhlicher. „Es war schon ein Spaß, oder, Sylvia?"

„Nicht wirklich", sagte ich mit einem Kopfschütteln und einem Lächeln. Es war besser, über meine Erniedrigung zu lachen, als sie köcheln zu lassen. Außerdem hatte ich schon genug geköchelt. Ich wollte weiterziehen und es vergessen. Was spielte es für eine Rolle, was Mr. Glass von mir hielt? Ich würde ihn niemals wiedersehen.

„Diesmal wird deine Stelle nicht in der Küche oder im Bedienstetenbereich sein", fuhr Horatio fort. „Beginnend am Montagabend verlegen sie einige der Gemälde. Manche werden ganz abgenommen und an die Besitzer oder die Künstler zurückgegeben, während andere in unterschiedliche Räume ziehen, basierend auf den Rückmeldungen von der Privatbesichtigung. Die Arbeit findet nach den Öffnungszeiten statt. Ich habe gehört, dass es dem Assistenten des Ausstellungsverwalters nicht gut geht. Ich bin sicher, du könntest einspringen, bis er zurückkommt, Sylvia. Weshalb versuchst du nicht dein Glück am Montagnachmittag, wenn der Verwalter da ist?"

Es war das beste Angebot, das ich die ganze Woche bekommen hatte. Es war das einzige Angebot. „Mache ich. Vielen Dank, Horatio. Du bist ein Schatz."

Daisy reichte Horatio ein Glas, und er hob es auf mich. „Und falls du es dir anders überlegst, würde ich dich immer noch bereitwillig als Modell annehmen."

„Vielen Dank."

Er wirkte zufrieden, trotz meines sarkastischen Tonfalls.

„Du erholst dich rasch von Abweisung", sagte ich.

„Es gibt zu viel, über das man glücklich sein kann, um lange niedergeschlagen zu bleiben."

Daisy beugte sich vor und stieß mit ihrem Glas an seines. „Auf neue Gelegenheiten, neue Freunde und ein neues Jahrzehnt. Ich habe das Gefühl, das wird tausendmal besser als das letzte."

Horatio seufzte theatralisch. „Lieber Gott, das hoffe ich."

Genau wie ich.

„Wo wir gerade bei neuen Freunden sind, hast du diesen gut aussehenden Glass-Kerl seit Montag noch einmal gesehen?", fragte er.

Ich schüttelte den Kopf. „Ich erwarte nicht, ihn wiederzusehen."

„Bist du dir da ganz sicher?" Er zwinkerte Daisy zu.

Sie blinzelte zurück. „Weshalb sollte Sylvia ihn sehen? Sie hat seinetwegen ihre Anstellung verloren!"

Ich presste die Lippen aufeinander, damit ich ihr nicht verriet, dass sein Besuch nur die Kirsche auf dem Kuchen für Mr. Parmiter gewesen war. Das Mehl, die Eier und die Butter waren zum Großteil sie.

Horatio drehte sich zu mir und verzog das Gesicht, sodass Daisy es nicht sehen konnte. „Lass mich wissen, wenn du ihn wiedertriffst. Ich werde dir ein paar Tipps geben, wie du mit Männern wie ihm flirtest."

„Sie wird nicht mit ihm flirten. Hör auf, sie zu ermutigen, Horatio."

„Flirten ist eine großartige Möglichkeit, um an Informationen zu kommen."

Daisy sank in ihren Sessel. „Ich weiß", murmelte sie. „Sein Freund weiß es auch, verdammt soll er sein."

„Ich schlage doch nur vor, wenn Sylvia herausfinden will, ob er euch zwei immer noch verdächtigt, in die Entführung verwickelt zu sein, sollte sie … freundlich agieren." Er schob sich vom Sofa hoch und hielt Daisy eine Hand hin. „Jetzt zeig mir dein jüngstes Meisterwerk, Liebling."

Sie schnappte nach Luft. „Wirklich? Du willst es sehen? Hervorragend!" Sie sprang vom Sessel auf und bat uns grinsend, dass wir ihr beide folgen sollten.

Ich hätte Horatio würgen können, aber er schien ehrlich begeistert zu sein, sich ihre Werke anzusehen. Das bewies nur noch weiter, dass ich nichts von Kunst verstand. Daisys Gemälde waren überhaupt nicht mein Geschmack. Trotzdem schaffte ich es, zu nicken und zur richtigen Zeit zu lächeln, und ich wurde im Gegenzug mit ihrer aufrichtigen Freude belohnt. Vielleicht tat ihr Horatio nur einen Gefallen, aber ich freute mich, falls es so war, wenn es solche Folgen hatte.

* * *

WENN ICH HORATIO das nächste Mal sah, würde ich ihn küssen. Als ich spät am Montagnachmittag am Burlington House ankam, suchte ich in dem Aufruhr das Büro des Ausstellungsverwalters. Sein Assistent war immer noch krank, und die Arbeit stapelte sich. Es war leicht, Mr. Bolton zu überzeugen, dass ich die nötigen Pflichten auf mich nehmen konnte. Ich setzte ihn in Kenntnis, dass ich ein paar Jahre lang Journalistin gewesen war, und dann Bibliothekarin, hier in London, ganz kürzlich.

„Ihre Arbeitszeugnisse?", fragte er, ohne von seinen Papieren aufzusehen.

Ich legte diejenigen, die ich hatte, vor ihm aus. Er musterte sie rasch. Tatsächlich machte er es so schnell, dass ihm wohl gar nicht aufgefallen war, dass das von der Bibliothek ganz fehlte und keines davon aus der jüngsten Zeit stammte.

Er zog eine hölzerne Kiste oben aus der Schreibtischschublade und suchte ein paar Kautschukstempel von denjenigen aus, die ordentlich im Inneren aufgereiht standen, genauso ein Stempelkissen. Er stempelte meine Zeugnisse mit dem Wort ANGENOMMEN, dann stand er auf und knüpfte seine Jacke auf. „Sie werden schon gehen." Er bedeutete mir, dass ich vor ihm aus dem Büro gehen sollte. „Hängen Sie Ihren Mantel auf und nehmen Sie dieses Klemmbrett."

Mr. Bolton war wie ein Kommandant beim Militär mit seinen gebrüllten Befehlen und knappen Einschätzungen. Nachdem er mich gebeten hatte, im Gang zu warten, schoss er zurück in sein Büro, um einen kurzen Stock herauszuholen, und die Ähnlichkeit mit einem kleinen General wurde sogar noch weiter betont. Er schob ihn sich unter den Arm und marschierte weiter.

Wir verbrachten die nächsten zwei Stunden damit, von einer Galerie zur nächsten zu gehen, die Kunstwerke auf seiner Liste abzugleichen. Den Stock verwendete er als Zeigestock, sowohl auf die Kunst auf der Wand als auch auf mich, wenn er wollte, dass ich etwas aufschrieb. Am Ende der zwei Stunden tauchte die sechs Männer starke Umzugsmannschaft auf.

Mr. Bolton schnippte vor mir mit den Fingern. „Die Liste, Miss Ashe."

Ich reichte ihm das Klemmbrett, doch er reichte es mir sofort zurück. „Nehmen Sie das Original ab und behalten Sie es. Das werden Sie bald wieder brauchen."

Ich löste das Original und gab ihm das Klemmbrett wieder.

Er reichte es einem der Umzugshelfer. „Die Gemälde auf der Vorderseite müssen abgenommen werden. Da gibt es dreizehn."

„Eine Unglückszahl", murmelte einer der Helfer.

Mr. Bolton deutete mit dem Stock auf den Kerl. „Sie! Sie sind neu. Wie lautet Ihr Name?"

Der Helfer legte einen Arm auf die aufgerichteten Griffe des Rollwagens. „Tommy Allan, Sir."

„In dieser Institution gibt es keinen Platz für törichten Aberglauben, Mr. Allan."

Mr. Allan fuhr sich mit der Zunge über die Vorderzähne und gab ein saugendes Geräusch von sich. Der Blick aus schweren Lidern, den er Mr. Bolton zuwarf, wurde noch finsterer durch die Narbe, die sich von seinem Mundwinkel bis zum Ohr zog. Beide Ohren waren unter den Haaren versteckt. Es hätte mich nicht überrascht, wenn das Ohr in der Nähe der Narbe beschädigt war oder vielleicht sogar ganz fehlte. Solche Narben waren nichts Ungewöhnliches bei ehemaligen Soldaten.

Der Vorarbeiter der Helfer teilte seine Männer in zwei Gruppen ein, eine mit vier und die andere mit zwei.

Mr. Bolton wies mich an, die Umzugshelfer zu beaufsichtigen. „Stellen Sie sicher, dass sie die richtigen Werke an die richtigen Stellen hängen, ganz wie es auf Ihrer Liste steht. Ich werde die Truppe beaufsichtigen, die einpackt."

Die Vierergruppe erwies sich als die Umzugsmannschaft. Einer von ihnen war Mr. Allan. Er war der erste, der ging, nur um von Mr. Bolton zurückgerufen zu werden.

Der Ausstellungsverwalter ging eine Liste mit Anweisungen und Verboten für beide Mannschaften durch, das meiste ließ sich damit zusammenfassen, die Farbe nicht zu berühren. Dem gelangweilten Ausdruck auf den Gesichtern aller Männer nach zu urteilen, nahm ich an, dass die Lektion nicht nötig war. Die meisten hatten das schon einmal gemacht.

Als er schließlich fertig war, ließ Mr. Bolton die Absätze zusammen klicken und deutete mit seinem Stock auf die nächstgelegene Galerie. „Vorwärts, Einpacktrupp!"

Zwei der Männer folgten ihm. Da meine Mannschaft in der Hauptgalerie anfing, blieben wir hier.

Mr. Allan spuckte auf den Fliesenboden. „Ich dachte, ich wäre fertig damit, dass mir so feine Pinkel Anweisungen geben für eine Aufgabe, die ich besser als sie erledigen kann."

Einer der anderen Packer warf einen Blick auf mich. „Mach das mal besser sauber, Tommy."

Tommy Allan warf mir einen höhnischen Blick zu, bevor er ging. „Putzen ist Frauenarbeit."

Ich verbiss mir meine Erwiderung und ging ebenfalls, ließ den Speichelfleck unberührt. Mr. Allan war nicht die Art Mann, mit dem ich mich anlegen wollte, besonders nicht an meinem ersten Tag. Ich würde ihm die Gelegenheit verschaffen, es zum Zeitpunkt seiner Wahl zu säubern.

Es würde ein langer Abend werden.

Wir arbeiteten vier Stunden lang, und bis dahin wurde meine Mannschaft zunehmend ruhelos. Es war spät, und wir hatten keine Pause gemacht. Na ja, die meisten von uns nicht; Mr. Allan hatte sich eine zehnminütige Pause gegönnt, um eine Zigarette zu rauchen. Ich beobachtete mit zunehmendem Ärger, wie die Asche auf den Boden fiel, während er durch den Raum ging und die Gemälde betrachtete. Als er fertig war, ließ er den Stummel in der Nähe seines Fußes fallen und trat in mit der Ferse aus.

Als er nach vier Stunden erneut mit der Arbeit aufhörte, beschloss ich, dass es Zeit war, dass sie alle eine Pause machten. Ich machte mich auf die Suche nach Mr. Bolton und fand ihn mit dem Einpacktrupp in einer der kleineren Galerien. Seine Mannschaft aus zwei Männern hielt ein Gemälde fest, das sie zu einer Kiste trugen. Mr. Bolton stand auf einer Seite, las einen Papierfetzen.

Ich näherte mich. „Macht es Ihnen etwas, wenn wir kurz einmal pausieren? Die Männer sind durstig und müde."

Er steckte das Blatt in seine Jackentasche und schaute auf die Uhr, die an einer Goldkette an seiner Weste hing. „Also gut. Es ist spät. Ihr beiden!" Er deutete mit seinem Stock auf seine Männer. „Macht das hier für heute fertig. Morgen Abend machen wir weiter."

Ich holte auf die beiden Packer auf, musste aber warten, während sie ein großes Gemälde durch die Tür manövrierten. Das gab mir eine Gelegenheit, es zu bewundern. Es zeigte eine dörfliche Straßenszene auf dem Land mit Karren, die von Pferden gezogen wurden, Kutschen und zwei Fußgängern. Es war hübsch, aber ansonsten nicht bemerkenswert. Dennoch konnte ich nicht aufhören, es anzustarren. Es faszinierte mich.

Die Männer drehten es um, um es in eine aufrecht stehende Kiste zu packen. Etwas in der Ecke ganz hinten zog meinen Blick auf sich. Die Leinwand war zerrissen. Nein, nicht zerrissen. Sie hatte sich einfach gelöst und war umgeknickt.

Aber wie konnte das sein? Von vorne hatte die Leinwand unbeschädigt gewirkt. Sie war fest gespannt, genauso wie es die Leinwand eines Malers auch sein sollte. Es gab keine Lücken, Risse oder Falten. War eine zweite Leinwand hinter dem Gemälde mit der Dorfszene? Ich rückte näher und steckte die Hand danach aus, um es zu berühren.

„Miss Ashe?", brüllte Mr. Bolton. „Was machen Sie da?"

Ich riss die Hand zurück an meine Brust und schaute auf, um ein Kichern zu hören. Mr. Allan lehnte am Türrahmen zwischen den beiden Galerien und rauchte.

Mr. Bolton marschierte zu mir heran. „Gehen Sie und kümmern Sie sich um Ihre Männer, Miss Ashe. Sie! Mr. Allan! Stehen Sie da nicht einfach rum!"

Mr. Allan stieß einen Rauchring aus dem Mundwinkel aus, dann ließ er den Zigarettenstummel auf den Boden fallen. Seine Lippen wölbten sich zu einem verschlagenen Lächeln, das sich an mich richtete.

Ich stählte mich. „Bitte heben Sie das auf, Mr. Allan, und den anderen auch."

„Haben Sie mich vorhin nicht gehört? Putzen ist Frauenarbeit."

„Die Reinigungskräfte sind nicht hier."

Er zuckte nur mit den Schultern und wandte sich ab. „Dann machen Sie es selbst."

„Aber ..."

Er fuhr zu mir herum, seine Augen blitzten. „Aber was? Es ist nicht Ihre Aufgabe, zu putzen? Das liegt nur daran, dass Sie einen Männerberuf angenommen haben." Er wies mit dem Finger auf den Boden. „Sie sollten auf den Knien sein und wienern, und ein Mann, der für sein Land gekämpft hat, sollte hier mit einer Liste und einem Stift herumlaufen. Stattdessen müssen gute Männer an den Straßenecken betteln, die Gesichter bedeckt, damit sie den Harpyien keine Angst einjagen, die ihre Arbeit gestohlen haben." Er senkte die Stimme, sodass nur ich es hören konnte. Das verlieh seinen Worten einen bedrohlichen Unterton.

„Ist etwas?", rief Mr. Bolton.

Mr. Allan sog durch die Zähne Luft ein, warf einen finsteren Blick auf den Ausstellungsverwalter und ging davon.

Mr. Bolton schluckte schwer. „Bitte heben Sie diesen Zigarettenstummel auf, bevor Sie gehen, Miss Ashe." Er marschierte in die nächste Galerie, den Stock unter den Arm geklemmt.

Die beiden Männer aus der Packmannschaft baten mich, zur Seite zu gehen. Sie trugen die schmale Kiste zwischen sich, das Gemälde mit dem Dorf sicher darin verstaut. Sie stellten es auf einen Rollwagen, und einer der Männer rollte ihn weg.

„Wohin kommt das?", fragte ich den anderen.

„In den Lagerraum, bis der Künstler kommt, um es abzuholen. Es wurde nicht verkauft, da wird es an ihn zurückgehen. Offensichtlich ist es nicht gut genug, um hängen zu bleiben. Nicht, wo es doch andere gibt, die auch mal drankommen müssen. Nicht wie diese Schönheit." Er deutete auf die Wand am Ende der großen Galerie, wo jetzt das Gemälde mit dem Dampfschiff hing, das durch das Meer pflügte. Meine Mannschaft hatte dieses Meerespanorama an den Ehrenplatz gehängt, wie von Mr. Bolton angewiesen. Basierend auf den Rückmeldungen von der Privatbesichtigung wurde es als würdig betrachtet, um eines der ersten Gemälde zu sein, das die Leute sahen, wenn sie in die Hauptgalerie kamen.

Ich stimmte dem Packer zu. Es war eine Schönheit und hatte den Premiumplatz verdient.

Ich erwähnte die zusätzliche Leinwand hinter dem Dorfgemälde nicht vor Mr. Bolton. Er mochte einer der Verdächtigen von Mr. Glass sein, und ich wollte die Ermittlung nicht ruinieren. Tatsächlich mochte Mr. Glass sich sogar der verborgenen Leinwand bewusst sein. Sie dort zu lassen, mochte zu seinem Plan gehören, die Diebe zu erwischen.

Trotzdem beschloss ich, ihn gleich als erstes am Vormittag anzurufen. Er war allerdings nicht zu Hause. Mit nur einem Telefon in der Pension konnte ich nicht sicher sein, dass man mich in Kenntnis setzen würde, wenn er meinen Anruf erwiderte, darum fragte ich, wann er zurück sein würde. Am anderen Ende gab es ein gedämpftes Geräusch, und dann meldete sich eine andere Stimme in der Leitung.

„Wer sind Sie, und was wollen Sie?", blaffte eine Frau mit einem starken amerikanischen Akzent.

„Ich, äh …"

„Es ist eine einfache Frage!"

Ich hielt den Hörer von meinen Ohren weg, damit ich nicht taub wurde, wenn sie nächstes Mal etwas sagte. „Mein Name ist Sylvia Ashe, und ich habe Informationen für Mr. Glass über die Ermittlung, an der er arbeitet."

„Gabe hat Sie erwähnt. Sie können rüber kommen. Die Adresse ist Park Street Nummer 16 in Mayfair. Kommen Sie jetzt."

„Wird er zu Hause sein, bis …"

Die Leitung war still. Ich starrte den Hörer an und legte schließlich auf. Es schien, als würde ich dorthin gehen, wo Mr. Glass lebte – ausgerechnet in Mayfair.

Es war ein angenehmer Vormittag, darum ließ ich meinen Mantel zu Hause und trug meine beste Kleidung, einen schwarzen Plisseerock und ein passendes Jackett mit einer weißen Bluse. Ein schwarzer Hut, der mit einem Band verziert war, der einzige Neukauf, den ich getätigt hatte, seit ich in London angekommen war, komplettierte den Stil. Das ganze Schwarz bedeutete, dass ich, als ich zu Fuß in Mayfair ankam, ordentlich aufgeheizt war. Es mochte an der Zeit sein, in etwas Neues zu investieren, modernere Kleider mit fröhlicheren Farben, aber ich musste erst Arbeit finden, um für sie zu bezahlen.

Die Park Street war eine dieser Straßen in London, in der zu leben sich nur die Reichen leisten konnten. Nummer 16 fand sich in einer Reihe hübscher roter und cremefarbener Stadthäuser aus Ziegeln mit Stufen, die parallel zum Bürgersteig verliefen und hinab in den Bedienstetenbereich im Keller führten. Ich ging an diesen Stufen vorbei und diejenigen hinauf, die zur Eingangstür führten.

Auf mein Klopfen antwortete ein uralter Butler, der mich

zum Salon führte. Er wies mich an, zu warten, und verschwand dann, bevor ich fragen konnte, ob Mr. Glass zurückgekehrt war. Ich drehte mich in dem riesigen Raum. Er war alles, was ich von einem Salon in Mayfair erwartete, komplett mit einer wunderschönen Uhr, die unter einer Glaskuppel auf dem Kaminsims stand, goldgerahmten Gemälden und teuer wirkenden Möbeln. Die Einrichtung war ein wenig veraltet, doch sie passte zu dem eindrucksvollen alten Stadthaus, und es war nicht vollgestellt wie viele Häuser, die von Frauen in Lady Rycrofts Alter eingerichtet wurden. Der einzige andere Salon eines großen Stadthauses, den ich gesehen hatte, war mit Beistelltischchen vollgestellt gewesen, ihre Flächen mit Schnickschnack, Fotografien und einem oder zwei ausgestopften Vögeln bedeckt.

Dieser Salon war perfekt, kein Kissen war fehl am Platz. Ich wagte es nicht, mich hinzusetzen. Wäre nicht die Gruppe aus gerahmten Familienfotografien auf einem der Tische gewesen, hätte der Raum darunter gelitten, zu formell zu sein, aber die Fotografien machten ihn gemütlich.

Ich beugte mich vor, um sie zu mustern, und lächelte bei einem Bild von Gabe, der ungefähr zehn Jahre alt war. Er stand zwischen zwei Erwachsenen, die wohl seine Eltern waren. Ich sah gleich, woher er sein gutes Aussehen erhalten hatte.

Ich richtete mich auf, als ein Mann in den Raum schlenderte. Er blieb stehen und musterte mich, also musterte ich ihn ebenfalls, wenn auch mit einem zögerlichen Lächeln. Es war ein seltsam wirkender Kerl, sein Alter war schwer festzulegen. Er konnte in den frühen Dreißigern sein, oder vielleicht sogar um die fünfzig. Er war kleingewachsen und drahtig, mit hervorstechenden Wangenknochen und hellbraunem Haar, das ziemlich unordentlich frisiert war.

„Na, ist aber auch Zeit." Die Stimme gehörte derjenigen, mit der ich am Telefon gesprochen hatte, und das war eine Frau, kein Mann. Dieser Fehler passierte allerdings leicht, denn sie war in eine Hose gekleidet, ein weißes Oberteil und eine Weste. Die Ärmel des Hemdes waren bis zu den Ellbogen aufgerollt, und sie trug keine Krawatte. Als sie näherkam, konnte ich sehen, dass ihre langen braunen Haare mit grauen Strähnen durchwirkt waren. Sie trug sie am Hinterkopf zusammengebunden.

„Es wird Zeit?", wiederholte ich.

„Ich dachte, Sie würden schon vor Ewigkeiten herkommen. Sie leben doch in Bloomsbury, oder? Man braucht keine dreißig Minuten, um von Bloomsbury hierher zu kommen."

„Braucht man schon, wenn man zu Fuß geht."

„Zu Fuß? Warum sollten Sie denn das tun?"

„Es ist ein schöner Tag, und Sie haben gesagt, Mr. Glass wäre nicht da, als wir vorhin am Telefon gesprochen haben. Ich dachte, ich würde ihm Zeit geben, zurückzukommen."

Sie knurrte. „Setzen Sie sich. Sie können mir erzählen, was Sie ihm sagen wollen. Ich werde es weitergeben."

Ich setzte mich auf das Sofa. Sie setzte sich auf den Sessel gegenüber, die Beine breit aufgestellt, die Ellbogen nach außen. Obwohl ihre Haltung maskulin war, war sie klein und hatte einen feinen Knochenbau. Diese seltsame Mischung war faszinierend.

„Hören Sie auf, zu starren. Eine Frau, die Hosen trägt, ist heutzutage doch kein seltsamer Anblick mehr. Dafür hat der Krieg gesorgt."

Ich schaute auf die Hände in meinem Schoß hinab. „Tut mir leid."

„Na, dann los."

„Wie bitte?"

„Sagen Sie mir, was Sie Gabe sagen wollten."

Ich schaute zur Tür, aber dort war niemand. Wir waren ziemlich allein. Ich wünschte mir, der Butler wäre nicht gegangen. Diese Frau machte mich nervös. „Ich habe Information über den Fall, an dem er arbeitet."

„Das haben Sie am Telefon gesagt." Sie bedeutete mir, fortzufahren, indem sie das Handgelenk schüttelte. „Sie können es mir sagen, und ich sage es Gabe."

„Ich würde es ihm lieber persönlich sagen. Wird er bald zurückerwartet?"

Sie legte ein Bein über das andere und wackelte dann mit dem Fuß. „Sie können mir vertrauen, Miss Ashe. Ich wohne hier."

War sie eine Bedienstete, die so tat, als wäre sie die Gastgeberin, während der Meister ausgegangen war? Bis auf Familie, wer sonst sollte denn in Lord und Lady Rycrofts Stadthaus wohnen?

Wer immer sie war, ich würde ihr nichts erzählen, ohne dass Mr. Glass zustimmte. Sie wirkte auch nicht, als würde sie nachgeben. Wir saßen schweigend da, und die Stille wog jeden Augenblick schwerer, während sie mich finster durch den Raum anstarrte, während ich versuchte, von diesem wackelnden Fuß nicht weiter verärgert zu werden.

Ich hoffte nur, dass ich mein Schweigen nicht bedauern würde und dass sie nicht jemand war, der Mr. Glass nahestand und den ich mit meiner Weigerung, etwas zu sagen, beleidigte.

KAPITEL 5

Zum Glück trat der Butler ein und trug ein Tablett mit Teetassen und einer Kanne. Er war so willkommen wie eine kühle Brise am Ende eines heißen Sommertages.

„Ich habe doch gar nicht um Tee gebeten, Bristow", fuhr ihn die Frau an.

„Miss Ashe möchte vielleicht welchen", sagte er. „Sie wirkt erhitzt."

„Sie wird nicht bleiben."

„Dennoch ist es das, was eine Gastgeberin tut, Tee anbieten."

Die Frau empörte sich. „Ich bin doch keine Närrin, und ich bin lang genug in diesem Land, dass ich die Regeln kenne. Ich weiß auch, wenn jemand nicht lange bleibt, muss man ihm keinen Tee anbieten."

Der Butler nahm die Teekanne. „Ich schenke ein, soll ich?"

Mr. Glass kam herein und blieb abrupt stehen, als er mich sah. Mr. Bailey, der hinter ihm kam, lief fast in ihn hinein. „Miss Ashe! Das ist eine Überraschung."

Ich erhob mich und schüttelte ihm die Hand, bevor ich mich wieder hinsetzte. „Ich habe vorhin angerufen, und man hat mir gesagt, ich solle herkommen. Ich habe Informationen, die Sie vielleicht für Ihren Fall nützlich finden."

„Man hat Ihnen gesagt, Sie sollen herkommen?" Er drehte sich zu der Frau um, die Augenbrauen hochgezogen. Sie hatte sich bei seinem Eintreten nicht erhoben, während der Butler sich aufgerichtet hatte. Also war sie keine Angestellte. „Ich sehe, Sie haben Willie getroffen."

„Eigentlich sind wir uns noch nicht anständig vorgestellt worden."

Er stieß genervt Luft aus.

Mr. Bailey lachte leise, während er sich hinsetzte. „Du bist nicht mehr im Wilden Westen, Willie."

Sie warf ihm einen vernichtenden Blick zu. „Ich wollte es gerade machen." Sie reckte das Kinn in meine Richtung. „Ich bin Willie Johnson. Nenn mich Willie."

„Ein Vergnügen, Sie kennenzulernen."

„Sagen Sie das nicht zu früh", murmelte Mr. Bailey. Er wirkte, als hätte er Spaß.

„Vielen Dank, Bristow, das ist dann alles." Mr. Glass schenkte den Tee ein und reichte mir eine Tasse. „Willie ist die Cousine meines Vaters."

Ich starrte ihn an, und dann sie.

„Ich weiß. Von uns kann es auch keiner glauben." Er reichte eine Tasse und eine Untertasse an Willie. Der vernichtende Blick wurde noch finsterer, als sie sie entgegennahm.

„Ich will mich für sie entschuldigen", fuhr er fort.

„Ist schon in Ordnung", sagte ich.

„Sie hat die Manieren einer Straßenkatze und ist im Augenblick sogar noch schlimmer. Sie versucht, das Rauchen aufzugeben. Das hat sie wütend gemacht."

„Straßenkatze!", knurrte Willie. „Eher schon ein Tiger."

„Ich hätte Insekt gesagt", ließ sich Mr. Bailey vernehmen. Er lächelte immer noch, während er Willie mit seiner Teetasse grüßte.

Sie erwiderte den finsteren Blick. „Ich habe das Rauchen aufgehört, um *dich* zu unterstützen, Gabe."

„Ich versuche auch, es aufzugeben", erklärte er mir. „Es war die Bitte meiner Mutter, kurz bevor sie nach Amerika aufgebrochen ist. Ihr ist es gleich, ob hin und wieder am Abend eine Zigarre geraucht wird, aber meine Angewohnheit mit den Zigaretten mochte sie nicht."

Die meisten Männer, die aus dem Krieg zurückgekehrt

waren, waren Zigarettenraucher. Ich hatte gehört, dass die Regierung sie an die Soldaten ausgegeben hatte, um ihren Appetit zu unterdrücken, denn an der Front gab es Nahrungsknappheit. Was immer der Grund war, es rauchten nun mehr Leute, nicht nur Männer, als es vor dem Krieg der Fall gewesen war.

„Für mich ist es ein großes Opfer", fuhr Willie fort. „Du hast erst während des Krieges angefangen, Gabe. Ich habe geraucht, seit ich sechs Jahre alt bin. Das sind ein paar Jährchen mehr."

„So einige", sagte Mr. Bailey.

„Hör auf, Alex, oder ich schwöre, ich schneide dir den kleinen Zeh ab, während du schläfst."

Mr. Bailey grinste, blieb aber klugerweise still.

Mr. Glass schaute zur Decke und murmelte tonlos vor sich hin. „Es tut mir sehr leid, Miss Ashe. Gewöhnlich sind sie nicht so."

Sowohl Mr. Bailey als auch Willie wirkten von dieser Aussage nicht überzeugt.

Ich nippte an meinem Tee, um mir Zeit zu nehmen, meine Gedanken zu sammeln. Dieses Treffen lief nicht, wie ich es erwartet hatte, und ich war noch nicht sicher, was ich davon halten sollte. Ich wusste, dass die oberen Klassen exzentrisch sein konnten, aber Exzentrizität erklärte nicht ganz die Dynamik zwischen diesen dreien. Selbst Mr. Glass zerstreute die ganzen Meinungen, die ich mir gebildet hatte, seit ich den Artikel über ihn gelesen hatte. Vielleicht hätte ich vorgewarnt sein sollen, dass er sich nicht diesen Meinungen beugen würde, da ich erfahren hatte, dass er für die Polizei arbeitete. Das war ja kaum die Art Beruf, die der reiche Erbe einer Baronie übernehmen würde.

Willie stellte ihre Tasse mit einem lauten Klappern, von dem ich annahm, dass es unsere Aufmerksamkeit auf sich ziehen sollte, auf die Untertasse. „Sagst du uns jetzt diese wertvolle Information, oder sitzt du nur da?"

Ich schaute zu Mr. Glass, und er nickte. „Sie können vor ihr sprechen. Sie wird niemandem ein Wort verraten."

Sie warf sich in die Brust. „Ich habe mit Gabes Eltern an vielen Fällen gearbeitet, damals, als sie der Polizei geholfen haben, und ich war mit einem Kriminalinspektor von Scotland Yard verheiratet, bis er mir einfach weggestorben ist." Ihre Worte mochten klingen, als hätte sie sich von seinem Tod verraten gefühlt, doch ihre Augen wurden traurig. Sie versuchte, ihre Trauer zu verbergen, indem sie den Blick senkte.

„Ich arbeite an den Abenden vorübergehend bei der Royal Academy of Arts, um mit dem Umzug und Verpacken einiger der Gemälde zu helfen." Beim überraschten Ausdruck von sowohl Mr. Glass als auch Mr. Bailey konnte ich nicht verhindern, dass ich lächelte. „Ja, nach diesem Debakel haben sie mich wieder eingestellt, aber nur, weil mein neuer Chef sich nicht bewusst ist, was beim letzten Mal passiert ist, als ich dort gearbeitet habe. Es ist eine ganz andere Mannschaft. Ich habe gestern Abend angefangen. Als eines der Gemälde weggetragen wurde, fiel mir auf, dass etwas hinter der Leinwand ist. Es schien eine zweite Leinwand zu sein. Sie war auf den Rahmen gespannt wie die davor, aber eine Ecke hatte sich gelöst."

Mr. Glass hatte seine Teetasse gesenkt, während ich gesprochen hatte, jetzt beugte er sich vor. „Haben Sie es irgendjemandem gesagt?"

„Nein. Ich dachte, am besten informiere ich nur Sie, für den Fall, dass einer der Angestellten ein Verdächtiger ist."

„Vielen Dank."

„Und ...?"

Er runzelte die Stirn. „Und ... was?"

„Ist einer von den Angestellten verdächtig?"

„Das kann er Ihnen nicht sagen", ging Mr. Bailey dazwischen.

„Glauben Sie, es hat etwas mit Ihrem Kunstdiebstahl zu tun?", fragte ich.

Willies Blick kam aus zusammengekniffenen Augen. „Du stellst eine Menge Fragen für eine Bibliothekarin."

Ich biss mich auf die Innenseite der Wange, damit ich ihnen nicht verriet, dass ich früher Journalistin gewesen war. Ich bekam so ein Gefühl durch die Art, wie Mr. Glass seine Erfahrung mit dem Reporter beschrieben hatte, der über seine Rettung des ertrinkenden Burschen geschrieben hatte, dass er sie nicht mochte. Ich wollte nicht, dass er schlecht von mir dachte.

„Bibliothekarinnen können nicht neugierig sein?", schoss Mr. Glass zurück. Zu mir sagte er: „Ich glaube schon, dass es zusammenhängt. Wir konnten das gestohlene Gemälde nicht lokalisieren. Können Sie das Gemälde beschreiben, hinter dem es war?"

„Es war eine Straßenszene aus einem ländlichen Dorf." Ich beschrieb die Gebäude, die Farben, und was die Leute in dem Gemälde trugen. „Es war hübsch, aber nicht sonderlich hervorstechend, weshalb ich annehme, dass es abgenommen wurde."

„Hat sonst jemand bemerkt, dass dahinter eine Leinwand versteckt war?"

„Ich glaube nicht, aber ich kann mir nicht sicher sein."

„Wer war sonst noch da?"

„Der Ausstellungsverwalter Mr. Bolton, und sechs Umzugshelfer." Ich ratterte ihre Namen herunter, und Mr. Bailey schrieb sie sich in ein kleines Notizbuch. Ich beobachtete genau Mr. Glass. Entweder bedeuteten ihm die Namen nichts, oder er war gut darin, seine Gedanken zu verbergen. „Keiner sieht aus wie der Grobian, der versucht hat, Sie zu entführen", fügte ich an.

„Entführen!", brach es aus Willie heraus. „Gabe? Wovon redet sie da?"

O nein. Ich war in ein Fettnäpfchen getreten.

„Beruhige dich, Willie", sagte Mr. Glass. „Es gab eine kleine Auseinandersetzung draußen vor dem Burlington House. Nichts, mit dem ich nicht fertig wurde."

„Ich wusste, ich hätte an diesem Tag mit dir kommen sollen. Warum hast du mir nichts davon erzählt?"

„Weil ich wusste, du würdest überreagieren."

„Ich reagiere nicht über!"

Mr. Glass sah sie mit hochgezogenen Augenbrauen an.

Sie deutete mit dem Finger auf ihn. „Deine Eltern haben mich gebeten, auf dich aufzupassen, während sie weg sind. Wie kann ich das machen, wenn du mich nicht mitkommen lässt, während du ermittelst?"

„Normalerweise hätte ich das", sagte er ruhig, mit mehr Geduld, als die meisten unter diesen Umständen zur Schau gestellt hätten. „Aber du warst zu der Ausstellungseröffnung nicht eingeladen, und unter den Bediensteten hättest du herausgestochen."

Sie verschränkte die Arme. „Hätte ich nicht."

Mr. Bailey verdrehte die Augen. „Du hättest mehr Aufmerksamkeit auf dich gezogen, als es Miss Ashes Freundin getan hat."

Ich hätte für Daisy empört sein sollen, aber ich stellte fest, das konnte ich nicht. Sie hatte einen ziemlichen Aufruhr um sich veranstaltet – und um mich.

„Außerdem", fuhr Mr. Glass fort, „bin ich absolut fähig, auf mich aufzupassen, was du auch sehr gut weißt."

„Erzähl mir, was passiert ist", fuhr Willie fort. „Wie haben die Entführer ausgesehen? Wie hat es sich abgespielt?"

„Können wir das später besprechen?"

Sie warf einen Blick zu mir. „Gut. Aber ich werde von jetzt an an dir kleben wie eine Fliege an einem Schweinehintern."

Mr. Bailey stöhnte, doch Mr. Glass schien sich mit dem Gedanken einfach abgefunden zu haben.

Trotz seiner Bitte, die Diskussion auf später zu verschieben, gab Willie noch nicht auf. „Ich denke nicht, dass die Entführung mit dem Kunstdiebstahl zusammenhängt. Wenn der Dieb Wind von deiner Ermittlung bekommen hätte, gibt es ein Dutzend mehr Möglichkeiten, um dich aufzuhalten oder abzulenken. Aber zu versuchen, dich zu entführen, das zieht doch nur Aufmerksamkeit auf sie."

Ich stimmte zu, denn das war genau, was ich hatte sagen wollen, als ich es erwähnt hatte. „Warum nicht Mr. Glass umbringen? Weshalb ihn entführen?"

Alle drei wandten sich zu mir.

Ich räusperte mich und stellte dann meine Teetasse auf der Untertasse ab, um sie auf den Tisch zurückzustellen. „Ich habe genug von Ihrer Zeit in Anspruch genommen."

Mr. Glass schaute zu der Uhr unter der Glaskuppel, während er aufstand. „Sollten Sie nicht jetzt in der Bibliothek sein?"

„Dort arbeite ich nicht mehr."

„Sind Sie aus eigenem Willen gegangen, oder wurden Sie entlassen?"

„Entlassen."

„Weshalb?"

„Verschiedene Gründe, die alle darauf zurückgehen, dass Mr. Parmiter mich nicht mag."

„Er hat Sie wegen meines Besuchs entlassen?"

Ich ging voraus aus dem Salon, damit er mein Gesicht nicht sah, während ich log. Aber ich bekam nicht die Gelegenheit zu sprechen. Die dröhnende Stimme des Butlers hallte durch die gefliese Eingangshalle.

„Nein, können Sie nicht!" Er warf die Tür vor jemandes Gesicht zu. Für einen älteren Mann, der aussah, als würde er bei einem Niesen schon das Gleichgewicht verlieren, war er ziemlich entschlossen.

„Ich will nur rasch reden!", rief die Person auf der anderen Seite.

„Bristow?" Mr. Glass ging zu dem Butler. „Wer ist es?"

„Es ist wieder dieser Journalist, Sir."

Mr. Glass klopfte ihm auf die Schulter. „Vielen Dank. Ich kümmere mich darum."

Willie schob sich an den beiden vorbei. „Lass mich." Sie riss die Tür auf und baute sich vor dem Mann auf, der auf der Veranda stand. „Weg jetzt, oder ich schieße!"

Der Mann stolperte rückwärts, drehte sich um und raste die Stufen hinab.

Sie schloss die Tür und staubte sich die Hände ab. „Der kommt so schnell nicht wieder."

Mr. Bailey öffnete die Tür noch einmal und stellte sich auf die Veranda, die Hände auf der Hüfte. Er schaute mit gerunzelter Stirn in die Ferne.

„Du kannst nicht drohen, Leute zu erschließen, Willie", sagte Mr. Glass.

„Ich habe doch meine Waffe gar nicht auf ihn gerichtet, oder? Es ist keine echte Drohung, außer man hält eine Waffe in der Hand. India lässt mich die im Haus nicht herumtragen." Sie schürzte die Lippen, nachdenklich, dann lächelte sie gerissen. „Sie ist nicht mehr hier."

„Ich verbiete dir auch, sie im Haus zu tragen. Die sollte weggeschlossen sein im Waffenschrank."

„Ist sie", sagte sie mit einem funkelnden Blick zu Bristow, der gerade den Mund öffnete, um etwas zu sagen. Er schloss ihn wieder und verschmolz mit den Schatten hinten in der Eingangshalle in der Nähe der Treppen.

Mr. Bailey kam zurück ins Haus und schloss die Tür. „Er wird nicht so leicht aufgeben. Journalisten tun das niemals."

Ich zog die Handtasche an meine Brust.

Mr. Glass lächelte mich ausdruckslos an. „Ich entschuldige mich, Miss Ashe. Wir sind daran gewöhnt, aber Konfrontationen wie diese sind für Sie bestimmt nervenaufreibend."

„Schon gut."

Willie schüttelte den Kopf. „Der ist wirklich hartnäckig. Keine Ahnung, wieso. Es war nicht mal eine so große Geschichte."

Mr. Bailey stimmte zu. „Was kann er denn bloß noch wissen wollen? Du hast den Jungen gerettet, und sein Vater ist ertrunken. Das ist alles." Sein dunkler Blick bohrte sich in den von Mr. Glass. „Oder?"

Mr. Glass holte tief Luft und lächelte mich an. „Sie sollten nicht allein nach Hause gehen. Dieser Journalist könnte vielleicht um die Ecke lauern und Sie anfallen, wenn ihm klar wird, dass Sie gerade hier waren."

„Weshalb sollte er das tun?", fragte ich.

„Er wird denken, Sie hätten Antworten."

„Antworten wozu?"

Willie schnalzte mit der Zunge. „Das Schwein ist nicht allein mit seiner Neugier."

Ich packte meine Handtasche fester. „Tut mir leid. Ich wollte nicht aufdringlich sein."

„Sie sind nicht aufdringlich", sagte Mr. Glass rasch. „Nachdem Sie das gesehen haben, ist es nur natürlich, dass Sie Fragen haben. Sie sind bestimmt erschüttert. Lassen Sie sich von mir nach Hause fahren."

„Nein!", rief Willie. „Dodson kann sie hinbringen."

„Niemand muss mich hinbringen", sagte ich. „Ich kann zu Fuß gehen. Ich werde nicht mit diesem Journalisten reden, oder sonst jemandem."

„Selbst dann hätte ich ein besseres Gefühl, wenn ich wüsste, Sie würden ihm komplett aus dem Weg gehen können", sagte

Mr. Glass. „Sie können sehr hartnäckig sein. Bristow, lass Dodson Prince Henry vorfahren."

„Nein!", sagte Willie noch einmal. „Du solltest sie nicht fahren."

Mr. Glass zuckte mit den Schultern. „Weshalb nicht?"

„Wegen des Entführungsversuchs", sagte Mr. Bailey.

Mr. Glass nickte Bristow zu, und der Butler verschwand durch eine Tür, die wohl zu den Treppen für die Bediensteten führte. „Ich mache mir keine Sorgen wegen einer weiteren Entführung, und alle anderen sollten das auch nicht tun. Es gab keine Versuche mehr seit diesem Vorfall vor dem Burlington House vor über einer Woche."

Willie wirkte immer noch genervt, und ich begann mich allmählich schuldig zu fühlen. Falls meinetwegen Mr. Glass etwas zustieß, würde seine Cousine zu meiner Pension kommen und ihre Waffe schwenken? Würde sein Freund Mr. Bailey es mir zum Vorwurf machen?

„Ich gehe zu Fuß." Ich drückte mich an ihnen vorbei zur Tür. „Es ist ein schöner Tag, und ich habe noch Aufgaben zu erledigen. Auf Wiedersehen und vielen Dank für den Tee." Ich ging hinaus und eilte die Stufen hinab, wollte von diesem Irrenhaus unbedingt so schnell wie möglich weg.

* * *

ICH GING ZU DAISYS WOHNUNG, hatte vor, den Nachmittag mit ihr zu verbringen, doch sie war von ihrer Muse inspiriert, und Unterhaltungen standen nicht zur Debatte. Ich machte es Horatio zum Vorwurf. Seit er am Freitagabend ihre Werke gelobt hatte, waren ihre Bemühungen hektisch geworden. Es gab Skizzen und halb fertige Leinwände, die über die ganze Wohnung verstreut lagen, und außerdem Farbkleckse auf dem Boden und Daisy selbst. Ich wusch das Geschirr, das vor allem aus Cocktailgläsern bestand, und machte ihr ein Sandwich. Ich stellte sicher, dass sie einen Bissen gegessen und eine Tasse Tee getrunken hatte, bevor ich wieder ging.

Zu Hause mischte ich mich unter ein paar der anderen Bewohnerinnen im Wohnzimmer und hatte vor, den Rest des

Nachmittags mit Bridgespielen zu vertrödeln, bevor ich mich für meinen zweiten Abend der Arbeit bei der Academy fertigmachte. Aber die Ankunft von Mr. Glass zerstreute diese Pläne.

„Sie haben Sie rausgelassen", sagte ich nur halb im Scherz.

„Ich musste meine ganze Überzeugungskraft einsetzen, aber das haben sie."

„Sie machen sich Sorgen um Sie."

Er seufzte. „Ganz besonders Willie. Sie hat ihr Versprechen an meine Eltern, auf mich aufzupassen, sehr ernst genommen. Sie weiß nur nicht, dass sie mir gesagt haben, ich soll auf sie aufpassen, und sie haben Cyclops gesagt, er soll auf uns alle aufpassen."

„Cyclops? Sowie der einäugige Gigant aus der griechischen Mythologie?"

„Genau der. Er ist Alex' Vater und ein guter Freund von meinen Eltern."

Mrs. Whitten kam in die Eingangshalle, wo wir uns unterhielten, und stand da, die Hände vor sich aneinandergelegt, ihre ganzen Doppelkinne empört in den Hals gequetscht.

Mr. Glass lächelte und fasste sich an die Kappe. „Ich wollte gerade gehen." Er wartete, dass sie sich bewegte, dann beugte er sich zu mir. „Ich komme gerade vom Burlington House und will Ihnen den neuesten Stand der Ermittlungen mitteilen."

„Oh! Das wäre wunderbar, aber dürfen Sie das?"

„Ich kann immer noch nicht viel verraten, aber ich will Sie wissen lassen, was aus Ihren Bemühungen gestern Abend geworden ist."

Mrs. Whitten räusperte sich. Sie war doch nicht gegangen.

„Darf ich Sie für eine kurze Fahrt mitnehmen, Miss Ashe?", fragte Mr. Glass. „Wir können im Wagen reden."

Es schien die beste Möglichkeit, ein privates Gespräch zu führen. Ich holte meinen Mantel und den Hut, schloss mich Mr. Glass draußen an. Er stand neben einem anderen Auto als dem, in dem sein Fahrer ihn am Tag der Entführung abgeholt hatte. Dieses war ein Vauxhall Prince Henry in der Farbe von Clotted Cream mit burgunderroter Lederinnenausstattung. Die Messingknöpfe und -scheiben glänzten alle im Sonnenlicht. Mit herabgelassenem Verdeck wirkte er sehr schick.

„Sie haben zwei Automobile?", fragte ich, während ich auf den Beifahrersitz stieg.

„Das andere ist der Wagen meiner Eltern. Er wird normalerweise bei ihnen in unserem Heim auf dem Land aufbewahrt. Das hier gehört mir, obwohl es inzwischen alt wird. Ich habe mich von Dodson in ihrem zum Burlington House fahren lassen, weil ich wusste, das Parken würde dort schwierig werden. Ich fahre lieber selbst, also nehme ich normalerweise dieses." Er kurbelte am Motor und stieg auf den Fahrersitz. „Möchten Sie eine Schutzbrille tragen? Ich mache mir in London normalerweise nicht die Mühe. Wir werden im Verkehr nicht schnell fahren können."

Ich lehnte die Brille auch ab. Gabe zog an einem Hebel am Lenkrad, und einem weiteren, der außerhalb des Autos in der Nähe der Windschutzscheibe angebracht war, und wir rollten in den Verkehr. Mit dem dröhnenden Motor und dem Wind, der an meinen Ohren vorbei zischte, konnten wir keine Unterhaltung führen. Vielleicht hätten wir stattdessen gehen sollen. Die Fahrt war allerdings ziemlich aufregend. Ich war schon in motorisierten Bussen und Wagen gewesen, aber in einem luxuriösen Privatauto gefahren zu werden, war eine ganz andere Erfahrung. Ich fühlte mich wie ein Kind, dem man ein neues Spielzeug zeigte.

Mr. Glass hielt mich wohl für schrecklich unkultiviert. Ich wagte es nicht, einen Blick zu ihm zu werfen, und verbarg mein Lächeln hinter meinem Arm, der nach oben gegangen war, um eine Hand auf meinen Hut zu legen, damit er nicht weggeweht wurde. Ich sah schon, weshalb er eine Fahrerkappe trug und keinen Hut. Der wäre weggeblasen worden.

Wir fuhren ungefähr zehn Minuten lang nach Süden am Museum vorbei, dann durch den Theaterdistrikt des Westens. Gleich nach dem Leicester Square fuhr Gabe an den Randstein und schaltete den Motor ab. Wir waren in einem unauffälligen Einkaufsbereich mit vielen Fußgängern, die vorübergingen. Einige blieben stehen, um das Automobil zu bewundern.

Gabe bemerkte sie nicht. Er legte einen Arm auf die Rücklehne des Sitzes zwischen uns. „Nächstes Mal müssen Sie eine andere Kopfbedeckung tragen. Etwas Engeres mit einem Schal, den man unter dem Kinn binden kann."

Nächstes Mal?

„Miss Ashe, ich wollte Ihnen anständig für die Information zu dem versteckten Gemälde danken."

„Haben Sie es gefunden? Hat es zu einer Festnahme geführt?"

„Leider in beiden Angelegenheiten Nein. Ich habe das Gemälde gefunden, das mit der Dorfszene, die Sie beschrieben haben, aber dahinter war nichts. Es hat ausgesehen, als hätte jemand daran herumgebastelt, also bestätigt das Ihre Theorie. Zumindest jetzt weiß ich dank Ihnen sicher, dass jemand aus der Ausstellung verwickelt ist. Das schränkt die Liste der Verdächtigen erheblich ein."

„Was machen Sie als nächstes?"

„Weiter ermitteln."

Ich wartete auf mehr, doch es kam nichts. „Ich kehre heute Abend dorthin zur Arbeit zurück. Möchten Sie, dass ich mich umsehe? Ich kann vermutlich auf irgendwelche Aufzeichnungen zugreifen oder Ihre Verdächtigen im Blick halten."

„Ich komme zurecht." Er tippte mit dem Daumen auf das Lederpolster und runzelte die Stirn. „Vielleicht sollten Sie nicht wieder hin. Jemand könnte den Verdacht hegen, dass Sie das gestohlene Gemälde gesehen haben. Das würde Sie in Gefahr bringen."

„Niemand hat es gesehen. Außerdem muss ich dort auftauchen. Ich brauche diese Anstellung."

„Ach ja, das Fiasko mit der Bibliothek. Das führt mich zu dem Grund, weshalb ich Sie hergebracht habe." Er deutete auf den überdachten Eingang zwischen zwei identischen Läden, die beide schwarz gestrichen und mit Erkerfenstern vorne bestückt waren. Der Eingang zwischen ihnen war nicht größer als eine Tür, und hätte er nicht darauf gezeigt, wäre er mir nicht aufgefallen. In den Türstock über dem Eingang war der Name der Straße dahinter geschnitzt. Crooked Lane.

Ich kniff die Augen zusammen, konnte aber nicht über den Eingang hinaus sehen. „Ich verstehe nicht."

„Ich habe mich schrecklich gefühlt, weil ich Sie die Anstellung bei der Bibliothek der Philosophical Society gekostet habe."

„Das war nicht Ihre Schuld."

„Zum Teil war es meine Schuld, darum habe ich Ihnen ein Vorstellungsgespräch bei einer weiteren Bibliothek besorgt."

Ich starrte ihn an.

Sein Lächeln wurde größer. „Sie ist dort unten, in der Crooked Lane. Der Bibliothekar erwartet Sie. Sein Name ist Professor Nash, aber er ist kein Professor mehr. Er ging vor einigen Jahren in den Ruhestand."

„Sie kennen ihn gut?"

„Die Bibliothek ist … für meine Familie etwas Besonderes. Sie beherbergt eine Sammlung von Büchern über Magie. Professor Nash hat Jahre damit verbracht, in der ganzen Welt zu reisen und Bücher aufzutreiben, Manuskripte, Briefe und alle möglichen Dokumente, in denen Magie erwähnt wird. Auf der ganzen Welt gibt es nichts wie diese Sammlung. Er hat sich aus dem Reisen inzwischen zurückgezogen und arbeitet nur da drinnen, allein. Es ist Zeit, dass er etwas Hilfe bekommt." Er deutete auf mich.

„Falls er mich anstellt", fügte ich an. „Würde er nicht viel lieber einen Magier anstellen?"

„Er ist selbst kein Magier, also hat er bestimmt keine Bedenken, eine Talentfreie einzustellen. Außerdem ist zumindest einer der Hauptfinanziers auch talentfrei."

Er hielt irgendetwas zurück, und ich konnte erraten, was es war. „Will Professor Nash eine Assistentin, Mr. Glass, oder drängen Sie mich ihm auf?"

Er warf mir einen sarkastischen Blick zu. „Kann man mich so leicht durchschauen?"

„Ich glaube, Sie sollten mich nach Hause fahren. Ich will doch hier nicht für Wirbel sorgen."

„Das tun Sie nicht. Nash ist ein guter Kerl, wenn auch etwas exzentrisch. Er hat viel zu lange allein in der Bibliothek gearbeitet und wird langsam alt. Er braucht eine Assistentin, und ich glaube zufällig, dass Sie für die Aufgabe perfekt sind."

„Weshalb?"

„Weil Sie Erfahrung haben, Sie scharfäugig und klug sind. Außerdem haben Sie derzeit keine Arbeit. Ganz zu schweigen davon, dass Nash ein ziemlich hoffnungsloser Fall ist und gar nicht dazu kommen würde, eine Annonce zu schalten. Ich würde es tun müssen. Also sparen Sie mir Zeit, wenn Sie annehmen."

„Man hat mir noch gar keine Stelle angeboten."

Er stieg aus und kam herum an meine Seite. Er öffnete die Tür und hielt mir eine Hand hin. „Bitte, Miss Ashe, sprechen Sie einfach mit ihm? Ich fühle mich schrecklich, dass ich Sie ihre Anstellung bei der Society gekostet habe."

Ich zögerte, doch ich nahm seine Hand. „Also gut. Es klingt faszinierend, und ich bin niemand, der eine goldene Gelegenheit ablehnt."

„Macht es Ihnen etwas aus, wenn Sie dann selbst nach Hause kommen? Ich habe einen Verdächtigen, dem ich folgen muss."

Ich beäugte noch einmal den dunklen Eingang, konnte aber immer noch nicht zur anderen Seite sehen. Es fiel wohl sehr wenig Tageslicht hindurch. „Sie schicken mich aber nicht in eine magische Höhle, oder?"

Er grinste. „Möchten Sie, dass ich mitkomme?"

„Ich komme zurecht. Ich kaufe nur schnell einen Laib Brot und lasse Krümel liegen, damit ich wieder herausfinden kann."

„Das wird nicht gehen. Es gibt viel zu viele Vögel in der Stadt. Was, wenn ich verspreche, eine Suchmannschaft zu schicken, falls Sie bis zum Einbruch der Dunkelheit nicht in Ihre Pension zurückgekehrt sind?"

„Das gibt mir ein sehr viel besseres Gefühl."

Ich winkte ihm vom Bürgersteig aus nach, bevor ich mich umdrehte und durch den Eingang zur Crooked Lane dahinter ging. Es fühlte sich an, als würde man eine andere Zeit betreten. Die Gebäude sahen für mich nach dem späten siebzehnten Jahrhundert aus, schwarz gestrichen mit Erkerfenstern, die sich der Gasse mit Kopfsteinpflaster entgegenlehnten. Es gab keine Bürgersteige oder Vehikel – dafür war einfach kein Platz. Hätte ich die Arme weit ausgestreckt, hätte ich beinahe die Erkerfenster auf jeder Seite berühren können.

Niemand war unterwegs. Ich erwartete, Fußgänger vorbeigehen zu sehen, doch bald wurde mir klar, dass die kurze Gasse eine Sackgasse war. Sie hätte besser Court oder Yard heißen sollen. Sie war auch nicht schief. Vielleicht war sie einmal, vor Jahrhunderten, an beiden Enden offen gewesen und hatte als Durchgang zwischen den geschäftigeren Straßen gedient, die sie rahmten. Fortschritt und Entwicklung hatten sie verkürzt, und der Kniff, der ihr ihren Namen verlieh, war verloren.

Meine Schritte hallten, wurden von den Ziegelwänden zurückgeworfen, die sich drei Stockwerke hoch auf jeder Seite erhoben. Es war schwer zu sagen, ob die Gebäude bewohnt oder leer waren. Auf einigen im Erdgeschoss waren Geschäftsnamen ans Fenster geschrieben, während andere nicht markiert waren, die Vorhänge zugezogen. Jene, die man eindeutig identifizieren konnte, waren von der Art, die sich für Geschäfte nicht völlig auf Laufkundschaft verlassen musste. Die Bibliothek war zwischen einem Anwaltsbüro und dem Büro eines Theaterbetreibers in einem schmalen Gebäude, das nur ein Fenster breit war. Im Schild über dem Fenster stand DIE GLASS-BIBLIOTHEK.

Diese Bibliothek war nicht einfach nur bedeutsam für Gabes Familie. Sie war nach ihnen benannt. Das war schon eine ziemliche Verbindung.

Ich schob die Tür auf, nur um auf der Schwelle innezuhalten und den vertrauten Geruch alter Bücher einzusaugen. Das brachte mich zurück zu einer anderen Bibliothek in einer anderen Stadt, eine, an die ich jahrelang nicht gedacht hatte. Die Tage, die ich lesend in dieser Bibliothek verbracht hatte, waren einige meiner glücklichsten gewesen. Das war auch eine Privatbibliothek gewesen, die Sammlung hatte einem älteren Paar gehört, das nur zu gerne ein Mädchen da hatte, das nach der Schule ihre Bücher las.

In dem kleinen Büro vorne stand ein Schreibtisch mit Ledereinsätzen, der zum Großteil leer war, bis auf ein paar Schreibgeräte, ein schwarzes Standtelefon mit Messing und einen offenen Aktenordner. Das Licht aus einer Messinglampe war auf eine ordentlich linierte leere Seite gerichtet. Ein Mantel und ein Hut hingen am Ständer zwischen dem Schreibtisch und einer

Wendeltreppe. Ich warf diesen Dingen allerdings nur einen Seitenblick zu. Meine Aufmerksamkeit war fast ganz von dem Raum dahinter eingenommen.

Das kleine Büro öffnete sich zur eigentlichen Bibliothek. Am gegenüberliegenden Ende, direkt vor mir, war ein großer Kamin, über dem eine riesige Uhr mit Messingzahlen und -zeigern hing. Sie war wohl eigens angefertigt, um den Ehrenplatz über dem steinernen Kaminsims einzunehmen.

Wie dem Büro schenkte ich auch der Uhr nur einen raschen Blick nebenher. Die Buchregale interessierten mich mehr. Sie waren vollgestopft mit Büchern aller Größen, erstreckten sich bis zur hohen Decke hinauf. Ich machte einen Schritt in den Raum, dann noch einen und noch einen, und bevor ich mich versah, ging ich an den zwei schwarzen Marmorsäulen vorbei, die den Eingang bewachten. Ich hatte mit Gabe darüber gescherzt, in einer magischen Höhle zu verschwinden, doch das war kein Witz mehr. Ob es nun die Uhr war, von der ich annahm, dass sie Lady Rycrofts Magie enthielt, oder das Wesen der Sammlung, ich war voller Ehrfurcht.

Ich stand unter dem Kronleuchter in der Mitte des Raums, die dutzenden Lichter funkelten, zeigten den Glanz der polierten Holzregale und Leitern und das zarte Blumenmotiv der Stuckdecke. Ich hätte mich in diesem Raum klein fühlen sollen, denn die Regale überragten mich weit, aber das tat ich nicht. Ich fühlte mich getröstet. Bücher waren mir so vertraut und erinnerten mich an glückliche Zeiten. Bevor ich lesen gelernt hatte, hatten mir meine Mutter und mein Bruder vor dem Schlafengehen vorgelesen. Als ich älter wurde, verschlang ich Geschichten wie andere Kinder Süßigkeiten. Ich liebte es, zu forschen und Abenteuer von der Sicherheit meines Bettes aus zu erleben. Wenn ich nervös wurde, rollte ich mich mit einem Buch zusammen und las. Wenn mich die Trauer überwältigte, las ich, um die Einsamkeit abzuwehren. Ich war nicht allein, wenn ich ein Buch hatte. Trotz unserer zahllosen Umzüge hatte ich sichergestellt, dass einige hochgeschätzte Bände immer mit mir kamen. Es war nur natürlich, dass dieser Raum mir das Gefühl gab, herzugehören, zu Hause zu sein.

Ich hoffte nur, der Bibliothekar würde mich einstellen, denn je länger ich dastand, umso mehr wusste ich, dass ich in der Glass-Bibliothek arbeiten wollte.

„Sie sind wohl Miss Ashe", sagte eine dünne Stimme hinter mir.

Ich drehte mich um und war überrascht, ein vertrautes Gesicht zu sehen.

KAPITEL 6

Professor Nash ähnelte einem alten Buch. Ein wenig verknittert und ausgeleiert, mit geknicktem Rücken, aber der Umschlag faszinierte mich so sehr, dass ich mehr herausfinden wollte. Er begrüßte mich mit einem Lächeln und einer Geste einer Hand mit zarten Knochen und lud mich ein, mich in eine Lesenische zu setzen, die mir vorher gar nicht aufgefallen war. Weit im Hintergrund kam das einzige Licht von einem tief hängenden Kronleuchter und einer Bodenlampe neben einem schokoladenfarbenen Ledersofa. Ein frei stehendes Regal zierten eine kleine Golduhr, eine Urne, die aussah, als wäre sie nach ihrer Entdeckung bei einer archäologischen Ausgrabung noch nicht gesäubert worden, die Bronzestatue eines Pferdes und anderen Kinkerlitzchen und außerdem natürlich Bücher. Drei weitere Bücher waren auf dem Sofatisch neben einem tragbaren Sekretär und silbernen Kerzenhaltern aufgestapelt, und eine nicht benutzte kupferne Kohleschütte hatte als Magazinhalter einen neuen Zweck gefunden. Es war der perfekte Ort für stilles Lesen, sogar noch mehr als die Lesenische in der Bibliothek der Philosophical Society. Es gab sogar eine Schoßdecke für kühle Tage, die ordentlich über dem Arm des Sofas gefaltet lag.

Ich nahm Platz an einem Ende des Sofas, und Professor Nash

nahm das andere Ende. Er schien nicht besorgt, dass niemand am Eingangstresen war.

Nachdem wir uns vorgestellt hatten, konnte ich mich nicht mehr zurückhalten. Die Neugier fraß mich auf. „Sind wir uns schon einmal begegnet? Sie wirken vertraut."

Er richtete seine Brille, um mich genau zu betrachten. „Sie sind mir nicht vertraut, aber Gabe sagte, Sie haben bei der Bibliothek der London Philosophical Society gearbeitet. Ich bin dort Mitglied und war ein paar Mal in der Bibliothek."

„Das ist es wohl. Ich war vermutlich hinter einem der Buchregale versteckt, als Sie vorbeikamen."

„Mr. Parmiter hat nicht erwähnt, dass er eine Assistentin hatte."

Es war besser, es jetzt hinter mich zu bringen. Es wäre weniger schmerzhaft, das Thema meiner Entlassung anzusprechen, bevor ich Hoffnung aufkommen ließ. „Hat Mr. Glass erklärt, weshalb ich meine vorherige Anstellung verlassen habe?"

„Nicht wirklich. Er hat mir gesagt, dass es ihm zum Vorwurf zu machen ist, da er Sie dort besucht hat, und Mr. Parmiter ein Griesgram ist. Seine Worte, nicht meine." Er lächelte, sodass seine Augen hinter der Brille glitzerten. „Ich glaube, er hat Schuldgefühle."

„Die hat er, und ich mache mir Sorgen, dass er seinen Einfluss hier benutzt, um Sie zu zwingen, mit mir ein Bewerbungsgespräch für die Rolle einer Assistentin zu führen. Ich hoffe, das ist nicht der Fall. Ich will nicht lästig sein."

„Sie sind überhaupt nicht lästig. Die Wahrheit ist, ich möchte ein wenig langsamer machen. Es ist Zeit, dass ich eine Assistentin einstelle." Er legte die Hände im Schoß aneinander. Mit seinem gebeugten Rücken wirkte er, als hätte er sich geschlossen wie ein Briefumschlag. „Ich könnte auch gleich eine Freundin von Mr. Glass einstellen."

„Ach, wir sind keine Freunde. Ich kenne ihn kaum."

„Er denkt eindeutig, dass Sie gut für die Rolle passen würden, und ich vertraue seinem Urteil."

„Sie kennen ihn gut?"

„Schon ganz gut. Als er ein Kind war, haben seine Eltern ihn immer mit zum Bahnhof gebracht, um mich zu treffen, nachdem ich von einer meiner Reisen zurückkehrte. Er konnte nicht erwarten, herauszufinden, was für Schätze wir geborgen haben. Die Artefakte gefielen ihm am besten, und er war immer enttäuscht, wenn unsere Beute nur ein paar alte Bücher waren." Er lachte leise. „Er war ein neugieriger Junge, aber ein aktiver. Er war lieber draußen, als zu lesen."

„Ich war das Gegenteil."

Sein Lächeln wurde breiter. „Ich auch. Erzählen Sie mir ein bisschen von sich, Miss Ashe. Gabe sagt, Sie sind neu in London. Wo kommen Sie her?"

„Ich habe in Birmingham gelebt, bevor ich nach London kam."

„Sie haben keinen Akzent."

„Ich war nur für eineinhalb Jahre dort. Meine Mutter und ich sind nach dem Krieg dorthin gezogen. Im Lauf der Jahre sind wir häufig umgezogen."

Er war so höflich, dass er nicht nach dem Grund fragte, aber ich konnte sehen, dass er neugierig war. Falls er mich bat, die häufigen Umzüge zu erklären, hätte ich ihm die Wahrheit gesagt – ich wusste nicht, weshalb meine Mutter darauf beharrt hatte, dass wir nie lange an einem Ort blieben.

„Abgesehen von der Bibliothek der Philosophical Society, was für eine Erfahrung haben Sie?"

„Das ist die einzige Anstellung als Bibliothekarin, die ich hatte."

„Welche Arbeit haben Sie in Birmingham gemacht?" Er mochte ja aussehen wie der typische milde gestimmte Professor, aber hinter dieser Brille war eine Gerissenheit. Er würde spüren, wenn ich es vermied, ihm mehr zu erzählen.

Ich nahm an, er würde auch eine Lüge spüren, also versuchte ich mich nicht an einer. „Bitte erzählen Sie das nicht Mr. Glass, aber während des Kriegs war ich Journalistin."

„Ach. Ich verstehe. Ich habe von seinen Begegnungen mit Reportern gehört, als er nach dem Waffenstillstand nach Hause gekommen ist. Sie wollten alle den Helden interviewen, den Sohn des Barons, der vier Jahre brutale Kämpfe entgegen aller Wahrscheinlichkeit überlebt hatte. Ich verstand ihre Neugier, aber es war für ihn bestimmt ärgerlich, so behelligt zu werden. Auf jeden Fall glaube ich, sie haben nach ein paar Monaten aufgegeben."

„Bis vor Kurzem. Die Geschichte, wie er einen Jungen vor dem Ertrinken rettete, hat das Interesse wieder angefacht."

Er beugte sich verschwörerisch vor. „Ich sehe keinen Grund, ihm von Ihrer vorherigen Anstellung zu erzählen. Es wird unser Geheimnis bleiben."

„Falls Sie mich anstellen."

Er runzelte die Stirn. „Weshalb sollte ich Sie nicht anstellen?"

„Ich, äh … Ich weiß nicht."

„Na dann ist es abgemacht."

„Ist es?"

Er streckte eine Hand aus. „Willkommen in der Glass-Bibliothek, Miss Ashe. Können Sie morgen anfangen?"

„Ja!" Ich schüttelte ihm begeistert die Hand. Vielleicht ein bisschen zu begeistert. Er wedelte mit den Fingern, nachdem ich losgelassen hatte.

Während wir zur Eingangstür gingen, bewunderte ich einige der Bücher auf den Regalen, an denen wir vorbeikamen. Ein paar waren ziemlich alt, wenn man nach den Holzdeckeln und den sichtbaren Nähten auf dem Rücken ging. Professor Nash fiel mein anhaltender Blick auf, und dass ich langsamer wurde.

„Gefallen sie Ihnen?", fragte er.

Ich strich mit der Hand über die Buchrücken. „Sie haben eine erstaunliche Sammlung. Mr. Glass sagte, Sie haben sie alle selbst gesucht."

„Ja, mit einem Freund." Er seufzte. „Wir sind zusammen ein paar Jahre gereist, haben alles gekauft, was wir finden konnten, in allen Winkeln der Welt. Ein paar Bücher retteten wir davor, zerstört zu werden, und andere sind jetzt für alle verfügbar, die vorher versteckt gehalten wurden. Es gibt einige Kulturen, in denen Magie verboten ist, verstehen Sie. Magier können ihre Kunst nicht ausüben, weil sie Strafe fürchten müssen. Der Besitz nur eines dieser Bücher könnte zu einer Hinrichtung führen. Als der Krieg am Horizont dräute, habe ich beschlossen, nach Hause zurückzukehren. Oscar machte allein weiter und fand sein Ende in der arabischen Wüste. Wir hatten einige großartige Abenteuer, er und ich." Sein Blick ging einen Augenblick in die Ferne, bevor er wieder scharf wurde. „Wir haben Bücher über Magie, Alchemie und Hexenkunst, genau wie eine ganze Abteilung über Aberglauben. Unsere ist die größte Sammlung asiatischer Werke außerhalb dieses Kontinents. Wir haben sogar einige sehr alte Bücher, die auf Bambusblätter gedruckt sind."

„Erstaunlich. Können Sie sie lesen?"

„Viele, aber auf keinen Fall alle. Manche sind in uralten Sprachen verfasst, lang vergessen und schwierig zu übersetzen. Einige sind in einer Verschlüsselung geschrieben, die ich erst noch knacken muss."

„Es ist wunderbar, dass Sie die Bibliothek nach Lord und Lady Rycroft benannt haben. Sie müssen sich geehrt fühlen."

Er blinzelte mich an. „Ach nein. Ich meine ja, sie fühlt sich geehrt, aber die Bibliothek ist nicht nach ihnen beiden benannt. Sie ist nur nach Mrs. Glass benannt. India. Sie ist Inspiration für die Bibliothek, genauso wie ihre Gönnerin. Lord Rycroft hat natürlich viel zur Finanzierung beigetragen, aber er wäre der Erste, der Ihnen sagt, dass die Bibliothek nicht nach ihm benannt ist. Er ist talentfrei", fügte er an, als würde es das erklären.

Nun war es an mir, ihn verblüfft anzublinzeln. „Ach? Ich dachte, er wäre auch ein mächtiger Magier, wie seine Frau."

„Meine Güte, nein." Er lachte leise.

„Und ihr Sohn, Mr. Glass? Ist er ein Magier?"

„Talentfrei wie sein Vater." Er seufzte schwer, als wäre das für ihn eine große Enttäuschung. Ich fragte mich, wer sonst noch enttäuscht war von Mr. Glass' Talentfreiheit. Ich fragte mich, ob er es war.

Wir schüttelten uns an der Tür die Hände, und ich ging, meine Schritte leichter als bei meinem Eintreten. Als ich aus der Crooked Lane ging, warf ich in einen Blick über die Schulter, aber das trübe Nachmittagslicht machte es schwer, einzelne Gebäude auszumachen, und ich konnte von hier aus nicht ganz erkennen, welches die Bibliothek war. Was für eine zauberhafte kleine Straße. Vielleicht war *verzaubert* ein besseres Wort. Die Sonne war tief gesunken. Die Zeit war verstrichen, ohne dass ich es bemerkt hatte. Ich musste mich beeilen, um mich für die

Arbeit umziehen. Ich musste die Stelle zu Ende führen, die ich bei der Royal Academy of Arts begonnen hatte.

Erst als ich auf halbem Weg nach Hause war, wurde mir klar, dass ich Professor Nash nicht nach meinem Lohn oder meinen Arbeitsbedingungen gefragt hatte. Nicht, dass es eine Rolle spielte. Alles war besser, als das, was ich jetzt hatte.

* * *

Zu meiner Überraschung wartete Horatio im Wohnzimmer der Pension auf mich. Zwei Bewohnerinnen drängten sich auf dem Sofa dicht an ihn, kicherten über seine Geschichte, nur um wegzuspringen, als ich eintrat. Ich vermutete, dass es nicht meine Ankunft war, die sie nervös machte, sondern die von Mrs. Whitten, die direkt hinter mir folgte.

„Sie haben viel zu viele männliche Gäste, Miss Ashe", sagte sie schnippisch. „Ein Polizist ist ja das eine, aber ein Künstler ja wohl etwas ganz anderes! Wird er lange hier sein?"

Ich versicherte ihr, das würde er nicht, dann wandte ich mich an Horatio. Er sprang auf und umarmte mich, küsste mich auf beide Wangen. Es war nicht das Klügste, das vor Mrs. Whitten zu tun. Sie wirkte, als würde sie vor Empörung gleich explodieren. Ihre ganzen Kinne bebten heftig.

Horatio nahm ihre beiden Hände zwischen seinen beiden. „Meine liebe Dame, keine Sorge."

Sie beäugte ihn argwöhnisch. Sie würde sich nicht dem Charme eines Mannes unterwerfen.

„Glauben Sie mir, an Sylvia habe ich kein Interesse. Sie ist viel zu fade."

Ich hätte beleidigt sein sollen, aber im Augenblick war mir das egal. Ich musste mich für die Arbeit fertigmachen. „Ist irgendwas, Horatio?"

„Ja! Na ja, nein, nicht wirklich." Er runzelte die Stirn. „Du wirkst aufgeregt. Liegt es daran, dass ich gesagt habe, ich hätte kein Interesse an dir? Liebes kleines süßes Ding. Gräme dich nicht. Du bist der Typ von jemandem, nur nicht meiner."

„Miss Ashe!", keifte Mrs. Whitten.

93

Ich seufzte und rieb mir die Stirn. „Horatio, bitte. Ich muss bald zur Arbeit."

„Ach, ja! Die Academy! Der Verwalter hat dich eingestellt?"

„Ich helfe der Umzugsmannschaft. Heute ist der letzte Abend."

„Ach? Dem Assistenten geht es gut genug, dass er zurückkehren kann?"

„Nein, ich werde kündigen. Ich fange morgen eine neue Stelle an, und Tag und Nacht zu arbeiten ist zu viel für mich. Hoffentlich kann Mr. Boltons üblicher Assistent zurückkehren, aber wenn nicht, bin ich sicher, er kann jemanden finden. Die Arbeit ist einfach."

„Eine neue Anstellung! Wie wunderbar. Wenn man so etwas mag natürlich nur." Er verzog das Gesicht, und trotz der Lage lachte ich.

Über meine Schulter hinweg beäugte er Mrs. Whitten, dann schob er den Arm durch meinen. „Komm mit mir in den Gang."

Die beiden Bewohnerinnen folgten uns nicht, doch Mrs. Whitten schon. Zum Glück ging sie weiter. Sie hielt Horatio wohl nicht für eine Bedrohung meiner Tugend, hier draußen, wo die Bewohnerinnen regelmäßig kamen und gingen.

Horatio und ich blieben neben einem kleinen Gemälde stehen, das an der Wand lehnte. „Das ist für dich." Anstatt es mir zu zeigen, hob er es auf und ging voraus die Stufen hinauf. „Rasch", zischte er. „Bevor sie es sieht."

Ich sperrte die Tür zu meinem Zimmer auf, und er drängte mich nach drinnen.

„Das war knapp", sagte er.

„Ich würde das noch nicht so locker sehen, Horatio. Sie weiß alles, was in diesem Gebäude vorgeht. Vermutlich auch, dass du hier drin bist." Ich deutete auf die Leinwand. „Ist das eines von deinen?"

Er drehte es herum. Die ungerahmte Leinwand zeigte die Tower Bridge am Abend, teilweise von Nebel und Regen umhüllt. Es war düster, und ich vermutete halb, eine finstere Figur in den Schatten lauern zu sehen, wenn ich genauer hinschaute. „Ist es. Ich sehe, dass es dir gefällt. Ich habe es gemalt, als mich die Melancholie gepackt hat."

„Es ist sehr … stimmungsvoll."

„Es gehört dir." Er stellte es auf den Boden und lehnte es an das Bett.

Horatio hatte dieses Jahr ein Werk bei der Sommerausstellung der Royal Academy of Arts gehabt. Dank dieser Präsentation konnte er erwarten, dass seine Werke sich für eine Menge Geld verkauften. Ich war keine Expertin, doch ich nahm an, dass sogar ein kleines, düsteres Werk wie dieses sich gut machen würde. „Danke dir, das ist sehr großzügig von dir. Aber weshalb gibst du es mir?"

„Weil ich dich mag."

„Obwohl ich nicht dein Typ bin?"

Er warf mir ein Grinsen zu. „Als Freundin bist du doch jedermanns Typ. Du bist so süß und warm wie eine Kanne heiße Schokolade."

Ich lachte. „Bitte gib nicht die Malerei auf und versuche dich am Schreiben. Jetzt, wenn ich es dir nichts ausmacht, bin ich bereit, mich für die Arbeit fertigzumachen."

Er drehte sich um. „Ich schaue nicht hin."

Für den Fall, dass er es doch tat, drehte auch ich mich um. Ich zog meine Bluse aus und warf mir ein anderes Jackett über, behielt aber den gleichen Rock an. Die Schärpe des Jacketts band ich an der Taille und prüfte im Spiegel mein Haar. Es war ein wenig wirr, aber es würde gehen müssen. Es blieb keine Zeit, um mich neu zu frisieren.

Ich öffnete die Tür und spähte hinaus, schaute nach Mrs. Whitten. „Die Luft ist rein."

Horatio reichte mir meinen Mantel und Hut. „Falls ich sie sehe, schlage ich vor, dass wir flüchten."

„Das sagt sich für dich leicht. Ich wohne hier."

„Dann zieh um. Dieser Ort ist sowieso schrecklich." Er rümpfte die Nase. „Das Licht ist furchtbar, und es gibt zu viele alte Bücher."

„Das sind meine Bücher."

Tonlos entschuldigte er sich, bevor er mich aus der Tür drängte.

* * *

Burlington House war nachts friedlich. Da die Mengen weg waren und die Türen verschlossen, konnte man nur die Bewegungen der Umzugshelfer hören. Die Männer hielten die Stimmen gesenkt, als würden sie sich den kathedralenartigen Galerien unterordnen. Meine Mannschaft wusste, was zu tun war, was mir die Gelegenheit verschaffte, herumzugehen und die Gemälde zu bewundern.

Schwere Schritte näherten sich mir von hinten. Ich sah mich nicht um. Es war unnötig. Ich kannte inzwischen den Schritt eines jeden Mannes, und wie schwer er auftrat.

„Manche kommen ja bestens zurecht", höhnte Mr. Allan, der Helfer mit dem narbigen Gesicht. „Wir übrigen machen uns krumm, während Sie herumtanzen und nichts tun."

Schließlich drehte ich mich um. „Ich helfe nur zu gerne. Sagen Sie mir, was Sie gerne von mir möchten."

Er steckte sich ein Streichholz an und zündete die Zigarette an, die ihm von den Lippen hing. „Sie wären doch nur im Weg."

Er warf das Streichholz neben meinen Füßen auf den Boden und zog an der Zigarette.

Ich biss mir auf die Zunge, um nicht darzulegen, dass er nicht beides haben konnte. Wenn ich mich von ihm aufstacheln ließ, würde das die Lage nur weiter entflammen. Er wollte doch unbedingt einen Streit, und ich würde ihn nicht gewinnen lassen.

Ich hob das Streichholz auf und schob es in die Tasche seiner Arbeitsjacke, bevor ich ging, um Mr. Bolton und seine Mannschaft zu suchen. Ich wollte ihm sagen, dass das meine letzte Nacht war.

Er war allerdings nicht in der nächsten Galerie. Flüsternde Stimmen kamen aus der Galerie dahinter. Sie klangen harsch, wütend gesprochen, und als ich näherkam, bemerkte ich, dass eine davon eine Frauenstimme war.

„Mr. Bolton?" Ich trat in die Galerie ein, blieb aber abrupt stehen.

Lady Stanhope und Mr. Ludlow, der Butler, der mich aus meiner Anstellung als Kellnerin entlassen hatte, wirkten genauso überrascht, wie ich es war, sie hier zu sehen.

Ich drehte mich um und flüchtete.

Sie erholten sich von ihrem Schock und verfolgten mich. Mr. Ludlow erwischte mich am Arm, als ich gerade die Galerie wieder betreten wollte, wo meine Mannschaft ein Gemälde neu aufhängte. „Was machen Sie hier?", knurrte er.

„Ich … ich arbeite für Mr. Bolton. Er hat mich eingestellt, um …"

„Ich habe Sie gefeuert! Hinaus!"

Ich riss mich los. „Wenn Sie einfach mit Mr. Bolton reden …"

„Ich spreche schon mit ihm. Er ist sich eindeutig nicht bewusst, was für eine Person er eingestellt hat."

Lady Stanhope trottete auf ihren hochhackigen Schuhen heran und schaute mich von oben bis unten an. Ihrem verwirrten Stirnrunzeln nach zu urteilen nahm ich an, dass sie sich nicht an unser erstes Treffen erinnern konnte, wo sie versucht hatte, mich daran zu hindern, mit Gabe zu reden. Ich war nicht wichtig genug für sie, dass sie sich das merkte. „Ludlow? Wer ist das Mädchen?"

„Eine Kellnerin, die ich entlassen habe, weil sie während einer Privatbesichtigung die Gäste zur Rede gestellt hat."

Ich empörte mich. „Wir haben uns unterhalten, ich habe niemanden zur Rede gestellt."

Lady Stanhopes Gesicht war verkniffen, als würden meine Worte einen bitteren Geschmack mit sich tragen. „Sie wurden nicht angestellt, um Unterhaltungen zu führen. Die Gäste möchten ohnehin nicht von der Belegschaft belästigt werden." Sie warf Ludlow einem frostigen Blick zu. „Ich wusste, dass es ein Fehler sein würde, dieses Jahr Kellner anzustellen. Wir hätten das Essen wie in den vorherigen Jahren im Erfrischungsraum lassen sollen."

Die Nasenflügel des Butlers blähten sich bei jedem schnaubenden Atemzug. Ich war mir nicht sicher, ob sein Ärger sich noch auf mich richtete, oder auf Lady Stanhope übertragen worden war. Er hatte auf jeden Fall vorhin genervt von ihr geklungen, falls man nach seinem harschen Flüstern gehen konnte. Dass sie ihn so zu sich sprechen ließ, war etwas, über das ich ein andermal nachdenken musste.

Gerade jetzt machte ich mir Sorgen, dass ich sofort entlassen werden würde. Mr. Bolton marschierte in die Galerie. Er deutete mit dem Stock auf Mr. Allan und die anderen Männer, die innegehalten hatten, um den Austausch zu beobachten. „Das ist keine Theatervorführung! Zurück an die Arbeit."

Mr. Allans Oberlippe wölbte sich bis zu seiner Narbe. Die Wirkung war ein düsteres Höhnen, das es mir eiskalt den Rücken hinablaufen ließ. Er genoss meine Nöte.

„Lady Stanhope?" Mr. Boltons Tonfall wurde sanfter. „Was für eine angenehme Überraschung das doch ist. Ich habe Sie nicht erwartet."

„Ich hatte ein paar Arrangements in letzter Minute mit Mr. Ludlow zu besprechen."

Mr. Bolton runzelte die Stirn. „Arrangements wofür?"

Sie legte die Hände um Mr. Boltons Arm und rückte näher. Sie beugte den Kopf, während sie durch ihre Wimpern zu ihm auf blinzelte. „Wir haben nur ein paar Kosten abgeglichen. Es ist jetzt alles fertig, und wir wollten beide noch einmal die Gemälde anschauen, bevor wir für den Abend aufbrechen." Sie lotste ihn weg. „Welches mögen Sie am liebsten?"

Ich sah ihnen mit schwerem Herzen nach. Es wurde noch schwerer, als Mr. Ludlow vor mir in Sicht kam. Er wirkte, als könne er es nicht erwarten, mich noch einmal hinauszuwerfen.

„Holen Sie Ihre Sachen und gehen Sie sofort", fuhr er mich an.

Ich sammelte meine ganze Zuversicht und zwang meine Stimme dazu, ruhig zu bleiben. „Ich arbeite jetzt für Mr. Bolton. Ich nehme meine Anweisungen von ihm entgegen."

Zu meiner äußersten Erleichterung kehrte Mr. Bolton zurück. Er hatte mich gehört. Natürlich hatte ich auch laut genug gesprochen, dass er mich sogar im nächsten Raum gehört hätte. „Was ist hier los?"

Der Butler richtete sich zu seiner vollen Höhe auf, dann fuhr er damit fort, uns beide von oben herab anzusehen. Der Ausstellungsverwalter schürzte die Lippen. „Dieses Mädchen wurde als Kellnerin angestellt. Ich musste sie wegen Unhöflichkeit entlassen."

„Zu mir und den Männern war sie ausgesprochen höflich."

Ludlows Nasenflügel blähten sich wie ein Blasebalg. „Dennoch kann sie nicht wieder angestellt werden."

„Dennoch, falls irgendwer unhöflich zu mir ist, sind Sie es, Ludlow. Wenn ich wünsche, sie wieder einzustellen, ist das meine Sache." Wie vehement er mich verteidigte, überraschte mich. Ich kannte ihn nur wenig und hatte es nicht erwartet. Er war wohl nicht wie Mr. Ludlow.

Mr. Ludlow spannte das Kinn an. „Aber …"

„Ludlow!", fuhr Lady Stanhope ihn an. „Es ist sinnlos, dass er jetzt noch jemand anderen einstellt. Sie wird schon gehen müssen."

Das war keine große Verteidigung, doch es wirkte. Mit schnalzender Zunge marschierte Mr. Ludlow weg, unterwegs zum Ausgang. Lady Stanhope schüttelte den Kopf vor seinem Rücken. „Weiter so, Mr. Bolton." Auch sie ging, ihre Schritte weniger zielgerichtet, und ihr Rücken steif.

„Weiter so", wiederholte Mr. Bolton. „Sie hat ja Nerven, irgendjemandem außer dem Lackaffen Ludlow Anweisungen zu geben. Sie hat keine Befehlsgewalt über mich."

„Lackaffe Ludlow klingt ziemlich gut."

Er schien mir aber nicht zuzuhören, während er Lady Stanhope nachsah.

„Ich frage mich, was sie hier getan haben. Ich glaube die Geschichte nicht, dass sie Kosten neu berechnet haben, Sie etwa, Miss Ashe? Die Privatbesichtigung hat vor Tagen geendet, und die Ausgaben für dieses Ereignis hätten schon berechnet sein sollen, bevor sie begann." Er schob sich den Stock unter den Arm und marschierte weg, ohne auf meine Antwort zu warten.

Ich schaute bei meinen Männern vorbei, um zu sehen, wie sie vorangekommen waren, nur um feststellen, dass Mr. Allan fehlte. Als er nach zehn Minuten nicht zurückkehrte, machte ich mich auf die Suche nach ihm. Er war in keiner der Galerien. Die Stufen waren mit Seilen abgesperrt, aber Mr. Allan war niemand, der sich an Regeln halten würde.

Ich wollte gerade unter dem Seil durchschlüpfen, als ich in der Ferne ein Niesen hörte. Es war nicht von oben gekommen. Ich folgte dem Geräusch zu weiteren Stufen, die nach unten führten.

Ich stieg in den Keller hinab. Es war nicht der Teil, wo die Küche sich befand, das war das falsche Ende von Burlington

House. Ich spähte in einen der Räume, die vom Korridor abgingen. Abgesehen von zerbrochenen Kisten, Besen und anderen Arbeitsutensilien schützten einige Staubabdeckungen große Objekte. Darunter konnten Möbel oder Kunstwerke sein.

Ich wollte gerade gehen, als mir auffiel, dass eine der Abdeckungen heruntergerutscht war und eine lebensgroße klassische Statue eines nackten Mannes zeigte, dem der Kopf fehlte. Ich betrat den Raum und hob die Decke auf, um sie wieder darüber zu werfen.

Da die Decke meine Sicht versperrte, war die einzige Vorwarnung, die ich bekam, der Klang von zwei Schritten, bevor jemand in mich hinein prallte und mich von den Füßen riss.

Ich fiel auf den Hintern und erwischte auf dem Weg nach unten einen Stapel Kisten, sodass sie umkippten. Die Abdeckung und eine Staubwolke umfingen mich.

Dann knallte die Tür zu.

KAPITEL 7

Bis ich mich von der Abdeckung befreit hatte, war der Mann längst weg. Der Geruch nach Zigarettenrauch hing aber noch in der Luft. Ich warf die Abdeckung über die Statue, wandte mich ab, als von der Decke Staub aufstieg. Ich schaffte es, mein Husten zu unterdrücken, aber nicht mein Niesen.

Ein Augenblick der Panik ließ mein Herz schneller schlagen, als ich den Türgriff nahm, und er sich nicht drehte. Er klemmte aber nur. Ein bisschen Schmalz war alles, was nötig war.

Ich wollte gerade gehen, als mir auffiel, dass eine weitere Staubabdeckung in der Ecke des Raums von den flachen Kisten gerutscht war, die vertikal an der gegenüberliegenden Wand aufgestapelt standen. Er war auf einen Stapel weiterer Abdeckungen gefallen, die sorglos zusammen mit Dutzenden Zigarettenstummeln entsorgt worden waren. Den ganzen Raum musste man einmal ordentlich putzen.

Ich nahm eine Ecke der Abdeckung, um sie zurückzuziehen, als mir auffiel, dass eine der Kisten mit *Dorfhauptstraße* beschrieben war. Darin war wohl das Gemälde der dörflichen Szene, hinter dem der Dieb sehr wahrscheinlich das gestohlene Gemälde versteckt hatte. Mr. Glass hatte die Abdeckung wohl ein paar Stunden früher gehoben, um nach der Leinwand zu suchen.

Ich schloss die Tür hinter mir und ging die Stufen wieder hinauf. Meine Mannschaft war für den Abend schon fast fertig. Mr. Allan war zurückgekehrt und schaute mir den Rest seiner Schicht über nicht mehr in die Augen. Ich hätte ihn wegen seines Besuchs in dem Lagerraum zur Rede gestellt, beschloss aber, dass mir Frieden und Ruhe wichtiger waren. Streitigkeiten machten mich nur nervös.

Ich prüfte meine Liste und markierte etliche Punkte als abgeschlossen, bevor ich mich auf die Suche nach Mr. Bolton machte. Seine Mannschaft packte auch ein. Mr. Bolton entließ sie alle für den Abend und eskortierte mich zurück zu seinem Büro.

„Ich wollte Ihnen noch mal einmal danken, dass Sie mich eingestellt haben, Sir", sagte ich, während er mir einen Umschlag reichte, der meine Bezahlung enthielt. „Aber ich fürchte, ich muss kündigen, und zwar sofort. Ich habe anderswo eine dauerhafte Anstellung gefunden, und ich werde nicht mit einer Stelle während des Tages und dieser hier an den Abenden fertig."

Er hielt mir eine Hand hin. „Ich gratuliere zu der neuen Anstellung." Er schien nicht schrecklich besorgt, dass ich ihn hängen ließ, obwohl es auch einfach sein konnte, dass ich seine nüchterne Art falsch interpretierte.

„Es tut mir leid, wenn Ihnen mein plötzlicher Aufbruch Probleme bereitet. Ich hoffe, Ihr üblicher Assistent wird bald wieder auf den Beinen sein."

„Das ist er bestimmt. Auf Wiedersehen, Miss Ashe."

Ich schüttelte ihm die Hand. „Auf Wiedersehen, Mr. Bolton." Ich nahm meine Tasche und meinen Mantel und ging.

Draußen fluchte ich auf mein Pech. Es regnete, und ich hatte keinen Regenschirm dabei. Ich wollte mich gerade in das nasse Wetter hinauswagen und die Stufen zum Hof hinabeilen, als ich ein Geräusch wie schlurfende Schritte links von mir hörte. Ich spähte in die Schatten von Burlington Houses breitem Eingangsbereich, doch es war zu dunkel, um etwas zu sehen.

Ich ging weiter und traute mich nicht, nachzuschauen, wer – oder was – das Geräusch verursachte. Der Hof war leer. Die Umzugshelfer waren gegangen, Mr. Bolton war noch drinnen. Ich ging, so rasch ich konnte, zum Piccadilly, wo die Straßenlampen etwas mehr Sicherheit gewährten. Ich suchte mir eine Droschke und war unterwegs nach Hause. Erst als die Türen der Droschke sich schlossen und wir unterwegs waren, hatte ich endlich das Gefühl, man würde mich nicht mehr beobachten.

* * *

JE MEHR ICH über den Austausch mit Lady Stanhope und Mr. Ludlow nachdachte, desto mehr wühlte er mich auf. Die Erklärung für ihre Anwesenheit im Burlington House klang nicht richtig. Wie Mr. Bolton war ich misstrauisch ihrer Geschichte gegenüber, dass sie die Ausgaben neu berechneten. Mein Argwohn wuchs nur noch, als ich mich an ihre Unterhaltung in der anschließenden Galerie erinnerte. Obwohl ich nicht wirklich die Worte mitgehört hatte, gab es keinen Zweifel an dem erhitzten Tonfall, oder an der Tatsache, dass der Großteil des Zorns von Mr. Ludlow gekommen war und sich auf Lady Stanhope gerichtet hatte. Ein Butler sollte nicht so mit seiner Vorgesetzten sprechen.

Ich rief am Vormittag Mr. Glass an und erzählte ihm von meinem Verdacht. Er dankte mir und fragte mich, ob wir uns treffen konnten, um es genauer zu besprechen.

„Ich kann nicht. Ich beginne heute meine Arbeit in der Glass-Bibliothek."

„Nash wird Ihnen eine Mittagspause gönnen."

Ich wollte gerade schon protestieren, dass ich vielleicht die Mittagspause durcharbeitete, um an meinem ersten Tag einen guten Eindruck zu liefern, doch er legte auf, nachdem er sich hastig verabschiedet hatte.

Ich ging zu Fuß zur Crooked Lane und holte tief Luft, während ich durch den Eingang ging. Die Luft roch frisch nach dem nächtlichen Regen, da es hier keinen motorisierten Verkehr gab. Die Gebäude und schmalen Eingänge hielten die Abgase und den Lärm fern.

Professor Nash sah bei meiner Ankunft auf und lächelte. „Willkommen an Ihrem ersten Tag, Miss Ashe. Kommen Sie herein, kommen Sie herein. Sie können Ihren Mantel dorthin hängen, und Ihre Tasche können Sie …" Er schaute sich auf dem

Boden um und, da er keine passende Nische finden konnte, öffnete er die große untere Schublade seines Schreibtisches. Er schob den Inhalt zur Seite, um Platz zu schaffen. „Hier drinnen wird gehen. Es gibt einen Schlüssel, falls Sie zur Sicherheit absperren möchten. Der ist hier irgendwo ..." Er beäugte die Schreibtischfläche, dann wühlte er sich durch die oberste Schublade.

„Keine Sorge", sagte ich. „Da ist nichts Wertvolles drin." Ich stellte meine Tasche in der untersten Schublade ab und hängte meinen Mantel auf den Ständer in der Nähe der Treppen.

„Wir beginnen mit einer Tour. Im vorderen Büro gibt es nicht viel zu sehen, und mit dem Aufbau des Erdgeschosses sind Sie bereits vertraut. Dort bewahre ich die beliebtesten Bücher auf, die allgemeinen Einführungen in die Magie, Geschichte, so etwas eben. Die am wenigsten wertvollen, könnten wir sagen, obwohl einige trotzdem ziemlich selten sind und einen akademischen Wert besitzen, wenn auch keinen hohen Geldwert. Dann weiter und nach oben!"

Er ging voraus die Wendeltreppe hinauf zum ersten Stock. Oben an den Stufen blieb ich stehen und keuchte. Dieser Raum war sogar noch spektakulärer als das Erdgeschoss. Die Decke war höher und sogar noch feiner verziert, mit demselben Blattmotiv wie unten, das sich wiederholte, aber in leuchtenden Frühlingsfarben mit goldenen Akzenten gemalt. Ein schmales Zwischengeschoss klammerte sie an die Wände über unseren Köpfen. Mit einem Zugang durch eine Wendeltreppe war es gerade breit genug, dass eine Person die Buchregale benutzen konnte, oder zwei, die sich unangenehm aneinander vorbeidrückten. Ein Bogenfenster ging über die volle Höhe des Raums und wurde durch das Zwischengeschoss halbiert. Das Fenster blickte auf die Crooked Lane hinab und ließ eine Menge Licht herein. Das gute Licht machte es zum perfekten Leseort, sowohl auf Bodenhöhe als auch auf dem Zwischengeschoss, das am Fenster gerade weit genug herausragte, dass ein Sessel darauf passte. Die Lesenische auf Bodenhöhe war größer als die unten. Abgesehen von einem weiteren schokoladenbraunen Ledersofa gab es noch zwei passende Sessel und Beistelltische. Ein Tisch war zum Fenster gewandt, seine Fläche leer bis auf einen Globus an einer Ecke und ein paar Schreibutensilien in einem Messingständer.

Professor Nash richtete meine Aufmerksamkeit auf die Buchregale, von denen einige Glastüren hatten. „Auf diesem Geschoss bewahren wir die wertvolleren Bücher und Papiere auf." Ich konnte nicht erkennen, wie ein paar Glasscheiben einen entschlossenen Dieb aufhalten sollen, selbst wenn sie verschlossen waren. „Einige dieser Gegenstände sind sehr alt, andere neuer, aber selten. Wie Sie sehen können, haben wir auch einige magische Objekte hier oben."

„Ach? Welche enthalten denn Magie?"

„Die Glastüren. Die Magie darin sollte verhindern, dass sie leicht brechen. Genauso beim Spiegel." Er nickte zu dem großen Spiegel hin, der über dem Kamin hing. „Diese Bronzestatue, der Globus drüben auf dem Schreibtisch, die Stuckdecke und die meisten Möbel."

„Erstaunlich", sagte ich gehaucht. „Enthält denn die Uhr über dem Kamin unten auch Magie?"

„Schon. India – Lady Rycroft – hat ihre Magie hineingegeben. Sie hat sie speziell für die Bibliothek angefertigt."

Ich fühlte mich töricht, weil ich meine nächste Frage stellte, aber ich musste. Außerdem würde Professor Nash früher oder später herausfinden, dass ich sehr wenig über das Thema wusste. „Verzeihen Sie mir, aber ich bin mir nicht ganz sicher, was Lady Rycrofts Magie tut. Ich nehme an, sie lässt Uhren perfekt laufen, aber ist das alles?"

Sein Gesicht leuchtete. Meine naive Frage hatte den gegenteiligen Effekt als den, den ich erwartet hatte. Anstatt mich für eine Närrin zu halten, war er begeistert, sein Wissen zu teilen. „Das ist nicht alles, nein. Sie kann auch die Magie eines anderen Magiers erweitern." Auf meinen ausdruckslosen Blick hin fuhr er fort. „Die meisten Magier kennen nur einen Zauber; ein Zauber, der auf dem basiert, was von diesem Gegenstand am meisten gewünscht wird. Bei Glas wäre es also, dass man nicht will, dass es bricht. Bei Holz will man nicht, dass es verbrennt. Eisen möchte man stärker. Bei einer Karte möchte man einen Ort finden, und von einem wertvollen Metall oder Edelstein will man mehr."

„Mehr?"

„Ja. Mehr davon. Darum sind sie sehr selten. Goldmagie ist zum Beispiel ausgestorben."

„Und Silber?"

Er runzelte die Stirn. „Ich glaube, das ist auch ausgestorben."

„Was ist mit Kunst, wie Gemälden? Was macht ihr Zauber?"

„Das ist eine gute Frage. Ich bin mir nicht sicher." Er schob sich die Brille die Nase hinauf. „Das Problem mit Zaubern ist, dass ihre Magie nicht ewig hält. Sie verblasst. Die Länge der Zeit, die die Magie hält, hängt von der Stärke des Magiers ab. Sie kann wenige Stunden anhalten, wenn sie von einem schwachen Magier gewirkt wird, oder auch einmal Jahrzehnte. Ich habe magische Objekte gesehen, deren Magie immer noch darin ist, Jahrhunderte später. Viele klassische Gebäude aus der Antike haben aus diesem Grund überdauert – es wurden Steinmetzmagier eingesetzt." Er hob einen Finger, um seine nächste Aussage zu betonen, obwohl sie nur wenig Betonung erforderte. Seine Miene mit den glänzenden Augen war schon faszinierend genug. „India kennt einen Zauber, der Magie erweitern kann. Nicht nur ihre Magie, wohlgemerkt, sondern Magie, die andere Magier in ein Objekt gegeben haben."

Ich konnte verstehen, dass das der Uhrmachermagie nahestand. Beide Zauber hingen mit Zeit zusammen. „Ist das der Grund, weshalb sie in der modernen Geschichte der Magie als so wichtig gilt?"

„Nicht wirklich, nein. Sie setzt diesen Zauber kaum je ein. Sie ist aus einer Reihe von Gründen erstaunlich, die alle zurück auf ihre Abstammung gehen. In ihrem Familienstammbaum kommen etliche magische Abstammungslinien zusammen, und durch das Wunder der Genetik hat sie große Macht geerbt. Zum einen muss sie einen Zauber nicht aussprechen. Sie kann ihn einfach nur denken. Aber am seltensten von allen kann sie neue Zauber schaffen."

„Das klingt nützlich."

Er warf mir ein grimmiges Lächeln zu, und ich schätzte, dass es hinter ihrer Zauberschöpfung eine Geschichte gab. „Sie setzt ihre Magie nicht mehr oft ein. Sie hat vor einiger Zeit beschlossen, dass die Möglichkeiten zu gefährlich sind, wenn die neuen

Zauber in die falschen Hände geraten. Ihre größte Errungenschaft ist ihr Einsatz für Magier, sowohl in diesem Land als auch auf der ganzen Welt."

Ich wusste, dass sie im Mittelalter als Hexen verfolgt worden waren, und dass in jüngerer Zeit die Handwerkergilden Magiern keine Handelslizenzen geben wollten, aber ich war mir nicht bewusst gewesen, dass Lady Rycroft eine Rolle dabei gespielt hatte, diese Verfolgung zu beenden.

„India hat sich für Magier eingesetzt", fügte Professor Nash an. „Die Gilden stimmten endlich zu, es ihnen zu gestatten, offen zu leben und frei zu handeln, solange ihre Waren als Luxusgegenstände verkauft wurden, auf die eine Luxussteuer fällig war. Es war die einzige Möglichkeit, Harmonie zwischen den Talentfreien und den Magiern zu schaffen. Eine Zeit lang war es ziemlich hässlich in dieser Angelegenheit. Wirklich richtig hässlich."

„Mr. Glass sagt, Sie seien kein Magier."

„Das ist richtig. Ich stamme von Eisenmagiern ab, aber ich habe es nicht geerbt."

Ich musterte die Gegenstände, die er als von Magiern hergestellt ausgewiesen hatte. Das Glas und der Spiegel waren einfach nur Oberflächen, aber die gedrechselten Holzbeine des Schreibtisches und der Beistelltisch waren fein verziert, genauso die Stuckdecke. „Ich habe heute etwas Neues gelernt. Ich dachte, die Macht eines Magiers läge nur darin, Gegenstände herzustellen, die schöner gestaltet sind."

„Das gehört zu ihrer Macht, aber ein Zauber ist nicht erforderlich, um etwas Schönes zu machen. Die Waren eines Magiers sind auf natürliche Weise anziehender als die, die die talentfreien Handwerker herstellen. Deshalb kann ein Magier, der nicht weiß, dass er ein Magier ist, etwas herstellen, das große Schönheit besitzt und bewundert wird. Das ist ein angeborenes Talent, das alle Magier besitzen. Zauber machen etwas anderes, etwas, das darüber hinausgeht."

„Ein Magier kann ein Talent für sein Handwerk haben, ohne es zu wissen?"

„Oh, ja. Erst wenn der Schreinermagier seinen ersten Stock schnitzt, findet er heraus, dass ihm Arbeit mit Holz liegt. Sie haben vorhin nach dem Zauber eines Künstlers gefragt, und ich habe geantwortet, dass ich mir nicht sicher bin, was ihr Zauber tun würde. Nur die Tatsache, dass ein Kunstwerk von einem Magier gemalt wurde, macht es bereits anziehender als eines, das von einem gewöhnlichen Künstler gemalt wurde, darum kann ich mir nicht vorstellen, wie ein Zauber, der dazu kommt, die Schönheit noch erhöhen würde. Vielleicht die Farben lebhafter machen? Es lebensechter wirken lassen?" Er zuckte mit den Schultern.

Ich berührte den Silberring an meinem Finger. Er war einfach, ohne Gravur. Ich wollte nicht mit einem scharfen Werkzeug herangehen, um mich am Silberschmieden zu versuchen, nicht, dass ich den Ring zerstörte. Ich fühlte mich aber auch nicht besonders dazu hingezogen. Vielleicht hatte das mein Bruder getan. Vielleicht hatte er deshalb vermutet, dass er ein Silbermagier war.

„Es gibt noch einen letzten Teil meiner Tour." Mit gekrümmtem Finger bedeutete mir Professor Nash, dass ich ihm folgen sollte. Wir begaben uns hinab zu dem Gang zwischen zwei Regalreihen bis zum Ende. Die Wand wurde von weiteren Regalen eingenommen, die dicht mit Büchern vollgepackt waren.

Professor Nash deutete auf eines, das in rotes Leder gebunden war, auf dem mittleren Regal. Es sah nicht alt aus, aber die Oberseite des Rückens war ein wenig abgegriffen. Was für ein seltsamer Ort, dass dort als allererstes Abnutzung erscheinen sollte. Ich neigte den Kopf, um die schwarzen Buchstaben auf dem Rücken zu lesen, kam aber nicht dazu. Professor Nash zog das Buch aus dem Regal, aber nur halb. Etwas hinter dem Buch klickte. Mit einem geheimnisvollen schwachen Lächeln schob er an den Buchregalen.

Ein Teil gab nach und schwang auf.

Ich holte scharf Luft. „Sie nehmen mich doch auf den Arm. Ein verborgener Gang in einer Bibliothek? Haben Sie mein Kindheitstagebuch gelesen und alle meine Lieblingsdinge entdeckt?"

Er lachte leise. „Ich kann sagen, dass Sie und ich uns hervorragend verstehen werden." Er griff hinein und schaltete das Licht an.

Dahinter war ein leerer Raum so groß wie ein Schrank mit

einer weiteren Tür hinten. „Das ist das Vestibül. Diese Tür führt zu meinen Räumlichkeiten."

„Sie meinen, Sie wohnen da drin?"

Er nickte. „Gehen Sie hinein. Sehen Sie es sich an."

„Sind Sie sicher?"

Er lächelte. „Ziemlich sicher."

Ich ging durch das Vestibül und schob eine weitere Tür auf, enthüllte dahinter eine kleine Wohnung. In gewisser Weise erinnerte sie mich an Daisys Wohnung, mit einem Zwischengeschoss als Schlafzimmer, obwohl Professor Nash es über eine Wendeltreppe betrat, nicht eine Leiter. Sie war nicht so hell wie ihre, aber sie war auch nicht dunkel. Hohe Fenster ließen genug Licht herein, dass wir sehen konnten. Es war zwar kleiner als ihre Wohnung, sah aber sehr gemütlich aus, wenn auch irgendwie männlich, so ziemlich wie die Leseecken in der Bibliothek eingerichtet.

„Sie dürfen die Küche oder das Bad hier oben nutzen, wann immer Sie es brauchen", sagte Professor Nash.

„Aber das ist doch Ihr Zuhause."

„Das spielt doch keine Rolle. Ich bin ein ordentlicher Mensch." Er deutete auf eine Falltür an der Decke des Schlafzimmers auf dem Zwischengeschoss. „Da oben ist ein Speicher voller Bücher und anderer Dokumente, die man katalogisieren muss. Sobald Sie sich eingerichtet haben, können Sie damit anfangen."

Wir kehrten nach unten zurück, und er ging ein paar Regeln und Prozeduren durch. Die Bibliothek war für alle offen. Sie lief nicht über eine Mitgliedschaft wie die meisten Bibliotheken. Keines der Bücher konnte man allerdings mitnehmen. Jeder war willkommen, hier zu verweilen und in einer der Lesenischen zu lesen, aber alles, was der Bibliothek gehörte, musste in der Bibliothek verbleiben.

„So sehr wir die Sammlung für alle zugänglich halten wollen, kommt es dann zu Problemen, wenn es ums Ausleihen geht", erklärte er mir. „Wir können uns nicht darauf verlassen, dass die Ausleihenden mit ihren Adressen ehrlich sind, und nicht jeder hat etwas zur Identifikation dabei. Das haben wir vor vielen Jahren auf die harte Tour gelernt, als einige Leute ihre Bücher einfach niemals zurückbrachten. Ich habe viel Zeit damit verbracht, sie zu finden, also will ich nicht, dass sie verschollen sind. Danach haben wir unsere Regeln geändert."

„Ich freue mich darauf, von Ihren Abenteuern zu hören", sagte ich.

„Ich fürchte, ich bin nicht der größte Geschichtenerzähler. Mein Reisekompagnon war sehr viel besser."

„Oscar, so hieß er doch?"

„Er konnte richtig gut Geschichten erzählen. Er war ein Journalist wie Sie. Das hat er aufgegeben, um mit mir zu reisen, vor fast dreißig Jahren. Wo wir gerade bei Oscar sind." Er musterte die Buchregale hinter dem Schreibtisch und holte ein Buch mit einem leuchtend orangen Umschlag heraus. „Das ist ein Exemplar seines ersten Buches." Er reichte es mir. „Das wird Ihnen eine gute Einführung in die Magie geben."

Der Titel hieß *Das Buch der Magie: Fakten, Mythen, Geschichte und Riten der Hexerei in England und auf der ganzen Welt, verfasst von einem modernen Magier.* Der Name des Autors war Oscar Barratt.

„Was für ein Magier war er?"

„Tinte. Eine ziemliche sinnlose Magie, wie er es formulierte, aber er konnte sie hübsch in der Luft schweben lassen."

„Vielen Dank. Ich fange heute Abend an."

Wir arbeiteten den Morgen über weiter, während Professor Nash mir zeigte, was für Aufgaben ich in Zukunft haben würde. Es gab nicht viele. Die Bibliothek war so aufgestellt, dass sie effizient betrieben werden konnte, und ohne Mitgliedschaften oder Verleih war eine ganze Komponente des Bibliothekswesens gar nicht vorhanden.

Ich war gerade dabei, ein paar Bücher auf dem ersten Stock wieder einzuräumen, als ich mich umdrehte und einen Schreck fürs Leben bekam. Am Ende des Ganges war Mr. Glass, eine breite Schulter lehnte an einem Buchregal, die Arme und Fußknöchel übereinandergeschlagen. Diese Haltung war entspannt, aber sein Blick war scharf und voller Erheiterung. Der Mann hatte die Angewohnheit, meine peinlichen Augenblicke amüsant zu finden.

„Tut mir leid", sagte er. „Ich dachte, Sie würden meine Schritte hören."

„Ich war in Gedanken." Ich stellte das letzte Buch ins Regal und ging zu ihm.

Er trat zur Seite, ging aber nicht ganz weg. „Bereit zum Mittagessen?"

Ich musste mich zur Seite drehen, um mich an ihm vorbei zu schieben. Selbst dann streifte ich ihn leicht. Er schien allerdings nicht betroffen, doch mein Gesicht wurde heiß. Das brachte ihn wieder zum Lächeln.

Rasch brachte ich etwas Abstand zwischen uns und wandte mich ab, schob mir eine Haarsträhne hinters Ohr. „Ich frage erst mal bei Professor Nash nach."

Professor Nash war es recht, dass ich ein Mittagessen einnahm. Ich schlug eine Stunde vor, doch er sagte, ich solle mir so lange nehmen, wie ich brauchte. Ich hatte den Eindruck, dass Mr. Glass bereits bei ihm nachgefragt hatte, bevor er nach oben gekommen war, um mich zu suchen. Ich war mir nicht sicher, was ich davon halten sollte. Ich schätzte, das hing davon ab, ob er seinen Einfluss nutzte, um den Professor zu drängen oder nicht. Bei ihrem freundlichen Umgang war es schwer zu sagen.

„Ein hektischer Vormittag?", fragte Mr. Glass, während wir Seite an Seite durch die Crooked Lane gingen.

„Nicht wirklich. Es gab keine Besucher."

„Ich hoffe, Sie werden es nicht langweilig finden."

„Wenn es nichts zu tun gibt, kann ich immer noch lesen. Nicht, dass ich das tun werde, natürlich. Ich bin sicher, es gibt genug Arbeit, die mich beschäftigt hält." Ich biss mir auf die Lippen. Ich musste im Gedächtnis behalten, dass er der Sohn der Gründerin der Bibliothek war. Vor ihm zuzugeben, dass ich lesen würde, während ich arbeitete, war bestimmt schlecht für meine Laufbahn.

„Keine Sorge, ich sage es Nash nicht. Ich bin mir ziemlich sicher, so verbringt er sowieso den Großteil des Tages."

„Weshalb hat er mich angestellt, wenn es nicht genug Arbeit für zwei gibt?"

Er zuckte einfach mit den Schultern. „Was halten Sie von der Bibliothek?"

„Sie ist wunderbar", sagte ich gehaucht. „So viele Bücher, und die Lesenischen sehen so gemütlich aus. Professor Nash wirkt nett. Er ist sehr begeistert von Magie."

„Er hat eine größere Begeisterung als die meisten Magier."

Wir gingen nach Westen, und ich hatte das schreckliche Gefühl, dass er mich an irgendeinen schicken Ort wie das Ritz führen würde. Nicht einmal meine beste Kleidung war passend für ein Mittagessen in so einem exklusiven Laden. Wir wechselten allerdings die Richtung und fanden uns auf den Straßen hinter dem Leicester Square wieder. Er blieb an einem Restaurant an der Ecke stehen, dass Le Café De Paris hieß, mit Stühlen und Tischen, die draußen aufgestellt waren.

Er schob die Tür auf, und ich atmete erleichtert aus. Hier würde ich hineinpassen. Die Gäste waren locker gekleidet, und die Tische waren mit einfachen weißen Decken gedeckt. Große Spiegel ließen das Innere größer scheinen, als es war, und die modernen Gemälde gaben ihm eine künstlerische Ausrichtung. Etliche Essende saßen allein da, über Bücher gebeugt, oder skizzierten etwas auf Blöcken, mit Kaffeetassen und Aschenbechern in der Nähe. Andere saßen in kleinen Gruppen beisammen und unterhielten sich konzentriert. Ein freundlicher Kellner führte uns zu einem freien Tisch am Fenster.

Mr. Glass bestellte eine Flasche Rotwein und bat um die Speisekarten. Zum Glück waren die Speisen welche, die ich kannte, nicht auf Französisch. Wir bestellten beide Roastbeef.

„Ist nicht ganz dasselbe wie ein echtes französisches Café, aber man muss den Besitzern zugestehen, dass sie sich bemühen", sagte Mr. Glass.

„Vermutlich wäre es keine kluge Geschäftsentscheidung, Froschschenkel und Schnecken für englische Speisende anzubieten."

„Keines dieser Gerichte schmeckt übrigens so schrecklich, wie es klingt."

„Sie haben sie probiert?"

„Während des Krieges. Ich war 1918 ein paar Wochen in Paris."

„Ich dachte, Sie hätten den ganzen Krieg an den Frontlinien verbracht."

Er kniff ganz leicht die Augen zusammen. „Sie haben Ihre Recherche erledigt." Er warf einen Blick zu dem Mann, der am Tisch nebenan saß, während er einen Zigarettenstummel im Aschenbecher ausdrückte. Mr. Glass' Daumen begann auf der Tischfläche zu klopfen. „Als der Krieg zum Ende kam, wurde ich in Paris gebraucht."

„Sie waren Offizier, oder?"

„Hauptmann." Der Rhythmus des Tippens wurde schneller. „Macht es Ihnen was, wenn wir über etwas anderes reden?"

„Natürlich. Tut mir leid." Ich hätte mich treten wollen. Welcher ehemalige Soldat wollte denn mit einer Frau, die er kaum kannte, über den Krieg sprechen? Ich suchte nach einem anderen Thema. „Die Kunst hier drin ist … interessant."

Er musterte das Gemälde auf der gegenüberliegenden Wand. „Ist das ein Körper mit zwei Köpfen oder zwei Leute?"

„Das sind Leute? Ich dachte, das wäre eine Ansammlung geometrischer Formen."

Er ließ ein Grinsen sehen. Es war völlig entwaffnend. „Was für ein Glück, dass keiner von uns Karriere als Kunstkritiker machen möchte."

„Mein kurzer Auftritt in der Royal Academy hat mir das schon bewiesen", sagte ich. „Obwohl keines der Gemälde in der Ausstellung so wie diese hier aussah."

„Die Academy ist nicht dafür bekannt, an der vordersten Front der artistischen Bewegung zu stehen. Wo wir von der Ausstellung sprechen, erzählen Sie mir mehr über das Treffen zwischen Lady Stanhope und Ludlow."

Ich wiederholte, was ich ihm an diesem Vormittag übers Telefon erzählt hatte. „Es bedeutet vielleicht nichts", schloss ich. „Aber ich dachte, es lohnt sich, das zu erwähnen."

„Es ist auf jeden Fall verdächtig." Er hob vor mir das Glas. „Danke, dass Sie mir das mitteilen, Sylvia. Ich darf doch Sylvia sagen? Können wir per du sein?"

„Ja."

„Dann nenn mich Gabe."

„Sind Sie da sicher?", stieß ich hervor.

„Ziemlich sicher."

Mein Gesicht wurde heiß, aber ich hatte nichts, hinter dem

ich mich verstecken konnte. Dieses Mal lächelte er nicht oder fand meine Verlegenheit amüsant, doch ich kam mir trotzdem wie eine Närrin vor. Zum Glück brachte der Kellner unser Essen, sodass Gabes Aufmerksamkeit von mir abgelenkt wurde.

„In welcher Galerie waren sie, als du ihre erhitzte Unterhaltung mitgehört hast?", fragte Gabe, während er in sein Roastbeef schnitt.

„Der Hauptgalerie."

„Waren sie in der Nähe eines konkreten Kunstwerks?"

Ich kaute weiter, während ich zurückdachte zu dem Zeitpunkt, als ich über sie gestolpert war. „Erinnerst du dich an das Meerespanorama mit dem Dampfschiff?"

Er hatte gerade ein Stück Fleisch essen wollen, senkte aber die Gabel. „Schon."

„Sie waren dort in der Nähe. Wir haben es in der vorherigen Nacht umgehängt, an einem besser einsehbaren Platz, da es so beliebt war. Ist das ein Hinweis?"

Er antwortet nicht sofort, sondern aß weiter. Ich nahm an, dass er mir nicht antworten würde und wieder die Ausrede anbrachte, dass er mit einer Zivilistin nicht über den Fall reden durfte.

Aber das erwies sich als falsch. „Es könnte wichtig sein, aber ich bin noch nicht sicher. Es gibt immer noch so viel, das wir über diesen Fall nicht wissen."

Da er in gesprächiger Laune war, konnte ich ja auch mein Glück versuchen und weitere Fragen stellen. „Was weißt du?"

Diesmal zögerte er nicht. „Dass sehr wahrscheinlich jemand in der Galerie in den Diebstahl verwickelt ist." Er nahm sein Weinglas und nippte, beobachtete mich über den Rand hinweg. „Ich sollte vermutlich am Anfang beginnen."

Ich blieb still, wollte sein Vertrauen in mich nicht zerstreuen.

„Scotland Yard stellt mich nur bei Fällen an, die Magie oder Magier betreffen. Ich wurde zu einem Fall gerufen, als die Besitzerin eines gestohlenen Gemäldes behauptete, es wäre von einem magischen Künstler angefertigt worden. Zumindest behauptet das die Besitzerin."

„Du glaubst nicht, dass es magisch ist?"

„Ich habe dazu keine Meinung. Der Maler ist längst tot,

darum kann man ihn nicht befragen. Er hat vor über einem Jahrhundert gelebt, in einer weniger erleuchteten Zeit, wo Magier verfolgt wurden. Malereimagier haben ihr Talent niemals enthüllt, weil sie Angst hatten, sie würden von der Royal Academy ausgeschlossen. Das ist das, was Künstler haben, was einer Gilde am nächsten kommt. Das gestohlene Werk wurde von einem wenig bekannten Künstler namens Jean-Baptiste Delaroche gefertigt. Er war nicht sehr produktiv. Dieses Gemälde ist eins von nur dreien in England."

„Wenn keiner weiß, ob der Maler ein Magier war, weshalb hat die Besitzerin es dann gekauft?"

„Sie hat es zu einem geringen Preis von einem Händler gekauft, der ihrer Aussage nach keine Vorstellung von guter Kunst hatte. Sie hatte vermutet, dass es von einem Magier angefertigt war, und als sie es nach Hause gebracht hatte, lud sie einen Bildhauermagier ein, um es für sie zu bestätigen. Sie hat nie eine zweite Meinung eingeholt."

„Weshalb ein Bildhauermagier, und kein Maler?"

„Sie sagte, er wäre ein Bekannter von ihr, und dass sie ihm vertraut. Er hat die Magie in dem Delaroche gespürt und ihr seine professionelle Versicherung gegeben."

„Wird er des Diebstahls verdächtigt?"

„Er ist auf der Liste meiner Verdächtigen, aber ich muss ihn noch mit dem Schwarzmarkt für Kunst in Verbindung bringen, wohin das Gemälde sehr wahrscheinlich gehen wird."

„Wann wurde es gestohlen?"

„Zwei Tage, bevor die Ausstellung für Privatbesichtigung geöffnet wurde. Die Besitzerin hatte es für die Dauer der Ausstellung verliehen, und es war gerade erst im Burlington House angekommen. Irgendwann an diesem Nachmittag oder Abend ist es verschwunden. Nur der Rahmen blieb."

„Es ist wohl hinter das Dorfgemälde platziert worden, bis die Zeit kam, um es aus Burlington House verschwinden zu lassen."

„Genau. Du würdest eine gute Detektivin abgeben, Sylvia."

„Leider wird meine Nase in Bücher vergraben bleiben müssen, und nicht in die Angelegenheiten anderer Leute, da die Polizei keine Frauen anstellt."

„Schade für die Polizei."

Wir aßen schweigend ein paar Minuten weiter, während ich versuchte, aus dem Fall schlau zu werden. „Der Dieb hat jemanden mit Zugang zum Burlington House, nachdem es geschlossen hat."

„Nicht unbedingt. Leute kamen und gingen den ganzen Nachmittag lang. Lieferanten, der Ausstellungsverwalter und sein Assistent, sogar ein paar Künstler, die ihre Werke persönlich abgaben."

„Und die Umzugsmannschaft?"

„Und die. Theoretisch jeder Angestellte, der an diesem Tag dort gearbeitet hat, darunter Ludlow."

„Und Lady Stanhope? Ich schätze, sie hat Einzelheiten in letzter Minute mit Ludlow durchgesprochen."

Er nickte. „Als Freundin der Besitzerin des Gemäldes wusste sie auch, dass es magisch war."

„Du glaubst, das Meerespanorama ist auch magisch, oder?"

Er aß zu Ende und lehnte sich dann zurück. „Das wirkt wahrscheinlich. Laut der Experten ist es technisch perfekt. Für mich ist es einfach ein schönes Werk. Andere künstlerisch Unbeleckte scheinen da zuzustimmen."

Ich lächelte. „Darunter auch diese Unbeleckte. Kannst du es von einem unabhängigen Magier bestätigen lassen?"

„Ich wollte keine Aufmerksamkeit darauf richten, aber jetzt mache ich mir Sorgen, dass es zu spät ist. Der Ausstellungsverwalter hat es an einen neuen, prominenteren Platz verlegt, und zwei meiner Verdächtigen wurden gesehen, wie sie in der Nähe eine erhitzten Diskussion führten." Er neigte den Kopf zu einer Verbeugung. „Ohne dich hätte ich das nicht erfahren."

„Vielleicht kann man einen Wächter anstellen, der es im Auge behält."

Er füllte unsere Weingläser nach und nahm seines. „Du warst während der ersten Privatbesichtigung da. Ist dir jemand aufgefallen, der es besonders im Auge behält?"

„Man hat mich nicht angestellt, um etwas zu bemerken, außer die Hors d'Oeuvres auf meinem Tablett, wie Mr. Ludlow mir nur zu gerne in Erinnerung gerufen hat, bevor er mich gefeuert hat."

Eine Seite seines Mundes wölbte sich zu einem schwachen

Lächeln. „Ich bezweifle, dass das eine neugierige Person wie dich aufgehalten hat."

„Ich habe ein paar Maler in der Nähe gesehen, die es zu besprechen schienen. Dann hat sich ihnen Lady Stanhope angeschlossen. Sie war freundlich zu ihnen, und sie schien sie zu mögen."

„Sie können es sich nicht leisten, sie nicht zu mögen, zumindest nicht direkt vor ihr. Ihre Einkünfte hängen von ihrer Gönnerschaft ab. Sie ist eine große Kunstliebhaberin."

Und Künstlerliebhaberin, nahm ich an, wenn ich bedachte, wie sie mit Horatio an diesem Tag geflirtet hatte. „Was hältst du von ihr?"

„Ich habe sie vor diesem Tag nie getroffen."

„Ich dachte, sie würde sich in denselben Kreisen bewegen wie deine Eltern."

Er lachte leise. „Glaubst du, alle mit einem Titel sind miteinander befreundet?"

„Nein, natürlich nicht."

Er schaute mich an, als wisse er, dass ich log.

Ich räusperte mich. „Ich denke, ich weiß, wo wir mehr über sie herausfinden können." Als er die Augenbrauen hob, fuhr ich fort: „An der Art, wie sie Horatio berührt hat, denke ich, dass sie mehr als nur Bekannte sind."

„Dann fragen wir ihn, was?"

„Jetzt?"

„Je eher, desto besser, bevor der Dieb versucht, das Meerespanorama zu stehlen." Er zahlte, was wir schuldig waren, und ging zur Tür.

Ich nahm meine Tasche und eilte ihm nach. „Ich muss zu meiner Arbeit zurück."

„Ich werde mit Nash reden. Ich bin sicher, ihm macht es nichts aus." Er lächelte, während er mir die Tür aufhielt.

Ich rang mit mir auf dem Weg zurück zur Crooked Lane. Es war mein erster Tag in der Bibliothek. Sollte ich mir Zeit freinehmen, selbst für etwas so Wichtiges wie den Fall? Ich beschloss, Professor Nash zu fragen, ob es in Ordnung war, und meinen Plan zu ändern, falls er zögerlich wirkte.

„Warte hier draußen", sagte ich zu Gabe, als wir an der

Bibliothek eintrafen. „Ich will nicht, dass du seine Entscheidung beeinflusst."

Professor Nash zuckte nicht mit den Wimpern, als ich ihm erzählte, dass Gabe wollte, dass ihm bei seiner Ermittlung half. Tatsächlich schien er durch die Frage nicht überrascht.

„Die Arbeit wird immer noch hier sein, wenn Sie zurückkehren", sagte er fröhlich.

„Ich werde die verlorene Zeit aufholen, indem ich den Rest der Woche dann länger bleibe."

„Das wird nicht nötig sein. Gabe bezahlt Ihren Lohn, wenn er also einen anderen Zweck für Sie findet, dann soll es so sein. Die Arbeit hier wird früher oder später schon erledigt."

Ich blinzelte ihn langsam an. „Ich dachte, ich würde von der Bibliothek bezahlt. Ich weiß, dass Lord und Lady Rycroft Gönner sind, aber gibt es keine anderen? Und gibt es da keine Verwaltung oder ein Komitee, das Dinge wie Stellen und Löhne beaufsichtigt?"

„Nein, Sie verstehen nicht. Gabe bezahlt Ihren Lohn. Nicht seine Eltern oder die anderen Gönner. Und das Komitee ist hoffnungslos. Die hätten die Entscheidung, eine Assistentin anzustellen, nicht an einem Tag getroffen. Gütiger Gott, nein. Das hätte sie Wochen gekostet. Gabe hat mir gesagt, Ihre Lage wäre drängend, und Sie müssten sofort eine Anstellung finden. Er bezahlt Ihren Lohn bis zu einem Zeitpunkt, an dem das Komitee sich treffen und die Rolle eines Assistenten besprechen kann."

Ich hatte wohl ein dümmliches Gesicht auf, den Professor Nash lehnte sich vor und blinzelte mich an.

„Ist alles in Ordnung, Miss Ashe? Haben Sie sich die Aalpastete von dem Straßenverkäufer an der Ecke geholt? Die sind bekanntermaßen schrecklich. Nein, natürlich nicht. Gabe hat Sie bestimmt an einen schicken Ort geführt."

Ich starrte zu ihm zurück, versuchte immer noch, zu verdauen, was er mir gesagt hatte und was es bedeutete. Gabe bezahlte den Lohn einer Frau, die er kaum kannte, aus seiner eigenen Tasche, für eine Assistentenanstellung, die es vor heute gar nicht gegeben hatte, und die, um ganz ehrlich zu sein, nicht gebraucht wurde. Weshalb?

Und was erwartete er im Gegenzug?

KAPITEL 8

„Das hättest du mir sagen sollen", sagte ich zu Gabe. Er schob sich verlegen die Hände in die Hosentaschen. „Ah. Ich verstehe, Nash hat die Katze aus dem Sack gelassen. Ich hatte gehofft, das würdest du erst in einer Weile herausfinden. Zumindest, bis du dich eingerichtet hast."

„Warum hast du mir nicht gesagt, dass du persönlich meinen Lohn bezahlst?"

„Weil ich nicht wollte, dass du es herausfindest."

Ich warf ihm einen vernichtenden Blick zu. Ich hätte vermutlich besser aufpassen sollen denn je, was ich zu ihm sagte. Dass er aus einer reichen Adelsfamilie stammte, war eines, aber er hatte auch die Macht, mich zu entlassen oder mir meinen Lohn vorzuenthalten. Das hätte mich nervös machen sollen, aber ich war zu wütend, um mir Sorgen zu machen. Mein Temperament, das sich nur langsam entflammen ließ, hatte gerade eine Ladung Treibstoff bekommen.

„Ich wollte nicht, dass du es herausfindest, weil ich mir Sorgen um zwei Dinge gemacht hatte, die passieren könnten. Entweder würdest du anfangen, mich wie einen Arbeitgeber zu behandeln, oder du wärst wütend. Zumindest ein Rätsel ist heute gelöst worden."

„Es freut mich, dass meine missliche Lage für dich erheiternd ist. Das kannst du ja auf die Liste zu all den anderen Sachen setzen." Ich stürmte durch die Gasse davon.

Mit seinen langen Schritten holte er mühelos auf mich auf und reihte sich neben mir ein. „Ich finde dich nicht erheiternd. Ganz im Gegenteil, gerade jetzt." Er versperrte mir den Ausgang, zwang mich, auch stehen zu bleiben. „Ich habe nichts gesagt, weil es nur eine vorübergehende Sache ist. Sobald das Komitee sich trifft, um deine Anstellung durchzuwinken, wird dein Lohn aus dem Finanztopf der Bibliothek bestritten werden."

„In den deine Eltern einzahlen."

„Und andere Leute." Er trat zur Seite. „Ich habe mich schuldig gefühlt, dass ich dich deine andere Stelle gekostet habe, Sylvia. Als mir klar wurde, dass du das Geld brauchst, dachte ich, du wärst perfekt für die Glass-Bibliothek. Aber ich weiß auch, dass das Komitee ein hoffnungsloser Fall ist, also habe ich die Sache in meine eigenen Hände genommen. Ich hätte ehrlich mit dir sein sollen. Das tut mir leid."

Ich presste die Lippen fest aufeinander, weil ich hoffte, meine Gefühle unter Kontrolle halten zu können. Die Röte meiner Wangen war diesmal Wut, nicht Verlegenheit. Aber die Wut, die ich spürte, verblasste rasch mit jedem Blinzeln seiner samtig grünen Augen.

„Ich habe dir leidgetan", sagte ich.

„Nein." Ich hob die Augenbrauen, und er seufzte. „Ich habe das aus Schuldgefühlen gemacht, nicht aus Mitleid."

„Was willst du von mir, Gabe?"

„Gerade jetzt will ich, dass du mit Horatio redest." Irgendwie schaffte er es, wie ein unschuldiger Schuljunge zu wirken. Ich lastete das diesen Augen an und der Art, wie die dunklen langen Wimpern sie bei jedem Blinzeln rahmten. Solche Wimpern waren doch an einem Mann Verschwendung.

Ich marschierte aus der Gasse und bog nach links ab.

„Mein Wagen ist hier entlang." Er deutete nach rechts.

Auf dem Vauxhall war das Verdeck geschlossen, was auch ganz gut war, da sich Wolken zusammenballten. Er kurbelte am Wagen, während ich auf der Beifahrerseite einstieg. Sobald der

Motor zu dröhnen begann, setzte er sich neben mich. Wir fuhren, ohne zu reden, bis wir bei Horatio ankamen.

Sobald er das Automobil abgestellt hatte, wandte er sich an mich. „Können wir wieder Freunde sein, Sylvia?"

„Wir waren doch gar keine Freunde."

„Dann fangen wir jetzt an."

„Du bist mein Arbeitgeber, Gabe." Ich stieg aus und schloss die Tür des Automobils mit einem betonten Knall, um mein Argument zu unterstreichen. „Tatsächlich glaube ich, ich sollte dich wieder Mr. Glass nennen."

„Bitte nicht." Er ging neben mir auf das Gebäude zu. „Sylvia, das ist doch nicht nötig. Ich versichere dir, ich habe keine versteckten Motive. Es ist eine geschäftliche Sache, nichts weiter."

„Das weiß ich." Ich hörte meinen schnippischen Tonfall und verabscheute ihn. Ich versuchte sehr, meine Züge unter Kontrolle zu halten, aber es war nicht leicht. Nicht, wenn die Gefühle in mir wirbelten und sich zusammenballten, bis ich sie nicht mehr einzeln ausmachen konnte.

Ich versuchte, die schwache Stimme in meinem Kopf zur Seite zu schieben, die mir sagte, dass ich überreagierte. Aber sie wollte sich nicht zum Schweigen bringen lassen. Sie sagte die Wahrheit. Ich reagierte in dieser Situation über. Gabe hatte zugegeben, dass er aus Schuldgefühlen heraus gehandelt hatte, und dass die Abmachung sich ändern würde, sobald das Komitee mit an Bord war. Er hatte mir versichert, dass wir nur ein Arbeitsverhältnis hatten.

Weshalb war ich davon genervt? Weshalb wollte ich mich nicht mit diesem Mann anfreunden?

Meine Reaktion ergab für mich keinen Sinn, darum konnte ich ihm das tiefe Seufzen nicht vorwerfen, als er in das Gebäude ging. Ich konnte ja nicht erwarten, dass es für ihn einen Sinn ergab.

* * *

ICH HATTE ERWARTET, dass Horatios Wohnung groß war, passend zu einem Künstler, der in der Sommerausstellung der Royal

Academy vertreten war. Sie hatte nur etwa die Größe der von Daisy, ohne das Zwischengeschoss. Ein hölzerner Paravent trennte das Schlafzimmer vom Rest der Wohnung, die als Atelier diente. Auf den ersten Blick wirkte die bemalte Holzwand hell und sommerlich, mit Vögeln, die über einen blauen Himmel zogen. Aber wenn man näher hinschaute, war die Landschaft, über die sie flogen, mit geschwärzten Stümpfen übersät, die im Schlamm untergingen.

Horatios Hände waren sauber; wir hatten ihn nicht beim Malen gestört. Er lud uns ein, uns hinzusetzen, und schaute sich nach Stühlen um, auf denen nichts lag. „Ich entschuldige mich für den Schlamassel, aber ich hatte kaum Zeit, mir die Nase zu putzen, geschweige denn, aufzuräumen."

„Dürfen wir dein jüngstes Werk sehen?", fragte ich.

„Auf keinen Fall. Es ist nicht vollendet. Ihr dürft euch diese ansehen." Er wedelte mit der Hand zu den Gemälden, die an der Wand lehnten. Sie waren Avantgarde, wie diejenigen, die wir im Café gesehen hatten, überhaupt nicht wie das realistische Gemälde, das er mir geschenkt hatte, oder dasjenige, das er in der Ausstellung gezeigt hatte. Ich fragte mich, was sich besser verkaufte.

Gabe erzählte ihm, dass wir für eine Ermittlung etwas über Lady Stanhope in Erfahrung bringen mussten. „Sylvia sagt, sie hat Sie beide auf der Ausstellung reden sehen, und wir hatten gehofft, Sie könnten uns erzählen, wie sie ist."

Horatios Augen leuchteten. „Wird ihr ein Verbrechen vorgeworfen?"

„Das kann ich nicht beantworten."

Er keuchte. „Sie ist eine Verdächtige, oder? Weshalb solltet ihr sonst hier sein? Was hat sie getan?"

„Wie ich sagte, das kann ich nicht beantworten."

„Hat sie endlich versucht, diesen langweiligen alten Bock zu vergiften, den sie geheiratet hat?"

„Horatio", tadelte ich. „Du weißt doch, dass Gabe es dir nicht sagen kann. Auf jeden Fall solltest du vorsichtig sein, oder du wirst auch noch verdächtigt. Ich habe den Blick gesehen, den sie dir bei der Ausstellung zugeworfen hat. Sollte sie ihren Mann vergiften, wäre es wegen dir."

Sein Gesicht wurde bleich. „Mir? Ich habe sie nicht dazu ermutigt! Ach, du machst Witze. Das ist nicht sehr erheiternd, Sylvia."

„Für mich schon."

Horatio verschränkte die Arme und warf mir einen Blick unter gewölbten Augenbrauen zu. „Wir sind keine Geliebten."

Ich hob die Augenbrauen.

Er seufzte. „Also gut, wir waren es, aber nur das eine Mal. Es war vor ein paar Wochen, und es wird nicht wieder passieren."

„Weiß sie das?" Der Art, wie Lady Stanhope ihn auf der Ausstellung berührt hatte, entnahm ich, dass sie wollte, dass ihre Affäre wieder auflebte.

„Jetzt schon."

„Wie ist sie denn?", fragte Gabe.

„Sie mag es nicht, abgewiesen zu werden. Sie sagte, sie würde mich auf die schwarze Liste der Academy setzen, wenn ich nicht zu ihr zurückkam. Ihr ist nicht klar, dass mir das gleich ist. Die Kunst, die bei der Academy gezeigt wird, ist so langweilig wie die Leute, die sie betreiben. Sie wollen nur dasselbe zeigen, was sie schon seit Jahrzehnten zeigen. Ihnen ist nicht aufgefallen, dass die Welt sich verändert hat. Die Leute wollen von Kunst inspiriert und bewegt werden. Sie sind die Kühe und Landhäuser leid."

„Warum wolltest du dort ausstellen, wenn du an der Meinung der Academy nicht interessiert bist?", fragte ich.

„Ein Platz in der Sommerausstellung hat meinen Lebenstraum erfüllt. Aber es ist ein Traum, den ich vor Jahren hatte. Diese Art Kunst interessiert mich nicht mehr, wie es früher war. Nach dem Krieg bin ich zu moderneren, experimentelleren Stilen weitergezogen. Ich will nicht an der Vergangenheit hängen. Niemand in unserem Alter will das", fügte er heftig hinzu.

Gabe nickte zu dem hölzernen Paravent hin, mit den Vögeln, die über die vom Krieg verheerte Landschaft zogen. „Die Somme?"

„Passchendaele."

Gabe nickte grimmig. „Ich war dort."

Horatio schüttelte den Kopf, als würde er die Erinnerungen abwehren. „Ich bin nicht der einzige Künstler, dessen Kunst

Lady Stanhope vor das Auswahlkomitee gebracht hat, wenn Sie verstehen, was ich meine."

Oh. Genau. Horatio hatte der Affäre zugestimmt, damit seine Arbeit ausgestellt wurde. Sobald er sich einen Platz in der Ausstellung gesichert hatte, hatte er sie beendet. Wie andere Künstler auch.

„Sie war nicht sonderlich wählerisch", fuhr er fort. „Freddy Duckworth hätte niemals einen Platz bekommen, wäre nicht Lady Stanhope gewesen. Ein brillanter Bildhauer, aber wie bei mir ist sein üblicher Stil nicht das, was die Academy mag. Er hat ein Werk speziell für die Ausstellung geschaffen, wegen der unwahrscheinlichen Chance, dass es angenommen werden würde. Und, Überraschung, das wurde es – nach seiner Liaison mit Lady Stanhope."

Bei der Erwähnung des Bildhauers verlagerte Gabe das Gewicht. Es bedeutete vielleicht nichts, aber ich fragte mich, ob es der Bildhauermagier war, der das gestohlene Kunstwerk als von einem Magier geschaffen verifiziert hatte.

„Ich bin mir nicht sicher, was sie bei dieser Liaison gewonnen hat, um ehrlich zu sein", fuhr Horatio fort. „Freddy ist schon eher ein Gargoyle als ein Adonis."

„Vielleicht hat sie seine Gesellschaft genossen", sagte ich.

„Deine Naivität steht dir gut, aber wenn du ihn sehen würdest, würdest du zustimmen." Er schnippte mit den Fingern. „Du hast ihn gesehen, wie es der Zufall so will. Er hat an dem Tag bei uns gestanden, bei der Privatbesichtigung, als Lady Stanhope zu mir kam."

„Als ihr das Meerespanorama betrachtet habt?"

„Welches Meerespanorama?"

„Das, das alle mochten, mit dem Dampfschiff, das durch das Wasser pflügt."

„Daran erinnere ich mich. Ein schönes Werk."

„Lady Stanhope wurde gesehen, wie sie mit Ludlow, dem Butler, stritt", sagte Gabe. „Er schien wütend auf sie zu sein. Würden Sie sagen, sie ist jemand, der einem Bediensteten gestattet, streng mit ihr zu sprechen?"

Horatio schnaubte. „Ist denn irgendeine Lady so jemand?" Als keiner von uns etwas sagte, fügte er an: „Ich kann mir vorstellen, dass Ludlow inzwischen eine neue Stelle sucht. Sie hat doch bestimmt dafür gesorgt, dass er entlassen wird." Er beugte sich verschwörerisch vor. „Also, sagt mir, was soll Lady Stanhope denn angestellt haben?"

Ich warf einen Blick auf Gabe, doch er stand einfach nur auf und knöpfte seine Jacke zu. „Danke für Ihre Zeit."

Horatio schoss hoch. „Kommt schon, ihr könnt es mir sagen. Ich war doch eine große Hilfe, indem ich alle eure Fragen beantwortet habe. Ich verdiene, zu wissen, was ihr glaubt, dass sie getan hat."

„So eine große Hilfe warst du nicht", sagte ich.

Horatio wedelte mit dem Finger vor mir. „Von dir habe ich mehr erwartet, Sylvia. Wir sind Freunde. Du weißt, dass ich alles, was du mir hier erzählst, für mich behalten würde."

„Du erzählst alles Daisy."

„Sie zählt nicht." Als er sehen konnte, dass keiner von uns nachgeben würde, schnalzte mit der Zunge und folgte uns zur Tür. „Ich dachte, deine neue Stelle wäre bei einer weiteren Bibliothek, Sylvia, nicht Arbeit bei der Polizei."

„Ich arbeite bei der Glass-Bibliothek, aber Gabe wollte, dass ich ihn her begleite, da du und ich befreundet sind."

Er lächelte gerissen. „Ich verstehe."

Ich schaffte es, dass mir meine Züge nicht entglitten, wurde aber von meinem roten Gesicht hintergangen. So sehr ich ihm entgegnen wollte, dass er sich da irrte, wollte ich doch keine Aufmerksamkeit auf mich ziehen.

„Nein", sagte Gabe leidenschaftslos, „ich glaube nicht, dass Sie das tun."

* * *

ICH ERWARTETE, dass Gabe mich zurück zur Crooked Lane brachte, doch stattdessen fuhr er durch eine schmale ehemalige Stallgasse in Bloomsbury und hielt vor einem Gebäude an, das wie ein Kutschhaus oder eine Automobilwerkstatt aussah. Da aber neben der Tür Topfpflanzen standen, nahm ich an, dass es jetzt eine Privatunterkunft war. Nachdem viele der größeren Stadthäuser in der Gegend in Wohnungen umgewandelt worden waren, wurden auch die Stallungen dahinter allmählich umgebaut.

Ich schloss mich Gabe auf dem Bürgersteig an. „Wohnt Freddy Duckworth hier?"

„Ja. Ich habe ihn getroffen, als ich die Bestätigung wollte, dass der gestohlene Delaroche tatsächlich derjenige war, der als magisch identifiziert worden war."

„Hast du ihn gefragt, wo er an dem Tag war, als es gestohlen wurde?"

„Du denkst wieder wie eine Detektivin, wie ich sehe. Ich habe gefragt. Und nein, er hat kein Alibi. Er war im Burlington House und hat seine Skulptur abgeliefert. Er hatte Zugang zu dem Gemälde, aber den hatten eine Menge Leute."

„Falls er schuldig ist, wie passt da Lady Stanhope hinein?"

„Ich weiß es nicht."

„Wirst du ihn nach ihr fragen?"

Er schüttelte den Kopf. „Noch nicht. Erst, wenn ich weiß, dass es relevant ist. Ich will nicht, dass er auf die Idee kommt, dass er einer meiner Verdächtigen ist." Er klopfte an der blauen Tür. „Heute will ich ihn nur wegen des Meerespanoramas befragen."

Obwohl ich bestimmt niemanden hässlich genannt hätte, hatte Horatio recht, wenn er sagte, dass Freddy Duckworth kein Adonis war. Er tat sich auch keinen Gefallen damit, seine dünnen Haare über die kahle Stelle zu kämmen, um sie zu verbergen, und etwas zu tragen, das man am besten als großen Kartoffelsack mit Löchern für den Kopf und die Arme beschreiben konnte. Diese Schürze nutzte er, um sich grauen Staub von den Händen zu wischen, aber er schien nicht zu bemerken, dass der auch auf seinem Gesicht war.

„Kommen Sie herein, kommen Sie herein." Er drängte uns mit zuckenden Bewegungen seiner knochendünnen Hände nach drinnen in das Wohnzimmer. Es gab keine Spur irgendwelcher halb fertigen Skulpturen, darum nahm ich an, sein Atelier wäre oben. Allerdings gab es etliche vollendete. Keine davon hätte ich als klassisch beschrieben, wie jene in der Ausstellung. Sie waren alle gesichtslose Körper, die in verdrehten, unnatürlichen Posen gezeigt wurden. „Tee?"

„Wir können nicht lang bleiben", sagte Gabe. „Wir wollten Ihre professionelle Meinung über eines der Gemälde in der Ausstellung der Academy einholen."

Freddys Blick huschte zu mir. Er schien mich nicht von dem Tag der Privatbesichtigung zu erkennen, aber ich erinnerte mich an ihn als einen von Horatios Freunden. Er war nicht so ausgefallen wie Horatio, schien aber nicht weniger selbstsicher, als er uns Plätze mit einer ausladenden Geste anbot. Er war klein gebaut mit nervösen Fingern, die während der ganzen Unterhaltung tippten und trommelten. Auch sein Gesicht war dünn, die Wangen eingesunken unter dem Schatten seines Bartes.

Wenn ich normalerweise einen hungernden Künstler sah, nahm ich an, dass er arm war. Aber die Möbel waren neu und gut gefertigt, der Teppich dick, und der Kaminrost sauber. Es roch, als wäre er kürzlich geschwärzt worden. Wie bei den meisten Junggesellen bezweifelte ich, dass er selbst sein Haus auf Vordermann hielt. Sehr wahrscheinlich ließ er eine Putzfrau kommen. Das Wohnzimmer war auch mit Statuen gefüllt, meistens von nackten Frauen. Ich hielt den Blick auf Freddy gerichtet.

„Miss Ashe können Sie vertrauen", versicherte ihm Gabe. „Sie arbeitet mit mir an dem Fall."

Ich hob eine Augenbraue, doch ihm fiel es nicht auf.

„Das fragliche Gemälde ist ein Meerespanorama mit einem Dampfschiff, das durch das Wasser pflügt. Erinnern Sie sich daran?"

„Natürlich. Und wenn Sie wissen wollen, ob es von einem Magier gemalt wurde, dann kann ich bestätigen, dass das so ist."

„Woher wissen Sie das?", fragte ich.

„Ich bin ein Magier. Ich kann Magie in Gegenständen spüren."

„Wie fühlt es sich denn an, Magie zu spüren?" Seit Gabe es erwähnt hatte, hatte ich es wissen wollen.

„Die Magie hinterlässt eine anhaltende Wärme, die Magier spüren können. Aber es ist nicht wie die übliche Hitze von Feuer oder heißem Wasser. Es ist anders. Ich kann es nicht erklären. Es ist etwas, das nur ein Magier versteht." Er warf mir einen Blick zu, der eher mitfühlend als entschuldigend war. Ihm taten wir Talentfreie leid, als wären wir irgendwie etwas Geringeres.

Gabe dankte ihm und ging voraus zur Tür. „Eines noch. Sind Sie absolut sicher, dass das gestohlene Gemälde von einem Malermagier gefertigt wurde?"

Freddy wollte schon lachen, verkniff es sich aber. Sein Kinn bewegte sich, und seine Lippen auch, aber er brauchte drei neue Ansätze, bevor er hervorstieß: „Ob ich sicher bin? Und wie ich sicher bin! Mr. Glass, Sie kommen aus einer Familie mit Magiern. Von allen Talentfreien sollte Ihnen doch bewusst sein, dass ein Magier es einfach *weiß*."

Gabe hob die Hände. „Verzeihen Sie. Ich wollte nicht Ihre Expertise anzweifeln."

„Das haben Sie." Freddy ging an uns vorbei und riss die Eingangstür auf. „Wenn das der Dank ist, den ich erhalte, dass ich der Polizei geholfen habe, dann gehen Sie jetzt bitte." Er war vielleicht nicht so extravagant wie Horatio, doch er war sehr viel dramatischer.

Die zugeworfene Tür traf Gabe fast im Rücken, als er hinter mir hinauskam. „Ich schätze, ich sollte nichts anderes erwarten, wenn ich die professionelle Integrität eines Mannes infrage stelle."

„Glaubst du wirklich, dass er darüber gelogen hat, dass Delaroche ein Malermagier war?"

Er öffnete die Beifahrertür des Wagens für mich. „Wir haben nur seine Aussage dazu, dass das Gemälde Magie enthält."

„Kann ein weiterer Magier die anderen Gemälde überprüfen, die Delaroche gefertigt hat?"

„Es gibt nur sehr wenige davon. Scotland Yard geht professionellen Meinungen über sie alle nach. Selbst falls Magier keine Magie in ihnen spüren können, heißt das nicht, dass das gestohlene nicht magisch war. Vielleicht hatte Delaroche darauf einen Zauber gelegt, aber auf andere nicht. Einige verfolgte Magier haben ihre Zauber nur selten eingesetzt, und manche nie, sie gingen ins Grab, ohne magische Gegenstände zu hinterlassen. Die Angst, entdeckt zu werden, war sehr präsent. Im neunzehnten Jahrhundert, als Delaroche gelebt hat, wurden sie vielleicht nicht mehr länger am Scheiterhaufen wegen Hexenkunst verbrannt, aber sie konnten ihren Lebensunterhalt verlieren, ihre Freunde und ihren Ruf."

Gabes Mutter hatte wohl vor einer solchen Ausgrenzung gestanden. Das zu bewältigen und auf Reformen zu drängen, war wirklich mutig.

„Professor Nash hat mir erklärt, dass ein Magier, der einen Zauber nicht einsetzt, immer noch bessere Waren herstellt als ein talentfreier Handwerker", sagte ich.

„In der Regel ist etwas Anziehenderes an ihnen, das stimmt."

„Aber wenn man einen Zauber hinzufügt, wird die Ware auf irgendeine Art überlegen. Bei Uhren ist es, dass sie nicht nachgehen, und so weiter. Aber er war nicht sicher, was ein Zauber für ein Gemälde ausrichten könnte."

„Die Farben länger lebendig halten?" Er zuckte genauso mit den Schultern, wie es Professor Nash getan hatte, als ich dieselbe Frage gestellt hatte.

Ich stieg in das Automobil und schaute zum Himmel. Es wurde spät. Ich fragte Gabe nach der Zeit, als er auf den Fahrersitz glitt.

Er klappte den Deckel seiner silbernen Taschenuhr auf. Anders als die meisten Männer heutzutage trug er keine Armbanduhr. „Es ist halb fünf. Ich fahre dich zurück zur Bibliothek."

Wir fuhren in einer Stille zum Eingang der Crooked Lane, die weniger angespannt war als vorhin noch. Mein Temperament hatte sich abgekühlt, und obwohl mir seine Verstohlenheit nicht gefiel, entschied ich, dass mir keine Wahl blieb, als sie hinzunehmen. Ich wollte die Stelle bei der Bibliothek behalten, und das bedeutete, dass ich akzeptieren musste, dass Gabe mir persönlich meinen Lohn gab, bis eine andere Abmachung getroffen werden konnte.

Das hieß auch, dass ich eine professionelle Distanz zu ihm aufrechterhalten musste. Das war am besten.

Das wollte ich ihm gerade sagen, als wir an den Randstein fuhren und er den Motor abstellte. Aber bevor ich etwas sagen konnte, kam er mir zuvor.

„Also, sind wir wieder Freunde?" Er schaute direkt nach vorne, als er die Frage stellte, fast, als wäre ihm die Antwort ganz gleich. Oder als würde er sich Sorgen machen, wie die Antwort ausfallen könnte. Als ich nicht sofort etwas sagte, drehte er sich endlich, um mich anzuschauen. Er hatte ein finsteres Gesicht auf. „Sylvia?"

Ich hätte ihm eine Predigt über Professionalität halten sollen, und ihm wieder in Erinnerung rufen, dass wir keine Freunde waren und es auch nie sein konnten. Aber etwas hielt mich auf. Er war sehr reglos geworden, bis auf das Trommeln seines Daumens auf dem Lenkrad. Seine grünen Augen bohrten sich mit einer Heftigkeit im mich, die meine Haut warm werden ließ, aber auch meine bereits angespannten Nerven strapazierte. Ich hatte diesen Blick schon bei Männern gesehen, die aus dem Krieg zurückgekehrt waren, aber er war immer vorübergehend und niemals auf mich gerichtet gewesen.

Er ließ es mir sowohl eiskalt werden, als auch Spannung aufkommen. Er sorgte dafür, dass ich mich strecken und die grimmige Anspannung seiner Lippen wegstreichen wollte. Jeder Teil von mir wurde sich seiner bewusst, seines Starrens, seines trommelnden Daumens, und vor allem, wie nahe er mir war.

Jemand hämmerte mit der Faust an die Tür und brach den Bann. Mein bereits schnell schlagendes Herz fühlte sich an, als würde es mir gleich aus der Brust hüpfen.

„Gabe!" Es war Willie, seine schrille amerikanische Cousine. „Gabe, steig jetzt aus, oder ich reiße die Tür selber auf und zerre dich raus!"

KAPITEL 9

illie mochte ja von ähnlicher Statur wie ich sein, doch ich bezweifelte, dass irgendjemand sie als Leichtgewicht bezeichnete. Ich würde das bestimmt nicht tun. Ich konnte sie auf jeden Fall nicht ignorieren, wie sie vor dem Wagen stand, die Hände auf den Hüften, das Gesicht finster verzogen.

Gabe fluchte tonlos. „Ich entschuldige mich für sie."

„Ich glaube nicht, dass sie mich mag", sagte ich.

„Sie ist wütend auf mich, nicht auf dich."

„Dass du ihre Anweisung ignoriert hat, zu Hause zu bleiben?"

„Ich habe das Haus ohne sie verlassen." Er öffnete die Tür und stieg aus. „Willie, was machst du da draußen?" Etwas rechts von ihm zog seine Aufmerksamkeit auf sich. Seine Schultern sanken zusammen. „Du auch?"

Alex kam heran, wirkte genauso genervt wie Willie, wenn auch etwas weniger mörderisch. „Wir haben überall nach dir gesucht!"

„Ich bin einem Hinweis mit Sylvia gefolgt."

Alex und Willie wandten sich zu mir. Alex begrüßte mich herzlich, wenn auch etwas steif.

Willie verschränkte die Arme vor der Brust. „Musstest du *wirklich* sie mit dir mitschleppen?"

Gabe spannte das Kinn an. „Ja."

„Du hättest das Haus nicht ohne einen von uns verlassen sollen", fuhr ihn Alex an.

„Uns beide", fügte Willie an.

„Falls der Entführungsversuch mit der Ermittlung zusammenhängt, dann ist weiteres Ermitteln das Schlimmste, was du tun kannst. Du solltest von dem Fall abgezogen werden." Während Alex es sagte, hob er den Blick und nickte dem Mann zu, der sich näherte. „Ich rede mit meinem Vater."

Alex' Vater war genauso ein Gigant wie sein Sohn. Sie waren beide solide, hochgewachsene Männer, aber der ältere Mr. Bailey war etwas breiter gebaut als Alex. Es war allerdings nicht seine Größe, die mich schlucken ließ, als er näher kam. Es waren die schwarze, lederne Augenklappe über einem Auge und die Narbe, die sich vom Rand der Klappe seine Wange nach unten zog. Piraten aus Geschichten waren weniger bedrohlich.

Dann ruinierte er die Wirkung, indem er mich anlächelte. Sein Lächeln war so groß wie der Mann selbst. „Sie sind bestimmt Miss Ashe, die neue Assistentin des Professors." Sein amerikanischer Akzent war genauso stark wie der von Willie, doch seine Stimme so tief wie die seines Sohns.

„Woher wusstest du das?" Alex klang genervt.

„Ich bin ein Inspektor."

Ich schüttelte Cyclops die Hand. „Wie schön, Sie kennenzulernen, Inspektor Bailey."

„Nennen Sie mich nur Cyclops. Das machen alle."

„Sei ehrlich, wie hast du von ihr erfahren?", fragte Alex noch einmal.

„Bristow hat mir von Miss Ashes Besuch im Haus gestern erzählt, und dass Gabe ihr eine Stelle hier in der Bibliothek angeboten hat."

„Der alte Schwätzer", murmelte Willie mit einem Kopfschütteln.

„Und du hast angenommen, dass Gabe hier sein würde, nur deswegen?", fragte Alex.

„Man wird doch kein Kriminalinspektor, ohne ganz feine Instinkte zu haben." Er lächelte und klopfte Alex auf die Schulter.

Alex wirkte skeptisch wegen der Erklärung seines Vaters, bedrängte ihn aber nicht noch einmal. „Ich habe Gabe gerade gesagt, dass du ihn von dem Fall abziehen sollst. Es ist nicht sicher."

„Zieh mich nicht von dem Fall ab, Cyclops", sagte Gabe. „Ich mache Fortschritte."

„Hörst du nicht zu, Gabe?", brüllte Willie mehr oder weniger. „Je näher du daran kommst, den Dieb zu finden, desto größer wird die Gefahr. Alex hat recht. Du musst aufhören. Lass es jetzt jemand anderen übernehmen."

Gabe nahm seine Fahrerkappe ab und fuhr sich mit der Hand durch die Haare, um sie etwas aufzuschütteln. „Falls die Entführung mit dem Fall zusammenhängt, dann wird der nächste genau vor demselben Problem stehen. Aber ich glaube nicht, dass es so ist. Es ergibt keinen Sinn, mich zu entführen. Das würde nichts verändern. Es würde Scotland Yard nicht vom Ermitteln abhalten."

Willie brach in eine Reihe von Flüchen aus, bis Cyclops ihr befahl, es sein zu lassen. Sie verfiel in eine murmelnde Stille.

Ich räusperte mich. „Wenn Sie mich alle entschuldigen würden, ich muss zurück an die Arbeit."

„Danke für deine Hilfe, Sylvia", sagte Gabe. „Ich weiß sie zu schätzen."

Ich glaubte nicht, dass ich eine große Hilfe gewesen war. Er hätte Horatio ohne mich besuchen können. Aber ich dachte nicht, dass ihm das bei seinem Streit mit den anderen helfen würde, wenn ich das jetzt vor ihnen erwähnte.

Er wandte sich an Cyclops. „Gehst du zu Scotland Yard zurück? Sylvia und ich glauben, ein weiteres Gemälde könnte das nächste Ziel des Diebes sein. Die Sicherheit sollte im Burlington House für den Rest der Ausstellung verstärkt werden."

Cyclops schüttelte den Kopf. „Ich bin unterwegs nach Hause. Geh du. Mein Sergeant stellt alles auf die Beine."

„Ich werde auch arrangieren, dass der Bildhauermagier das Gemälde inspiziert und bestätigt, ob es von einem Magier gemacht wurde oder nicht. Ich würde wetten, schon, aber ich möchte sicher sein."

Alex öffnete die Beifahrertür des Wagens. „Ich komme mit dir." Er schlüpfte hinein, während Gabe am Auto kurbelte. Es erwachte grollend zum Leben. Bevor er auf die Fahrerseite ging, hielt Cyclops ihn mit einer Hand auf der Schulter auf. „Ein Journalist beobachtet dein Haus. Bristow sagt, er war den ganzen Tag da."

Gabe nickte dankbar.

Ich ging durch den überdachten Eingang in die Crooked Lane dahinter, ließ den Lärm der Stadt hinter mir. Das hatte ich zumindest gedacht.

Willie und Cyclops folgten mir. Das Problem mit Sackgassen war, dass man nicht flüchten konnte. Ich konnte sie nicht loswerden. Also fuhr ich zu ihnen herum.

„Gibt es noch was?", sagte in der freundlichsten Stimme, die ich aufbringen konnte.

Willie hob einen Finger vor mein Gesicht, hielt nur wenige Zentimeter von meiner Nase entfernt inne. Es war nicht leicht, aber ich blieb, wo ich stand, zwang meine Füße, nicht rückwärts zu gehen, ganz gleich, wie sehr ich es wollte. „Halt dich von Gabe fern. Er ist fast wieder der Mensch, der er vor dem Krieg war. Ich will nichts – oder niemanden – diese Fortschritte gefährden lassen."

„Willie!", rief Cyclops. „Sei nicht unhöflich. Und falls du glaubst, Gabe wird jemals wieder derselbe sein, der er vor dem Krieg war, überleg noch mal. Außerdem war er in diesen Zeiten draufgängerisch und ein bisschen ein Idiot."

„Er war witziger. Ich mochte ihn lieber."

„Das liegt daran, dass Draufgängertum dein Hauptgeschäft ist." Er wandte sich an mich. „Sie ist verrückter als eine Wildkatze."

Die Beleidigung schien von ihr abzugleiten. Ich nahm an, die beiden hatten sich jahrelang schon Schlimmeres an den Kopf geworfen und waren nicht länger beleidigt.

„Ihr redet da mit der Falschen." Ich wollte ihnen sagen, dass Gabe und ich nur Freunde waren, und in Wahrheit waren wir nicht mal das. „Er ist zu mir gekommen", sagte ich nur.

Willie öffnete den Mund, um etwas zu sagen, doch Cyclops

nahm sie an den Schultern und lotste sie in die Richtung des Ausgangs der Gasse. „Geh nach Hause, Willie."

Sie machte eine unflätige Geste und marschierte aus der Gasse hinaus.

Cyclops stieß einen langen Atemzug aus. „Tut mir leid wegen ihr. Ich würde gern sagen, man gewöhnt sich an sie, aber das tut man nicht. Es ist schwer zu glauben, dass sie zweimal verheiratet war."

„Kennen Sie sich schon lange?"

Er lächelte sehnsüchtig. „Jahrzehnte. Ich war in den Zwanzigern, als ich Willie, Matt und Duke kennengelernt habe."

„Duke?"

„Noch ein Freund. Er ist vor Jahren zurück nach Amerika gezogen, hat geheiratet, und nun hat er eine Pferderanch mit einer Frau und zwei Söhnen." Er redete leise, seine Stimme war belegt und voller Gefühle. Er vermisste Duke wohl.

„Wenn Sie mich entschuldigen wollen, ich sollte zur Arbeit zurück", sagte ich. „Ich bin schon seit Stunden abwesend."

„Keine Sorge wegen Professor Nash. Er ist ein guter Mann. Er wird Sie nicht ohne guten Grund feuern."

„Kann er sowieso nicht. Gabe hat mich eingestellt. Er zahlt meinen Lohn."

Cyclops' Blick wurde groß, dann kniff er die Augen zusammen und schaute über die Schulter in die Richtung des Ausgangs der Gasse.

„Es war schön, Sie kennenzulernen", sagte ich und ging los zur Bibliothek.

„Nur einen Augenblick, Miss Ashe." Cyclops reihte sich neben mir ein. „Ich bin gekommen, um Sie wegen der Entführung zu fragen."

Ich hielt an und blinzelte zu ihm auf. Er war nicht gekommen, um hier nach Gabe zu suchen. Er hatte seine Detektivtalente nicht genutzt, um ihn zu finden. Er war gekommen, um mich zu treffen, und Gabe war nur zufällig hier gewesen.

Er zwinkerte. Er war wohl meinen Gedanken gefolgt. „Sagen Sie es ihnen nicht. Das hält sie auf Trab, wenn sie glauben, dass ich alles weiß."

Ich konnte mein Lächeln nicht unterdrücken. Er war ein äußerst überraschender Mann. „Was wollen Sie denn wissen?"

„Gabe und Alex ließen es wie einen kleinen Vorfall klingen, aber ich habe den Eindruck, dass sie mir nicht alles sagen. Sie waren dort. Sagen Sie mir, was wirklich geschehen ist."

„Ein Mann hat versucht, Gabe in sein Automobil zu zerren. Es gab einen Fahrer und noch einen Mann auf dem Rücksitz, der eine Waffe auf Gabe gerichtet hat, als Gabe den Angreifer in den Schwitzkasten nahm."

Cyclops rieb sich den Nacken. „Verdammt", murmelte er.

„Keiner von uns hat das Gesicht des Mannes mit der Waffe gesehen. Als Alex vorlief, ist der Angreifer zurück in den Wagen und weggefahren."

„Wurde irgendwas gesagt? Irgendeine Drohung, dass die Ermittlung aufgegeben werden soll?"

Ich schüttelte den Kopf. „Nur der Mann mit der Waffe, der Gabe befohlen hat, den Grobian gehen zu lassen, oder er würde schießen. Haben sie ihn nicht erwähnt?"

„Haben sie nicht", sagte er düster.

„Sie wollten nicht, dass Sie sich Sorgen machen."

„Daran liegt es vermutlich. Gabe hat es satt, dass die Leute ihn so umtüddeln."

„Warum umtüddeln sie ihn denn?"

Er richtete den Blick auf meinen. „Er ist ein Einzelkind und hat vier Jahre im Krieg verbracht. Seine Eltern haben versucht, ihn nicht zu verwöhnen, aber sie haben sehr viele Freunde, die im Lauf der Jahre auf ihn aufgepasst haben."

„Wie Sie und Willie."

Er hob ergeben die Hände. „Schieben Sie mich nicht in dieselbe Kategorie wie sie. Ich habe vier eigene Kinder, um die ich mir Sorgen machen muss, und drei davon sind Töchter. Willie hat keine Kinder. Gabe ist wie ein Sohn für sie. Sie macht sich Sorgen um ihn, besonders jetzt, da India und Matt in Übersee sind."

„Sie machen sich wohl nicht so viele Sorgen um ihn, da sie ja weggefahren sind."

„Er ist weit gekommen, seit er die Armee verlassen hat. Sie

wissen auch, dass er wirklich seinen eigenen Raum und Zeit braucht."

Es schien seltsam, die Zeit hinzuzufügen, aber vielleicht war Lady Rycroft irgendwie davon besessen, wenn man bedachte, dass sie eine Uhrmachermagierin war. „Cyclops, war Gabe wirklich die ganzen vier Jahre an der Front?"

„Das war er." Sein Blick kam aus zusammengekniffenen Augen. „Warum?"

Ich zuckte mit den Schultern. „Es wirkt nur … unfassbar, dass er nicht ernsthaft verletzt wurde."

Er kniff die Augen noch weiter zusammen. „Das sagt der Journalist, der ihn die ganze Zeit belästigt."

„Ich sollte gehen." Ich drehte mich um und eilte zur Bibliothek.

Es war klar, dass Gabe nicht der Einzige war, der Journalisten nicht mochte. Erst Willie und Alex und jetzt auch Cyclops. Alle hatten negative Ansichten zu meinem ehemaligen Beruf von sich gegeben. Wenn ich sie wiedertreffen würde, würde ich mir Sorgen machen, es unabsichtlich zu enthüllen.

Aber meine Bekanntschaft mit Gabe und seinen Freunden hatte ein Ende. Ich hatte keinen Grund, sie wiederzutreffen. Er zahlte vielleicht meinen Lohn, aber wir hatten kein Bedarf, einander noch aufzusuchen.

Ich schob die Tür auf und atmete den Geruch von Lederumschlägen und Papier ein. Es war eine Erleichterung, von diesen Leuten weg zu sein und mich nach einem anstrengenden Nachmittag in meine Arbeit zu stürzen.

Eine schwache Stimme in mir gab zu, dass es kein schrecklicher Nachmittag gewesen war. Überhaupt nicht.

* * *

Daisy saß auf der Kante des Schreibtisches in der Lesenische im ersten Stock der Bibliothek, ein langes Bein über das andere geschlagen. Sie legte die Hände auf die Tischfläche hinter sich und lehnte sich zurück, schloss die Augen. Sie wirkte wie das Modell eines Künstlers, perfekt positioniert, wo das Sonnenlicht die Farben ihres Haares einfing, von Blond bis Erdbeerblond und jede Schattierung dazwischen.

„Diese Bibliothek ist viel besser als die der Philosophical Society", sagte sie.

„Das sagst du nur, weil Professor Nash dich hat bleiben lassen, als er dich gefunden hat."

Daisy hatte sich unter dem Schreibtisch versteckt, als der Professor nach seiner Mittagspause zurückgekehrt war. Er hatte wohl ihre Stimme gehört, denn das war der erste Ort, wo er nachschaute, als er sich mir anschloss. Sie und ich hatten beide die Luft angehalten, als sie herausgekrochen war, doch er hatte nur gelächelt, seine kleine Brille nach oben geschoben und sie in der Glass-Bibliothek willkommen geheißen. Er hatte uns weiter-reden lassen und sogar gesagt, dass er uns nicht stören wollte.

„Sie erinnert mich an die Bibliothek meines Großvaters", fuhr sie fort.

„Wirklich? Wie groß war sein Haus?"

Sie sprang vom Schreibtisch und warf sich auf das Sofa. Sie rekelte sich in einer Ecke und nahm das Buch über Magie von Oscar Barratt, das der Professor mir geliehen hatte. Ich war in der Nacht lange wach geblieben, um es zu lesen, und hatte in meiner Mittagspause damit weitergemacht. Sie blätterte durch die Seiten, dann legte sie das Buch wieder ab. „Horatio hat mir erzählt, du hättest ihn gestern mit Gabriel Glass besucht."

„Wir haben ihn wegen Lady Stanhope befragt. Er kennt sie ziemlich gut."

„Du musst nicht so mit den Augenbrauen wackeln, Sylv. Ich weiß, was du mit dieser Gesichtsakrobatik nahelegst."

Ich senkte das Buch über Stammeshexenwerk, das ich gelesen hatte. „Bist du eifersüchtig? Magst du Horatio so?"

„Himmel, nein. Ich bin nicht eifersüchtig auf ihn und diese alte Krähe. Ich bin nur ein bisschen enttäuscht, dass du mich bei dem ganzen Spaß nicht eingeschlossen hast."

„Es war kein Spaß. Gabe und ich haben gearbeitet."

Sie verdrehte den Mund auf einer Seite und dann der ande-ren. „Warum hat er dich gebraucht, wenn er doch Alex hat?"

„Ich glaube, er ist Alex aus dem Weg gegangen."

Sie schnaubte. „Da kann ich ihm keinen Vorwurf machen. Ich würde alles in meiner Macht Stehende tun, um ihm auch aus dem Weg zu gehen. Der Mann ist unhöflich und arrogant." Plötzlich setzte sie sich auf. „Ich habe über deine schlimme Lage nachgedacht."

„Was für eine schlimme Lage? Ich habe doch jetzt eine Stelle …"

„Nicht das. Über die Idee deines Bruders, dass ihr von Silbermagiern abstammt. Du hast zu leicht aufgegeben."

„Das würde ich nicht sagen. Ich war nur damit beschäftigt, Arbeit zu finden. Außerdem sind wir in eine Sackgasse geraten, als die Gilde der Silberschmiede keine Ashes in den Archiven finden konnte."

Sie stand auf und marschierte zum nächsten Buchregal. „Hier drin muss es doch Bücher über Silbermagie geben."

„Nichts Spezifisches."

„Eines davon muss doch irgendwie Silbermagie erwähnen. Wenn auch nur in einem oder zwei Absätzen."

„Das ist möglich, aber ich würde ein Leben lang brauchen, sie alle durchzugehen. Ich kann viele davon nicht einmal lesen."

„Bitte den Professor, es zu übersetzen."

„Er hat mir erzählt, er weiß nichts von irgendwelcher Silbermagie." Aber das war nicht ganz das, was er gesagt hatte. Er hatte behauptet, die Silbermagie wäre ausgestorben. Es war nicht dasselbe, wie niemals einen Silbermagier gekannt zu haben.

Daisy nahm meine Hand und zog mich von der Nische weg. „Komm schon. Stellen wir ihn zur Rede."

„Es ist mein zweiter Tag", jammerte ich. „Ich will doch keine Schwierigkeiten machen."

„Du machst keine Schwierigkeiten. Man nennt das Recherche. Bibliothekare lieben Recherche."

Wir fanden Professor Nash am Eingangstresen mit einer Tasse Tee in einer Hand und einem Buch in der anderen. Er stellte den Tee ab, als er uns sah, aber nicht das Buch. „Gehen Sie, Miss Carmichael?"

Daisy kam an der Schreibtisch und setzte sich auf die Kante

in seiner Nähe, zwang den Professor, seinen Stuhl zurückzuschieben, damit er nicht von ihren Knien angestoßen wurde. „Noch nicht. Sylvia hat eine Frage an Sie." Sie nickte mir zu, damit ich fortfuhr.

„Ich will nicht lästig sein, wenn Sie beschäftigt sind", sagte ich.

Der Professor warf mir ein ermutigendes Lächeln zu. „Sie sind nicht lästig. Wie kann ich behilflich sein?"

„Es ist eine Recherchefrage über Magie."

Er legte das Buch ab und schenkte mir seine volle Aufmerksamkeit. Daisy warf mir einen selbstzufriedenen Blick zu.

„Erwähnt eines Ihrer Bücher Silberschmiedmagier?"

„Etliche erwähnen Silbermagie. Wollen Sie eine allgemeine Einführung oder etwas Tiefergehendes?"

„Ich bin besonders hinter den Namen von Silbermagiefamilien her."

Er runzelte nachdenklich die Stirn. „Keine erwähnen Namen, die mir sofort einfallen wollen, obwohl es einige Texte gibt, die zu mittelalterlichen Zeiten verfasst wurden, die ich schon eine Weile nicht mehr betrachtet habe. Sie könnten vielleicht auf konkrete Magier hinweisen."

„Nichts Neueres?"

„Nein." Sein Stirnrunzeln vertiefte sich. „Miss Ashe, das ist das zweite Mal, dass Sie mich nach Silbermagie fragen. Ich bin begeistert, dass Sie ein Interesse an Magie verspüren, aber weshalb besonders diese Disziplin?"

„Mein Bruder dachte, er – wir – würden von Silbermagiern abstammen. Ich hatte nicht die Gelegenheit, das mit ihm zu besprechen, bevor er gestorben ist, aber jetzt bin ich neugierig, auch mehr darüber zu erfahren. Nicht, dass ich ihm zustimme. Ich habe keine Neigung zu silbernen Gegenständen. Daisy und ich haben bei der Gilde der Silberschmiede nachgefragt, und Ashe ist kein Name, der in ihren Archiven auftaucht."

„Und der Mädchenname Ihrer Mutter? Die Mädchennamen der Großmütter?"

Ich hob eine Schulter. „Ich fürchte, die weiß ich nicht."

Seine Lippen bildeten ein angespanntes O. Offensichtlich dachte er, dass es seltsam war, dass meine Mutter mir nie ihren

Mädchennamen verraten hatte. Ich vermutete, dass er fragen wollte, warum, aber zu höflich war, um die Frage zu stellen.

Ich wünschte, ich hätte es nie erwähnt. „Ich bin sicher, James hat sich geirrt. Seine Notizen waren vermutlich nur die wirren Gedanken eines ermüdeten Soldaten. Vergessen wir, dass ich es erwähnt habe."

„Jeder hat das Recht zu wissen, woher man kommt, Sylvia", sagte Daisy sanft.

Meine Mutter hatte da anders gedacht. Sie hatte uns ihren Mädchennamen nicht verraten, niemals meinen Vater oder Großeltern erwähnt und wollte uns nicht einmal erzählen, wo sie ursprünglich herkam oder wo mein Bruder und ich geboren worden waren. Mir war der Gedanke mehr als einmal gekommen, dass wir adoptiert waren, aber James sah ihr zu ähnlich, um nicht ihr leibliches Kind zu sein. Obwohl ich ihr mit meiner kleinen Statur und den grauen Augen ebenfalls ein wenig ähnlich sah, waren diese Merkmale so verbreitet, dass ich mir nicht ganz sicher war, ob sie meine Mutter war. Ich hatte zum einen nicht ihre Haarfarbe. Meine Haare waren heller, fast blond im hellen Licht, und meine Nase und Wangen waren zur Sommerzeit mit Sommersprossen bedeckt. Die Haare meiner Mutter waren braun gewesen, bevor sie grau wurden, und auf ihre Haut hätten sich keine Sommersprossen gewagt, oder sie hätte versucht, sie mit Zitronensaft heller zu machen, wie sie es einst bei meinen versucht hatte.

Professor Nash schob sich die Brille die Nase hoch. „Miss Carmichael hat recht. Außerdem bin ich jetzt fasziniert, also müssen Sie damit weitermachen, Miss Ashe."

Ich seufzte. „Ich schätze, es kann nicht schaden, zu sehen, wie weit wir mit unserer Recherche kommen."

„Exzellent. Allerdings könnten Bücher in diesem Fall keine Hilfe sein. Das letzte Mal, als Sie mich nach Silbermagie gefragt haben, habe ich Ihnen gesagt, dass es keine lebenden Silbermagier gibt. Soweit ich mir bewusst bin, stimmt das." Er stach mit dem Finger in die Luft, um seinen nächsten Punkt zu unterstreichen. „Allerdings erinnere ich mich, dass India mir von einer Silbermagierin erzählt hat, die sie getroffen hat. Es war zur Zeit der Aufstände im Frühling '91."

Zumindest wusste ich, dass Gabe mich nicht angelogen hatte, keinen Silbermagier zu kennen. Ich kannte sein genaues Alter nicht, aber falls er vor 1891 geboren war, wäre er da sehr jung gewesen.

„Ihr Name war irgendwas mit Mary", fuhr der Professor fort. „Nein, das stimmt nicht ganz. Merry, Marion ... Marianne!" Er stieß die Faust triumphierend auf den Schreibtisch. „Das ist es. Marianne. Ich kann mich allerdings nicht an ihren Nachnamen erinnern. Tut mir leid."

„Klingelt da was?", fragte mich Daisy.

Ich schüttelte den Kopf.

„Sie könnte eine Verwandte gewesen sein, eine Tante oder Cousine, irgend so etwas." Daisy klang so begeistert wie Professor Nash. „Was können Sie uns sonst noch über sie sagen, Prof?"

„Nichts. Ich habe sie nie getroffen. Das war India. India und Matt. Wie schade, dass Sie sie nicht fragen können. Versuchen Sie es bei Cyclops oder Willie. Die waren damals alle wie zusammengeschweißt. Wenn India und Matt sie getroffen haben, haben ihre Freunde das sehr wahrscheinlich auch."

Der Gedanke, entweder mit Cyclops oder Willie noch einmal zu sprechen, behagte mir gar nicht. Willie mochte mich eindeutig nicht, und Cyclops hatte mir einen gewissermaßen drohenden Blick zugeworfen, als sich Gabes unglaubliches Glück zu Kriegszeiten erwähnt hatte. Er schien mich in dieselbe Kategorie wie den Journalisten zu stecken, der Gabe belästigte.

„Sie sollten heute Abend bei einem von ihnen vorbeischauen", sagte Professor Nash. „Ich bin sicher, sie würden sich beide freuen, Ihre Fragen zu beantworten. Willie mag es ganz besonders, Geschichten von ihren Abenteuern erzählen."

Ich lächelte und nickte und ließ ihn denken, dass ich genau das tun würde.

Daisy warf mir allerdings einen skeptischen Blick zu. Sie kannte mich gut, obwohl wir einander erst vor Kurzem begegnet waren. Zum Glück hatte sie etwas zu erledigen, bevor der Tag zu Ende war, und musste gehen.

Und sie wartete auch nicht auf mich, als ich zurück in der Pension ankam. Jemand anders allerdings schon.

Als ich die Tür zu meinem Zimmer öffnete, sprang mir das Herz in die Kehle und hämmerte in einem unregelmäßigen Rhythmus. Das hätte ich als Warnung nehmen sollen.

Doch ich tat es nicht.

Ich schloss die Tür hinter mir und stolperte unschuldig in das Wespennest.

KAPITEL 10

*L*ady Stanhope stand mitten in meinem Zimmer, ein angeekelter Ausdruck auf dem Gesicht. Ich war mir nicht sicher, ob der sich auf mich richtete oder ihre Umgebung. Mein Zimmer mochte ja klein sein, die Einrichtung einfach, aber es war sauber und aufgeräumt. Ich konnte nur schätzen, dass sie von mir angeekelt war.

Sie wäre eine attraktive Frau gewesen, hätte sie mehr gelächelt. Es schien, dass sie ihr Lächeln nur an junge Künstler herausgab. Ich wünschte, Horatio wäre hier gewesen, um die Spannung aufzulösen.

Er mochte ja nicht hier sein, aber ich konnte seinen Namen nutzen. „Hat Horatio Ihnen erzählt, wo Sie mich finden? Wir sind befreundet, wissen Sie, und ..."

„Mir ist gleich, wer Ihre Freunde sind."

So viel zu diesem Gedanken. Sie zuckte nicht einmal mit der Wimper. Ich erwartete, dass sich nichts an dieser Frau unwillkürlich bewegte, nicht einmal ein Flattern ihre Röcke in der Brise. Der steife Stoff würde schon dafür sorgen. Ihre Bewegungen waren kontrolliert, beherrscht und dazu geschaffen, Überlegenheit und Autorität zu vermitteln. Bei jedem anderen hätten sie sich einstudiert angefühlt, aber ich schätzte, für sie war es inzwischen wie angeboren. Vielleicht hatte sie sie vor vielen Jahren vor dem Spiegel geübt, bis sie sie auswendig kannte.

Das einzige Mal, als ich gesehen hatte, dass ihr die Beherrschung entglitt, war gewesen, als Ludlow wütend mit ihr gesprochen hatte. Vermutlich war sie schockiert gewesen. Es kam bestimmt nicht oft vor, dass ein Bediensteter vor ihr die Stimme erhob.

Lady Stanhope machte einen Schritt auf mich zu, das Kinn auf arrogante Art gehoben. Sie beäugte mich kühl. „Wer sind Sie?"

„Ich bin Sylvia Ashe."

„Ich meine, wer *sind* Sie? Für wen arbeiten Sie?"

Ich schaute sie gleichmütig an, entschlossen, nicht durchscheinen zu lassen, wie nervös mich dieses Treffen machte. „Ich bin nur eine Hilfsbibliothekarin. Ich war kurzzeitig als vorübergehende Assistentin beim Ausstellungsverwalter der Royal Academy angestellt."

„Arbeiten Sie für die Polizei?"

„Nein."

„Die hat mit mir über eine ... Situation gesprochen, deren Zeugin Sie in der Galerie wurden. Sie waren die einzige Zeugin, Miss Ashe. Sagen Sie mir, woher die Polizei davon wusste, wenn Sie sie nicht in Kenntnis gesetzt haben?"

„Ich arbeite nicht für die Polizei", sagte ich erneut.

Sie ging langsam durch das Zimmer, nahm Dinge auf und musterte sie, bevor sie sie wieder abstellte. Abermals wurde ich an jemanden erinnert, der sich jeder Bewegung bewusst war und sie für den größtmöglichen Eindruck so wählte. Jede Bahn ihres Fingers über einen Buchumschlag wurde absichtsvoll gestaltet, jedes Schürzen ihrer Lippen und jeder Blick.

Sie nahm eine gerahmte Fotografie von meiner Mutter, James und mir auf, die angefertigt worden war, als wir klein gewesen waren. „Kein Vater?"

„Was wollen Sie, Lady Stanhope?"

„Ich will, dass Sie wissen, dass Sie nicht mehr für die Academy arbeiten können. Sie stehen für alle Abteilungen auf einer schwarzen Liste. Man kann Sie nicht mal mehr anstellen, um den Müll hinaus zu bringen."

„Das betrifft mich nicht. Ich habe eine andere Anstellung gefunden."

„Ach ja, die Glass-Bibliothek."

„Woher wissen Sie, wo ich arbeite?"

„Ich habe gefragt." Sie warf einen Blick zur Tür, als sie das sagte. Ein paar der anderen Bewohnerinnen wussten, wo ich jetzt arbeitete. Es war kein Geheimnis, und sie hatten keinen Grund, es ihr nicht zu sagen. „Kommen Sie mir nicht wieder in die Quere, Miss Ashe. Habe ich das deutlich gemacht?"

„Ausgesprochen deutlich."

Sie musterte wieder die Fotografie. „Sie sind jetzt tot, nicht wahr? Sie sind ganz allein auf der Welt." Das hatte sie wohl auch von diesen Bewohnerinnen mit dem lockeren Mundwerk erfahren. „Wie traurig es ist, dass eine junge Frau ganz allein in London ist."

„Ich habe Freunde."

Sie lächelte, ihre Lippen dehnten sich zu einem schmalen Schlitz in ihrem blassen Gesicht. „Wir wissen beide, das ist nicht dasselbe. Freunde werden einen nicht so vermissen, wie es eine Familie tun würde, falls einem etwas Schreckliches zustoßen sollte."

Ich schluckte schwer.

Sie ging an mir vorbei und verschwand.

Ich beeilte mich, die Tür zu verschließen, sperrte sie ab. Ich lehnte mich daran und stieß angehaltene Luft aus. Diese Frau hatte keine Macht über mich. Sie konnte mir nichts tun. Ich arbeitete nicht mehr für die Royal Academy und hatte eine gute Anstellung außerhalb ihres Einflussbereichs.

Weshalb spürte ich also das Prickeln von Nervosität, das mir über die Haut kroch?

* * *

JEMAND FOLGTE MIR.

Das Gefühl war für mich nichts Neues. Ich war mir bewusst gewesen, dass mich jemand beobachtete, in der Nacht, als ich das Burlington House zum letzten Mal verlassen hatte. Aber ich war ziemlich sicher, dass diese Person mir nicht über den Hof gefolgt war, vor allem, weil es auf dem Hof keinerlei Verstecke gab. Mir wäre es auf dem breiten, offenen Platz aufgefallen.

Diesmal gab es viele Orte, an denen sich jemand verstecken konnte, jedes Mal, wenn ich mich umdrehte, um zu versuchen, ihn zu erwischen. Zurückgesetzte Eingänge, geparkte Fahrzeuge und Briefkästen boten alle hervorragende Deckung, aber es wäre genauso leicht gewesen, mit der Menge von Fußgängern zu verschmelzen, die auch unterwegs zur Arbeit waren. Männerkleidung zeigte keine großen Unterschiede.

Lady Stanhope schloss ich schnell aus. Es gab nicht viele Damen, die unterwegs waren. Mr. Ludlow war allerdings ein Verdächtiger. Er hatte vielleicht dieselbe Vorstellung wie seine Mitverschwörerin und wollte mich auch bedrohen.

Als ich am Eingang der Crooked Lane ankam, beschloss ich, ihn zur Rede zu stellen. Ich wartete, konnte ihn allerdings nicht sehen. Ich konnte niemand Verdächtigen sehen. Fußgänger gingen weiter an mir vorbei, ihre Gesichter nicht vertraut.

Ich betrat die Gasse und eilte zur Bibliothek. Ich wollte gerade die Tür öffnen, als sich eine Hand über meinen Mund legte und meine Arme an der Seite festgenagelt wurden. Ich wurde von einem muskulösen Körper zurückgezerrt.

„Was habe ich Ihnen je angetan?" Die fauchende Stimme gehörte Tommy Allan, den Umzugshelfer mit der Narbe.

Ich versuchte, mich aus seinem Griff zu winden, aber er war zu stark. Er war sehr viel stärker als ich. Panik flatterte in meiner Brust. Ich schrie, aber meine Stimme wurde von seiner Hand gedämpft. Professor Nash würde mich nicht hören.

„Mädchen wie Sie machen mich krank. Ihr seid doch alle gleich. Ihr verurteilt mich, ohne etwas über mich zu wissen." Er spie die Worte aus, sodass ein bisschen Spucke auf meinem Hals landete. „War ich der Erste, der Ihnen eingefallen ist, als die Bullenschweine Sie befragt haben? Hä? Sie wollen einen Dieb finden, und der Erste, an den Sie gedacht haben, war der hässliche Kerl mit der Narbe. Macht Ihnen mein Gesicht Angst? Mache ich Ihnen Angst?"

Ich brachte ein gedämpftes „Ja" hervor. Es stimmte. Er machte mir Angst. Aber je mehr er sprach, desto mehr klärten sich meine Gedanken. Meine Angst war immer noch unverarbeitet und eiskalt, aber sie war nicht mehr überwältigend. Mit der Klarheit meiner Gedanken kam die Erinnerung an die

Kampflektionen, die mir meine Mutter beigebracht hatte. Sie hatte auch Angst gehabt, aber vor was, wusste ich immer noch nicht.

Was ich wusste, war, dass ich, um mich aus Tommys Griff zu lösen, auf seine Zehen treten, ihm den Ellbogen in die Eingeweide stoßen, mich umdrehen und ihn rasch in seine Weichteile treten musste. Sobald ich mich an meinen Unterricht erinnerte, kamen die vier Bewegungen mühelos zu mir zurück.

Während er sich nach vorne beugte, sein Gemächt umfasste und durch zusammengebissene Zähne ein Zischen ausstieß wie eine leckende Gasleitung, öffnete ich die Bibliothekstür. „Professor Nash! Bitte rufen Sie die Polizei an!"

„Miss Ashe?", kam seine Stimme von tief drinnen. „Was ist denn los?"

Tommy knurrte frustriert, vielleicht auch aus Schmerz, und humpelte weg.

„Es ist Ihr Charakter, den ich hässlich finde, Mr. Allan", rief ich ihm nach. „Nicht Ihr Gesicht."

Professor Nash erschien in der Bibliothekstür. „Miss Ashe? Wer ist dieser Kerl?"

„Ein Verdächtiger in Gabes Fall."

Er keuchte. „Ich werde ihn sofort anrufen."

„Nein!" Ich folgte ihm nach drinnen und schloss die Tür. „Das ist nicht nötig. Mr. Allan hat seinen Punkt angebracht, und ich meinen."

Der Professor bat mich, mich auf den Sessel am vorderen Schreibtisch zu setzen. „Sie wirken ein bisschen erschüttert. Ich mache Ihnen eine Tasse Tee."

Es stimmte. Ich konnte nicht aufhören, zu zittern. Jetzt, da der erste Energierausch sich auflöste, verblasste mein Selbstvertrauen mit ihm. Ich konnte nicht glauben, dass ich mich gegen Tommy Allan zur Wehr gesetzt und ihm auch noch eine neunmalkluge Bemerkung zugeworfen hatte.

„Danke, Mutter", murmelte ich, sobald der Professor außer Hörweite war. Ihre vielen Unterrichtsstunden in Selbstverteidigung hatten sich endlich gelohnt.

Um ganz ehrlich zu sein, ich hatte nicht gewusst, ob ich dazu fähig war. Ich hatte niemals Anlass gehabt, ihre Ausbildung in die Tat umzusetzen, und hatte mich niemals für fähig gehalten, besonders gegen einen Mann. Es fühlte sich extrem zufriedenstellend an, um das Mindeste zu sagen.

Aber das hielt mich nicht davon ab, zu beben.

Ich bebte immer noch, als Professor Nash mit einer Tasse Tee zurückkehrte. Er blieb in meiner Nähe, während ich daran nippte, war vielleicht besorgt, dass ich plötzlich einen Ohnmachtsanfall erleben würde.

Bis ich den Tee fertig hatte, fühlte ich mich wieder ruhiger.

Das dachte ich zumindest. Als die Tür sich plötzlich öffnete, fuhr ich zusammen, stieß die leere Teetasse auf den Boden.

„Sylvia!" Gabe rannte herein und nahm mich an den Schultern. Sein besorgter Blick ging über mein Gesicht. „Ist alles in Ordnung?"

Ich nickte, obwohl meine Nerven wieder ganz strapaziert waren. Diesmal lag es an meiner Reaktion auf seine Berührung und die Art, wie er mich intensiv musterte, nach Anzeichen suchte, dass ich gleich zu einem weinenden Häufchen zusammenbrechen würde. Mir sollte dieser besorgte Ausdruck in seinen grünen Augen nicht gefallen, oder die Art, wie seine starken Hände sich anfühlten, als er mir über die Schultern rieb, doch das tat es.

Mir gefiel es sogar sehr.

„Es tut mir leid, Miss Ashe", sagte Professor Nash. „Ich weiß, Sie wollten es nicht, aber ich habe ihn angerufen, während ich den Tee bereitet habe. Das hielt ich für am besten."

Gabe ließ mich los und richtete sich auf. „Du wolltest mich nicht anrufen? Warum?"

Ich seufzte. Professor Nash hatte recht. Gabe musste es erfahren. Tommy Allan war ein Verdächtiger, und die Konfrontation konnte ein Anzeichen seiner Schuld sein.

Gabe neigte den Kopf zur Seite und verschränkte die Arme. „Bist du immer noch verärgert, dass ich deinen Lohn bezahle?"

Ich schaute zur Seite, bevor sein tiefer Ozeanblick mehr sah, als ich beabsichtigte. „Ich wollte nicht lästig sein."

Er ging vor mir in die Hocke. „Falls ich dir den Eindruck vermittelt habe, dass du lästig bist, tut mir das leid."

Es war nicht gerecht, ihn das denken zu lassen, wenn er

zugab, dass er sich schuldig fühlte, nicht mitleidig. „Das habe ich missverständlich formuliert. Ich habe gemeint, ich bin mit der Situation fertig geworden. Ich bezweifle, dass Tommy Allan mich noch einmal stellen wird. Aber du hättest es erfahren müssen. Er hat behauptet, du hättest ihn befragt."

„Das habe ich, gestern. Ich habe deinen Namen nicht erwähnt, aber ihm ist wohl klar geworden, dass die Informationen von dir kamen." Er stand auf und setzte sich auf die Schreibtischkante, die Arme abermals vor der Brust verschränkt. „Wie hat er herausgefunden, wo du arbeitest?"

„Er ist mir nach Hause gefolgt. Vermutlich hatte er die Adresse aus meiner Mitarbeiterakte bei der Academy."

„Es war ein Glück, dass er mit seinem Angriff gewartet hat, bis du an der Bibliothek angekommen bist, damit Nash helfen konnte."

„Ach, ich hatte nichts damit zu tun!" Der Professor war zur Seite getreten, um uns etwas Privatsphäre zu geben, aber nicht weit genug, da er das immer noch mitgehört hatte. „Er war weg, bis mir klar wurde, dass etwas nicht stimmte."

Sie schauten mich beide erwartungsvoll an.

Die Tür öffnete sich, was mich davor rettete, eine Antwort zu geben. Alex marschierte herein und betrachtete die Lage. „Sind Sie unbeschadet, Miss Ashe?" Auf mein Nicken hin fügte er an: „Ich war dabei, als Gabe Ihren Anruf erhalten hat. Ich habe ihn hergefahren und den Wagen abgestellt."

„Mir geht es gut, vielen Dank. Ich wollte Gabe gerade erzählen, dass Tommy Allan nicht der einzige Dorn in meiner Seite war. Gestern Abend hatte ich einen Besuch von Lady Stanhope."

Gabe fluchte tonlos.

„Wer ist Lady Stanhope?", fragte der Professor.

„Eine weitere Verdächtige", sagte Gabe. „Ich habe gestern auch mit ihr gesprochen. Hat sie dich bedroht, Sylvia?"

Ich nickte. „Ihre Drohung wurde nicht von Gewalt begleitet, aber sie hat sich finster angehört, wenn das einen Sinn ergibt."

„Finster? Diesen Eindruck habe ich bei ihr nicht gewonnen. Sie war sehr hilfreich und hat eine Menge Fragen beantwortet."

Alex knurrte. „Natürlich hilft sie *dir*."

„Was soll das heißen?"

„Es heißt, dass sie höflich zu dir war, weil du der Erbe von Rycroft bist. Sie sieht dich als Gleichgestellten. Sie wäre nicht so hilfreich gewesen, hätte ich die Fragen gestellt."

Gabe wirkte durch die Andeutung beleidigt. Hätte er meine Gedanken gekannt, wäre er sogar noch beleidigter gewesen, also behielt ich sie für mich. Ich nahm an, dass Lady Stanhope zu ihm höflich war aus Gründen, die nichts mit seiner Klasse zu tun hatten. Er war jung und hübsch, ihr liebster Männertyp.

Ich andererseits war jemand, den sie leicht einschüchtern und manipulieren konnte, zumindest glaubte sie das. Auch wenn ich denken mochte, dass nichts davon stimmte, war ich durch ihren Besuch immer noch erschüttert.

Gabe fuhr sich mit der Hand übers Kinn. „Ihr Besuch ist verräterisch. Eindeutig gefiel es ihr nicht, dass du mich über ihren Austausch mit Ludlow in Kenntnis gesetzt hast. Weil sie des Diebstahls schuldig ist? Weil es ihr peinlich ist, dass ich weiß, dass ein Diener sie bedroht hat? Oder etwas anderes?"

„Ich schätze, es ist ihr peinlich", sagte Alex. „Menschen wie sie fahren die Krallen aus, wenn sie sich erniedrigt fühlen."

„Habt ihr in Betracht gezogen, dass Tommy Allan vielleicht für Lady Stanhope und Ludlow arbeitet?", fragte ich. „Er kann sich leichter als sie im Burlington House bewegen. Die Umzugs-helfer kommen und gehen während der Einrichtung die ganze Zeit. Niemandem wäre es aufgefallen, wenn er in das Lager gehen würde, wo das Delaroche-Gemälde aufbewahrt wurde, aber Lady Stanhope und Mr. Ludlow hätte man bemerkt."

„Ich glaube, Sie haben recht", sagte Alex. „Gabe?"

Gabe schob sich vom Schreibtisch weg. „Wir werden Burlington House einen Besuch abstatten, um herauszufinden, wo Tommy Allan wohnt, und ihm einen Besuch abstatten. Wenn er nur die Verstärkung ist, nicht das Hirn, weist er uns vielleicht zu denjenigen, die ihn angeheuert haben, wenn wir ihm sagen, in welchen Schwierigkeiten er steckt. Er muss auch erfahren, dass man es ihm anlasten wird, wenn Sylvia etwas passiert. Komm schon."

Ich erhob mich halb aus dem Sessel, nur, um mich wieder hinzusetzen, als mir klar wurde, dass er mit Alex redete, nicht mit mir. Ich hätte gerne den Mann zur Rede gestellt, der mich angegriffen hatte, und ihn sehen lassen, dass ich mich nicht vor ihm fürchtete, aber ich wagte es nicht, das allein zu machen.

„Vielleicht möchten Sie auch mitgehen, Miss Ashe", sagte Professor Nash so laut, dass Gabe es hören konnte. „Es könnte eine heilende Erfahrung sein, wenn Sie diesen Kerl konfrontieren." Ich war mir nicht sicher, woher er wusste, dass ich das brauchte, aber ich war ihm dankbar.

„Nur, wenn Sie sie ein paar Stunden entbehren können", sagte Gabe. „Und wenn Sylvia auch kommen möchte, natürlich. Ich möchte ja nicht den Anschein erwecken, dass ich meine Position nutze, um …"

Alex schlug die Faust in Gabes Schulter. „Sei still. Du siehst doch, dass sie sich uns anschließen möchte."

Ich bedankte mich leise bei Professor Nash und schlüpfte vor ihnen aus der Bibliothek. Gabe und Alex reihten sich in der Gasse zu meinen Seiten ein.

„Vielleicht ist Tommy Allan derjenige, der dich beobachtet, Gabe", sagte Alex.

„Man beobachtet dich?", fragte ich.

Gabe funkelte über meinen Kopf hinweg seinen Freund an. „Vermutlich ist es nur dieser Journalist."

„Oder es könnte der Entführer sein", sagte Alex. „Und der Entführer könnte der Dieb sein."

Gabe stieß einen gemessenen Atemzug aus. „Nicht, Alex."

Ich bekam das Gefühl, dass sie über meinen Kopf hinweg wieder Blicke austauschten, aber ich war zu sehr damit beschäftigt, nach dem- oder denjenigen zu suchen, die Gabe folgten, um es zu bemerken. Ich konnte nicht sehen, dass uns jemand beobachtete, als wir in den Vauxhall stiegen, oder uns in einem eigenen Vehikel folgte. Wir fuhren zu schnell, als dass eine Pferdekutsche hätte mithalten können. Selbst ein Automobil hätte Schwierigkeiten gehabt. Gabe schlängelte sich ohne Rücksicht durch den Verkehr. Mit einer Hand, die meinen Hut festhielt und einer anderen, die meine Tasche umklammerte, rutschte ich auf dem Rücksitz von einer Seite zur anderen wie ein Tennisball.

Ich war dankbar, als wir vor dem Burlington House an den Randstein fuhren, während Alex erklärte, dass uns niemand gefolgt war. Er hatte während der ganzen Fahrt über die Schulter gesehen.

Wir fanden Mr. Bolton in seinem Büro, aber er war gerade am Telefon. Der Assistent Mr. Driscoll lud uns ein, uns hinzusetzen und im äußeren Büro zu warten, doch sein freundliches Lächeln entglitt ihm, als ich mich vorstellte. Er kehrte zu seiner Aufgabe zurück, Flugblätter in Umschläge zu stopfen.

„Ich hoffe, es geht Ihnen besser", sagte ich.

Für mich sah er sehr gut aus. Er war Mitte zwanzig, gut aussehend, mit einer Frisur, die sich vorne der Schwerkraft zu widersetzen schien. Erst als er den Kopf nach vorne beugte, wurde mir klar, dass der hochgekämmte Pony dazu da war, um von der kahl werdenden Stelle weiter hinten abzulenken.

„Tut es. Vielen Dank." Sein Tonfall war abgehackt, lud zu keiner weiteren Unterhaltung mehr ein.

Ich setzte mich auf einen der Stühle, die Tasche auf meinem Schoß, und wartete.

Gabe allerdings fasste Mr. Driscolls steife Erwiderung auf wie ein Bulle ein rotes Stück Stoff. Er stürzte sich direkt darauf. „Sie waren krank? Ich hoffe, es war nicht die Grippe."

„War es nicht."

„Was hat Ihnen gefehlt?"

„Ein Husten."

„Sie sind der Arbeit wegen eines Hustens ferngeblieben?"

„Man kann dieser Tage nicht genug aufpassen." Mr. Driscoll räusperte sich und machte viel Gewese darum, im Kragen den Hals zu recken.

„Haben Sie Zugriff auf die Mitarbeiterakten?", fuhr Gabe fort.

Mr. Driscoll schaute ihn endlich an, die Augen weit aufgerissen. „Nein!"

Eine Seite von Alex' Mund zuckte zu einem Grinsen hoch.

Gabe griff über den Schreibtisch und nahm eine Akte auf. „Ist das keine?" Er las die Vorderseite. „Archibald Makepiece."

Mr. Driscoll schnappte sich die Akte wieder. „Bitte setzen Sie sich. Mr. Bolton wird gleich bei Ihnen sein."

„Sie lügen."

„Nein!" Das kam als hohes Quietschen heraus. Mr. Driscoll

räusperte sich wieder. „Ich versichere Ihnen, ich habe nicht gelogen."

Gabe spannte sich plötzlich an, und seine Haltung änderte sich. „Jemand hat die Wohnadresse von Miss Ashe herausgegeben." Er hielt die Stimme gesenkt, bedrohlich, weit entfernt von dem freundlichen Tonfall, den ich gewöhnt war. „Waren Sie es?"

Mr. Driscoll schloss die Augen und stieß einen gemessenen Atemzug aus. „Ja. Ja, das war ich. Ich habe Lady Stanhope ihre Adresse gegeben."

Gabe presste beide Hände auf den Schreibtisch und beugte sich vor. „Dafür sollte man Sie feuern."

Mr. Driscoll nickte rasch. „Ja, Sir, Sie haben recht. Es tut mir leid. Das war äußerst unprofessionell von mir."

„Entschuldigen Sie sich nicht bei mir."

Mr. Driscolls heftiges Nicken ging weiter, während sein Blick sich auf mich verlagerte. „Es tut mir sehr leid, Miss Ashe. Doch Lady Stanhope war sehr beharrlich, und ich ... ich hatte nicht das Gefühl, dass ich Nein sagen kann."

Gabe warf einen Blick über die Schulter auf mich, die Augenbrauen gehoben, als würde er fragen, ob ich mit der Entschuldigung einverstanden war.

„Entschuldigung angenommen", sagte ich.

Zumindest wussten wir jetzt, wo das Leck aufgetreten war. Aber ich war nicht ganz sicher, ob Lady Stanhope meine Adresse an Tommy Allan weitergegeben hatte. Es war nicht nötig, dass sie mich beide warnten, außer, sie wussten nichts vom Besuch des jeweils anderen. Aber falls sie zusammenarbeiteten, und falls Lady Stanhope ihm meine Adresse gegeben hatte, hätten sie es dann nicht gewusst?

Mr. Bolton marschierte aus seinem Büro, betrachtete uns drei nacheinander, nickte den Männern zu und sagte zu mir: „Guten Morgen, Miss Ashe. Kommen Sie in mein Büro." Er machte auf dem Absatz kehrt und marschierte wieder nach drinnen.

Halb erwartete ich, dass Mr. Driscoll uns anflehte, seinem Arbeitgeber nicht von seiner Indiskretion zu berichten, aber er beobachtete nur mit einem erleichterten Seufzen, wie wir gingen.

Mr. Bolton betrachtete uns beide von der anderen Seite des Schreibtisches aus. „Ich wusste nicht, dass Sie beide einander kennen. Nun. Erzählen Sie mir, was ich für Sie tun kann." Er bellte dass wie einen Befehl.

„Ich wurde von Mr. Allan, dem Umzugshelfer, angegriffen", sagte ich. „Das geschah vor meiner neuen Arbeitsstelle, doch er ist mir von zu Hause gefolgt. Wissen Sie, wie er an meine Adresse gekommen ist?"

Mr. Boltons nüchterne Miene entglitt ihm mit jedem Augenblick ein bisschen mehr. „Meine liebe Miss Ashe, das ist schrecklich! Wirklich schrecklich. Ich versichere Ihnen, weder ich noch Driscoll haben Ihre Adresse herausgegeben."

„Sie können nicht für die Handlungen Ihres Assistenten bürgen", sagte Gabe.

„Ich schätze, nein, aber ich kann mir trotzdem nicht vorstellen, dass er so etwas tun würde. Der Mann ist geradlinig wie ein Pfeil." Mr. Bolton warf einen Blick auf die geschlossene Tür, dann richtete sich sein Blick langsam wieder auf Gabe. „Glauben Sie, das hängt mit Ihrer Ermittlung in dem Diebstahl zusammen, Glass? Haben Sie deswegen Miss Ashe begleitet?"

„Es ist eine Möglichkeit."

Mr. Bolton schnaubte und schnaubte noch einmal, dann schüttelte er den Kopf. „Es schmerzt mich, der Gedanke, dass Tommy Allan in diesen Schlamassel verwickelt ist, aber ich schätze, ich kann ihn nicht verteidigen, nur weil er mir leidtut." Er deutete auf die Seite seines Gesichts. „Für ihn muss es schwierig sein, mit dieser Narbe. Miss Ashe, ich fühle mich gewissermaßen verantwortlich und muss mich entschuldigen. Tommy ist Ihnen hier begegnet, und hätte ich geahnt, was passieren würde, hätte ich Sie niemals dieser Gefahr ausgesetzt, indem ich Sie angestellt habe."

Ich brauchte meine ganze Selbstbeherrschung, um nicht zurückzuschießen, dass Tommy derjenige gewesen war, bei dem es ihm hätte leidtun sollen, ihn angestellt zu haben.

„Ist Mr. Allan heute hier anwesend?", fragte Gabe. „Wir müssen ihn erneut befragen."

„Ich fürchte, er ist nicht mehr bei uns angestellt. Wie etliche aus der Umzugsmannschaft war er nur vorübergehend angeheuert."

„Haben Sie eine Adresse von ihm?"

„Driscoll!"

Mr. Driscoll öffnete die Tür und spähte durch die Lücke wie ein Kaninchen, das nach Raubtieren schnüffelte, bevor es auf seinem Bau kam. „Sir?"

„Geben Sie ihnen die Adresse von Tommy Allan."

„Ja, Sir."

Mr. Bolton entließ uns mit einem knappen Nicken, und wir folgten Mr. Driscoll zurück zu seinem Schreibtisch. Er schaute durch seine Akten, während er eine Adresse auf ein Blatt Papier schrieb. Er reichte es Alex, die ganze Zeit über mied er unseren Blick.

Wir gingen nicht gleich nach draußen, sondern machten uns auf den Weg, um das Meerespanorama im Ausstellungsraum der Hauptgalerie zu prüfen. Es war immer noch da, zog die meiste Aufmerksamkeit auf sich. Daneben stand ein Polizist, der träge zu den Kunstliebenden zurückschaute, als wäre er ein Teil der Ausstellung. Er wechselte ein paar Worte mit Alex, bevor Alex wieder zu uns zurückkam.

„Alles bestens", berichtete er.

Vor dem Burlington House besprachen Gabe und Alex die Wascheinigkeit, dass Mr. Driscoll Tommy Allan gesagt hatte, wo ich wohnte, und wenn er das getan hatte, weshalb er es nicht zugegeben hatte, als man ihn wegen Details zu Ladys Stanhope bedrängt hatte.

Ich hörte allerdings nicht genau hin. Das letzte Mal, als ich den Hof des Burlington House überquert hatte, hatte ich das Gefühl gehabt, man würde mich beobachten. Es waren jetzt etliche Leute unterwegs, und es herrschte helllichter Tag, aber ich hatte diesmal nicht das Gefühl.

Wir fuhren nach Lambeth auf der anderen Seite des Flusses, einem Bereich von London, den ich noch nicht aufgesucht hatte, seit ich in der Stadt eingetroffen war. Aus gutem Grund. Ich hatte schon schlimmere Slums gesehen. Tatsächlich hatte ich in schlimmeren gelebt, als der karge Lohn meiner Mutter das einzige Einkommen unserer Familie gewesen war. Sobald James angefangen hatte, etwas dazuzuverdienen, hatte sich unsere Lage verbessert, und jeder weitere Umzug hatte in einer etwas besseren Unterkunft als der letzten resultiert.

Die Straße, in der Tommy Allan wohnte, war vollgestopft mit Reihenhäusern, die zusammengequetscht waren, um möglichst viele hinein zu bekommen. Das einzig Bemerkenswerte an ihnen war, wie gleichförmig sie waren – drei Stockwerke hoch, zwei Fenster breit, braune Ziegel und schwarze Türen, von denen sich die Farbe löste.

Londons Luft war niemals sonderlich sauber, aber in Lambeth brannte der Rauch in den Augen und setzte sich in der Kehle ab, sobald wir aus dem Automobil stiegen. Die nahe gelegene Industrie war die Lebensader für die meisten Bewohner, verschaffte ihnen eine Anstellung, aber die dicke Luft konnte nicht gut für die Gesundheit sein, wenn man den ganzen Tag, jeden Tag, damit verbrachte, sie zu atmen.

Alex wollte am Automobil warten, um es vor den schmutzigen Fingern der Kinder zu hüten. Er stand Wache, die Arme vor der riesigen Brust verschränkt, und tat sein Bestes, um den finsteren Helfer zu geben.

Gabe schlug halbherzig vor, dass ich im Automobil bleiben sollte, aber ich war immer noch entschlossen, Tommy Allan zur Rede zu stellen. Ich bezweifelte allerdings, dass er zu Hause sein würde. Es war mitten am Tag. Vermutlich hatte er inzwischen eine Arbeit gefunden.

Ich hatte recht. Er war nicht dort, laut der Frau, die auf Gabes Klopfen antwortete. Tatsächlich wohnte er nicht mehr hier. Er war ausgezogen. Die Frau war seine ehemalige Verlobte, und sie war erleichtert, dass er weg war.

„Ich habe ihn seine Taschen packen lassen und ihn weggeschickt. Ich habe ihn lange genug ertragen, nachdem er aus dem Krieg ganz kaputt und vernarbt zurückgekommen ist. Sie haben ihn zu mir geschickt, obwohl sich da oben ein paar Schrauben gelockert haben." Sie tippte sich an die Schläfe. „Seine Trinkerei wurde schlimmer, und wenn er betrunken ist, wird er wütend. Die Wut hat er an mir und meiner Schwester ausgelassen." Sie wies mit dem Daumen über die Schulter, woraus ich schloss, dass ihre Schwester drinnen war. „Ein bisschen Geschrei macht uns nichts aus, aber als er sie geschlagen hat, na ja, das war es dann. Sie ist meine einzige Familie, und ich muss sie beschützen. Ich habe Tommy gesagt, er soll gehen. Hab seine Sachen rausgeworfen, genau dorthin, wo Sie stehen. Das Beste, was ich je gemacht habe."

„Wo können wir ihn jetzt finden?", fragte Gabe.

Sie legte eine Hand auf ihre vorgereckte Hüfte. „Er hat sich mit schlimmen Leuten eingelassen, nachdem ich ihn rausgeworfen habe, aber ich glaube nicht, dass er bei einem von ihnen eingezogen ist. Sie haben keinen Platz, und sie sind nicht von der Sorte, die einem Gefährten in einer Stunde der Not aushilft." Sie hob die breiten Schultern zu einem Zucken. „Ich schätze, er muss sich mit seinem klugen Verstand durchschlagen." Sie lachte, wodurch ein fehlender Zahn unten sichtbar wurde. „Das ist ein Witz, denn den hat er nicht."

„Sie sagen, er ist inzwischen obdachlos?", fragte Gabe.

„Das würde ich schätzen. Versuchen Sie es mit den Armenhäusern für zurückgekehrte Soldaten."

Gabe dankte ihr, und sie verschwand drinnen. Wir kehrten zu dem Automobil zurück, wo Alex eine Unterhaltung mit einer Gruppe Männer führte, die alle rauchten. Gabe seufzte. „Wir könnten tun, was sie sagt, und es mit den Armenhäusern probieren, aber er könnte auch genauso gut auf der Straße leben. Es wird unmöglich sein, ihn zu finden."

Einer der Männer ließ seinen Zigarettenstummel auf den Boden fallen und trat ihn mit dem Absatz seines Stiefels aus. Es gab Dutzende Zigarettenstummel, die den Bürgersteig verunzierten, viele von ihnen vom Wind an die Ziegelwände herangetragen, wo sie kleine Häufchen bildeten.

Ich hatte in letzter Zeit einen Haufen Zigarettenstummel gesehen, aber die waren nicht vom Wind herangetragen worden. Wenn ich recht hatte, waren sie alle von einem Mann hinterlassen worden. „Ich glaube, ich weiß, wo Tommy wohnt", sagte ich, konnte den Triumph nicht aus meiner Stimme fernhalten. „Steigt ein. Ich zeige es euch."

KAPITEL 11

*D*amals war mir nicht in den Sinn gekommen, dass das Bündel aus Staubabdeckungen auf dem Boden des Lagerhauses im Burlington House das Bettzeug von jemandem war, der dort wohnte. Aber nun, da ich wusste, dass Tommy Allan obdachlos war, ergab es einen Sinn. Die Zigarettenstummel waren der Hinweis gewesen. Der Stapel neben dem Bettzeug musste von einem Kettenraucher stammen, der dort eine Menge Zeit verbracht hatte.

Jede Nacht tat Tommy so, als würde er nach Hause gehen, nachdem seine Schicht um war, kehrte aber zurück, bevor die Türen abgeschlossen wurden, und schlich sich in den Lagerraum im Keller. Er hatte sich vermutlich zurückgeschlichen, als ich in meiner letzten Nacht aufgebrochen war. Er war in die Schatten geschlüpft und hatte mich beobachtet, bis ich das Grundstück ganz verlassen hatte.

Ich verschränkte die Arme, um mein Beben zu unterdrücken.

„Dir ist kalt", sagte Gabe, während wir die Stufen hinter Mr. Bolton herabkamen.

„Mir geht es gut."

Mr. Bolton schob die Tür auf, und ich zeigte ihnen, wo ich das Bettzeug und die Zigarettenstummel gesehen hatte. Aber die Staubabdeckungen waren über Kunstwerke gelegt, und der Stapel aus Zigarettenstummeln war zerstreut worden. Wenn man nach den Rattenhinterlassenschaften ging, war es offensichtlich, was sie zerstreut hatte.

„Er war mindestens die letzten paar Tage nicht hier", sagte Gabe. „Er hat wohl eine andere Unterkunft gefunden."

Ich bebte wieder. Die Kühle hatte sich in meinen Knochen niedergelassen und blieb dort.

Mit einer beruhigenden Hand auf meinem Rücken lotste Gabe mich aus dem Lagerraum und die Stufen hinauf. Keiner von uns sprach, bis wir aus Mr. Boltons Hörweite waren, doch Gabe wurde langsamer, als wir den Hof überquerten.

Er schaute durch das Tor zum Piccadilly, wo Alex mit dem Wagen wartete, dann blieb er ganz stehen. „Ich will dir keine Angst machen, Sylvia, aber du könntest in Gefahr sein."

Der Gedanke war mir bereits gekommen. Tatsächlich war es alles, woran ich denken konnte. Obwohl ich ihm vorhin an der Bibliothek erzählt hatte, dass Tommy es nicht wagen würde, mich wieder anzugreifen, hatte sich mein Mut inzwischen verflüchtigt, ersetzt von einer starken Dosis Realität. Es war unwahrscheinlich, dass Tommy ganz in die Flucht geschlagen war. Ich hatte es nur geschafft, ihn wütender zu machen und ihn darüber in Kenntnis zu setzen, dass ich ein wenig Selbstverteidigung beherrschte. Nächstes Mal würde er nicht davon überrascht werden.

„Er weiß, wo du wohnst und arbeitest", fuhr Gabe fort. „Darum glaube ich, du solltest bei mir zu Hause einziehen."

Ich starrte ihn an. Dann fing ich an zu lachen.

Er schloss sich nicht an. Er schaute einfach zu mir zurück, sein Gesicht grimmig.

Ich wurde nüchtern. „Du machst keine Witze."

„Ich glaube, das ist die beste Lösung, zumindest, bis er erwischt wird. In deiner Pension bist du zu exponiert."

„Ich könnte bei Daisy oder Horatio wohnen."

„Und sie auch in Gefahr bringen?"

Da war was dran. „Aber ich kenne dich kaum."

„Also gut, sehen wir mal. Ich bin neunundzwanzig Jahre alt, ein Einzelkind und wurde auf dem Familienanwesen in Dorset großgezogen. Mein Lieblingsessen ist etwas, das nicht aus einer Dose kommt, und meine Lieblingsjahreszeit ist der Frühling. Ich mag Tiere und hatte Angst vor der Dunkelheit, bis ich acht Jahre alt war."

„Was ist mit acht Jahren passiert, dass du keine Angst mehr hattest?"

„Willie hat mir einen Welpen geschenkt. Er hat bei mir auf dem Bett geschlafen."

Trotz meiner Angst konnte ich ein Lächeln nicht unterdrücken. „Du lässt sie ganz lieb klingen."

„Es gibt viele Worte, um Willie zu beschreiben, aber lieb gehört nicht dazu."

„Was wird sie davon halten, dass ich einziehe?"

Sein Lächeln wurde breiter. „Das klingt für mich wie ein Ja."

„Und Willie?", drängte ich.

„Keine Sorge. Ich weiß, wie man mit ihr umgeht."

Er vielleicht schon, aber ich nicht. Ich war mir nicht sicher, ob es besser war, unter demselben Dach mit jemandem zu leben, der mich nicht mochte, als in der Pension zu bleiben, trotz der zusätzlichen Wonnen, mit denen eine große Residenz in Mayfair aufwartete.

Wir gingen wieder über den Hof zum Piccadilly. „Alex wohnt auch bei uns", sagte er.

„Wohnt er nicht bei seinen Eltern?"

„Schon, bis meine Eltern nach Amerika aufgebrochen sind. Dieses Arrangement passt uns beiden gut. Er wollte aus einem vollen Haus abhauen – er hat drei Schwestern –, und ich wollte Gesellschaft."

„Sind Willie und die Bediensteten nicht genug Gesellschaft für dich?"

„Bristow und Mrs. Bristow sind schon alt, und die anderen Bediensteten wohnen nicht bei uns. Und Willie hast du ja schon getroffen. Muss ich noch mehr sagen?"

Ich lachte. „Also gut, ich ziehe ein. Aber nur vorübergehend."

„Gut. Ich werde dich zur Bibliothek zurückbringen und dann nach Hause fahren und die Haushälterin für dich ein Zimmer fertigmachen lassen."

„Du solltest auch Willie vorwarnen. Ich will nicht auf der Schwelle stehen und nicht angekündigt sein."

* * *

LEIDER WAR Willie nicht zu Hause, was Gabe mir mitteilte, als er mich bei Dämmerung an der Pension abholte. Ich war nach der Arbeit dorthin zurückgekehrt, um einzupacken, und wartete im Wohnzimmer mit meinen zwei Koffern und einer Hutschachtel auf ihn, der Summe all meiner Besitztümer.

Mrs. Whitten hatte mir eine Lektion erteilt, dass er mich ruinieren würde, und mir dann mitgeteilt, dass ich niemals zurückkehren konnte, aus Angst, dass ich die anderen Mädchen mit einem meiner unmoralischen Art „ansteckte". Ich machte mir nicht die Mühe, zu versuchen, ihr zu sagen, dass das Arrangement nicht ganz das war, was sie sich vorstellte. Sie würde mir nicht glauben. Genauso wenig setzte ich Gabe in Kenntnis, dass ich nicht zurückkehren konnte. Das änderte nichts.

Willie war immer noch nicht zurück, als wir in der Park Street Nummer 16 ankamen. Die Haushälterin Mrs. Bristow, die alte Ehefrau des alten Butlers, zeigte mir das Gästezimmer. Das Fenster stand offen, um frische Luft hereinzulassen, aber im Raum roch es immer noch ein wenig abgestanden. Es war ein ziemlich femininer Raum mit Blumentapete auf der Wand hinter dem Bett und einer blau-weißen Vase, in der rosa Rosen auf der Kommode standen. Ich schätzte, das war in Lady Rycrofts Stil eingerichtet, nicht dem ihres Sohnes, genau wie der Rest des Hauses. Nach dem zu urteilen, was ich bisher davon gesehen hatte, war es geschmackvoll eingerichtet, mit Gemütlichkeit im Sinn und nicht Mode. Daisy würde es vermutlich altmodisch finden, aber ich fand es einladend.

Mrs. Bristow teilte mir weiterhin alles über die restlichen Bewohner und Bediensteten mit, während ich auspackte. Die Bristows waren die einzigen Bediensteten, die inzwischen noch hier wohnten. Mrs. Ling, die Köchin, Sally, das Dienstmädchen, und der Chauffeur Dodson wohnten alle Zuhause bei ihren Familien. Es gab auch keinen Hausdiener, was der nüchternen Haushälterin Sorgen zu bereiten schien, vermutlich, weil es bedeutete, dass ihr alter Mann keine Hilfe hatte. Genauso wenig gab es ein Zimmermädchen, und Willie brauchte keines, und Gabe wollte keinen Herrendiener.

„Sie sehen so aus, als könnten Sie Ihre Haare und Ihre Flickarbeiten selbst machen", sagte Mrs. Bristow, die mich genau musterte.

„Meine Mutter war eine Näherin."

„Ist das so?" Sie betrachtete mich ein weiteres Mal, diesmal kniff sie die Augen durch die Brille zusammen, um besser zu sehen. Sie nickte zustimmend. Tatsächlich wäre ich so weit gegangen, zu sagen, sie wirkte zufrieden.

Ich schob den kleinen Koffer, der die Dinge meiner Mutter und meines Bruders enthielt, unter das Bett. „Erzählen Sie mir von Willie. Hat sie schon immer hier gewohnt?"

„Ab und an. Sie ist jedes Mal ausgezogen, wenn sie geheiratet hat, und zurück, wenn ihre Männer gestorben sind. Ein warnendes Wort, Miss Ashe. Machen Sie keine Witze, dass sie sie umgebracht hat. Das gefällt ihr nicht."

Ich starrte sie an. „Hat sie sie umgebracht?"

Mrs. Bristow tippte sich an die Nase und zwinkerte.

Ich beobachtete, wie sie aus dem Zimmer wackelte, und bekam ein Unheil kündendes Gefühl. Worauf hatte ich mich da eingelassen?

„Dinner ist um acht", sagte sie.

„Ziehen sich alle für das Dinner um?" Ich schaute hinab auf meine Kleidung und seufzte. Ich konnte nicht viel ändern. „Ach, egal."

Ich wechselte meine Bluse und frisierte die Haare neu, dann ging ich nach unten, um Gabe zu suchen, weil ich vorhatte, ein so angenehmer Hausgast wie möglich zu sein. Ich blieb auf dem Treppenabsatz stehen, als ich Willies wütende Stimme hörte.

„Wie wird das denn aussehen, Gabe?"

„Sylvias Sicherheit ist wichtiger als das, was die Leute denken", sagte er.

Ich war überrascht zu hören, dass eine Frau, die Männerkleidung trug, sich Sorgen über die Konventionen und das machte, was die Leute womöglich dachten. Er musste ihr sehr wichtig sein, dass sie sich Sorgen um seinen Ruf machte.

„Da geht es nicht darum, was *Leute* denken, Gabe, und du weißt es", fuhr sie fort. „Wie wirst du es erklären?"

„Ich werde ehrlich sein."

„Das ist die dümmste Idee, die du je hattest, bis auf die, als du sie hierher eingeladen hast. Sag, sie ist eine Cousine."

„Ich werde nicht lügen, Willie."

„Dann wirst du die Konsequenzen spüren. Und es wird Konsequenzen geben."

„Willie", tadelte Gabe, „hör auf, dir Sorgen zu machen. Das sieht dir gar nicht ähnlich."

Sie murmelte etwas Unhörbares und fuhr dann fort: „Alex, warum hast du dem kein Ende gesetzt?"

Jemand seufzte schwer, vermutlich Alex, weil er in den Streit hineingezogen wurde. „Es ist Gabes Schuld, dass es für Sylvia nicht sicher in der Pension ist, also musst du verstehen, dass er sich verantwortlich fühlt. Aber ich stimme dir zu, man hätte sie woanders unterbringen sollen."

„Sehe ich anders", sagte Gabe zur gleichen Zeit, als Willie sagte: „Siehst du!"

„Denkt ihr so schlecht von mir?", fuhr Gabe genervt fort. „Da muss man sich keine Sorgen machen, denn von Sylvia denke ich nicht so."

„Es geht nicht um das, was du denkst, Gabe. Es geht darum, wie es aussieht. Du hast eine hübsche Frau eingeladen, hier zu wohnen – das sieht aus, als hättest du Gefühle für sie."

„Das einzige Gefühl, das ich für sie habe, ist Schuldbewusstsein."

Es war ein Glück, dass ich mir keine Hoffnungen gemacht hatte, oder sie wären inzwischen wie Ballons geplatzt. Trotzdem war mein Ego gewissermaßen am Boden.

Willie knurrte geflüstert: „Wenn ich die Vernünftige in dieser Unterhaltung bin, weißt du, dass Schwierigkeiten dräuen!"

Die Dielen quietschten, als ich mich hinter eine große Topfpflanze duckte. Zum Glück stürmte Willie die Stufen hinab, ohne in meine Richtung zu sehen. Ich wartete, bis die Eingangstür zuschlug, bevor ich aus meinem Versteck herauskam.

Aber ich betrat nicht das Zimmer. Ich wollte mich Gabe nicht stellen. Meine Anwesenheit war eindeutig ein Problem. Willie hatte recht. Dass ich hier wohnte, kompromittierte Gabe. Der neunundzwanzigjährige Sohn eines reichen Barons hatte hervorragende Heiratsaussichten, aber nicht, wenn alle dachten, er würde sich eine Mätresse halten.

Ich wandte mich zum Gehen.

„Ich muss einen Anruf tätigen", hörte ich Gabe sagen.

Ich raffte meine Röcke und raste die Stufen empor, war aber nicht schnell genug.

„Sylvia! Warte."

Ich blieb stehen und schloss die Augen. Verdammt noch mal.

„Das hast du gehört, nicht?", fragte er leise.

Ich musste das jetzt hinter mich bringen. Wenn ich diese Sache unter der Oberfläche brodeln ließ, könnte es schlimmer werden, bis schließlich unvermeidlich alles überkochte. Ich drehte mich zu ihm um. „Habe ich."

„Es tut mir leid wegen Willie."

„Mach dir keinen Vorwurf. Sie hat recht. Ich packe meine Sachen und bleibe heute Nacht in einem Hotel. Morgen suche ich nach einer anderen Pension."

„Du gehst nicht zurück in dieselbe?"

„Ähhh ..."

„Mrs. Whitten lässt dich nicht zurück, oder?" Die übrigen Stufen nahm er zwei auf einmal, bis er nur eine Stufe unter mir stand. Er ragte trotzdem über mir auf. „Achte nicht auf Willie. Sie reagiert über."

„Du schuldest mir nichts, Gabe."

„Wir sind Freunde, und Freunde helfen einander."

„Wir sind keine Freunde. Du hast klargemacht, dass du das tust, weil du dich schuldig fühlst, nicht wegen der Freundschaft."

Er nahm mich an der Hand, nur um sie sofort wieder loszulassen. Er räusperte sich. „Bleib zum Abendessen, dann schau, wie du dich danach fühlst. Ich habe Alex' ganze Familie eingeladen. Wenn du nicht überzeugt bist zu bleiben, nachdem du mit Cyclops und seiner Frau Catherine gesprochen hast, werde ich dich selbst zu einem Hotel fahren."

„Denken sie nicht auch so wie Willie?"

„Das finden wir bald heraus."

„Aber ich habe nichts Passendes, das ich beim Abendessen tragen kann."

„Für eine lockere Angelegenheit nur mit ein paar engen Freunden bist du perfekt gekleidet. Jetzt muss ich einen Anruf tätigen. Alex wird dir im Salon einen Cocktail machen, und ich kehre bald zurück."

Alex ging voraus die Stufen hinab in den Salon, ein Zimmer, in dem ich bereits bei meinem letzten Besuch gewesen war. Obwohl es nicht so gemütlich war wie das Wohnzimmer oben, war es immer noch einladend.

Alex machte Cocktails an einem Getränkewagen, dann reichte er mir einen. „Es ist ein Martini."

„Daisys neuer Lieblingsdrink. Die waren in Amerika vor der Prohibition beliebt, hat sie mir erzählt."

„Hat sie Freunde dort? Familie?"

„Ich weiß es nicht. Ich glaube, sie lässt sich Magazine herüberschicken. Sie möchte gern mit allem Neuen auf dem Laufenden bleiben."

„Sie kommt mir wie jemand vor, der die Frisur so oft ändern wird, wie sich die Windrichtung ändert."

„Du sagst das mit Missbilligung, aber ich glaube, sie wäre erfreut, dass es dir aufgefallen ist."

Er wollte gerade an seinem Cocktail nippen, schaute jedoch plötzlich auf. „Warum?"

Daisy würde mich hassen, wenn ich nahelegte, dass sie vielleicht an ihm interessiert war, wenn man bedachte, dass ihr noch nicht klar war, dass sie interessiert war. „Freut sich nicht jede Frau, wenn sie einem Mann auffällt?"

„Ist sie doch nicht. Na ja, schon, aber das liegt nur daran, dass es bei ihr sehr offensichtlich ist." Er trank von seinem Cocktail, ein nachdenkliches Stirnrunzeln auf dem Gesicht. „Ich bin überrascht, dass ihr beide Freundinnen seid. Du bist ganz anders."

„Sie ist extravagant, und ich bin still?"

„Du bist stabil, und sie ist impulsiv." Das war nicht das Schlimmste, was er sie hätte nennen können.

„Ich glaube, Daisy und ich ergänzen einander. Wo wir gerade von impulsiven Leuten reden, ich habe die Unterhaltung von Gabe mit Willie vorhin mitgehört. Sie ist sehr dagegen, dass ich hierbleibe. Genau wie du. Ich will dir versichern, ich gehe nach dem Abendessen. Ich will Gabes Ruf auf gar keine Weise gefährden."

Er senkte das Glas. „Du glaubst, wir machen uns Sorgen um seinen Ruf?"

„Na ja ... schon. Ihr habt beide erwähnt, wie das für andere aussehen wird. Ich stimme zu. Es wird ... unangemessen wirken."

Er rutschte auf seinem Stuhl nach vorne, nahm das Glas in beide Hände. Er fixierte mich mit einem ernsten Blick. „Du hast recht. So wird es aussehen. Aber wir machen uns keine Sorgen darüber, was Fremde denken, und er auch nicht. Wir machen uns Sorgen ..."

Er schloss den Mund und setzte sich in seinen Sessel zurück, als Gabe eintrat. Sein Blick folgte seinem Freund, als er sich einen Martini am Getränkewagen machte und sich dann mir auf dem Sofa anschloss.

Gabe hob sein Glas, um jedem von uns nacheinander zu salutieren: „Prost." Erst als er genippt hatte, merkte er, dass Alex ihn beobachtete. „Alles ist gut, genau, wie ich es dir gesagt habe. Sie kommt auch zum Essen."

Alex schaute auf die Uhr auf dem Kaminsims. „Sie muss sich anstrengen, um um acht Uhr hier zu sein."

„Sie wird zu spät kommen."

„Natürlich", murmelte Alex.

Gabe lächelte, doch es war zögerlich, vielleicht sogar ein bisschen besorgt. „Es gibt noch jemanden, der mit uns dinieren wird", sagte er zu mir. „Sie heißt Ivy. Sie ist meine Verlobte."

KAPITEL 12

Zum Glück hatte ich nicht gerade an meinem Martini genippt, oder ich hätte ihn überrascht über den hübschen Läufer gespuckt. Gabe hatte Ivy nie erwähnt. Er hatte mir niemals einen Hinweis darauf gegeben, dass er verlobt war.

Ich nahm an, das war seltsam in eine Unterhaltung einzubauen, nur damit man es einmal erwähnt hatte. Das Thema von Frauen war zwischen uns nie aufgekommen. Das einzige Mal, als jemand auf Gabes Beliebtheit beim anderen Geschlecht hingewiesen hatte, war es Cyclops gewesen, der nahegelegt hatte, dass er vor dem Krieg ziemlich wild gewesen war. Ich fragte mich, ob Ivy jemand war, den er damals gekannt hatte, oder eine neuere Ergänzung in seinem Leben.

„Ich freue mich darauf, sie zu treffen." Es stimmte. Ich freute mich darauf, die Frau zu sehen, die eine solche Lichtgestalt wie Gabe anziehen konnte. Ich konnte nicht entscheiden, ob sie schön und elegant sein würde, oder geerdet und athletisch. Als ich ihm zum ersten Mal begegnet war, hätte ich ersteres angenommen, aber nun, da ich ihn ein bisschen besser kannte und die Art Freunde sah, die er hatte, neigte ich zu Letzterem.

„Sie sagt, sie freut sich auch darauf, dich zu treffen", sagte er.

„Jetzt weiß ich, warum Willie und Alex sich Sorgen machen, dass ich hier wohne. Sie haben übrigens recht. Ich kann nicht bleiben. Das ist nicht gerecht gegenüber Ivy."

„Sie steckt so was äußerst gut weg."

„Keine Frau steckt so etwas so gut weg. Wenn du das nicht weißt, kennst du Frauen offenbar nicht sonderlich gut."

Alex lachte in sein Cocktailglas. Gabe grinste auch. Ich hatte das Gefühl, dass ich außerhalb eines wohlbekannten Witzes stand.

„Warte einfach, bis du sie kennengelernt hast, bevor du eine hastige Entscheidung triffst, ob du bleibst oder gehst", sagte Gabe.

Bristow trat ein und kündigte die Ankunft von Mr. und Mrs. Bailey an, und ihrer Töchter Ella, Mae und Lulu. Alex küsste seine Mutter und seiner Schwestern auf die Wangen und ließ sich von seinem Vater fest auf die Schulter klopfen. Gabe tat es ihm nach, und die Baileys begrüßten ihn herzlich, als wäre er ein weiterer Sohn, der kürzlich aus dem Familienheim ausgezogen war. Die beiden Familien standen sich wohl nahe.

Die drei Schwestern versuchten es und scheiterten daran, zu verbergen, wie sie mich musterten, bevor sie vorgestellt wurden. Ihre Mutter war höflicher, schüttelte mir freundlich die Hand und beobachtete mich nicht zu offensichtlich. Sie war eine schmale Frau mit blonden Haaren, die von Silber durchwirkt waren, und feine Falten verästelten sich an ihren Augenwinkeln, die sich bei ihrem Lächeln vertieften. Ich nahm an, dass sie viel lächelte. Es war etwas Süßes an ihr, doch auch ein wenig Freches. Ich mochte wetten, dass sie einen guten Witz zu schätzen wusste.

Ihre älteste Tochter Ella konnte nicht viel jünger sein als ich. Sie schien ein wenig reservierter als ihre zwei Schwestern, die das Interesse an mir verloren, sobald die Cocktailgläser herumgereicht wurden. Nicht, dass ihr Vater ihre Jüngste Lulu eines hätte haben lassen, was dazu führte, dass sie beleidigt davon stapfte und sich auf einen der Sessel warf. Mae nahm ein Glas mit einem triumphierenden Lächeln entgegen, das sich an ihre kleine Schwester richtete, nur um Lulus Schnute noch schlimmer zu machen. Mae nippte, warf Lulu ein weiteres selbstgerechtes Lächeln zu, dann wandte sie sich ab und verzog bei dem Geschmack das Gesicht.

Catherine schloss sich mir auf dem Sofa an und nickte zu den drei Männern hin, die in der Nähe der Tür leise sprachen. „Wir sind nur ein paar Minuten hier gewesen, und schon besprechen sie den Fall."

„Heute gab es einige Entwicklungen", sagte ich.

„Das hat Gabe mir gesagt, als er angerufen und uns zum Essen eingeladen hat. Er sagte, Sie wären angegriffen worden. Alles in Ordnung bei Ihnen, Miss Ashe?"

„Bitte nennen Sie mich Sylvia. Und ja, danke, es ist alles in Ordnung. Der Angreifer ist weggelaufen, als ich ihn in die ..." Ich räusperte mich. „Als ich mich gewehrt habe."

Sie lächelte. „Es freut mich, zu sehen, dass du nicht hilflos bist, Sylvia. Nate will den Mädchen einige Kniffe beibringen, um sich zu verteidigen. Mae ist aber überhaupt nicht interessiert. Sie glaubt, das wird sie zu maskulin machen. Und Lulu macht, was immer Mae tut. Ella hat seine Lektionen aber begeistert angenommen." Sie schaute zu ihrer Ältesten, die sich in der Nähe der Männer herumdrückte. Ich hatte gedacht, das läge daran, dass sie von Gabe besessen war, aber jetzt wurde mir klar, dass sie einfach alles aufsaugte, was sie sagten. Wie ihre Schwestern war sie sehr hübsch, aber die jüngeren waren hochgewachsen und schlank wie ihre Mutter, während sie hochgewachsen und kräftig gebaut war wie Cyclops.

„Bleibst du hier, bis das alles vorbei ist?" Catherine ließ es wie eine unschuldige Frage klingen, aber ich nahm an, dass sie an der Antwort sehr interessiert war. Als jemand, der sich vermutlich als Mutterfigur für Gabe sah, jetzt, da seine Eltern außer Landes waren, war es schon sinnvoll, dass sie sicherstellen wollte, dass ich nicht in seine Verbindung zu Ivy eindrang.

„Da gab es ein Missverständnis. Ich gehe nach dem Abendessen und werde in einem Hotel übernachten."

Sie nickte weise. „Das ist am besten."

„Das werde ich auch Ivy erklären, sobald sie eintrifft."

„Also kommt sie." Catherine stellte das nicht als Frage oder klang überrascht. Tatsächlich ließ sie es klingen, als wäre es natürlich. „Keine Sorge. Ich bin sicher, sie wird genau das Richtige sagen." Sie beobachtete Gabe und beugte sich dichter zu mir. „Hat er irgendwas über sie erzählt?"

„Nein."

„Ich verstehe.“

„Gabe und ich kennen einander kaum“, erklärte ich.

Sie nippte an ihrem Cocktail, ihr Blick immer noch auf Gabe. Dann wandte sie sich plötzlich zu mir. „Sie kannten einander kaum, als sie sich verlobten. Es war alles sehr plötzlich. Keiner von uns hatte sie vorher schon kennengelernt. Es war 1917, und Gabe hatte zwei Wochen Fronturlaub. Sie trafen sich am Anfang dieser zwei Wochen, und dann am Ende verkündeten sie, dass sie heiraten würden.“

„Ist er immer so impulsiv?“

Sie lächelte traurig. „Früher schon. Bis der Krieg zu Ende war, war diese Lust am Leben, der Drang, alles zu erfahren, was das Leben zu bieten hat, verschwunden. Es war, als hätten die Härten der letzten vier Jahre die wilderen Teile von ihm abgeschmirgelt. Willie sagt, der Krieg hat das Beste an ihm genommen und nur eine Hülle zurückgelassen, aber das sehe ich anders. Ich denke, er hat die unnötigen Teile weggenommen und den besseren Mann darunter freigelegt. Obwohl alles am Krieg schrecklich war, hat er Gabe gelehrt, langsamer zu machen und sein Glück zu genießen, anstatt es als gegeben zu nehmen. Das Leben hätte das vermutlich früher oder später auch gemacht, doch der Krieg hat den Prozess beschleunigt.“

„Sind sie deswegen noch nicht verheiratet? Genießen sie ihre Verlobung? Ich bin sicher, es ist für sie beide eine sehr besondere Zeit.“

„Ich glaube, sie wollen einander einfach besser kennenlernen. Es gab natürlich sehr wenige Gelegenheiten, dass sie sofort nach der Verkündung der Verlobung zusammen sein konnten, und Gabe kehrte erst zwei Monate nach der Waffenruhe zurück. Als er zurückgekehrt war, hat er sich in die Arbeit mit Scotland Yard gestürzt. Er brauchte etwas zu tun. Er hat sich im letzten Jahr sehr beschäftigt gehalten.“ Sie warf einen Blick auf die Fotografie, die mir beim letzten Besuch aufgefallen war, mit dem jungen Gabe, der bei seinen Eltern stand. „Da India und Matt weg sind, wird die Hochzeit noch weiter hinausgezögert. Gabe würde niemals heiraten, ohne dass sie da sind.“

„Wann werden sie zurückkehren?“

„Das haben sie nicht gesagt.“

Es schien ein wenig ungerecht, dass sie kein festes Datum erwähnten, wenn das Glück ihres Sohnes davon abhing, dass sie zu Hause waren.

Gabe löste sich von Cyclops und Alex und schloss sich uns an. „Noch ein Martini?"

Ich lehnte ab, und Catherine hatte ihren ersten kaum angerührt. Er setzte sich neben sie und öffnete den Mund, um etwas zu sagen, als eine Frau eintrat. Er stand wieder auf und lächelte sie an.

„Ivy. Komm herein." Er gab ihr einen Kuss auf die Wange.

Sie schob einen Arm durch seinen und lächelte zu ihm auf. „Ich habe es geschafft, und es ist erst kurz nach acht. Bist du nicht beeindruckt?" Sie nahm seine Hand und trat zurück, damit er sie bewundern konnte, bevor sie die Lücke wieder schloss und seine Hand auf ihre Taille legte.

„Bin ich. Du siehst schön aus wie immer, aber ich habe doch gesagt, du sollst dich nicht formell kleiden."

Sie lachte. „Darling, du weißt nichts über Mode." Während sie sprach, musterte ihr Blick den Raum, bis er auf mir landete.

Eine meiner Vermutungen über sie war richtig gewesen. Sie war eine schlanke Schönheit. Ihre klassische Figur passte zu dem eng anliegenden kupferfarbenen ärmellosen Seidenkleid mit der Kristallapplikation, die die Taille zusammenfasste. Ihre Haare waren kurz geschnitten wie bei Daisy, fielen aber gerade herab, ohne dass eine Strähne nicht an ihrem Platz war. Bei Daisy sah es aus, als wäre sie gerade aus dem Bett gekrochen, während Ivy aussah, als wäre sie einem Modemagazin entstiegen. Die Diamanten an ihrer Kehle, den Ohren und dem Handgelenk ließen keinen Zweifel, dass sie auch in Sachen Reichtum zu Gabe passte, genauso wie an Größe und gutem Aussehen. Sie waren ein wunderschönes Paar. Die Köpfe drehten sich bestimmt, wenn sie zusammen auf eine Party kamen, genauso wie sie jetzt alle beobachteten.

Gabe stellte mich Ivy als seine „Freundin aus der Glass-Bibliothek" vor.

Sie lächelte mich freundlich an. „Gabe hat mir erzählt, was für einen dramatischen Tag Sie hatten. Sie Arme. Es muss schrecklich gewesen sein, so angegriffen zu werden."

„Ich war danach wirklich erschüttert, aber jetzt ist alles in Ordnung."

„Ich bin sicher, Gabe hat sich gut um Sie gekümmert. Jene in Not zu schützen, ist etwas, das er so gut und so bereitwillig macht."

„Sie hat den Angreifer selbst in die Flucht geschlagen", sagte Gabe. „Sie hat mich nicht gebraucht."

Ivys Augen wurden groß. Sie waren so hübsch wie der Rest von ihr, ganz goldbraun, gerahmt von langen Wimpern, die mit Ruß, in den Vaseline gemischt war, geschwärzt waren. „Wie außergewöhnlich. Aber sie braucht dich jetzt, nicht wahr?"

„Ich bleibe nur zum Abendessen", versicherte ich ihr.

Sie blinzelte mit diesen großen Augen Gabe an. Ich fragte mich, ob sie wusste, wie unschuldig es sie aussehen ließ, und wie schön. „Du hast mir gesagt, sie würde hierbleiben, bis der Angreifer erwischt und die Ermittlung abgeschlossen ist."

„Das war ein Missverständnis", sagte ich, bevor Gabe etwas anderes sagen konnte. „Ich werde auf jeden Fall nach dem Dinner gehen."

Ivy nahm meine Hände in ihre beiden. „Unsinn, Sylvia. Es ist viel zu gefährlich, dass Sie irgendwo anders wohnen. Das ist der sicherste Ort, an dem Sie sein können, mit Gabe hier, der Sie beschützen kann."

„Und Alex", fügte Gabe an.

Ivy drückte mir die Hand und warf mir ein zögerliches Lächeln zu. „Versprechen Sie, dass Sie bleiben?"

Ich warf einen Blick zu Gabe. Er hob nur leicht die Schulter. „Vielleicht noch heute Nacht, aber nur, wenn das für Sie in Ordnung ist", sagte ich zu Ivy.

„Ist es. Jetzt müssen Sie mir erzählen, wie es ist, in der Bibliothek zu arbeiten. Es klingt faszinierend."

Eines der jüngeren Bailey-Mädchen schnaubte, was ihm einen finsteren Blick von beiden Eltern einbrachte.

Alle wurden davor errettet, etwas über meine Arbeit zu erfahren, als Bristow ankündigte, dass das Essen fertig war. Wir gingen nacheinander in das Speisezimmer und nahmen Platz.

Es gab nur einen Platz zu viel an dem langen Tisch.

„Wird Willie sich uns anschließen?", fragte Cyclops.

„Da kann man nur raten", sagte Gabe. „Sie ist wütend gegangen, weil sie sich Sorgen über Ivys Meinung dazu gemacht hat, dass Sylvia hierbleibt."

„Sie hat sich Sorgen meinetwegen gemacht?", fragte Ivy. „Ich dachte, sie mag mich nicht."

„Natürlich mag sie dich."

„Weshalb schaut sie mich dann die ganze Zeit finster an?"

„Sie schaut alle finster an", versicherte ihr Cyclops.

„Besonders Gabes Frauen", fügte Alex an. Als sich alle Köpfe zu ihm wandten, räusperte er sich. „Ich habe seine Frauen in der Vergangenheit gemeint. Jetzt ja nur noch eine Frau. Das bist du, Ivy. Sie schaut nur dich finster an." Er schnappte sich sein Weinglas in dem Augenblick, als es von Bristow gefüllt wurde, und trank gewissermaßen dankbar.

Ivy lachte. „Dann werde ich mich glücklich schätzen, jedes Mal, wenn sie mich in Zukunft finster anschaut."

Bristow war gerade dabei, Schalen mit Consommé zu verteilen, als Willie hereinschlenderte, einen Daumen durch die Gürtelschlaufe geschoben wie ein Cowboy. Sie grinste, als sie Ivy sah, bezog sich aber nicht auf ihren Streit vorhin, den sie mit Gabe gehabt hatte. Er wirkte erleichtert.

„Schon wieder Consommé?", fragte sie, als sie sich setzte. „Ich vermisse unsere ehemalige Köchin."

„Das ist nicht die Schuld von Mrs. Ling", sagte Gabe. „Es gab einen Krieg, falls du das nicht gehört hast."

„Es wird nicht mehr rationiert. Sie kann jetzt Butter kaufen."

Cyclops seufzte. „Ich habe Butter vermisst."

Willie schnaubte. „Da würde man ja nie drauf kommen."

„Nennst du mich fett?"

Willie schlürfte laut an ihrer Consommé.

„Ignoriere sie", sagte Catherine zu mir. „Wenn Willie in der Gegenwart meines Mannes ist, verwandelt er sich in ein Riesenkind."

Cyclops senkte den Kopf und konzentrierte sich auf seine Suppe.

„Erzähl mir von dir, Sylvia", fuhr Catherine fort. „Gabe sagt, du wärst neu in London. Woher bist du ursprünglich?"

Es war eine Frage, vor der ich mich immer fürchtete, aber ich hatte gelernt, sie abzuwehren. „Nirgends besonders, und doch überall in England, oder so scheint es zumindest. Hast du immer in London gewohnt, Catherine?"

Sie erzählte mir kurz von ihrem Leben, darunter die Jahre, in denen sie für ihren Bruder, einen Uhrmacher, gearbeitet hatte. Ihre Familie hatte Gabes Großeltern nahe gestanden, und sie waren ein Leben lang mit Gabes Mutter India befreundet gewesen.

„Sind du und deine Familie auch Uhrmachermagier?", fragte ich.

„Nein. India ist die einzige, die noch da ist, soweit es alle wissen. Gabe hat es nicht geerbt."

„Geerbte Magie kann eine Generation überspringen", erklärte Ivy mit einem schwachen Lächeln für Gabe.

Ihm schien das jedoch nicht aufzufallen. Er konzentrierte sich auf seine Consommé.

„Alle in diesem Raum sind talentfrei", sagte Willie. „Bis auf Ivy."

„Ach?", stieß ich hervor. „Interessant. Was ist denn Ihr magisches Handwerk?"

„Ich wünschte, es wäre was Interessantes, doch es ist nur Leder", sagte sie.

Willie tat Ivys Herunterspielen mit einem Wedeln ihres Löffels ab. „Mach dich doch nicht runter, Ivy. In ihrer Familie werden Stiefel hergestellt", sagte sie zu mir. „Ihre Stiefel sind echt gut. Das Paar, das sie mir geschenkt haben, hat schon zwei Jahre gehalten und sieht immer noch aus wie neu. Aber darauf musst du nicht nur mein Wort nehmen. Die Regierung hält sie auch für gut. So sehr, dass sie den Stiefelmachern Hobson und Sohn einen Vertrag gegeben hat, um die britischen Soldaten im Krieg mit Schuhen auszustatten. Hobson-Stiefel wurden in den Schützengräben von den Besten unseres Landes getragen."

„*Unseres* Landes?", scherzte Cyclops. „Also stimmst du zu, dass du inzwischen mehr Englisch als Amerikanisch bist?"

„Nein. Du hast mir die Worte im Mund verdreht."

„Hat er nicht", sagte Alex. „Du hast es zugegeben. Du bist inzwischen durch und durch eine Engländerin." Er grinste seinen Vater an, der zurück grinste.

„Ich bin so amerikanisch wie Annie Oakley und Coltpistolen." Willie deutete mit dem Löffel auf Cyclops. „Du bist ein Verräter deines Landes mit deinem englischen Akzent und deiner Etepetete-Art."

Wir starrten sie alle an. Dann brachen alle in Gelächter aus. Cyclops' Akzent war so amerikanisch wie ihrer, und obwohl ich ihn nicht gut kannte, schien er eher das Gegenteil von Etepetete.

Das Dinner ging weiter, und ich fühlte mich immer wohler. Gabes Freunde waren nett, auch wenn Willie mich nicht ansah, und schon gar keine Unterhaltung mit mir anfing. Ich konnte nicht ganz herausfinden, warum, wenn man bedachte, dass Ivy kein Problem damit zu haben schien, dass ich blieb.

Die Baileys und Ivy machten aber Willies Unhöflichkeit wieder wett, und bis das Dessert aufgetragen wurde, fühlte ich mich in ihrer Gesellschaft sehr entspannt. Diese Entspannung konnte aber auch an Mrs. Lings Wohlfühlessen liegen. Sie war eine exzellente Köchin. Ihre Wildfilets und das Filet Mignon waren himmlisch, und der Pudding, der in einer dicken Sauce ertrank, war köstlich. Hätte ich jeden Abend so gegessen, müsste ich die Taille an meinem Rock auslassen.

Wir zogen uns danach in den Salon zu Portwein zurück, den ich ablehnte. Ivy nahm ein Glas von Gabe entgegen und tätschelte dann den Sitz neben ihr auf dem Sofa, um ihm zu bedeuten, dass er sich hinsetzen sollte.

„Hast du von deinen Eltern gehört, Darling?"

„Sie haben gestern ein Telegramm geschickt."

„Und?"

Er blinzelte sie an. „Und was?"

„Haben sie ein Datum für ihre Rückkehr genannt?"

„Nein."

Ihre Lippen zogen sich kurz zusammen, aber der kleine Hinweis auf ihr Missvergnügen verschwand rasch, wurde von einem Lächeln ersetzt.

Cyclops und Catherine wechselten einen Blick. „Ich bin sicher, sie werden nicht lange weg sein", versicherte Catherine Ivy.

Ivys Lächeln brach ein.

Willie nahm ein Kartenspiel auf und begann es zu mischen,

obwohl niemand ein Spiel erwähnt hatte. Sie schien es zu tun, ohne nachzudenken, als wäre es etwas, das sie machte, um die Hände beschäftigt zu halten. Vielleicht half es, wenn sie versuchte, das Rauchen aufzugeben. „Sie werden nicht lange weg sein. Sie werden eure Hochzeit nicht verpassen wollen."

Gabes Daumen tippte auf die Armlehne des Sofas. Es entstand kein Geräusch, doch der militärische Rhythmus war nicht zu verkennen. Ich hatte Trommeln in Marschkapellen gehört, die denselben Rhythmus hielten, bei etlichen Paraden seit der Waffenruhe. „Es wird keine Hochzeit geben, bis sie zurückkehren. Das versteht Ivy."

Sie nahm seinen Arm über dem Ellbogen. „Aber natürlich. Meine Mutter ist allerdings ein wenig frustriert."

Gabe tätschelte ihre Hand und schenkte ihr ein Lächeln, wie man es einem Alten zuwirft, dem man etwas zum dritten oder vierten Mal sagte.

„Sie werden nicht lange weg sein", wiederholte Willie wieder, ihre Finger mischten die Karten mit dem Geschick eines Bühnenmagiers.

Cyclops und Catherine wechselten noch einen Blick.

„Ich hasse Hochzeiten", erklärte Willie plötzlich.

„Warum hattest du dann zwei davon?", fragte Alex.

„Ich habe doch nicht nur meinetwillen geheiratet, ich habe für andere geheiratet. Für mich ist das Leben in Sünde in Ordnung, aber manche Leute haben deswegen Hornissen im Arsch. Beide meiner Männer haben darauf bestanden."

„Hör nicht auf sie", sagte Cyclops zu mir, in seinen Augen blitzte Humor. „Sie liebt Hochzeiten. Sie weint immer."

Willie fauchte ihn an und mischte weiter. Sie erwähnte nicht, dass man ein Spiel beginnen sollte, und nicht lange danach verabschiedeten sich Cyclops, Catherine und die Mädchen. Ich zog mich zurück, damit Gabe und Ivy ihre Privatsphäre bekamen, allerdings hätte ich mir nicht die Mühe machen müssen, denn Alex und Willie blieben zurück.

Ich stieg ein paar Minuten später ins Bett, als ich leise männliche Stimmen einander gute Nacht sagen hörte. Ivy war wohl direkt nach mir gegangen.

Ich sank mit einem Seufzen auf die Matratze. Das Fußende

des Bettes war warm, da ein Keramiktopf mit heißem Wasser von Mrs. Bristow dort abgestellt worden war, und die Decken rochen leicht nach Lavendel. Es war schade, dass ich morgen ging. Die Hotelzimmer, die ich mir leisten konnte, würden gar nicht so sein.

***

„HAST DU GUT GESCHLAFEN?", fragte mich Gabe am folgenden Morgen beim Frühstück. Er saß Alex am Esstisch gegenüber. Willie war nirgends zu sehen.

„Sehr gut, vielen Dank."

Ich durfte nicht vergessen, Mrs. Bristow für den Bettwärmer zu danken, bevor ich ging, und für alle anderen kleinen Nettigkeiten. Sie hatte mir auf dem Kissen eine handschriftliche Notiz hinterlassen, in der sie erklärte, wie die Morgenroutine im Haushalt ablief. Für einige schien das wie eine Nebensache, aber für mich war das Kennen der Routine ein größerer Trost als die weiche Matratze. Es bedeutete, dass ich mich nicht hinsetzte und erwartete, dass man mich bediente, sondern mir selbst etwas vom Buffet nahm, als wäre das Frühstücken in großen Häusern etwas, was ich jeden Tag machte.

Während ich mich setzte, erwischte ich Gabe dabei, mich über die Zeitung hinweg zu beobachten, die er las, oder vorgab zu lesen. Er faltete sie und legte sie zur Seite. „Wir fahren dich heute Vormittag zur Arbeit."

„Vielen Dank, aber bitte macht euch um meinetwillen keine Mühen."

„Machen wir nicht."

Alex schaute von einer Zeitung auf, sah seinen Freund finster an, dann las er weiter.

„Was passiert jetzt mit der Ermittlung?", fragte ich.

„Wir werden Ludlow und Lady Stanhope beobachten. Vielleicht geben uns ihre Bewegungen einen Hinweis. Cyclops hat mir versichert, dass Scotland Yard so viele Männer, wie sie nur können, mit der Suche nach Tommy Allan beauftragt."

„Es wird eine nahezu unmögliche Aufgabe", sagte Alex hinter der Zeitung.

Gabe schoss ihm einen Blick zu, doch Alex fiel es nicht auf. „Keine Sorge", versicherte er mir. „Ich werde mit Professor Nash reden, wenn ich dich zur Arbeit bringe, und sicherstellen, dass er die Türen verschlossen hält."

„Das ist nicht nötig. Die Besucher sollten kommen und gehen können, wie es ihnen beliebt."

„Sie können klopfen."

Alex faltete das Papier. „Und die Bibliothek hat ohnehin sehr wenige Besucher."

Gabe bot mir eine Zeitung von dem Stapel neben ihm an. Er hatte etliche, einige von ihnen Tageszeitungen, aber mindestens zwei waren Wochenzeitungen. Ich wühlte mich durch, bis ich eine fand, die interessant wirkte, und öffnete sie, ohne die Vorderseite zu lesen.

Ich keuchte, als ein Artikel meinen Blick auf sich zog. Nein, nicht der Artikel, sondern die Fotografie eines zu gut aussehenden Mannes, der finster in die Kamera blickte.

„Was ist?", fragte Gabe.

Ich blätterte rasch um. „Nichts."

Sowohl Gabe als auch in Alex schauten mich jetzt an. „Zeig es mir", sagte Alex.

Ich biss mich auf die Innenseite der Wange.

„Du weißt, dass wir es früher später sowieso lesen, also kannst du es jetzt gleich hinter dich bringen."

Ich seufzte und blätterte die Seite zurück. „Es ist ein Artikel über Gabe. Sie haben dieselbe Fotografie wie beim letzten Mal benutzt."

„Diejenige, die aufgenommen wurde, nachdem du diesen Jungen gerettet hast", fügte Alex hinzu.

„Nachdem sein Vater ertrunken ist", sagte Gabe schwermütig.

„Das war nicht deine Schuld."

Gabe nahm die Zeitung von mir entgegen und las den Artikel. Er reichte ihn Alex, der ihn zwischen uns ablegte, damit ich ihn auch lesen konnte. Gabe seufzte. „Dieser Journalist gibt einfach nicht auf."

Laut der Namensnennung war der Artikel von Albert Scarrow geschrieben, dem gleichen Kerl, der den Artikel verfasst hatte, der mich ursprünglich auf der Ausstellung nach Gabe hatte suchen lassen. Während es damals ein Bericht über den Bootsunfall gewesen war, war dieser Artikel eher schon eine Kolumne. Tatsächlich spekulierte er wild und stellte weitere Fragen über Gabe, statt tatsächlich Informationen zu liefern.

Fragen wie, weshalb der Junge behauptete, Gabe hätte den Atem etliche Minuten unter Wasser angehalten, und wie er vier Jahre den Krieg ohne Verletzung überstehen hatte können? Beides waren scheinbar unmögliche Heldentaten.

„Das ist Unsinn." Alex schob die Zeitung weg. „Es ist fauler Journalismus."

„Er versucht nur, Antworten wegen ein paar seltsamer Ereignisse zu finden", sagte Gabe. „Es ist seine Aufgabe, zu spekulieren."

„Es ist seine Aufgabe, Fakten zu finden, die seine Behauptungen unterstützen."

„ER HAT KEINE BEHAUPTUNGEN AUFGESTELLT, nur Fragen gestellt. Er kann keinerlei Fakten finden, denn es gibt sie nicht. Ich habe ihm kein Zitat gegeben, das er nutzen kann."

„Dann mache ich das. Ich werde ihm sagen, wohin er sich seine Spekulationen schieben kann."

„Lass ihn bloß in Ruhe, Alex. Letztlich wird er aufgeben."

Alex deutete in die allgemeine Dichtung der Eingangstür. „In der Zwischenzeit müssen wir uns damit abfinden, dass er das Haus beobachtet und auf dich wartet?"

Gabe spannte das Kinn an. „Lass es, Alex. Du machst Sylvia Angst."

„Achtet gar nicht auf mich." Ich griff nach meiner Kaffeetasse und las weiter die Zeitung, während ich nippte. Ich bekam allerdings nicht viel davon mit. Albert Scarrow hatte zwei sehr interessante Punkte angebracht. Wenn man auch Gabes Zeit im Krieg dem Glück zuschreiben konnte, war es etwas ganz anderes, etliche Minuten unter Wasser zu überleben.

„Der Junge hat einen Fehler gemacht", sagte er, als könne er meine Gedanken lesen. „Kinder haben kein Konzept von Zeit."

Als Sohn einer Uhrmachermagierin nahm ich an, dass er ein sehr gutes Verständnis dafür hatte.

* * *

GABE BEFESTIGTE den einen großen Koffer mit einigem Zögern an der Rückseite seines Automobils. Er hatte versucht, mich anzustiften, länger in seinem Haus zu bleiben, doch ich hatte mich geweigert. Es war Sonntag, und ich arbeitete nur den halben Tag; ich würde mir am Nachmittag eine neue Bleibe suchen. Er respektierte meine Wünsche und gab nach. Ich bewahrte die Hutschachtel und den kleinen Koffer auf dem Rücksitz und bei mir auf, während er den Vauxhall in die Crooked Lane fuhr.

Alex blieb im Fahrzeug, während Gabe und ich durch den Eingang in die Gasse gingen. Er trug meine beiden Koffer, während ich die Hutschachtel hielt.

Ein kleiner Mann mit nadeldünnem Schnurrbart und öligem Haar, das in der Mitte gescheitelt war, stieg aus den Schatten zwischen den Gebäuden. „Mr. Glass! Können Sie eine Bemerkung zur Spekulation über Ihre Kriegsjahre machen, und den Vorfall auf der Isle auf Wight?"

Gabe klemmte sich den kleinen Koffer unter den Arm und legte die freie Hand auf meinen Rücken, drängte mich weiter. „Kein Kommentar."

Der Journalist riss einen Bleistift und einen Block aus der Tasche und trottete neben uns her. „Wie lange glauben Sie, waren Sie unter Wasser?"

„Ich weiß es nicht mehr. Nicht so lange. Ich habe einmal Luft geholt."

„Was denn nun? Es war nicht lang, oder Sie haben einmal Luft geholt, oder Sie können sich nicht mehr erinnern?"

Gabe blieb stehen und fuhr zu dem Journalisten herum. „Sind Sie Albert Scarrow?"

Der Mann berührte die Krempe seines Homburg. „Wie er leibt und lebt."

„Mr. Scarrow, bitte wahren Sie freundlicherweise die Privatsphäre von mir und meinen Freunden. Hören Sie auf, mir zu folgen."

„Ich folge Ihnen nicht."

Gabe kniff die Augen zusammen. „Sie sind mir nicht von meinem Haus hierher gefolgt?"

„Nein. Ich war niemals an Ihrem Haus. Ich weiß nicht, wo Sie wohnen."

Gabes Hand, die immer noch auf meinem Rücken lag, drückte etwas fester zu. „Woher wussten Sie dann, wo Sie mich finden?"

Mr. Scarrow deutete mit dem Bleistift auf die Bibliothek. „Es ist doch Allgemeinwissen, dass die Glass-Bibliothek Ihrer Familie gehört."

„Sie gehört ihnen nicht. Sie sind Gönner. Und?"

„Und ich dachte mir, wenn ich lange genug warte, wird jemand eintreffen, der hier arbeitet. Keiner hat heute Vormittag auf mein Klopfen reagiert." Er kratzte sich mit dem Ende des Bleistifts über die Wange. „Ich habe nicht erwartet, dass Sie auftauchen, aber ich sehe es als Zeichen, dass ich mit meiner Eingebung auf dem richtigen Weg bin."

Gabe wurde reglos. Ihm war wohl dasselbe klar geworden wie mir – wenn Albert Scarrow nicht wusste, wo er wohnte, dann konnte er nicht derjenige sein, der kürzlich das Haus beobachtet hatte. Wer also dann? Noch ein Journalist? Der Entführer?

„Mr. Glass, was ist mit Ihren Kriegsjahren?"

Gabe und ich gingen weiter, Mr. Scarrow trottete neben uns her und wiederholte seine Frage.

„Ich habe keinen Kommentar dazu", knurrte Gabe. „Sie sollten gehen."

„Entschuldigen Sie mich, Miss, aber können Sie mir sagen, was Sie von Mr. Glass' unglaublichen Fähigkeiten halten?"

Gabe fuhr plötzlich herum und packte den Journalisten an den Jackenaufschlägen. Seine Faust drehte den Stoff, zwang Mr. Scarrow dazu, sich auf die Zehenspitzen zu stellen. Er hatte meine Koffer nicht losgelassen. „Ich habe Sie gewarnt", knurrte er.

Mr. Scarrows Gesicht wurde rot, als ihm das Blut in den Kopf schoss. Gabes Griff mochte fest gewesen sein, aber nicht so fest, dass der Journalist nicht ein leises Quietschen ausstoßen konnte. Ich legte mir eine Hand über den Mund, um mein eigenes überraschtes Quietschen zu unterdrücken. Ich wusste nicht, wo ich hinschauen oder was ich tun sollte. Gabe schien immer so ruhig, aber jetzt war er eine Wand aus Wut. Ich konnte den Mann mit den geballten Fäusten und dem angespannten Kinn nicht mit dem Gentleman übereinbringen, den ich inzwischen kannte.

War diese Seite von ihm die ganze Zeit da gewesen?

Ich bekam nicht die Gelegenheit, weiter darüber nachzudenken. Plötzlich erklang ein Schuss, und ich fand mich auf dem Boden wieder, flach auf den Rücken, unter Gabes Körper.

KAPITEL 13

Gabe hatte sichergestellt, dass ich nicht auf den Boden krachte, indem er den Arm um mich gelegt und mich vor dem schlimmsten Aufprall abgeschirmt hatte. Mir blieb nicht die Luft weg, aber ich war auf jeden Fall atemlos. Ich nahm an, das lag eher an der Nähe des gut aussehenden Mannes, dessen athletischer Körper sich an meinen presste, als an der körperlichen Anstrengung.

Gabes Atem ging auch schneller, wärmte mir die Wange. Er starrte mich an, ohne zu blinzeln. Sehr wenige Menschen hielten den Blick, ganz zu schweigen mit dieser Intensität, wenn es also dazu kam, konnte es sich anfühlen, als würde sich ein Loch im Boden auftun. Für gewöhnlich war es eine Erfahrung, die nervös machte, aber bei Gabe war sie berauschend.

„Sylvia." Sein Flüstern streifte meine Lippen.

„Gabe!" Das war Willies Stimme, schrill und fordernd. „Gabe, steh auf!"

Gabe schloss kurz die Augen, dann schob er sich hoch. Er griff nach unten und half mir, damit ich auch aufstehen konnte. Da sah ich Willie paar Schritte entfernt, die Hände auf der Hüfte. Alex sprach mit einem älteren Gentleman an der Tür des Anwaltsbüros, seine Gesten beruhigend. Professor Nash war aus der Bibliothek gekommen.

Mr. Scarrow war auf den Knien, die Arme über dem Kopf.

Zögernd spähte er heraus. Als er keine direkte Bedrohung sah, stand er auf und huschte aus der Gasse, warf einen Blick über die Schulter auf Willie, während er das tat.

„Bist du verrückt geworden?", fuhr Gabe sie an. „Du kannst doch nicht auf Leute schießen!"

Sie hielt keine Waffe, also war ich mir nicht sicher, wie es sie hätte sein können. „Ich habe nicht auf ihn geschossen. Ich habe gen Himmel gezielt."

„Es gibt ehemalige Soldaten, die immer noch ein Trauma aus dem Krieg haben!"

Willie kaute auf der Unterlippe, ihre Schultern sanken herab. „Das habe ich vergessen."

„Entschuldige dich bei Sylvia."

Willies Rückgrat versteifte sich. Sie verschränkte wieder die Arme, streifte ihre Jacke an den Hüften glatt, wo sie den Umriss einer Waffe enthüllte, die in den Bund ihre Hose geschoben war. „Dieser Mann wollte dich nicht in Frieden lassen, Gabe."

„Ich hatte es unter Kontrolle."

„Er hat dich genervt."

„Du kannst nicht jedes Mal schießen, wenn jemand nervt."

„Die Welt wäre ein besserer Ort, wenn ich es könnte." Sie seufzte und hob ergeben die Hände. „Tut mir leid, dass ich meinen Colt abgefeuert habe, aber es tut mir nicht leid, dass ich ihn verscheucht habe."

Gabe fuhr sich mit der Hand übers Gesicht. Seine Nerven wirkten sehr viel strapazierter als meine. Seine Anmerkung über ehemalige Soldaten, die traumatisiert waren, war vielleicht persönlicher, als er es klingen ließ.

„Weshalb hat er dich überhaupt belästigt?", fragte Willie. „Ist er ihr Kerl?" Sie nickte zu mir hin.

„Ich habe keinen Kerl", sagte ich.

„Frau?"

Ich blinzelte sie an. Sie blinzelte zurück. „Nein."

„Er war ein Journalist", sagte Gabe.

Willie spuckte auf die Pflastersteine.

„Was machst du überhaupt hier?", fuhr er fort.

„Du warst weg, als ich heute Vormittag heimgekommen bin. Ich wollte dich fragen, ob es irgendwas gibt, was ich heute für den Fall für dich tun kann. Bristow sagte, du bringst Sylvia in die Arbeit, also habe ich den Hudson gefahren, um dich jetzt treffen."

Alex schloss sich uns gerade an, als Daisy in die Gasse kam, die ihr Fahrrad schob. Sie hielt inne, betrachtete die Szene, dann näherte sie sich.

„Ihr seht alle ein bisschen verblüfft aus", sagte sie. „Ist mir irgendwas Spannendes entgangen?"

„Nur Willie, die auf einen Journalisten schließt", sagte Alex, der Daisy kühl betrachtete.

„Ich habe nicht auf ihn geschossen!", rief Willie.

Daisy keuchte. „Du hast eine Schusswaffe? Wo ist die?" Willie öffnet ihre Jacke, um die Schusswaffe zu enthüllen.

Daisys Augen leuchten. „So eine habe ich noch nie benutzt."

Alex stöhnte. „Dieses Treffen ist eine schlechte Idee."

„Niemand hat um deine Meinung gebeten." Daisy wandte ihnen den Rücken zu. „Sylvia, warum sind deine Taschen auf dem Boden?"

Gabe hob sie auf, reichte mir die Hutschachtel. Zum Glück waren die Koffer geschlossen geblieben. Dass meine Unterwäsche über der Crooked Lane verstreut wurde, damit jeder sie sehen konnte, wäre jenseits aller Worte erniedrigend gewesen.

„Ich musste aus der Pension ausziehen. Letzte Nacht bin ich bei Gabe geblieben. Er hat mich heute Vormittag zur Arbeit gebracht, als dieser Journalist lästig geworden ist. Gabes Cousine Willie hat ihn verscheucht, indem sie in den Himmel geschossen hat."

„Ich hasse Journalisten", erklärte ihr Willie. „Sie sind Geier."

„Nicht alle von ihnen", sagte Daisy. „Ich habe sie nicht gekannt, als sie eine war, aber ich bin sicher, Sylvia war eine hervorragende Journalistin."

Gabe, Willie und Alex drehten sich zu mir um. Gabe wirkte enttäuscht. Die anderen beiden wirkten, als würden sie Willies Waffe auf mich richten wollen.

Daisys Blick huschte zwischen ihnen hin und her. „Was habe ich gesagt?"

Willie trat näher. Wir waren ähnlich gebaut und hochgewachsen, aber ich nahm an, dass sie mich in Fetzen reißen konnte, wenn sie das gewollt hätte, obwohl sie doppelt so alt war wie ich. Die Kampflektionen meiner Mutter würden sich gegen Gabes forsche Cousine als nutzlos erweisen. „Ich kann nicht glauben, dass wir dich in unser Haus gelassen haben!"

„Ich bin keine Journalistin mehr. Ich bin Bibliothekarin." Ich deutete auf die Glass-Bibliothek. „Ich habe nach dem Krieg aufgehört, Journalistin zu sein. Die ganzen Männer sind nach Hause gekommen, und es gab keine Arbeit mehr für mich, also habe ich meine Laufbahn gewechselt." Ich war mir bewusst, dass ich plapperte, konnte aber nicht aufhören. Willie machte mich nervös.

Sie reckte das Kinn vor. „Woher wissen wir also, dass du nicht versuchst, wieder Journalistin zu werden, indem du über eine große Geschichte berichtest?"

„Bin ich nicht!"

„Was für eine große Geschichte?", fragte Daisy.

Willie machte einen Schritt auf mich zu. „Wenn ich herausfinde, dass das alles nur gespielt ist, damit Gabe dir vertraut, werde ich ..."

„Willie!" Gabe packte sie am Arm und riss sie zurück. „Das reicht jetzt. Sylvia lügt uns nicht an."

„Du bist zu vertrauensselig."

Er ließ sie los und marschierte zur Bibliothek, eine meiner Taschen in jeder Hand. Daisy und ich folgten ihm, sie schob immer noch ihr Fahrrad.

„Was für eine Geschichte?", flüsterte sie zu mir.

„Erzähle ich dir später", flüsterte ich zurück.

„Sie kann ihre eigenen Taschen tragen, Gabe!", rief Willie.

Er achtete nicht auf sie, und ich hörte, wie Alex sie tadelte, weil sie unhöflich war.

Daisy lehnte ihr Fahrrad an die Bibliothekswand und folgte Gabe und mir nach drinnen. Professor Nash begrüßte uns am Eingang mit einem nervösen schwachen Lächeln. Ich nahm an, er hatte den ganzen Austausch mitgehört, war aber zu höflich, um ihn zu kommentieren.

Gabe stellte die Taschen hinter dem Schreibtisch ab. Er wirkte gequält. Ich hatte plötzlich den Drang, ihm über die Haare zu streichen und die Anspannung aus seinen Schultern zu massieren, aber ich konnte mich nicht mal dazu bringen, ihm in die Augen zu schauen.

„Tut mir leid wegen Willie", sagte er seufzend. „Ich habe das Gefühl, dass ich mich in letzter Zeit immer für sie entschuldige. Normalerweise ist sie schwierig, aber nicht immer so. Etwas beunruhigt sie."

„Sylvias frühere Laufbahn", sagte Daisy.

„Es ist mehr als das."

„Ich bin keine Journalistin mehr", stieß ich hervor. „Und ich will auch nicht in diesen Beruf zurückkehren. Ich bin gern Bibliothekarin. Es passt zu mir. Ich habe nicht versucht, mich bei dir einzuschleichen, um dich für eine Geschichte auszuspionieren oder so was."

Er lächelte traurig und berührte mich am Ellbogen, damit ich nicht weitersprach, nur um rasch wieder loszulassen. Das Lächeln verschwand. Er rieb sich übers Kinn. „Du musst dich nicht erklären."

„Schon", sagte ich ernst. „Ich will nicht, dass du glaubst, ich hätte dir die Information absichtlich vorenthalten, um dich hereinzulegen."

Er nahm mich an den Schultern und neigte den Kopf. „Ich glaube dir, Sylvia."

Der Erleichterungsschub gab mir das Gefühl, betrunken zu sein.

Sein Griff wurde fester, um mich zu stützen. „Ich werde mit Willie reden. Ich werde sicherstellen, dass sie dir auch glaubt."

Niemand konnte jemanden etwas glauben machen, das der- oder diejenige nicht glauben wollte, ganz gleich, wie überzeugend es war. Ich schätzte, dass Willie entschlossen war, mich nicht zu mögen und mir zu misstrauen.

„Es spielt keine Rolle", sagte ich. „Ich werde sie nicht wiedersehen." Die unausgesprochene Implikation war, dass ich ihn nicht wiedersehen würde.

Er wusste es auch. Er ließ mich los und trat zurück. Er schaute zur Seite, und mit einem steifen Nicken verabschiedete er sich von uns und ging.

Ich stieß angehaltenen Atem aus, als die Tür sich hinter ihm schloss. „Na ja, ich hatte nicht erwartet, dass heute noch nervenaufreibender wäre als gestern."

„Warum?", fragte Daisy. „Was ist gestern passiert?"

„Ich erzähle es dir, nachdem ich mittags mit der Arbeit fertig bin." Ich warf einen Blick zur Tür.

Sie bekam den Hinweis nicht mit. „Warum kannst du es mir denn nicht jetzt erzählen?"

„Weil ich arbeiten muss."

„Professor Nash wird es nicht ausmachen. Oder, Professor?"

„Überhaupt nicht", sagte er fröhlich. „Ihre Gesellschaft ist höchst willkommen, Miss Carmichael."

Daisy strahlte. „Siehst du? Jetzt erzähl mir alles. Wie ist Gabes Haus so? Ist es riesig? Sind die Möbel aus Gold?"

Ich lachte. Es fühlte sich gut an, zu lachen. Ich brauchte das. Daisy wusste genau, was sie sagen musste, um mir ein besseres Gefühl zu geben. Sie kicherte ebenfalls.

„Geht weiter zur Lesenische", sagte Professor Nash, der uns zum Hauptteil der Bibliothek scheuchte. „Ich mache Tee. Ich denke, wir können alle eine Tasse vertragen."

„Aber ich habe doch zu arbeiten", sagte ich.

„Das wird am Montag immer noch warten."

Daisy nahm mich an der Hand und zog mich zu der Nische, während Professor Nash nach oben ging. „Dein neuer Arbeitgeber ist eine große Verbesserung gegenüber deinem alten."

Wir tranken Tee, während ich Daisy von den Ereignissen des vorigen Tages berichtete und den beiden von der Dinnerparty erzählte. Der Professor sorgte sich nicht, dass ich Leute unterhielt, wo ich doch arbeiten sollte. Er war allerdings um mein Wohlergehen besorgt und beharrte darauf, dass ich mit Daisy losgehen und anfangen sollte, mir einen Platz zum Wohnen zu suchen.

Ich beharrte darauf, bis Mittag in der Bibliothek zu bleiben. Ich schickte Daisy los, nachdem sie den Tee getrunken hatte, und sagte, ich würde später bei ihr vorbeikommen. Dann machte ich mich zwischen die Regale auf, um einige Bücher einzuräumen.

Sie gingen über alle möglichen Themen, von Hexenwerk im Mittelalter hin zu einem Kult, der auf Metallmagie im alten Persien beruhte. Ich blätterte durch die Seiten eines jeden, bevor ich sie an ihren Platz auf den Regalen stellte, laut dem Code, den Professor Nash mir gegeben hatte. Da das Dewey-Dezimalsystem nicht kleinteilig genug war, hatte er seine eigene Katalogisierungsmethode ersonnen. Ich hatte vor, die Liste mit nach Hause zu nehmen, um sie auswendig zu lernen, hatte aber die Gelegenheit noch nicht bekommen. Hoffentlich würden sich die Dinge beruhigen, sobald ich eine neue Unterkunft fand.

Ich räumte das letzte Buch auf einem unteren Regal ein, und als ich mich aufrichtete, zog eine Sammlung von Büchern meine Aufmerksamkeit auf sich. Sie gingen alle um Kunstmagie, von moderner Kunst bis hin zu altertümlicher und sogar Höhlenmalerei. Meine Finger streiften die Rückseiten, während ich las, bis ich an einem ankam, das sich auf moderne Malermagier bezog.

Ich nahm es mit in die Lesenische im ersten Stock und setzte mich auf das Sofa. Das Licht strömte durch das riesige Fenster und tauchte den Alkoven in ein sanftes Glühen. Ich musterte die Inhaltsseite, dann blätterte ich zu dem Kapitel über Gemälde. Tatsächlich gab es zwei Kapitel. Das an sich war schon eine Erleuchtung, und der Grund für die Aufteilung wurde offensichtlicher, sobald ich die Einleitung las.

Laut dem Verfasser konnte man magische Gemälde in zwei Kategorien trennen. Ein Typ war Kunst, die von Künstlern gemalt wurde, deren magisches Talent im Prozess der Farbmischung selbst lag. Farbe wurde gemacht, indem man Pigmente mit einem Harz mischte, das gestattete, dass die Farbe auf einer Fläche hielt, und Lösungsmitteln, um das Harz zu binden und die Pigmente aneinanderzubinden. Das magische Talent des Malermagiers lag darin, diese Zutaten zusammenzufügen. Er konnte einen Zauber nutzen, um die perfekte Farbe und Mattigkeit zu erzeugen. Er konnte ihn auch auf die Oberfläche anwenden, mit perfekten Pinselstrichen, um das gewünschte Ergebnis zu erreichen, obwohl dafür kein Zauber nötig war. Das angeborene Talent des Magiers führte zu einem wunderschönen Ergebnis, ob mit oder ohne Zauber. Das Buch verglich diese Art Kunstmagier mit einem Uhrmachermagier. Uhren bestanden aus verschiedenen Metallkomponenten, aber der Magier war kein Kupfer- oder Stahlmagier oder eine andere Art von Metallmagier. Er war ein Magier, der alles auf eine Art zusammenkommen ließ, die es effizient und geschmeidig laufen ließ. Ein Malermagier mischte die Zutaten und brachte die Farbe auf eine Art auf, die den Blick auf sich zog.

Der zweite Typ von magischer Malerei war ganz anders. Tatsächlich betrachtete man die Magier, die diese Art von Kunst herstellten, überhaupt nicht als *Maler*magier. Ihr Talent lag in der *Oberfläche*, auf die die Farbe aufgebracht wurde. Normalerweise war es eine Leinwand, aber es konnte jede Oberfläche sein, etwa Gips, Metall, Keramik oder Emaille, um nur ein paar zu nennen. Der gestohlene Delaroche war auf Leinwand gemalt, also war es möglich, dass Delaroche ein Leinwandmagier war, und überhaupt kein Malermagier. Wir wussten es nicht, weil er schon lange tot war, und er seine magische Spezialisierung aus Angst vor Verfolgung geheim gehalten hatte.

Ich blätterte durch die Seiten, bis ich bei dem Detailabschnitt über Leinwandmagier ankam. Ich wusste, dass die Leinwand eines Malers aus Stoff bestand, der über einen Rahmen gespannt war, aber da endete mein Wissen schon. Laut des Buches war Leinwand ein gewebter Stoff, der vor allem aus Baumwolle mit hohem Gewicht bestand. Der Magier, der eine magische Leinwand herstellte, war eigentlich ein Baumwollmagier. Theoretisch konnten sie magische Gegenstände jeder Art herstellen, in denen Baumwolle eingesetzt wurde, etwa Kleidung, aber sie neigten dazu, sich auf Leinwände als Ergebnis der Familientradition zu spezialisieren. Baumwolle war eine alte Magie mit vielen Spezialisierungszweigen.

Mir war nicht klar, ob das Wissen über die beiden unterschiedlichen Arten von Magie uns helfen würde, den Fall zu lösen, aber vielleicht war es relevant.

Ich klemmte mir das Buch unter den Arm und machte mich auf die Suche nach Professor Nash. Ich fand ihn am Eingangstresen am Telefon. Er bedeutete mir, mich zu nähern, dann gab er seinen Stuhl auf und reichte mir den Hörer. „Es ist Gabe. Er will mit Ihnen reden."

Ich beugte mich näher zur Sprechmuschel. „Hier ist Sylvia."

Seine Stimme kam knisternd durch die Leitung. „Ich wollte sehen, ob es dir nach der Episode heute Vormittag gut geht."

„Mir geht's gut." Ich warf einen Blick auf die Uhr auf dem

Schreibtisch. Es war fast Mittag, Zeit, dass ich die Arbeit beendete. Es wäre leichter, ihm das Buch zu zeigen, anstatt zu versuchen, die unterschiedlichen Arten der Magie übers Telefon zu erklären. „Bist du heute Nachmittag zu Hause?"

„Ich bin beim Burlington House. In der Nacht gab es einen Diebstahlsversuch des Meerespanoramas. Der Versuch ist gescheitert." Ich hörte eine Stimme im Hintergrund, dann war Gabe wieder in der Leitung. „Sylvia, ich muss los. Bist du sicher, dass du nicht verletzt wurdest, als du auf den Boden gefallen bist?"

„Alles in Ordnung, vielen Dank."

„Gut. Also dann, lebe wohl."

„Warte!"

Doch er hatte bereits aufgelegt. Ich stellte den Empfänger auf den Haken. „Professor, darf ich dieses Buch bis Montag ausleihen?"

„Natürlich. Enthält es einen Hinweis?"

„Ich weiß es nicht, aber es lohnt sich, es Gabe zu zeigen, um seine Meinung einzuholen."

„Sie sollten jetzt gehen, um ihn am Burlington House zu erwischen."

„Es sind immer noch zehn Minuten bis Mittag."

Er wedelte meine Sorge weg. „Lassen Sie Ihre Koffer hier und holen Sie sie später. Und passen Sie auf."

Das Buch noch unter den Arm geklemmt, schnappte ich mir meine Handtasche, meinen Hut und das Jackett und ging durch die Tür.

* * *

Trotz des versuchten Diebstahls ließ man immer noch Besucher in die Ausstellung im Burlington House aus- und eingehen. Polizisten standen am Eingang einer jeden Galerie, hielten die Kunstwerke genau im Auge. Ich bezahlte die Eintrittsgebühr, dann fragte ich einen Konstabler, wo ich Gabe finden konnte. Er lotste mich zu Mr. Boltons Büro.

Die Tür des äußeren Büros des Ausstellungsverwalters stand offen, aber die Tür zu seinem Büro war abgeschlossen. Der

Assistent Mr. Driscoll hatte das als Einladung gesehen, mit dem Ohr daran zu kleben und mitzuhören.

Ich räusperte mich.

Mr. Driscoll fuhr zusammen. Er eilte zu mir, seine Wangen gerötet, weil man ihn beim Lauschen erwischt hatte. „Miss Ashe! Was machen Sie hier?"

„Ich muss mit Mr. Glass reden. Ist er da drin?"

„Ja. Ich meine, ich glaube schon. Ich bin mir nicht sicher, darum habe ich nämlich versucht, etwas zu hören. Ich konnte ihre Unterhaltung nicht verstehen, und wenn ich das getan hätte, hätte ich mich sofort abgewandt." Je mehr er protestierte, desto weniger glaubte ich ihm.

„Ich werde hier draußen auf ihn warten."

Mr. Driscoll schien sich wegen etwas entschieden zu haben. Er bedeutete mir, mit ihm zu kommen. „Ich bin sicher, eine Störung würde ihnen nichts ausmachen, wenn es sehr wichtig ist."

Ich hatte nichts dergleichen gesagt, aber ich hielt den Mund. Ich war genauso erpicht darauf, zu hören, was sie besprachen, wie es Mr. Driscoll war.

Mr. Driscoll wartete nicht darauf, dass sein Klopfen beantwortet wurde. Er öffnete einfach die Tür. Diese unerwartete Handlung gestattete es uns, Mr. Bolton einen Namen erwähnen zu hören. Tommy Allan.

Gabe und Alex fuhren beide auf ihren Stühlen herum, um zu sehen, wer sie störte. Gabe erhob sich und bot mir einen Stuhl an. „Ist alles in Ordnung? Ist etwas in der Bibliothek passiert?"

Ich nahm den Stuhl nicht an. „Nichts ist passiert. Alles ist in Ordnung. Ich habe etwas in einem Buch gefunden, das ich dir zeigen wollte. Es könnte relevant sein. Ich wollte ja draußen warten, aber ..."

Die drei Männer schauten zu Mr. Driscoll, der sich im Eingang herumdrückte. Er stammelte eine Entschuldigung und ging rückwärts aus dem Zimmer, schloss die Tür.

Gabe tätschelte wieder die Rückenlehne des freien Stuhls, doch ich weigerte mich noch einmal. „Ich will nicht eindringen."

„Tust du nicht. Mr. Bolton hat uns gerade erzählt, dass er Tommy Allan vom Tatort weglaufen sah. Du kannst auch gleich bleiben und dir anhören, was er zu sagen hat, denn inzwischen bist du tief in den Fall verstrickt."

Ich setzte mich, und Gabe blieb neben mir stehen. Er nickte Mr. Bolton zu, damit er fortfuhr.

Der Ausstellungsverwalter lehnte sich vor, die Hände fest auf dem Schreibtisch verschränkt. „Wie ich Mr. Glass und Mr. Bailey erzählt habe, bin ich gestern Nacht meine Runde gegangen, nachdem die Öffentlichkeit weg war, und sah eine Gestalt in der Nähe des Meerespanoramas. Tatsächlich hatte er es von der Wand genommen."

„Ich dachte, die Polizei würde es beobachten", sagte ich.

Er löste seine Daumen, bevor er sie wieder aneinanderstieß. „Der Konstabler im Dienst war in der Galerie nebenan und war einem anderen Geräusch nachgegangen, das er glaubte, dort gehört zu haben. Die Gestalt war allein in der Hauptgalerie. Wie ich sagte, er hielt das Meerespanorama in den Händen. Ich nahm an, er wollte sich gerade damit davonmachen. Ich hatte wohl gekeucht, denn in diesem Augenblick drehte er sich um. Es war Tommy Allan. Er ließ das Gemälde fallen und lief aus der Galerie. Ich habe das Gemälde gerade wieder aufgehängt, als der Konstabler zurückgekehrt ist."

„Sie haben nicht versucht, Tommy Allan aufzuhalten?", fragte Alex.

„Das hätte ich, hätte ich meinen Stock bei mir gehabt." Mr. Bolton nahm seinen Zeigestock und fuhr damit durch die Luft, übte den Schlag, den er niemals ausführen würde. „Ich wollte nicht riskieren, ihn aufzuhalten, ohne eine Waffe dabei zu haben. Ich habe den Konstabler informiert, und er hat sich auf die Suche nach dem Schurken gemacht, aber ohne Erfolg."

„Der Konstabler hat bereits seinen Bericht abgelegt", erklärte mir Gabe.

Ein knappes Klopfen an der Tür wurde von Mr. Driscoll gefolgt, der noch einmal hereinkam. Er hatte vermutlich wieder gelauscht. Er öffnete den Mund, um die Ankunft des Magierbildhauers zu verkünden, doch Freddy Duckworth schob sich an ihm vorbei.

„Guten Nachmittag, ihr alle." Er ging durch den ganzen Raum, schüttelte uns herzlich die Hände. Seine bebten leicht.

„So viele Leute habe ich nicht erwartet, aber das ist ja eine wunderbare Entwicklung. Es ist schön, zu sehen, dass Scotland Yard diese Ermittlung ernst nimmt."

„Warum sollten wir das nicht?", fragte Alex.

Freddie machte eine ausladende Geste mit den Händen durch die Luft, antwortete mit einer Nicht-Antwort. Er schien heute leicht erregbar, wie ein aktiver Junge, den man zu lange eingesperrt hatte. Die Haarsträhne, die er bei unserem letzten Besuch so sorgsam über die kahle Stelle gekämmt hatte, stand nun weit ab, als wäre er wiederholt mit den Händen durchgefahren. Er ließ sich auf der Tischkante nieder und lächelte. Wenn man den Anlass für unsere Anwesenheit im Burlington House bedachte, war das überhaupt nicht passend.

„Können wir uns jetzt das Gemälde ansehen, Mr. Glass?", fragte er. „Ich freue mich so darauf. Ich hoffe, es beweist, dass es von einem Magier gemacht ist. Ich kenne den Künstler. Nicht sehr gut, wohlgemerkt, aber wir haben ein paar gemeinsame Freunde." Er schoss hoch. „Wollen wir, Gentlemen? Und meine Dame, natürlich." Er lächelte mich an, während er die Hand ausstreckte.

Ich nahm sie und erhob mich. Freddy ging als erstes aus dem Büro, konnte nicht auf mich warten. Ich ging rasch, um auf ihn aufzuholen, vorbei an dem aufmerksamen Mr. Driscoll.

Mr. Bolton begleitete uns in die Hauptgalerie und wies die Angestellten an, die Öffentlichkeit von dem Meerespanorama wegzulotsen. Mehr Leute drängten sich darum herum als um jedes andere Gemälde.

Freddy stellte sich vor das Gemälde und fuhr sich übers Kinn, während er es genau musterte. „Nehmen Sie es ab. Ich will es besser sehen."

Mr. Bolton deutete mit dem Stock auf zwei seiner Angestellten, die sorgsam das Gemälde von der Wand nahmen und es zwischen ihnen hielten. Es war ungefähr so groß wie die Oberfläche eines Kartentisches.

Freddy ging rasch darum herum. Er kam näher heran, ging in die Hocke, um es aus allen Winkeln zu betrachten. Er griff vor, als wolle er es berühren, hielt aber ein paar Zentimeter davon entfernt inne. Er wollte der Magie nachspüren. „Interessant."

„Was ist?", fragte Gabe.

Freddy ging wieder um das Gemälde herum, blieb dahinter stehen. Er wedelte mit der Hand zur Rückseite der Leinwand. „Es ist nur von vorne magisch."

„Was meinen Sie?"

„Es fühlt sich auch anders an als der Delaroche."

„Machen Sie weiter", drängte Gabe.

„Ich kann die magische Wärme in diesem Gemälde von der Vorderseite spüren. Beim anderen, dem gestohlenen Delaroche, war die Magie überall, vorne und hinten."

„Was bedeutet das?", fragte Alex.

Freddy zuckte mit den Schultern.

Aber ich glaubte, dass ich es wusste. „Der Delaroche wurde auf einer magischen Leinwand angefertigt, aber dieses hier wurde mit magischer Farbe angefertigt." Ich öffnete das Buch beim relevanten Kapitel. „Das habe ich in der Bibliothek gefunden. Es beschreibt die zwei Arten von Malereimagie. Ein Magier hat ein Talent für die Farbe selbst, mischt sie, erzeugt sie und wendet sie an. Der andere hat ein magisches Talent für die Maloberfläche. Im Fall des gestohlenen Delaroche ist vielleicht der Grund, dass Sie die Magie überall spüren konnten, weil die Leinwand selbst die Magie enthält, nicht die Farbe. Im Fall des Meerespanoramas ist die Farbe magisch."

„Deshalb konnten Sie sie nur vorne spüren, Duckworth", sagte Gabe. „Denn die Farbe ist nur vorne aufgetragen."

Wir drehten uns alle zurück zum Meerespanorama, das sorgsam wieder an die Wand gehängt wurde, damit es alle bewundern konnten.

Mr. Bolton bat um das Buch.

Alex kratzte sich den Kopf und runzelte die Stirn. „Ich verstehe nicht. War Delaroche ein Magier oder nicht?"

„Unwahrscheinlich", sagte Gabe. „Außer er war ein Leinwandmagier, und er hat sie hergestellt und dann auch noch bemalt."

„Es ist vermutlich Baumwolle, nicht Leinwand", erklärte ich. „Baumwolle ist die Hauptkomponente von Leinwand."

Gabe wirkte beeindruckt. „Du hast bereits eine Menge über Magie gelernt."

„Ich glaube, mehr als alles andere habe ich über die Rohmaterialien gelernt."

Alex musterte das Gemälde, runzelte nachdenklich die Stirn. „Also hat der talentfreie Delaroche auf magischer Leinwand gemalt, was das Bild von etwas Gewöhnlichem zu etwas Außergewöhnlichem erhoben hat."

„Ich frage mich, ob er es wusste", sagte Freddy.

Alex wackelte mit dem Finger vor dem Meerespanorama. „Aber das hier muss von einem Malermagier angefertigt worden sein. Stimmt das?"

Gabe, Freddy und ich nickten.

Mr. Bolton reichte Alex das Buch. „Die Magie in der Farbe bedeutet, dass Mr. Duckworth hier die Magie nur vorne spüren konnte, nicht überall wie bei dem Delaroche."

Freddy wackelte mit den Fingern und grinste. „Ich freue mich so sehr, dass ich helfen konnte, den Fall zu lösen."

„Er ist noch nicht gelöst", erklärte Alex.

Ich schloss mich Gabe an, starrte die Meereslandschaft an. „Sie haben definitiv Magie in beiden Gemälden gespürt, Mr. Duckworth?", fragte ich.

Freddy nickte. „Wäre ich ein Malermagier, hätte sich das Meerespanorama stärker für mich angefühlt als der Delaroche, und wäre ich ein Leinwandmagier, wäre der Delaroche für mich persönlich anziehender gewesen."

„Baumwollmagier", korrigierte ich ihn.

„Aber ich bin weder noch, und obwohl ich zur Magie in beiden gezogen wurde, fühlte sich keines der Kunstwerke sonderlich intensiv für mich an, nur ganz milde."

Wie Magie funktionierte, war faszinierend, obwohl ich immer noch nicht ganz verstand, was er mit „anfühlen", meinte.

Alex reichte Gabe das Buch, und er las darin, während wir gingen. Am Eingang zur Hauptgalerie murmelte er eine Entschuldigung und sagte uns, wir sollten vorausgehen. Alex ging mit Mr. Bolton und Freddy weiter, doch ich verlangsamte meinen Schritt und verlor sie in der Menge. Ich ging zurück und beobachtete Gabe, der wieder vor dem Meerespanorama stand.

Er griff nach vorne, zog rasch seine Hand zurück, bevor er das Gemälde berührte, seine Finger ballten sich zur Faust.

Ich duckte mich außer Sicht und eilte zum Ausgang, bevor er mich sah. Ich fand Alex, der am Hauptausgang wartete, und schloss mich ihm an. Wenige Augenblicke später traf Gabe ein. Er wirkte gedankenverloren und sogar ein wenig besorgt.

War es, weil er nichts gespürt hatte, als er in der Nähe des Gemäldes gewesen war? Als Sohn einer mächtigen Magierin waren die Erwartungen, dass er etwas Besonderes war, bestimmt riesig gewesen, als er aufgewachsen war. Hatte seine Familie gehofft und gebetet, dass seine magische Fähigkeit sich mit der Zeit zeigen würde, nur um enttäuscht zu sein, als die Jahre vergingen und es nicht so kam? Oder war der Druck etwas, das er sich ganz allein machte?

Der talentfreie Sohn von Lady Rycroft zu sein, konnte ihn negativ betroffen haben, während er mit dem Gewicht der Erwartungen auf den Schultern aufwuchs. Es traf ihn vermutlich immer noch. Die Hoffnungen und Träume einer Familie warfen oft lange Schatten, denen man nicht leicht entkommen konnte.

Das hatte ich zumindest gehört. Meine Mutter hatte niemals ihre Hoffnungen für James oder mich ausgesprochen, falls sie überhaupt welche gehabt hatte. Sie wollte, dass wir in den Schatten blieben, wo es sicher war.

Sie hatte uns nie gesagt, wovor sie uns sicher halten wollte.

KAPITEL 14

„*K*okain?", fragte Alex, während wir über den Hof von Burlington House gingen.

„Hätte ich gedacht", erwiderte Gabe. „Ich habe es vermutet, als wir uns zum ersten Mal begegnet sind, aber jetzt bin ich ziemlich sicher, dass er süchtig ist." An mich gerichtet fügte er hinzu: „Freddy Duckworth."

Ich wusste, dass es nicht ungewöhnlich war, dass manche Männer eine Sucht nach dem Pulver entwickelt hatten, nachdem der Krieg geendet hatte. Es dämpfte den Schmerz ihrer Erfahrungen, wenn auch nur für kurze Augenblicke, während sie unter dem Einfluss der Droge standen.

„Das ist eine teure Angewohnheit", fuhr Alex fort. „Und er wusste, dass der Delaroche magisch war."

Schließlich wurde mir klar, was sie nahelegten. Freddy Duckworth konnte hinter dem Diebstahl stehen. Der Verkauf des Delaroche auf dem Schwarzmarkt würde ihm genug Geld verschaffen, um eine Menge Kokain zu kaufen. „Er ist ein erfolgreicher Bildhauer. Würde er nicht einfach ein paar seiner Werke verkaufen, wenn er Geld braucht?"

„Vielleicht reicht das ja nicht."

Wir marschierten entlang des Piccadilly, ich unterwegs zur Bibliothek, die Männer zu ihrem Wagen. Als wir dort ankamen, öffnete Gabe allerdings die hintere Tür und bedeutete mir, dass ich einsteigen sollte.

„Ich lasse dich bei der Crooked Lane aussteigen, aber ich will erst noch mit dem Maler des Meerespanoramas sprechen."

„Ich komme nicht mit", sagte Alex. „Ich will Lady Stanhope und Ludlow beobachten. Es ist möglich, dass einer oder beide Tommy Allan angeheuert haben, um das Meerespanorama zu stehlen. Wenn man ihnen folgt, könnte uns das zu Tommy führen."

„Guter Gedanke. Hol Willie und teilt euch auf."

Ich stieg auf den vorderen Beifahrersitz, hatte vor, im Wagen zu bleiben, während Gabe mit dem Maler sprach, doch er öffnete mir die Tür, als wir an der Adresse von Arthur Partridge in Chelsea ankamen. Es schien erwartet zu werden, dass ich mich an der Ermittlung beteiligte.

Es war schwer, von seiner lockeren Akzeptanz nicht begeistert zu sein.

Arthur war in seiner Wohnung nicht allein. Bei ihm waren drei andere, darunter Horatio, die sich alle im Wohnzimmer herumdrückten. Ein Schleier aus Zigarettenrauch hing in der Luft, und schmutzige Teller und Tassen waren rund um die Tische verteilt. Den Teppich hätte man mal ausschütteln müssen, um die Brösel zu entfernen, doch die Flecken würden nicht ohne Waschen rausgehen.

Arthur war ein junger Mann, gerade mal achtzehn. Sein rotblondes Barthaar, das an seiner Oberlippe und dem Kinn klebte, war jugendlich dünn und sehr spärlich, seine Glieder lang und schlaksig. Er war dünn wie Freddy Duckworth mit den verräterischen flatternden Händen und ruckartigen Bewegungen von jemandem, der unter dem Einfluss von Kokain stand. Jetzt, da ich die Anzeichen kannte, konnte ich sie in Arthur und den anderen erkennen. Allerdings nicht bei Horatio, wie ich zufrieden feststellte – und erleichtert. Die Finger aller Männer waren mit Farbe unterschiedlicher Art bekleckert.

Horatio sprang von dem Sofa auf und küsste mich auf jede Wange. „Sylvia, Liebes! Was für eine angenehme Überraschung. Was machst du hier?" Er deutete auf das Buch, das ich mitgebracht hatte. Ich hatte das wertvolle Stück aus der Bibliothek nicht im Wagen lassen wollen. „Warum hast du etwas zum Lesen dabei?"

Ich drückte es an meine Brust, wollte nicht, dass er den Titel sah, bis Gabe Arthur die Lage erklärt hatte. „Ich habe immer eins bei mir."

Gabe öffnete ein Fenster, um frische Luft hereinzulassen. „Wir müssen mit Mr. Partridge reden." Als niemand sich bewegte, fügte er an: „Allein."

Arthur lachte. „Was immer Sie mir vielleicht erzählen, wird sowieso an sie weitergegeben, in dem Augenblick, in dem Sie gehen, also können sie auch gleich bleiben." Er deutete auf das Sofa, aber der einzige Platz, der nicht besetzt war, hatte einen braunen Fleck. Ich blieb neben Gabe stehen.

Arthur bildete einen wackligen Stapel aus dem schmutzigen Geschirr, während Horatio mit der Hand über den Tisch fuhr, um die Brösel zu entfernen. Er wirkte ein wenig verlegen wegen des Zustands der Wohnung. Es war ein Wunder, dass sie sich nicht bei ihm trafen. Er hatte es sehr viel schöner.

„Wir kommen gerade aus der Royal Academy", sagte Gabe. „Gestern Nacht versuchte jemand, Ihr Gemälde zu stehlen, Mr. Partridge."

Arthur keuchte und presste sich beide Hände auf den Mund. Die anderen Künstler zeigten endlich etwas Interesse an uns.

„Versuchte?", drängte Horatio.

„Der Versuch scheiterte."

„Sie haben den Dieb erwischt?"

„Er kam davon, aber wir haben Zeugen, die ihn beschreiben konnten. Es wird nur eine Frage der Zeit sein, bis man ihn erwischt."

Horatio schaute zwischen uns hin und her. „Das hängt mit dem anderen Diebstahl zusammen, nicht?"

„Das ist möglich."

Um Arthurs willen beschrieb Gabe, dass er von Scotland Yard angewiesen worden war, im Diebstahl eines magischen Gemäldes zu ermitteln. Arthur schien allerdings nicht überrascht. Ich nahm an, der Diebstahl war in den letzten beiden Wochen schon Gesprächsthema in der Kunstwelt gewesen.

„Wir haben von einem magischen Experten Ihr Meerespanorama begutachten lassen", fuhr Gabe fort. „Er hat bestätigt, dass es ebenfalls ein magisches Gemälde ist."

Arthur keuchte erneut. Dann lachte er. Er lachte so heftig, dass er durch die Nase schnaubte, was ihn noch mehr zum Lachen brachte. Die anderen Maler lachten ebenfalls, sogar Horatio.

„Was ist so witzig?"

„Meine Eltern", sagte Arthur durch keuchende Atemzüge. „Sie haben mir gesagt, dass aus mir nichts werden würde, wenn ich nicht auf die Universität gehe und ein Anwalt werde wie mein Vater." Er fiel zurück auf den Sessel, Tränen liefen ihm übers Gesicht. Es war nicht mehr möglich, zu sagen, ob er lachte oder weinte.

„Arthur hat sich ihnen widersetzt", fuhr Horatio fort, da es Arthur eindeutig nicht konnte. „Er beharrte darauf, Maler zu werden. Sie haben ihn aus dem Haus geworfen. Jetzt wird er ein Vermögen machen. Von Magiern gefertigte Gemälde sind sehr gesucht. Wenn das öffentlich bekannt wird, werden die Preise für seine Werke nach oben schnellen."

Einer der anderen Maler schlug Arthur aufs Knie, sodass Asche von seiner Zigarette auf Arthurs Hose fiel. Keinem schien es aufzufallen. „Gut gemacht, mein Guter. Ich wusste, dass an diesem Meerespanorama etwas Besonderes ist."

„Das wussten wir alle", fügte Horatio an. „Es war sein erstes vollendetes Werk."

Nun war es an mir, überrascht zu sein. „Sie konnten Ihr erstes Werk in der Sommerausstellung der Royal Academy ausstellen? Das ist eine ziemliche Leistung."

Arthur wischte sich nickend Tränen von der Wange. „Ich war natürlich sehr erfreut, aber ich wusste nicht, dass ich ein Magier bin."

„Wie können Sie das nicht wissen?", fragte ich.

Arthur zuckte mit den Schultern. „Keiner in meiner Familie ist Magier, oder Maler, was das angeht. Na ja, meine Groß-mutter hat sich an Ölfarben probiert, aber niemals etwas ausge-stellt. Oh!" In diesem Augenblick kamen die Puzzleteile zusammen. Dieses Rätsel war ihm vermutlich sein ganzes Leben lang entgangen, und jetzt konnte er es in seiner ganzen zusammengesetzten Herrlichkeit betrachten. „Sie betrieb ihr Hobby leidenschaftlich. Sie hat mich immer ermutigt, doch meine Eltern, besonders mein Vater, haben es verabscheut, dass ich die Malerei liebe. Er verabscheute es, dass sie mich nach einem Besuch bei ihr mit Leinwänden und Pigmenten nach Hause schickte. Sie hat mir beigebracht, die Farbe zu mischen, wie man sie aufbringt, aber ich habe nicht viel Anweisung gebraucht. Es war einfach … instinktiv." In seinen Augen standen wieder Tränen. Plötzlich packte er Gabes Hand. „Es ergibt jetzt so viel Sinn. Vielen Dank. Vielen Dank, dass Sie mir das sagen."

Gabe bat mich um das Buch. „Dass hier erklärt die Malereimagie etwas mehr. Bitte bringen Sie es in die Glass-Bibliothek in der Crooked Lane zurück, wenn Sie damit fertig sind."

Arthur blätterte mit so großem Eifer durch die Seiten, dass ich mir allmählich Sorgen machte, er würde sogar eine Seite herausreißen.

„Sein Meerespanorama hat eine Menge Interesse bei Sammlern von magischer Kunst geweckt", erklärte uns Horatio. „Glaubt ihr, sie wussten es?"

„Das ist schwer zu sagen", sagte Gabe. „Ein weiterer Magier hätte die Magie gespürt, aber vielleicht hat die Tatsache, dass es als das beste Werk der Ausstellung gewertet wurde, gereicht, um ihm Aufmerksamkeit einzubringen. Kennen Sie viele Sammler magischer Kunstwerke, Horatio?"

„Nur die eine. Lady Stanhope."

Arthur verzog das Gesicht. „Ich kenne sie. Sie ist ziemlich übergriffig, wenn ihr versteht, was ich meine."

Horatio lachte leise. „Sie hat keine Bedenken, ihre Begeisterung für junge männliche Künstler zu zeigen. Sie hat viele Karrieren angestoßen. Einige auch versenkt, für jene, die ihre Avancen abgelehnt haben." Er zog an seiner Zigarette, dann stieß er den Rauch durch Nase und Mund aus, während er sprach. „Hätte sie gewusst, dass du ein Magier bist, hätte sie sich unmöglich abschütteln lassen."

„Sie war gestern hier." Arthur keuchte wieder. „Glaubt ihr, sie hat versucht, letzte Nacht mein Meerespanorama zu stehlen?"

Sie schauten alle zu Gabe. „Was hat sie gestern gesagt?", fragte er.

Einer der Künstler nahm ein bemaltes Emaille-Zigarettenetui aus seiner Tasche, und Arthur bedeutete ihm, er würde eine wollen. Horatio schlug ein Streichholz an und zündete sie ihm an.

Arthur zog lange an der Zigarette und schien sich zu entspannen, als er den Rauch ausstieß. „Sie hat mich gebeten, meine anderen Werke sehen zu dürfen, doch ich habe mich geweigert. Keine sind vollendet. Ich zeige sie nicht gern jemandem, bis sie fertig sind. Ich habe gesagt, sie soll in einem Monat wiederkommen." Er paffte die Zigarette und starrte in die Ferne, gedankenverloren. „Sie war sehr nett, aber beharrlich. Sie verlangte, sie sollte die erste sein, die sie sah, wenn sie fertig sind. Sie hat mir gesagt, der Grund, weshalb das Meerespanorama auf dem besten Platz der Ausstellung versetzt worden war, läge daran, dass sie es verlangt hatte, und dass ich ihr etwas schulde."

„Ich hoffe, du hast ihr nichts versprochen", sagte Horatio.

Arthur zuckte mit den Schultern. „Das musste ich. Nein wollte sie nicht als Antwort gelten lassen."

„Du hättest mich um Rat bitten sollen. Ich weiß, wie man mit Leuten umgeht, die glauben, sie sind das Allerhöchste. Es verlangt delikate Diplomatie und eine ganze Menge Charme."

Einer der anderen Künstler schnaubte. „Wir wissen, was du mit Charme meinst."

Horatio schlug ein Bein über das andere und blies einen Rauchring in die Luft. „Was immer nötig ist, mein Guter. Was immer nötig ist."

„Ich hoffe, sie ist die Diebin", fuhr Arthur fort. „Dann muss ich sie nicht wieder treffen und mein Versprechen halten, ihr die Werke in einem Monat zu zeigen. Ich glaube nicht, dass ich bis dahin irgendetwas fertig habe." Er führte den Daumen und Zeigefinger in einer Schnabelform aneinander und stieß sie an seine Schläfen. „Ich kann mich in letzter Zeit einfach nicht konzentrieren. Könnte ich nur die Kreativität anzapfen, die ich hatte, als ich das Meerespanorama gemalt habe, dann wäre es leicht. Sie ist noch da, ich kann sie einfach nur nicht *erreichen*."

„Vielleicht, wenn Sie aufhören würden, Kokain zu nehmen, würden Sie sie wiederentdecken", sagte Gabe.

Die anderen Künstler schauten einander an, dann sanken sie ins Sofa und wirkten schuldbewusst. Arthur presste nur die Lippen aufeinander.

„Ich habe versucht, ihm das schon seit einiger Zeit zu sagen", bemerkte Horatio mit einem funkelnden Blick zu Arthur. „Vielleicht hört er auf Sie, denn auf mich hört er ja eindeutig nicht."

Arthur schaute auf seine Zigarette hinab, bevor er den Rauch mit einem tiefen Atemzug einsog.

„Wie gut kennen Sie Freddie Duckworth?", fragte Gabe.

„Den Bildhauer?" Arthur zuckte die Schultern. „Nicht sonderlich gut. Warum?"

„Ist er hier gewesen?"

„Ein- oder zweimal."

Gabe tippte sich an die Krempe seiner Kappe, um ihm zu danken. „Vergessen Sie nicht, das Buch in die Bibliothek zurückzubringen."

Arthur salutierte vor ihm, doch ich bezweifelte, dass er bei der Armee gewesen war. Er war zu jung, um im Krieg gekämpft zu haben. „Ja, Sir, in der Crooked Lane."

Wir kehrten zum Wagen zurück. Ich wusste, ohne dass er es mir sagen musste, dass wir als nächstes zu Lady Stanhopes Haus fuhren. Ich erwähnte nicht, dass ich in die Bibliothek zurückkehren und meine Taschen abholen wollte. Ich genoss es, Teil dieser Ermittlung zu sein. Ich wollte noch nicht, dass sie zu Ende war.

Es war keine Überraschung, dass Lady Stanhope in Mayfair lebte, nicht weit von Gabes eigenem Haus in der Park Street entfernt. Das hohe, schmale Stadthaus zeigte der Straße eine elegante Stuckfassade, die rote Tür ein Ausrufezeichen in der Reihe der schwarzen.

Gabe nickte einem Kerl zu, der an einem Laternenpfahl auf der anderen Seite der Straße lehnte, sein Gesicht von einer Zeitung verdeckt. „Alex." Sobald wir aus dem Automobil gestiegen waren, schaute er nicht mehr in Alex' Richtung, also tat auch ich es nicht.

Ein älterer Butler beantwortete Gabes Klopfen und setzte uns in Kenntnis, dass Lady Stanhope Gäste hatte und uns nicht treffen konnte.

„Ich arbeite für Scotland Yard und ermittle in einem Verbrechen. Ich will nicht eindringen, aber ich werde jetzt mit ihr sprechen. Sie kann entweder herauskommen, oder wir können hinein. Ich nehme an, sie ist im Salon?"

Der Butler kniff die Lippen zusammen. „Warten Sie hier."

Wir warteten in der Eingangshalle. An der Wand links waren ein Konsolentisch und ein Ständer für Regenschirme, über dem ein großer, goldgerahmter Spiegel hing. Etliche Porträts hingen an der Wand des Treppenhauses, auf denen die Dargestellten altmodische Kleidung trugen. Obwohl sie gut gefertigt aussahen, wurde ich von ihnen nicht enorm angezogen, wie es bei dem Meerespanorama der Fall gewesen war.

„Glaubst du, irgendwelche von denen wurden von Magiern angefertigt?", flüsterte ich zu Gabe.

„Ich weiß es nicht, aber wenn ich sie wäre, würde ich meine magischen Gemälde oben im Salon aufbewahren. Auf den höheren Stockwerken ist es schwerer, Wertgegenstände zu stehlen."

Lady Stanhope schwebte die Treppen herab, in einen schwarzen Lagenrock gekleidet, auf dem Seidenstreifen hinabführten, die mit Goldfaden durchwirkt waren. Eine schwere schwarze Seidenschärpe, die an der Taille gebunden war, komplettierte das modische Outfit. Trotz der düsteren Farben ihrer Kleidung wirkte sie aus der Ferne fast jugendlich. Sie hielt den Blick auf Gabe gerichtet, ignorierte mich völlig.

„Auch wenn es schön ist, Sie wiederzusehen, Mr. Glass, wäre eine kleine Vorwarnung nicht unangebracht. Hätten Sie mich wissen lassen, dass Sie kommen, hätte ich Ihnen mehr Zeit widmen können."

Jetzt verstand ich, weshalb sie so erpicht darauf war, so zu tun, als wäre ich nicht da. Es war leichter, mit Gabe zu flirten.

„Es tut uns leid, dass wir Ihren Nachmittagstee unterbrechen", sagte er.

„Ich würde Sie einladen, sich uns anzuschließen, aber ich glaube nicht, dass Sie Ihre Ermittlungen mit Gott und der Welt besprechen wollen. Sie müssen aufpassen, wen Sie ins Vertrauen ziehen." Sie musste mich nicht erwähnen, um klarzumachen, dass das ein Seitenhieb auf mich war. „Nun, was kann ich für Sie tun?"

„Sammeln Sie magische Kunstwerke?"

„Ja."

„Und Sie wussten, dass der Delaroche magisch war?"

„Ja. Das wissen Sie doch, Mr. Glass. Er wurde meiner Freundin gestohlen." Sie neigte den Kopf zur Seite. „Legen Sie nahe, dass ich ihn gestohlen habe?"

„Wir sehen uns die Möglichkeiten an."

Eine flatternde Hand ging an ihre Brust. „Gütiger Gott, Sie glauben es tatsächlich! Mr. Glass, ich sehe keinen Sinn darin, magische Kunst zu stehlen. Ich will meine Kunstwerke ausstellen, nicht verstecken. Mein Mann und ich besitzen zwei Gemälde, die von magischen Künstlern geschaffen wurden, und beide sind im Salon, damit sie alle bewundern können. Wer immer den Delaroche gestohlen hat, wird ihn jahrzehntelang verstecken müssen, bis die Welt das alles vergessen hat. Ich sehe ganz ehrlich darin keinen Sinn."

„Wo waren Sie letzte Nacht?", fragte Gabe.

„Hier. Warum?"

„Es gab einen Versuch, ein weiteres von einem Magier angefertigtes Gemälde aus dem Burlington House zu stehlen."

Sie wurde reglos. „Es gibt ein von einem Magier gefertigtes Gemälde in der Ausstellung? Wie außergewöhnlich."

„Das Sie wissen doch. Tatsächlich haben Sie gestern mit dem Malermagier gesprochen. Sie haben ihn zu Hause aufgesucht und ihm angeboten, eines seiner anderen Werke zu kaufen."

„Sie meinen Arthur Partridge? Er ist ein sehr guter Künstler, aber er ist kein Magier. Er hätte etwas gesagt, wenn er es wäre, um den Preis in die Höhe zu treiben."

„Ihm war es nicht bewusst. Aber ich glaube, Ihnen schon. Wie haben Sie herausgefunden, dass das Meerespanorama magisch ist?"

„Ich wusste es nicht, bis Sie es mir gerade erzählt haben. Mir hat Mr. Partridges Stil einfach gefallen. Mr. Glass, diese Vorwürfe sind absurd."

„Ich versuche nur, die Fakten zu ordnen. Und Tatsache ist

doch, Sie haben gestern herausgefunden, dass das Meerespanorama von einem Magier gefertigt wurde, und letzte Nacht hat jemand versucht, es zu stehlen."

„Ich wusste es nicht." Sie griff vor und berührte ihn am Unterarm, ihre Finger strichen über seinen Ärmel. Er zog sich nur ganz leicht zurück, aber genug, dass sie wusste, dass er ihre Flirtversuche abwies. Die Muskeln um ihren Mund zuckten, während sie versuchte, ihre Gefühle zu beherrschen. „Das ist lächerlich. Ich bin keine Diebin, Mr. Glass, und Ihre Eltern würden sich schämen, zu hören, dass Sie so etwas nahelegen."

„Sie leugnen, zu wissen, dass das Meerespanorama von einem Magier gefertigt war?"

„Ja! Huggins, sorgen Sie dafür, dass Mr. Glass und sein Mädchen gehen. Ich muss zurück zu meinen Gästen."

Lady Stanhope marschierte die Stufen zurück nach oben, während ihr Butler aus den Schatten trat. Er hätte Gabe nicht daran hindern können, nach oben zu gehen, aber Gabe hatte keine weiteren Fragen an Lady Stanhope.

Er hatte allerdings eine für den Butler. Es war nicht die Frage, die ich erwartet hatte. „Kennen Sie Mr. Ludlow?"

Der Butler hatte sie auch nicht erwartet. Vielleicht dachte er wie ich, Gabe hätte wissen wollen, ob seine Herrin tatsächlich letzte Nacht zu Hause gewesen war, wie sie es behauptet hatte. In völliger Überraschung fiel seine Steifheit von ihm ab, er öffnete und schloss den Mund, bevor er eine Antwort stammelte. „H...hier entlang, Sir." Er deutete zur Tür.

Wir gingen und machten uns auf den Weg die Stufen hinab, an den zweiten steilen Treppen vorbei, die in den Bedienstetenbereich im Keller führten. Gabes Schritte wurden langsamer, und ich dachte, er würde vielleicht hinabgehen, um die Bediensteten zu befragen.

„Huggins kannte den Namen Ludlow eindeutig", sagte ich.

„Das tat er, doch er ist zu loyal, um etwas zu sagen. Wir werden die anderen Bediensteten befragen." Er nahm mich an der Hand, als ich zu den Kellerstufen ging. „Nicht hier entlang." Immer noch mit meiner Hand in seiner führte er mich auf den Bürgersteig. Endlich ließ er los, aber das berauschende Gefühl seiner Berührung blieb, und es hielt lange danach an.

Wir fuhren in die hintere Gasse hinter der Reihe der Stadthäuser. Kutschhäuser und Garagen säumten eine Seite, während Türen auf der anderen zu den Bedienstetenkorridoren an der Rückseite eines jeden Stadthauses führten. Gabe parkte den Vauxhall, und wir fanden die Garage, die zu Lord Stanhope gehörte. Die Tür war jedoch abgesperrt. Der Chauffeur war wohl unterwegs.

Wir klopften an die Tür des Haupthauses, und ein junges Dienstmädchen kam. Sie blinzelte Gabe an, eine Röte trat auf ihre Wangen. Das war mein Hinweis, zurückzutreten und sie von ihm verzaubern zu lassen.

Er lächelte, was ihm im Gegenzug ein Lächeln von ihr einbrachte. „Ich bin Gabriel Glass, und das ist Miss Ashe. Wir arbeiten für Scotland Yard an magischen Ermittlungen."

Ihre Augen wurden groß. „Sind Sie ein Inspektor?"

„Ein Berater."

„Wie Sherlock Holmes", sagte sie gehaucht.

Er lachte leise. „Wären meine Logikfähigkeiten so gut wie seine, hätte ich den Fall bereits gelöst. Ich bin ein Fan von Conan Doyles Büchern."

„Genau wie ich." Sie lehnte eine Schulter an den Türrahmen, eingelullt von dem freundlichen Geplauder. „Agatha Clegg, zu Ihren Diensten."

„Arbeiten Sie hier schon lange, Miss Clegg?"

„Seit zwei Jahren."

„Kennen Sie einen Kerl namens Ludlow?"

Sie richtete sich auf. „Hat er Schwierigkeiten?"

„Überhaupt nicht. Ich glaube, er kann helfen, ein paar Dinge für mich aufzuklären. Kennen Sie ihn?"

Sie nickte. „Er hat früher hier gearbeitet. Bis vor vier Monaten war er der Koch."

Der Koch? Das hätte ich nie erraten.

„Weshalb hat er gekündigt?", fragte Gabe.

„Er wollte einen höheren Lohn. Die Herrin hat sich geweigert, also ging er im Streit und sagte, er könnte woanders bessere Arbeit finden. Das könnte er vermutlich auch, wenn man bedenkt, dass er ein Magier ist."

„Ein Magier? Was für eine Art?"

Sie schaute ihn an, als wäre das eine törichte Frage. „Natürlich Kochen. Pasteten insbesondere."

„Wissen Sie, ob er Arbeit bei einem anderen Haushalt gefunden hat?"

Sie warf einen Blick über die Schulter auf den dunklen Korridor hinter sich. „Die anderen denken, das hat er nicht. Er glaubte, er könne direkt zu einer besseren Anstellung als dieser marschieren, vielleicht sogar für eines dieser schicken Hotels arbeiten, aber die Herrin hat sich geweigert, ihm eine Empfehlung zu schreiben. Wer könnte es ihr zum Vorwurf machen? Er hat gesagt, er würde sich nie wieder dazu herablassen, für jemanden wie Lady Stanhope zu arbeiten. Er hat sie mit etlichen Schimpfnamen bedacht! Ich werde rot, wenn ich nur an sie denke. Er hat sie ihr natürlich nicht ins Gesicht gesagt, wohlgemerkt, aber mit so einer Haltung, wer würde ihn wollen? Die gehobenen Küchen können sich die Köche aussuchen, ein gieriger alter Griesgram wie er würde also nicht ganz oben auf der Liste stehen, ob nun magisch oder nicht."

Gabe dankte ihr und fasste sich an die Kappe. Sie kaute auf der Unterlippe, klimperte mit den Wimpern und lächelte ihn an. Ich hörte sie sogar seufzen, als wir gingen. Gabe schien es nicht aufzufallen, dass sie mit ihm geflirtet hatte. Vielleicht war er so daran gewöhnt, dass solche Versuche ihm nichts mehr bedeuteten.

Ich fragte mich, ob Frauen mit ihm flirteten, wenn er mit Ivy unterwegs war, oder ob es nur ich war. An meiner einfachen Kleidung hatte das Dienstmädchen wohl erkannt, dass ich ihm nicht gleichgestellt war. Ein Blick auf Ivy, und alle würden wissen, dass sie seine Auserwählte war. Die beiden passten so gut zusammen, dass es offensichtlich war.

Gabe öffnete mir die Beifahrertür des Automobils. „Noch ein Halt, dann bringe ich dich zurück zur Bibliothek. Ist das in Ordnung für dich?"

„Natürlich."

Er lehnte sich an die Tür, anstatt sie zu schließen. Er warf mir ein Lächeln zu, das ich inzwischen für einzigartig bei ihm hielt, ein wenig rätselhaft, ein wenig selbstgerecht, und sehr anziehend. „Das macht dir Spaß, oder?"

„Überraschenderweise ja."

„Warum überraschend?"

„Weil ich nicht wusste, dass ich eine abenteuerlustige Seite habe. Neugierig, ja, aber gewöhnlich lese ich einfach, wenn ich etwas in Erfahrung bringen will."

„Du hast keine Leute interviewt, als du Journalistin warst?" Er zeigte keinerlei Hinweise, dass meine frühere Laufbahn ihm Sorgen bereitete. Ich fühlte mich aber immer noch schuldig für die Art, wie sie enthüllt worden war. Es sah aus, als hätte ich versucht, es zu verstecken. Ich schätzte, das hatte ich auch.

„Die ganze Zeit, aber es hat mir nie Spaß gemacht. Das ist anders. Das hat einen Zweck. Na ja, einen anderen Zweck als meine journalistische Laufbahn auf jeden Fall."

„Wenn du weitermachen möchtest, können wir nachsehen, ob wir dich als bezahlte Beraterin für Scotland Yard einstellen können. Auf diese Weise könnten wir mehr zusammenarbeiten." Er betonte diese ziemlich dramatische Aussage, indem er die Tür schloss.

Ich wartete, während er am Kurbelgriff drehte, um den Motor zu starten, irgendwie betäubt von seinem Vorschlag. Mein erster Gedanke war, zu lächeln, aber das ließ rasch nach, als sich die Realität breitmachte. Es war eine lächerliche Idee. Scotland Yard brauchte mich nicht. Ich hatte keine Expertise, die ich bieten konnte. Gabe tat mir nur einen Gefallen, bezauberte mich, wie er das Dienstmädchen bezaubert hatte. Es war leicht, in seine Sphäre gezogen zu werden, wenn ich in meiner Wachsamkeit nachließ.

Ich musste in Erinnerung behalten, dass ich sie in seiner Gegenwart brauchte. Daisy hatte mich gewarnt, dass Männer, denen im Leben alles geschenkt worden war, die Realitäten der Welt für uns übrige nicht verstanden. In diesem Fall mochte sie Recht haben.

* * *

MR. LUDLOW WOHNTE in einer Wohnung, die sich in einem alten Gebäude in einer Straße in Soho befand. Nachts brummte in dieser Gegend der Theaterbetrieb, aber mitten am Nachmittag zeigte das Tageslicht, dass sie schmuddelig war, mit Müll, der die Kanalgitter füllte, und verblichenen Theaterpostern, die sich von den Wänden lösten.

Ich hatte gerade meine Tür geschlossen, als ein klein gewachsener Mann, der an einem roten Briefkasten lehnte, uns anzischte.

„Willie", sagte Gabe, der auf ihn … äh … sie zuging.

Sie schob sich die Hutkrempe mit einem Finger hoch, sodass ihr grimmiger Blick zum Vorschein kam, der sich auf mich richtete. „Was macht sie hier?"

„Bei der Ermittlung helfen", sagte Gabe.

„Wie hilft sie?"

„Denk nicht weiter drüber nach. Hast du etwas zu berichten?"

Sie schniefte und löste den Blick von mir. „Er ist die ganze Zeit nicht rausgegangen, seit ich da bin, aber ich habe mit seiner Nachbarin gesprochen, als ich ankam. Sie sagte, er hätte früh am Morgen eine Besucherin gehabt. Die Nachbarin kehrte nach einem Ausgehabend zurück, und es schien recht seltsam, dass eine gut gekleidete Frau zu diesem Zeitpunkt einen Besuch bei einem alten Mann wie Ludlow vornimmt. Den Namen bekam sie nicht mit, aber die Beschreibung passt zu Lady Stanhope. Sie hat Ludlow etwas Geld gereicht."

„Hat die Nachbarin gesagt, wie es zwischen ihnen war? Haben sie gestritten?"

„Sie hat es nicht erwähnt, also nehme ich an, das haben sie nicht."

„Gute Arbeit. Wir werden jetzt mit ihm reden." Er ging los, doch drehte sich zurück. „Die Nachbarin hat diese Information ziemlich freimütig rausgegeben. Warum?"

Sie verdrehte die Augen. „Keine Sorge, sie hat mich nicht hereingelegt. Sie mochte mich. Sie hält mich für interessant."

Gabe zog die Augenbrauen hoch.

„Wirklich! Sie ist eine Schauspielerin, und du weißt doch, wie die sind." Sie zwinkerte ihm zu. „Die sind für alles zu haben, und du musst doch zugeben, eine gut aussehende Frau mit Erfahrung ist richtig anziehend für solche Mädchen. Wir haben uns abgesprochen, uns später heute Abend zu treffen."

„Also gut, aber wenn sich die Information als falsch erweist, mache ich es dir zum Vorwurf."

Sie schlug ihm auf die Schulter. „Vertrau mir, Gabe." Sie sah an ihm vorbei bis zur Tür, dann wandte sie sich an mich. „Stört dich was, Sylvia?"

Ich schüttelte rasch den Kopf. „Nein."

„Schockiert es dich, dass ich mit einer Frau zusammen bin?"

„Überhaupt nicht. Meine beste Freundin ist eine Künstlerin. Die sind vermutlich noch ausgeflippter als Schauspielerinnen und, äh, amerikanische Cowgirls." Ich war mir nicht sicher, ob das sein echter Beruf war, aber sie einen Cowboy zu nennen, wirkte nicht richtig.

„Ausgeflippt, was?" Sie schürzte die Lippen. „Du wirst mich nicht mit leeren Komplimenten gewinnen."

„Ich versuche dich nicht zu gewinnen. Das ist nicht nötig."

Sie kniff die Augen noch weiter zusammen, sagte aber zum Glück nichts mehr.

Erst als ich wegging, fiel mir wieder ein, dass ich sie nicht zu sehr verärgern wollte. Professor Nash sagte, sie könnte sich vielleicht an die Silbermagierin erinnern, die Lady Rycroft vor Jahren getroffen hatte. Er hatte auch nahegelegt, dass Cyclops es wissen könnte. Später würde ich Gabe fragen, wo ich ihn finden konnte.

Mr. Ludlow kam auf Gabes Klopfen, dann versuchte er sofort, die Tür zu schließen, als er uns sah. Gabe zwang sie nach hinten und schob sich hinein in die Wohnung. Mr. Ludlow war allerdings nicht eingeschüchtert. Er wich nicht zurück, das Kinn vorgeschoben, und wollte wissen, was wir wollten.

„Antworten", sagte Gabe.

„Ich spreche mit Ihnen, aber nicht ihr. Ich stehe keinen Untergebenen Rede und Antwort."

„Dann können Sie mit ihr reden, denn Miss Ashe ist nicht Ihre oder sonst jemandes Untergebene."

Mr. Ludlow gab ein schnaubendes Geräusch von sich. „Sie ist eine Bedienung!"

„Ich bin eine Bibliothekarin", fuhr ich ihn an. „Ich berate in Teilzeit Scotland Yard mit Mr. Glass. Wenn Sie das nicht akzeptieren können, dann ist das Ihr Problem, nicht meines, besonders, wenn Sie sich weigern, unsere Fragen zu beantworten. Eine Weigerung wird sehr schlecht für Sie aussehen." Ich versuchte, den Energierausch zu dämpfen, der durch mich hindurchströmte, damit ich nicht in ein unreifes triumphierendes Lächeln ausbrach, aber leicht war es nicht. Ich schaffte es, meine Reaktion auf eine Kopfbewegung und ein Straffen meiner Schultern zu beschränken.

Gabes Gesicht zeigte keine Regung. „Jetzt, da meine Kollegin Sie auf die Wichtigkeit von Ehrlichkeit hingewiesen hat, können Sie uns sagen, wo Sie letzte Nacht waren?"

Mr. Ludlow zögerte, und ich dachte, er würde sich weigern, zu antworten, doch dann sagte er: „Hier. Warum?"

„Jemand hat versucht, ein magisches Gemälde aus dem Burlington House zu stehlen. Das ist gescheitert."

„Ich bin alt, Mr. Glass. Glauben Sie, ich könnte etwas so Großes und Schweres stehlen?"

„Woher wissen Sie, dass es groß und schwer war?"

„Ich habe es erraten. Das war bestimmt das Meerespanorama."

„Raten Sie, dass es das Meerespanorama ist, weil Sie wissen, dass es von einem Magier gefertigt wurde?"

„Woher sollte ich das wissen?"

„Sie sind ein Magier. Sie haben die Magie darin gespürt."

Mr. Ludlows Kehle bewegte sich, als er schwer schluckte. „Da irren Sie sich. Wer immer Ihnen das gesagt hat, lügt."

„Alle in Lord Stanhopes Haushalt wissen, dass sie ein Bäckermagier sind. Es war kein Geheimnis. Sie sind wütend gegangen und haben behauptet, Sie würden woanders eine bessere Anstellung finden. Wie sind Sie also letztlich als Butler bei der Royal Academy of Arts gelandet?"

„Ich bin nicht wütend gegangen. Mein Aufbruch war freundschaftlich. So habe ich die Anstellung bei der Academy erhalten – Lady Stanhope hat es eingerichtet. Würde sie das machen, wenn wir uns im Streit getrennt hätten?"

Gabe war nicht davon beeinträchtigt, dass Mr. Ludlow die Hinweise des Dienstmädchens zurückwies. „Vielleicht hat sie es so eingerichtet, damit Sie magische Kunst bei der Ausstellung identifizieren können und für sie stehlen. Vielleicht gefiel es

Ihnen nicht, so benutzt zu werden. Sobald Sie als Butler angestellt waren, haben Sie sich geweigert, zu tun, was sie wollte, aber dann hat sie Sie überzeugt. Heute Vormittag ist sie hergekommen, um Sie für Ihre Bemühungen zu entlohnen."

Mr. Ludlow wirkte ebenso unbesorgt durch Gabes Vorwürfe. „Sie sagten, der Versuch, das Gemälde zu stehlen, sei gescheitert. Wenn Ihre Theorie stimmt, weshalb würde sie mich für etwas bezahlen, das ich nicht geschafft habe?"

Das war ein guter Punkt. Lady Stanhope hatte auch gut argumentiert, als sie gesagt hatte, sie würde magische Kunstwerke gern ausstellen. Ich glaubte ihr. Sie schien wie jemand, der wollte, dass Menschen ihre Besitztümer bewunderten. Gestohlene Gemälde würde man verstecken müssen.

Trotz meiner Zweifel standen Lady Stanhope und Mr. Ludlow immer noch ganz oben auf meiner Verdächtigenliste. Sie hatten an diesem Abend, an dem ich ihn mit ihr im Burlington House hatte streiten sehen, auf jeden Fall etwas vorgehabt.

Ich sprach meine Zweifel vor Gabe aus, während wir den Aufzug hinab zum Erdgeschoss nahmen.

„Ich stimme in allen Punkten zu", sagte er. „Obwohl ich kein Motiv erkennen kann, heißt das nicht, dass es keins gibt. Wie du traue ich ihnen nicht."

„Wir haben nicht viel herausgefunden."

„Im Gegenteil. Ich habe herausgefunden, dass du zäher bist, als du aussiehst."

Mein Gesicht wurde heiß. „Mein Temperament tritt hervor, wenn man mich zu weit bedrängt. Ich hätte nichts sagen sollen."

„Doch, hättest du auf jeden Fall. Ludlow hat es verdient."

Wir kamen im Erdgeschoss an. Er öffnete die Aufzugtür, dann die äußere Käfigtür und erlaubte mir, vor ihm hinauszutreten. „Ich sollte mir merken, dass ich dir nie in die Quere komme."

„Ich bezweifle, dass du das könntest." Ich schob mich an ihm vorbei, war mir unsere Nähe sehr bewusst, seiner Kraft und Größe, und der Art, wie er mich unter gesenkten Lidern beobachtete, als würde er versuchen, seinen Blick zu verbergen. Aber mir würde es immer auffallen, wenn er auf mir lag.

Gabe fuhr mich zurück zur Crooked Lane. Er bot an, mein

Gepäck aus der Bibliothek zu holen und mich zu Daisys Wohnung zu fahren, aber ich bestand darauf, dass das unnötig war. Ich wollte ihm seine Zeit nicht rauben, wo er doch mitten bei der Ermittlung war.

„Falls du in so kurzer Zeit keine anständige Pension finden kannst, bist du mehr als eingeladen, wieder bei uns zu bleiben", sagte er. „Natürlich nur, bis du wieder auf den Beinen bist."

„Vielen Dank, aber ich werde zurechtkommen. Daisy wird mir helfen. Die Leute haben Schwierigkeiten, Nein zu ihr zu sagen."

Er lachte leise. „Versuch das mal Alex zu erzählen."

Ich ging durch den Eingang in die Gasse, als gerade ein leichter Regen zu fallen begann. Ich zog den Kopf in den Mantelkragen, um mein Gesicht trocken zu halten, und eilte zur Bibliothek, konzentrierte mich darauf, das Gleichgewicht auf dem schlüpfrigen Kopfsteinpflaster zu wahren.

Deshalb sah ich Tommy Allan erst, als es zu spät war.

KAPITEL 15

Tommy Allan sprang aus den Schatten, verstellte mir den Weg. Ich schrie auf und trat zurück, doch seine Hand schoss vor und erwischte mich am Handgelenk, bevor ich mich umdrehen und weglaufen konnte.

„Wenn Sie schreien, schlage ich zu." Die Narbe verzog seinen Mund zu einer grässlichen schiefen Grimasse. „Machen Sie. Versuchen Sie es." Sein Atem stank nach Alkohol und Zigaretten, und seine Augen waren rot gerahmt vor Erschöpfung.

Mein Inneres begehrte auf. Ich wollte mich übergeben. Ich wollte schreien. Ich wollte zuschlagen. Aber ich tat nichts dergleichen. Trotz seiner Betrunkenheit war sein Körper angespannt. Diesmal war er für mich bereit. Der Kampfunterricht meiner Mutter würde mich jetzt nicht retten. Ihre anderen Lektionen über die Gefahren von Männern waren auch nutzlos. Ich hätte auf sie hören sollen, ich hätte wachsam bleiben sollen, als ich allein durch eine dunkle Gasse ging.

Aber ich war auf einer anderen Ebene gewesen, nachdem ich den Großteil des Nachmittags in Gabes Gesellschaft verbracht hatte. Meine Sinne waren auf ihn eingeschwungen, und die Art, wie er mir ein gutes Gefühl gab, nicht auf meine Umgebung. Meine Mutter hätte mich gewarnt, vor Gabe nicht in meiner Aufmerksamkeit nachzulassen, obwohl sie das als Warnung vor ihm gemeint hätte, und nicht vor anderen Männern, die vielleicht auf mich lauerten.

„Schlagen Sie mich, und ich helfe Ihnen nicht." Ich klang mutiger, als ich mich fühlte. Ich fragte mich, ob Tommy mein Zittern durch seine Berührung spüren konnte.

„Mir helfen?", fauchte er. „Sie können mir helfen, indem Sie sich fernhalten. Ich weiß, dass Sie nach mir gesucht haben. Ich weiß, dass ihr mir den Diebstahl anhängen wollt."

„Wir wollten Ihnen nur ein paar Fragen stellen. Wenn Sie beweisen können, dass Sie anderswo …"

„Ich war es nicht! Ich habe es nicht getan. Was weiß denn ein hässlicher, deformierter Soldat über Schönheit und Kunst?" Er ließ mich los und wischte sich den Mund an der Schulter ab, aber nicht, bevor ich sah, wie er sich vor Gefühlen verzog. „Ihr Frauen seid alle gleich. Ihr seht diese Narbe und hört die Art, wie ich rede, und ihr stopft mich in ein Loch, aus dem ich nicht rauskomme. Dann fragt ihr euch, warum Männer wie ich die ganze Zeit trinken und auf euch losgehen."

Er litt Schmerzen, aber keine körperlichen. Er war nicht nur vom Krieg dauerhaft entstellt und traumatisiert worden, sondern er war zu einer Frau nach Hause gekommen, die ihn nicht genug liebte, um an seiner Verletzung vorbei zu sehen. Er hatte seine Verlobte verloren, sein Heim, sein Aussehen und jetzt seinen Unterhalt. Er sah auch dem Verlust seiner Freiheit entgegen, wenn man feststellte, dass er des Diebstahls schuldig war.

Kein Wunder, dass er verzweifelt war. Kein Wunder, dass er mich angriff, nicht Gabe oder Alex. Ich war eine Frau, und eine Frau hatte ihm kürzlich das Herz und seinen Geist gebrochen. Aber er musste wissen, dass Gewalt nicht der Weg aus seiner Verzweiflung war.

Ich machte meine Stimme sanfter. „Meine Mutter hat mich früher vor Männern gewarnt. Nicht irgendeinem spezifischen Mann oder einer Gruppe von Männern, sondern allen. Sie hat mir gesagt, dass man keinem von ihnen trauen könne, keinem Polizisten, Priester oder Politiker. Der einzige Mann, von dem sie sagte, ich könne ihm vertrauen, war mein Bruder, aber jeder andere Mann würde versuchen, mich zu verletzen." Tommy schaute mich nicht an, doch ich wusste, dass ich seine Aufmerksamkeit hatte, an der Art, wie er mit dem Spitze seines Stiefels über den Boden fuhr. „Es hat lange gedauert, bis ich merkte, dass sie sich irrte, dass nicht jeder Mann mir schreckliche Dinge antun möchte. An manchen Tagen glaube ich, sie hat vielleicht sogar Recht gehabt. Aber dann erinnere ich mich an den Arbeitgeber, der mich arbeiten lässt, ohne mir ständig über die Schulter zu schauen, und den Freund einer Freundin, der mir sein Gemälde geschenkt hat, und einen neuen Bekannten, der geduldig und nett ist und mich in seine Ermittlung einschließt, obwohl ich keine relevanten Talente habe."

„Geht es mit dieser Geschichte irgendwohin?"

„Was ich Ihnen zu sagen versuche, ist, dass ich weiß, dass nicht alle Männer gleich sind, genauso wie nicht alle Frauen gleich sind. Wir sind nicht alle wie Ihre ehemalige Verlobte. Manche von uns würden Ihnen eine Chance geben, wenn Sie uns lassen."

„Sind Sie jetzt fertig?"

„Noch nicht. Gewalt gegenüber Frauen wird deren Meinung von Ihnen nicht ändern. Das wird sie nur verstärken." Es regnete jetzt allmählich fester. Wir wurden beide richtig nass. „Ich möchte Ihnen keine Predigt halten. Sie sind intelligent genug, um zu verstehen, dass ich die Wahrheit sage."

Er strich sich mit der Hand übers Kinn und knurrte zur Antwort. Kein Mann mochte eine Predigt von einer Frau, besonders nicht ein Mann, der überhaupt keine hohe Meinung von uns hatte. Aber ich musste ihm zugutehalten, dass er mich zu Ende reden ließ, ohne mehr zu tun, als trotzig zu knurren.

„Ich habe Ihre Adresse auf Ihren Angestelltenpapieren im Büro des Verwalters gefunden", sagte er. „Daher wusste ich, wo Sie wohnen."

Ich nickte.

„Ich war wütend auf Sie", fuhr er fort. „Sie haben mir vorgeworfen, dass ich in den Diebstahl verwickelt bin."

„Die Polizei hat alle befragt. An dieser Stelle gab es viele Verdächtige. Aber dann entdeckten wir, dass Sie genau in dem Lagerraum wohnten, wo der Delaroche gestohlen worden war."

„Also haben Sie mich für schuldig gehalten, weil ich einen warmen und trockenen Ort zum Schlafen wollte?"

„Ich gebe zu, wir haben voreilige Annahmen getroffen. Aber die haben Sie auch getroffen."

Noch ein Knurren. „Ich hab's nicht getan. Wenn Sie es jemandem vorwerfen wollen, dann dieser schicken Lady und dem Butler. Ich habe mitgehört, wie sie an dem letzten Abend, als Sie dort gearbeitet haben, gestritten haben. Er war wütend auf sie, weil sie ihn nicht bezahlt hat."

„Fahren Sie fort."

„Er sagte ihr, sie solle das Geld rüberwachsen lassen, oder er würde sie bloßstellen. Genau das waren seine Worte."

Dann hatten sie auf jeden Fall über Geld gestritten, und heute Vormittag hatte Lady Stanhope „es rüberwachsen lassen". Wenn sie Ludlow nicht bezahlte, um magische Gemälde auszuweisen, wofür bezahlte sie ihn dann?

„Wo waren Sie gestern Nacht?", fragte ich.

Sein Kopf fuhr hoch. „Warum?"

„Jemand hat versucht, noch ein Gemälde zu stehlen."

Er kam näher, die Hände an den Seiten zu Fäusten geballt. „Ich war es nicht!"

Ich wäre eine Närrin gewesen, hätte ich gedacht, dass ich eine Verbindung zu diesem Mann aufgebaut hatte. Er vertraute mir immer noch nicht, und ich sollte auf keinen Fall ihm vertrauen. Ich ging rückwärts. „Hat jemand Sie dafür bezahlt, es zu stehlen?"

Er bleckte die Zähne zu einem Fauchen. „Nein."

Ich schluckte. „Niemand glaubt, dass man es ganz Ihnen vorwerfen muss. Es muss einen Magier geben, der die Magie in beiden Gemälden identifiziert hat, und wir wissen, dass Sie keiner sind."

Tommy blieb stehen, und ich fragte mich, ob ich mich geirrt hatte, ob er doch ein Magier war. Meine Aussage hatte ihn auf jeden Fall fasziniert, doch er verbesserte mich nicht. „Ich war gestern Nacht die ganze Nacht bei jemandem", sagte er nur. „Sie kann für mich bürgen."

„Das müssen Sie der Polizei sagen. Sie werden dem nachgehen."

Er spuckte auf das Kopfsteinpflaster. „Ich hasse die Bullen-schweine."

„Mr. Glass ist kein Polizist. Kommen Sie mit mir. Wir werden bei ihm zusammen vorbeischauen, und Sie können ihm die Einzelheiten ihres Alibis persönlich sagen."

Er wischte sich mit der Hand über den Mund, strich über das Ende der Narbe, als wäre er immer noch nicht daran gewöhnt. „Damit Sie mich festsetzen können?" Er stieß ein schnaubendes, humorloses Lachen aus, dann schüttelte er den Kopf. Er marschierte weg und war bald nicht mehr in Sicht.

Ich machte mir nicht die Mühe, ihm nachzulaufen. Ich ging zur Bibliothek, wo ich den Professor fand, der auf dem Sofa in der Lesenische im Erdgeschoss las, eine Tasse Tee auf dem Tisch neben ihm.

„Miss Ashe! Sie sind ganz nass. Kommen Sie herein und machen sie sich trocken, bevor Sie sich noch den Tod holen." Er stocherte in den glühenden Kohlen im Kamin und schaufelte weitere von der Schütte darauf. „Hierher. Möchten Sie eine Tasse Tee?"

Nachdem ich eine Tasse Tee getrunken und einige Gurkensandwiches gegessen hatte, war ich schön trocken. Obwohl es spät war, wusste ich, dass ich nicht sofort zu Daisy gehen und nach einer neuen Unterkunft suchen konnte. Ich musste erst Gabe aufsuchen und ihm von Tommy Allan erzählen. Einige Dinge waren zu wichtig, um sie zu verschieben. Ich besuchte ihn nicht, weil ich ihn wiedersehen wollte.

Das sagte ich mir zumindest.

✳ ✳ ✳

LEIDER WAR Gabe nicht zu Hause. Ich sagte Bristow, dass ich später anrufen würde, doch der Butler bestand darauf, dass ich im Salon wartete, denn er rechnete nicht damit, dass Gabe noch lange brauchen würde. Letztlich war es eine Stunde. Bristow brachte Tee und Scones, während ich wartete. Ich hätte abgelehnt, hätte er mich gefragt. Ich würde später kein Abendessen brauchen, wenn ich sie zusätzlich zu den Sandwiches aß, die ich gerade in der Bibliothek verzehrt hatte, aber ich stellte fest, dass ich sie nicht ablehnen konnte. Sie rochen köstlich.

Das Tablett zitterte in Bristows Händen, darum nahm ich es

ihm mit einem Lächeln ab und stellte es auf den Tisch. Er öffnete und schloss die Finger in den Handschuhen und warf mir einen entschuldigenden Blick zu. „Ich bin nicht mehr so ruhig wie früher einmal."

„Haben Sie lange für die Familie Glass gearbeitet?"

„Vierzig Jahre als Butler, dann noch einmal acht davor als Hausdiener."

Kein Wunder, dass er erschöpft wirkte. „Gibt es gerade keinen Hausdiener?"

„Derzeit nicht. Wir haben unseren im Krieg verloren."

„Oh. Mein allerherzlichstes Beileid."

„Da missverstehen Sie. Er hat den Krieg überlebt. Er hat vor vier Jahren die Stellung hier gekündigt, als er sich freiwillig gemeldet hat, und wollte nicht zurückkehren, sobald der Krieg vorüber war. Wir haben ihn nicht ersetzen können, obwohl wir Annoncen geschaltet haben. Die meisten jungen Männer, die überlebt haben, sind nicht mehr an einer Stellung als Bedienstete interessiert. Das halten sie für unter ihrer Würde." Er seufzte. „Der Krieg hat alles verändert."

„Das hat er wirklich."

Seine Schultern sanken sogar noch mehr nach vorne, was vielleicht sein Versuch einer Verbeugung war. Das war schwer zu sagen. Als er den Salon verließ, schlenderte Willie herein, die Daumen in den Bund ihrer Hose gesteckt. Ich stöhnte tonlos. Ich wäre lieber mit dem betrunkenen Tommy Allan allein gewesen als mit Gabes Cousine.

Sie warf einen Blick auf mich und stellte sich vor den Butler, als er versuchte, zu gehen. Sie senkte die Stimme, aber nicht weit genug. Ich konnte sie trotzdem hören. „Sie sollten ihr nichts zu essen geben, Bristow. Das ermutigt sie doch nur, zu bleiben."

Das einzige Anzeichen, dass ihm ihre Anmerkung missfiel, war, wie er die Lippen zusammenpresste. Es hätte allerdings keine Rolle gespielt, hätte er sie getadelt. Sie schien sich um niemandes Meinung zu scheren.

Ich griff nach der Teekanne, nur um mich zurückzuziehen. Jetzt, da die Gastgeberin erschienen war, sollte sie einschenken. Leute, die in solchen Häusern lebten, hielten sich normalerweise an die korrekte Ordnung der Dinge. Ich wusste nicht, ob sich das auch auf Gastgeberinnen bezog, die sich wie Männer kleideten und mit amerikanischem Akzent sprachen, aber ich hielt es für am besten, bei Willie lieber vorsichtig zu bleiben. Darum biss ich mir auch auf die Zunge, anstatt zurückzuschießen, dass ich keine streunende Katze war und überhaupt nicht bleiben würde. Am besten war es, so zu tun, als hätte ich sie nicht gehört.

Willie warf sich auf einen der Sessel, die Beine weit auseinander, und schaute zu mir. Sie machte keine Regung, den Tee einzuschenken, also tat ich es selbst. Bristow hatte vier Tassen gebracht, darum bot ich ihr eine an.

Sie erwiderte nichts. Das nahm ich als Ablehnung und stellte sie in ihrer Nähe ab. Mir schenkte ich eine weitere ein.

Das Geräusch der strömenden Flüssigkeit wirkte laut wie ein Wasserfall in dem stillen Raum. Ich versuchte, sanft einen Zuckerwürfel in die Tasse zu geben und zu rühren, doch das Klopfen und Klirren ließen mich trotzdem zusammenfahren.

Ich beschloss, mir keines von den Scones zu genehmigen, und lehnte mich mit der Teetasse zurück. In dem Augenblick, in dem ich mich hinsetzte, beugte Willie sich vor und schnappte sich einen Scone. Sie bestrich ihn dick mit Sahne und Marmelade, dann nahm sie einen großen Bissen. Aus ihren Mundwinkeln troffen Sahnetropfen. Sie leckte sie mit schnellen Bewegungen ihrer Zunge ab.

Ich versuchte, das Geräusch ihres Kauens zu ignorieren. Es war nicht leicht, besonders, als sie mich wieder anfunkelte. Sie blinzelte nicht, schaute nicht weg, beobachtete mich nur, als wäre ich ein nerviges Wesen, das sie kaum ertragen konnte.

Ich suchte verzweifelt nach etwas, das ich sagen konnte, um das Eis zu brechen. Zum Glück hatte sie meinen Verstand nicht ganz vor Angst erstarren lassen, und mir fiel etwas ein. „Professor Nash hat mir gesagt, du erinnerst dich vielleicht an eine Silbermagierin, die Gabes Mutter vor Jahren getroffen hat. Er konnte sich nicht an ihren Namen erinnern, aber vielleicht du?"

Sie kaute langsamer. Sie starrte mich an, dann senkte sie den Blick auf ihre Teetasse. Sie nahm sie. „Tue ich nicht."

„Ach, egal. Vielleicht erinnert sich Cyclops an sie."

„Wird er nicht."

Ich lächelte einfach und ließ die Sache fallen. Ich nahm meine

Teetasse und nippte. Lieber Gott, hoffentlich kam Gabe bald nach Hause. Oder zumindest Bristow schaute wieder herein.

Leider kam es zu keinem der beiden Ereignisse, und ich war so ziemlich allein mit einer der schwierigsten Personen, die ich je getroffen hatte. Es war Zeit, eine der Taktiken anzuwenden, die ich als angehende Journalistin gelernt hatte. Der Beruf hatte nie ganz zu mir gepasst. Ich war schüchtern bei Fremden, besonders Männern. Ich recherchierte lieber, indem ich Bücher las, nicht, indem ich Leute befragte. Ein älterer Journalist bei der Zeitung hatte meine Schwierigkeiten gesehen und mich unter seine Fittiche genommen. Er brachte mir nicht bei, wie ich meine Schüchternheit überwand – das kann einem niemand beibringen –, doch er zeigte mir, wie ich so tun konnte, als wäre ich selbstbewusst. Ich wurde ziemlich gut darin und hatte die Taktiken sogar außerhalb meiner Arbeitskreise angewandt. Diese gespielte Selbstsicherheit war, wie ich Daisy kennengelernt und mich mit mir angefreundet hatte, und wie ich bei der Bibliothek der Philosophical Society eine Anstellung gefunden hatte.

Ganz zentral enthielt diese Taktik, dass man Personen Fragen über sie selbst stellte. Die meisten Leute sprachen gerne über ihr Leben und ihre Interessen, und wenn ich ihnen zeigte, dass ich zuhörte, würde das schon sehr viel bringen, damit sie sich für mich erwärmten.

„War es schwer, das Leben in Amerika hinter sich zu lassen?"

Sie reagierte nur, indem sie die Augen zusammenkniff.

„Hast du dort noch Familie?"

Sie nippte an ihrem Tee, beobachtete mich über den Rand ihrer Tasse hinweg. Sie war verschlossener als der Bürgermeister, den ich versucht hatte, zu interviewen, nachdem meine Zeitung ihm Korruption vorgeworfen hatte.

„Bist du hergekommen, damit Lord Rycroft seine Position als Erbe der Baronie antreten konnte?"

„Schluss mit dem Geplapper. Das kaufe ich dir nicht ab."

„Was kaufst du mir nicht ab?"

„Du hast kein größeres Interesse an mir, als ich an dir habe, also hör auf, so zu tun."

Ich schaute hinab auf die Teetasse in meinem Schoß. Vielleicht sollte ich gehen. Das wäre leichter. Ich stellte die Teetasse auf die Untertasse auf dem Tisch und erhob mich. „Ich glaube, es ist am besten, wenn ich gehe."

„Genau."

„Aber ich würde dich gern wissen lassen, dass ich nichts vorspiele. Ich habe Interesse. Jemanden wie dich habe ich noch nie zuvor getroffen. Ich weiß nicht, warum du beschlossen hast, mich nicht zu mögen, aber ..."

„Ich habe Gründe."

Ich wartete.

Einen langen Augenblick glaubte ich, dass die Schweigetaktik nicht funktionieren würde, aber schließlich gab sie nach. Das taten die meisten Leute für gewöhnlich. „Ich habe ein gutes Gespür." Sie tippte sich an die Seite der Nase. „Und je mehr du dich herumtreibst, desto mehr spüre ich, dass sich Ärger anbahnt."

„Ich versichere dir, nach heute werde ich nicht mehr da sein. Ich bin hier, um Informationen von einem Verdächtigen weiterzugeben, dann gehe ich."

Sie schnaubte und schüttelte den Kopf.

„Es ist keine Lüge, Willie. Ich habe vor, sehr bald zu gehen."

„Ich glaube dir, dass du es *vorhast*. Aber Gabe wird heimkehren, und er wird ganz der Gentleman sein und darauf bestehen, dass du noch einmal bleibst, weil es spät wird." Sie schaute auf die Uhr auf dem Kaminsims. „Wir wissen beide, dass du heute keine neue Unterkunft mehr findest."

„Ich bleibe bei meiner Freundin Daisy."

„Gabe wird darauf bestehen", sagte sie erneut. Mit einem resignierten Seufzen befahl sie mir mit einem Fingerzeig, mich auf das Sofa zu setzen. „Du willst wissen, warum ich dich nicht mag?"

Ich setzte mich. „Ja."

„Ist nichts Persönliches. Na ja, vielleicht gewissermaßen schon. Die Sache ist die, Gabe ist heutzutage nicht mehr er selbst. Seit dem Krieg ist er das nicht mehr. Ich will, dass er wieder ist, wie er früher war." Eine Seite ihres Mundes hob sich zu einem schiefen Lächeln. „Er war witzig. Wir hatten einige wilde Nächte, haben gespielt und sind auf Partys gegangen. Nicht, wenn seine Eltern in London waren, wohlgemerkt, nur wenn sie auf dem Anwesen waren. Sie wussten nicht mal die Hälfte von dem, was Gabe, Alex und ich alles angestellt haben."

Cyclops hatte gesagt, dass Gabe jetzt anders war, und vielleicht ein besserer Mensch, weil er sich beruhigt hatte. Aber Willie fand das eindeutig nicht, also wollte ich nichts sagen. Ich wollte, dass sie weitersprach, wenn sie schon in der Stimmung war, mir etwas mitzuteilen.

„Der Krieg hat Männer auf unterschiedliche Art betroffen", fuhr sie fort. „Manche sind vernarbt zurückgekommen, nur noch die Hülle des Mannes, der sie früher waren, manche wollten ihre Sorgen wegtrinken, und andere wollten Spaß haben und vergessen. Gabe kam so nüchtern wie noch was zurück. Er wollte ein guter Sohn sein, ein guter Mann, ein guter Bürger. Er wollte einen Zweck haben, als hätte man ihn aus einem Grund gerettet. Also wurde er Berater für Scotland Yard, spielt nicht mehr, trinkt nicht mehr übermäßig. Er geht früh zu Bett und akzeptiert, dass er eines Tages der nächste Lord Rycroft sein wird. Er denkt, wenn er seine wilde Vergangenheit zur Seite schiebt und sich niederlässt, ist das der Weg zum Glück. Und vielleicht ist es das für ihn." Sie verzog das Gesicht. Ganz eindeutig war das nicht ihre Vorstellung von Glück. „Deshalb hat er sich eine Verlobte besorgt. Ivy ist seine Zukunft. Er hat sie gewählt, weil sie ihn glücklich macht." Sie zuckte mit den Schultern, als wäre das offensichtlich. „Sie ist stabil und gut, sie ist genau das, was er nach Jahren des Aufruhrs und Drucks braucht. Ich mag sie auch, und viele Leute mag ich nicht. Ivy ist nicht wegen des Geldes hinter ihm her, wie all die anderen Frauen es damals waren. Ich hatte echte Schwierigkeiten damit, Gabe vor diesen Goldgräberrinnen zu schützen. Aber Ivys Familie hat Geld. Sie hat lebenslang ausgesorgt, ganz gleich, wen sie heiratet. Also fühlt es sich für mich richtig an, sie Gabe heiraten zu lassen."

Sie hätte auch gleich mich eine Goldgräberin nennen können. Obwohl ich beleidigt hätte sein sollen, brachte es nicht zustande. Sie beschützte Gabe auf die einzige Art, die sie kannte. Sie hätte es vermutlich bevorzugt, auf dem Schlachtfeld neben ihm zu stehen, aber Frauen waren nicht zugelassen. Sie war bestimmt nicht der erste Mensch, der an der Heimatfront zurückgeblieben war, und eine andere Möglichkeit gefunden hatte, einen geliebten Menschen zu schützen.

Wie ich es bei Tommy Allan versucht hatte, machte ich meine Stimme sanfter. „Du irrst dich, wenn du glaubst, dass ich versuche, ihre Beziehung kaputtzumachen. Das tue ich nicht. Ich kenne ihn kaum. Mein Interesse an Gabe kam, weil er mir helfen konnte, etwas über den Hintergrund meiner Familie herauszufinden. Es setzte sich fort, weil er mich in die Ermittlung eingebunden hat. Gabe ist ein guter Mann. Ich mag ihn, und ich stimme dir zu. Er hat es verdient, glücklich zu sein. Ivy scheint auch sehr nett zu sein. Ich hoffe, sie haben zusammen eine glückliche Zukunft."

Sie beäugte mich genau. „Du bist ein bisschen wie sie."

„Ach?"

„Du lässt dich nicht einschüchtern. Den anderen hat man so leicht Angst machen können. Darum waren sie nie gut genug. Sie haben ihn nicht genug geliebt."

Ich nahm meine Teetasse und nippte, um mein selbstzufriedenes Lächeln zu verbergen. Es schien, als hätte ich eine Art Test bestanden, den sie für mich aufgesetzt hatte. Ich konnte mir die armen Mädchen aus Gabes Jugend vorstellen, die versucht hatten, ihn besser zu kennenzulernen, nur um an seine wilde Cousine zu geraten. Eine wilde Cousine, die von Liebe sprach. Sie war voller Widersprüche.

Irgendwie half es mir, meine Nerven zu beruhigen, dass ich die Gründe für ihr seltsames Verhalten kannte. Hoffentlich konnten wir die Kluft zwischen uns mindern, da jetzt meine Absichten klar waren.

„Ich möchte es wiederholen", sagte ich. „Gabe und ich sind befreundet, nichts mehr."

Willie zog aber immer noch ein finsteres Gesicht. Es würde mehr als Worte brauchen, damit sie mir glaubte.

Es war eine riesige Erleichterung, Gabe und Alex hereinkommen zu sehen. Es stand mir wohl übers ganze Gesicht geschrieben, denn sie warfen mir beide mitfühlende Blicke zu.

„Ich habe deine Taschen im Gang gesehen", sagte Gabe. „Stimmt irgendwas nicht?"

„Ich muss nur eine Information weitergeben."

„Ich hoffe, du hast nicht so lange gewartet."

Willie dachte, er würde mit ihr reden. „Zu lange."

Gabe schenkte zwei Tassen Tee ein, während Alex sich einen Scone genehmigte. Er biss hinein, ohne sich die Mühe mit Marmelade und Sahne zu machen, und schloss die Augen, um tief zu seufzen. „Das ist so gut. Genau, was dieser Verhungernde braucht."

„Verhungernd?", schnaubte Willie. „Du hattest ein riesiges Mittagessen. Du bist bald so fett wie dein Vater, wenn du nicht aufpasst."

„Er ist solide, nicht fett."

Gabe bot an, meine Tasse aufzufüllen, doch ich lehnte ab. „Was musst du mir erzählen?"

„Nichts, das nicht hätte warten können", ließ sich Willie vernehmen.

Wenn man bedachte, dass sie nicht gehört hatte, was ich zu sagen hatte, konnte sie das nicht wissen. Aber nun, da ich darüber nachdachte, wurde mir klar, dass sie recht hatte. Es war nicht wichtig. Es hätte auf morgen warten können. „Tommy Allan hat in der Crooked Lane auf mich gewartet."

Gabe fluchte tonlos. „Ich hätte mit dir kommen sollen."

„Wir haben nur geredet. Er hat mir gesagt, dass er für letzte Nacht ein Alibi hat."

„Ha!", blaffte Willie. „Einem solchen Schwein wirst du doch nicht glauben."

„Hat er dir Einzelheiten genannt?", fragte Gabe.

Ich schüttelte den Kopf. „Er behauptete, er wäre bei einer Frau gewesen. Er hat mir auch erzählt, er hätte mitgehört, wie Ludlow von Lady Stanhope verlangte, dass sie ihn bezahlte. *Rüberwachsen lassen* war die Formulierung, die er benutzte."

Gabe nickte nachdenklich. „Es scheint immer wahrscheinlicher, dass Ludlow Lady Stanhope mitteilte, welche Gemälde magisch waren, für einen Preis. Das stellt sie mitten in die Reihe der Verdächtigen für den Diebstahl des Delaroche und den versuchten Diebstahl des Meerespanoramas von Arthur Partridge. Alex, Willie, könnt ihr mir berichten, was sie am Nachmittag gemacht haben?"

Sie beide erzählten von dem Hin und Her von Lady

Stanhope und Ludlow. Beides war kurz und bot keine weiteren Hinweise.

Als sie mit ihrer Erzählung fertig war, fügte Willie an: „Jetzt, da Sylvia ihre Information abgeliefert hat, sollte sie gehen. Hast du nicht gesagt, eine Freundin würde auf dich warten, Sylvia?"

„Ja, das tut sie." Ich erhob mich. „Danke für deine Gastfreundschaft, Willie. Ich habe unser Gespräch genossen."

Drei Augenpaare wurden zusammengekniffen.

Dann lachte Alex. „Du bist ein Witzbold."

Gabe lächelte. „Bleib zum Abendessen, Sylvia. Eigentlich solltest du über Nacht bleiben. Ich kann dich doch nicht in der Dunkelheit herumstreifen und nach einer Pension suchen lassen, die vielleicht etwas frei hat. Nicht, während Tommy Allan noch frei herum läuft."

„Ich kann bei Daisy bleiben."

„Da ist es zu eng für zwei. Bleib hier. Du kannst dein altes Zimmer haben." Er ließ es klingen, als wäre ich ein regelmäßiger Mieter.

Der Gedanke war wohl auch Willie gekommen. Sie wirkte wütend, aber ein tadelnder Blick von Gabe sorgte dafür, dass sie den Mund zuklappte. Sie respektierte ihn wohl sehr, dass sie ihre Meinung so für sich behielt. Ich bezweifele, dass sie jemand war, der das für einfach irgendwen machte.

„Es ist das Mindeste, was wir tun können", sagte Alex mit einem kindisch zufriedenen Grinsen, das sich an Willie richtete. „Du warst eine große Hilfe bei dieser Ermittlung, Sylvia. Und ich möchte wetten, Daisys Frühstück ist nicht halb so gut wie unseres. Mrs. Ling tischt eine leckere Marmelade auf."

Willie öffnete wieder den Mund, schloss ihn aber erneut, diesmal unter einem tadelnden Blick von Alex.

Gabe zog an der Glocke, um Bristow zu holen, und dann bat er ihn, Mrs. Bristow zu informieren, dass ich über Nacht bleiben würde.

„Wir haben die Annahme getroffen, dass Miss Ashe den freien Raum wieder brauchen würde, Sir. Mrs. Bristow hat ihn bereits hergerichtet. Ich bringe jetzt Miss Ashes Gepäck nach oben."

„Nicht nötig. Ich mache es."

Während Bristow dazu nickte, bemerkte er, wie Willie ihn anfunkelte. Seine Züge bewegten sich kaum, doch irgendwie bildeten die Falten etwas, das man fast ein Lächeln nennen konnte. Willie murmelte tonlos vor sich hin.

Gabe lud mich ein, dass ich vor ihm aus dem Salon gehen sollte. Ich wartete, während er meine Taschen aus der Eingangshalle holte, und zusammen gingen wir nach oben. „Ich lasse Bristow nichts Schwereres mehr tragen als ein Tablett. Er verabscheut es, es zuzugeben, aber er wird älter und kann nicht mehr alles tun, was er früher getan hat."

„Er muss doch schon bald im Rentenalter sein."

Seine Augen wurden groß, und er schaute sich um. „Erwähne das nicht vor ihm, oder vor Mrs. Bristow. Keiner von ihnen möchte sich mit dem Gedanken beschäftigen, aufzuhören. Sie haben sich geweigert, obwohl auf dem Anwesen ein Häuschen für sie bereitsteht. Mrs. Bristow hat ein Dienstmädchen, das ihr hilft, aber Bristow braucht einen Hausdiener."

„Er hat mir erzählt, er hätte Schwierigkeiten, einen zu finden."

„Wir suchen weiter."

Er legte meine Taschen im Schlafzimmer ab und wollte gerade gehen, als er auf dem Kissen einen kleinen blauen Gazebeutel fand, der mit einem weißen Band verschlossen war. Daran hing eine Karte. „Was ist das?"

Ich hob sie auf und schnüffelte daran. „Rosenblüten." Ich las die Karte. „Die ist von Mrs. Bristow, die mich erneut willkommen heißt. Wie wunderschön. Sie ist sehr lieb. Gestern Abend hat sie mir eine Wärmepfanne im Bett gelassen. Das war sehr bedacht von ihr."

„Seltsam. Das macht sie für niemanden sonst."

Er setzte mich in Kenntnis, dass es Dinner um acht geben würde, dann ging er und schloss hinter sich die Tür. Ich fragte mich, ob er Ivy anrufen würde, um ihr zu sagen, dass ich wieder über Nacht blieb.

Um acht Uhr ging ich zum Speisesaal, inzwischen vertraut mit dem Aufbau des Hauses. Das Essen war eine lockere Angelegenheit, da nur die Bewohner sich zum Essen hinsetzen. Ivy schloss sich uns nicht an, und ihr Name wurde den ganzen Abend nicht erwähnt.

Sobald das Essen vorüber war, kündigte Willie an, dass sie ausgehen würde. „Das SSO spielt heute in einem Club in der Kingly Street."

„SSO?", fragte ich.

„Southern Syncopated Orchestra", sagte Willie mit kaum verhohlener Ungeduld. „Das ist eine Jazzband."

„Ich mag das SSO", sagte Alex.

„Komm mit mir."

Er zögerte, sehr wahrscheinlich meinetwegen.

„Keine Sorge um mich", sagte ich. „Du solltest gehen."

„Würdest du auch gehen wollen, Sylvia?", fragte Gabe.

Willie sah aus, als würde sie ihn erwürgen wollen. Sie wollte sich nicht mit mir herumschlagen.

Ich erlöste sie von ihrem Elend. „Mir wird es hier mit meinem Buch ganz gut gehen." Nach etwas mehr Diskussion beschloss Gabe, dass er zu Hause bleiben würde, während Alex mit Willie in den Club gehen würde. Um halb elf machten sie sich auf, was, wie Gabe mir versicherte, früh war. Manchmal kamen die Musik und das Tanzen erst um zwei oder drei Uhr nachts richtig in Schwung.

Obwohl ich meine eigenen Bücher hatte, die ich wieder lesen konnte, bot Gabe mir an, mir seine Bibliothek zu zeigen. Ich versuchte, meine Aufregung zu verbergen, doch der Anblick so vieler Bücher, die auf die Regale gepackt waren, entlockte mir ein leises Keuchen. Ich drehte mich langsam und schaute die Regale hinauf, meine Haut prickelte vor dem Wissen und den Möglichkeiten, die in diesen Seiten enthalten waren. Es gab Regale an allen Wänden, außer dort, wo ein Kamin und die Fenster waren, und sie waren alle mit Büchern verschiedener Größen gefüllt. Als ich näher hinschaute, wurde mir klar, dass sie auch unterschiedliche Inhalte hatten.

„Sind irgendwelche über Magie?", fragte ich.

Gabe schloss sich mir an und nahm ein Buch mit einem blauen Umschlag aus dem Regal. „Nein. Die hat alle die Glass-Bibliothek. Das sind die Bücher, die mein Großvater während seiner Reisen gesammelt hat. Er ist sehr weit gereist." Er zeigte mir das Buch. „Das ist eines seiner Tagebücher, das er geschrieben hat, bevor er meine Großmutter in Amerika traf. Da geht es um die Zeit, die er in Ägypten verbrachte."

Das Buch war nicht nur ein Abriss über jeden Tag, doch den enthielt es auch. Darin waren Skizzen der Orte und Menschen, denen er begegnet war, Fahrkarten, Eintrittskarten für die Vorstellungen, die er gesehen hatte, ein Blatt von einer interessanten einheimischen Pflanze. Eine Fotografie, wie er neben einem Kamel stand, sah erstaunlich nach Gabe aus.

„Die Männer in deiner Familie sehen sich alle ähnlich", sagte ich und schloss das Buch. „Darf ich mir das zum Lesen ausborgen?"

„Natürlich. Dir ist klar, das bedeutet, du musst es zurückgeben, was wiederum bedeutet, dass du hierher zurückkehren musst." Er lehnte sich mit der Schulter an das Buchregal und warf mir ein schiefes Lächeln zu. „Ich habe mitgehört, wie du Willie versichert hast, dass du nach heute Abend nicht mehr zurückkehrst."

„Ach. Ja. Sie schien diese Zusicherung zu brauchen."

Sein Lächeln verschwand. „Lass dir von ihr keine Angst einjagen."

„Das tut sie nicht. Ich weiß, dass sie nur versucht, dich zu beschützen."

„Sie ist diejenige, die beschützt werden muss, üblicherweise vor sich selbst. Sie glaubt immer noch, sie ist zwanzig Jahre alt und kugelsicher." Sein Blick richtete sich auf die gefaltete Zeitung auf dem Haupttisch. „Hat sie dir vorgeworfen, dass du mir nachspionierst, um Informationen für einen Artikel zu sammeln?"

„Diesmal nicht. Vielleicht hat sie mir heute Morgen geglaubt, als ich es geleugnet habe."

Er blieb still, wirkte aber nicht überzeugt.

„Glaubst du mir, Gabe?"

Er schenkte mir ein beruhigendes Lächeln. „Natürlich."

„Gut", murmelte ich.

„Warum gut?"

Ich tat so, als würde ich den blauen Umschlag des Tagebuchs mustern, um zu vermeiden, ihm in die Augen zu schauen. Ich hob meine Schulter zu einem Zucken. „Weil ich nicht möchte, dass du schlecht von mir denkst."

Er griff vor, als wolle er meine Schulter berühren, lenkte seine Hand aber um und legte sie stattdessen auf das Buchregal. Die Finger strichen über einen der Buchrücken. Ich wagte es nicht, in sein Gesicht zu schauen, und konzentrierte mich stattdessen auf das Tagebuch in meiner Hand. „Kann ich nicht", sagte er leise. „Ich meine, ich denke nicht schlecht von dir. Ganz im Gegenteil." Er räusperte sich und senkte dann den Arm an seiner Seite. Er machte einen kleinen Schritt zurück, von mir weg.

„Dann bin ich froh, dass wir darüber geredet haben." Ich sagte es leichthin, als hätten seine Worte nicht mein Herz wie wild schlagen lassen. „Ich glaube, ich ziehe mich zurück. Gute Nacht, Gabe." Ich trat um ihn herum, nur um innezuhalten und auf das hohe Regal zu schauen. Eines der Bücher hatte meine Aufmerksamkeit auf sich gezogen. „Worum geht es denn in diesem Buch? Das mit dem verblassten grünen Rücken mit dem verzierten Rand?"

Für mich war es zu hoch, und sogar Gabe musste sich auf die Zehenspitzen stellen, um es zu holen. Er hätte aber nicht so dicht bei mir stehen müssen, um es zu tun. Ich hätte mich auch wegbewegen können.

Doch das tat ich nicht. Ich war gerne in seiner Nähe.

Er zog das Buch aus dem Regal und reichte es mir, ließ aber nicht sofort los. Wir schauten einander darüber hinweg an, keiner von uns sah zur Seite, um den Bann zu lösen, der uns umfangen hatte. Ich wurde zu ihm gezogen, in die Tiefen seiner seegrünen Augen gesaugt, überwältigt von seiner Männlichkeit und dem guten Aussehen, und etwas Grundlegenderem, das ich nicht erklären konnte. Es stieg einem in den Kopf, die ungeteilte Aufmerksamkeit dieses Mannes zu haben, eine schwindelerregende Erfahrung.

Gabe holte plötzlich scharf Luft und trat zurück. Wir ließen beide das Buch gleichzeitig los. Ich erwischte es, bevor es auf den Boden fiel, und zog es mir an die Brust.

„Gut gefangen", sagte er.

„Gute Nacht, Gabe."

„Gute Nacht, Sylvia."

Ich eilte mit beiden Büchern aus der Bibliothek. Ich wusste nicht einmal, worum es in dem Grünen ging. Es spielte keine Rolle. Das Thema war nicht relevant. Das Buch war nicht relevant. Ich hatte ihn nur gebeten, es mir zu holen, weil es bedeutete, dass er sich dicht zu mir stellen musste, um das zu tun, und das hatte zu einem Augenblick des Irrsinns geführt. Es war keine bewusste Entscheidung gewesen, ihn zu bitten, es zu holen, aber was sonst hätte mich dazu bringen können?

Gabe war kein freier Mann, und ich war eine absolute Närrin, dass ich wieder hierblieb. Es war gleichbedeutend damit, mich auf ihn zu werfen. Meine Mutter wäre entsetzt gewesen. Ich fühlte mich nur beschämt.

KAPITEL 16

Ich konnte nicht schlafen, darum las ich das Buch mit dem grünen Umschlag. Es ging um einheimische Vögel in Nordamerika, geschrieben vor sechzig Jahren. Es war überraschend interessant. Ich schlief kurz vor Dämmerung ein, das Buch offen auf meiner Brust, und erwachte zum entfernten Geräusch eines klingelnden Telefons. Es war fast acht. Für mich war das spät.

Rasch zog ich mich an und ging nach unten, um Gabe zu finden, der zum Frühstücken in das Esszimmer zurückkehrte. Er wirkte ernst.

„Cyclops hat gerade angerufen", sagte er. „Er wurde vor ein paar Stunden hinaus nach Wapping gerufen. Ein Leichnam wurde gefunden, der im Fluss trieb. Er wurde als Tommy Allan identifiziert."

Ich setzte mich schwer auf einen der Stühle, konnte es nicht ganz glauben. Der arme Tommy. „Weiß Cyclops, was passiert ist?"

Er schenkte Kaffee aus der Kanne auf dem Buffet ein und reichte mir eine Tasse. Ich nahm sie in beide Hände, trank aber nicht. „Es gab Anzeichen für einen Kampf, außerdem eine Platzwunde an seinem Hinterkopf, was vermutlich die Todesursache war. Cyclops wird nach der Autopsie mehr wissen."

Ich bebte.

„Es tut mir leid", murmelte er. „Das waren zu viele Informationen."

„Schon gut. Aber mir ist gerade gekommen, dass ich einer der letzten Menschen war, die ihn lebend gesehen haben."

„Das ist ein ernüchternder Gedanke." Er setzte sich an den Tisch mir gegenüber. Er hatte bereits mit dem Frühstück angefangen, doch es war unbeendet. Er schob den Teller weg, der Appetit war ihm vergangen. „Hat er gestern etwas zu dir gesagt? Irgendetwas, das nahelegt, wen er letzte Nacht treffen würde, oder wohin er ging?"

Ich versuchte, die Unterhaltung in meinem Kopf heraufzubeschwören. Tommy hatte mir erzählt, dass er in der Nacht des versuchten Diebstahls bei einer Frau gewesen war, aber er hatte keinerlei Einzelheiten über sie verraten. Genauso wenig hatte er jemand anderen erwähnt.

Aber er hatte mir einen kleinen Hinweis in seiner Reaktion auf etwas gegeben, das ich zu ihm gesagt hatte. „Ich habe die Tatsache erwähnt, dass ein Magier beide Gemälde als von einem Magier gefertigt identifiziert hat, jemand, der nicht zwingend ein Kunstmagier war, aber in einer anderen Disziplin Talent haben könnte. Seine Miene änderte sich, und er ging eilig weg."

Gabe rückte vor. „Glaubst du, ihm wurde klar, wer dieser Magier ist?"

„Es ist sehr wahrscheinlich." Mein Blick richtete sich auf seinen, und wir sagten beide gleichzeitig den Namen. „Ludlow."

Gabe zog seinen Teller wieder dicht heran und nahm Messer und Gabel auf. „Wir besuchen ihn nach dem Frühstück."

Ich war mir nicht sicher, ob er sich auf mich bezog, dass ich ihn begleiten sollte, oder Alex. Er führte es nicht aus, bis wir das Essen beendet hatten.

„Wir treffen uns in fünfzehn Minuten in der Eingangshalle. Ist das genug Zeit?"

„Willst du, dass ich mit dir komme?"

„Natürlich. Das ist genauso sehr deine Ermittlung wie meine. Außerdem habe ich im Lauf der Jahre eines gelernt, nämlich, dass man keine Verdächtigen allein befragt."

„Und du willst Alex nicht aufwecken."

Er lächelte mir gerissen zu. „Laut Bristow ist Alex gestern

Nacht nicht nach Hause gekommen. Genauso wenig Willie." Er schien unbesorgt. Vielleicht geschah das häufig.

Fünfzehn Minuten später fuhren wir zu Ludlows Wohnung. Ich war mir meiner Überzeugung, mich von Gabe fernzuhalten, äußerst bewusst, aber ich beschloss, dass das etwas anderes war. Das war Teil der Ermittlung, und es ging nicht darum, bei ihm zu Hause zu wohnen.

Ludlow war nicht erfreut über uns, doch er versuchte diesmal nicht, die Tür vor unserer Nase zu schließen. Er wusste, dass er Gabe nicht wirklich draußen halten konnte. Er lud uns aber auch nicht nach drinnen ein, und wir mussten ihn befragen, während wir im öffentlichen Gang standen.

„Wo waren Sie gestern Nacht?", setzte Gabe an.

„Warum?", schoss Ludlow zurück. Er klang nervös, aber das hätte auch daran liegen können, dass er abermals verhört wurde. Er wusste, unsere Anwesenheit bedeutete, dass wir ihm gestern nicht geglaubt hatten.

„Beantworten Sie nur die Frage."

„Etwa um sieben bin ich einen Happen essen gegangen. Um zehn vor neun bin ich zurückgekehrt. Die Angestellten beim Crown and Thorn werden sich an mich erinnern. Einer der Nachbarn hat mich heimkommen sehen." Er deutete auf die Tür der Wohnung gegenüber.

„Und nach neun Uhr? Hat jemand Sie gesehen?"

Mr. Ludlow zögerte, dann schüttelte er den Kopf. „Ich war allein hier."

„Wann haben Sie zum letzten Mal Tommy Allan gesehen?"

„Wen?"

„Sie wissen, wer er ist. Einer der Umzugshelfer, die die Royal Academy of Arts angeheuert hat. Wir haben ihn vor Ihnen gestern erwähnt."

Mr. Ludlows Gesicht wurde aschfahl, sodass sich seine Altersflecken auf den Wangen stärker abhoben.

„Wenn Sie die Frage nicht beantworten, werde ich Sie bitten, mich nach Scotland Yard zu begleiten." Ich war mir nicht sicher, wie Gabe das schaffen wollte. Ludlow fesseln und ihn in den Vauxhall verfrachten?

Dann wurde mir klar, dass es wohl nur eine Taktik war, um Mr. Ludlow einzuschüchtern, damit er redete. Es funktionierte.

„Ich weiß nicht, wer dieser Mann ist. Ich habe ihn nie getroffen, obwohl ich denke, ich weiß, über welchen Kerl Sie reden. Ich habe gesehen, wie er Lady Stanhope und mich in der Galerie beobachtet hat, als wir … gesprochen haben." Mr. Ludlows Kehle bewegte sich bei einem schweren Schlucken. „Miss Ashe, Sie glauben mir, nicht? Wir waren einmal Kollegen. Sie wissen, dass ich zu meinem Wort stehe." Er hatte wohl Panik, wenn er mich anflehte.

„Ich weiß, dass Sie eine Menge Dinge sind", sagte ich. „Vertrauenswürdig zähle ich nicht dazu. Versnobt und unhöflich scheinen schon eher Ihr Ding zu sein."

„Ich *bin* vertrauenswürdig! Es tut mir leid, wenn ich Sie je schlecht behandelt habe. So ist es einfach, von Arbeitgeber zu Arbeitnehmer." Seine großen Augen wandten sich zu Gabe. „Sie wissen, wie es ist, Mr. Glass."

Gabe schaute ihn ausdruckslos an. „Nein."

Mr. Ludlow fuhr sich mit der Hand durch das dünne Haar. „Hören Sie." Er hielt die Stimme gesenkt. „Ich gebe zu, ich habe das Meerespanorama für Lady Stanhope als magisch identifiziert. Ich habe die Magie gespürt, in dem Augenblick, als ich in seine Nähe ging. Als Sie gesehen haben, wie wir streiten, Miss Ashe, habe ich verlangt, dass sie mir gibt, was sie versprochen hatte, im Austausch für meine Bewertung. Zu diesem Zeitpunkt hat sie sich geweigert, denn sie sagte, ich hätte ihr nichts erzählt, was sie nicht schon selbst herausgebracht hätte. Sie entnahm der Menschenmenge, die das Gemälde anzog, dass es von einem Magier gefertigt war. In dieser Nacht in der Galerie habe ich gedroht, die Zeitungen über das zu informieren, was sie macht, wenn sie nicht zahlt."

„Und was macht sie?"

„Mich anheuern, um magische Gemälde zu identifizieren, bevor die Künstler selbst es wissen. Dann taucht sie auf, bietet den Marktpreis an, um es zu kaufen, oder eines der anderen Werke der Künstler, und dann, wenn der Magier sich seines Talents bewusst ist, steigt der Preis und sie hat ein wertvolles Gemälde in den Händen. Meine Verwicklung in ihre Pläne begann und endete mit der Identifizierung von magischen Gemälden."

„Wie viele Gemälde haben Sie vor dem Meerespanorama für sie identifiziert?"

„Keines. Das war das erste Mal. Ich glaube, sie dachte sich den Plan nach dem Diebstahl des Delaroche aus. Mir kam es, dass niemand, darunter der ursprüngliche Künstler, sicher gewusst hatte, dass es von einem Magier gefertigt war, bis ein weiterer Magier die Magie darin identifizierte. Sie sah das Potenzial, falls sie die Gemälde nur früh genug kaufen konnte, und dazu war ein Magier nötig, der diejenigen identifiziert, die Magie enthalten." Er tippte sich auf die Brust. „Sie wusste, dass ich ein Magier bin. Sie versprach mir eine hervorragende Empfehlung, wenn ich während der Ausstellung half, und außerdem eine kleine Bezahlung. Nachdem sie vorbei war, wollte ich nach Arbeit als Koch suchen."

„Weshalb haben Sie uns davon gestern nichts erzählt?", fragte Gabe.

Mr. Ludlow stieß zitternd einen Atemzug aus und entspannte sich sichtlich. „Ich wollte diese Empfehlung. Ich *brauchte* sie. Mir bleiben doch nur noch ein paar Jahre. Ich will mir meinen lebenslangen Traum erfüllen, in einer großen Küche in einem Luxushotel zu arbeiten, aber die Verwalter dort stellen niemanden ein, dem sie nicht vertrauen können. Eine gute Empfehlung ist entscheidend." Nun, da er gespürt hatte, dass Gabe ihm glaubte, kehrte sein altes Selbstvertrauen zurück. Oder vielmehr seine Arroganz. „Ich habe nichts Verbotenes getan."

„Sie haben eine Ermittlung behindert, indem Sie unsere Fragen nicht ehrlich antwortet haben, als wir sie zum ersten Mal gestellt haben."

Mr. Ludlow ging, um die Tür zu schließen, doch Gabe hob die Hände, um ihn aufzuhalten.

„Sagen Sie es mir. Hat Lady Stanhope Ihnen schon diese Empfehlung gegeben?"

„Sie hat das Geld bezahlt, aber die Empfehlung muss sie noch schreiben. Warum?"

Gabe lächelte nur. Er tippte sich an die Krempe seiner Kappe.

„Einen schönen Tag noch, Mr. Ludlow." Wir gingen zum Aufzug.

„Erzählen Sie ihr nicht, dass ich etwas verraten habe! Mr. Glass! Ich flehe Sie an, nicht zu erwähnen, dass wir diese Unterhaltung hatten."

Der Aufzug war noch ganz unten im Erdgeschoss und würde ewig brauchen, bis er hier ankam. „Ich würde lieber die Treppen nehmen", sagte ich.

Wir gingen das Treppenhaus hinab.

„Miss Ashe! Miss Ashe, bitte, lassen Sie ihn Vernunft sehen." Mr. Ludlow beugte sich über das Geländer, schrie das Treppenhaus hinab, während wir uns zurückzogen. „Ich schreibe Ihnen eine hervorragende Empfehlung, wenn Sie ihn überzeugen können, nicht mit ihr zu reden. Sie werden jegliche Anstellung im Dienstbereich finden können, die Sie möchten." Seine Stimme hallte durch das Treppenhaus, erst stark, dann verklang sie.

Wir schlossen die Tür des Gebäudes, beendeten sein armseliges Flehen.

Gabe öffnete die Beifahrertür seines Automobils, aber seine Gedanken waren eindeutig nicht bei der Aufgabe. Er öffnete sie kaum weit genug, dass ich auf den Sitz schlüpfen konnte. „Er wusste nicht, dass der Delaroche auf eine magische Leinwand gemalt war, nicht mit magischer Farbe", sagte ich. „Genauso wenig Lady Stanhope, möchte ich wetten. Sie glauben, Delaroche war ein Magier, genau wie Arthur Partridge."

Mit immer noch geöffneter Wagentür tippte Gabe mit dem Finger auf den Rand der Windschutzscheibe. Ein leichtes Stirnrunzeln trat auf sein Gesicht.

„Gabe?"

Er schüttelte sich. „Tut mir leid. Ich habe nachgedacht. Wir wissen, dass Ludlow ein Magier ist, und haben angenommen, er wäre der einzige. Doch auch andere Magier hätten den Delaroche und das Meerespanorama sehen und die Magie darin erkennen können."

„Aber wir haben angenommen, dass Ludlow schuldig ist, weil Tommy Allan es herausgebracht hat. Ich habe ihm gestern gesagt, dass ein Magier in den Diebstahl verwickelt ist. Er wusste, dass Ludlow Magier ist, also … hier sind wir." Ich nickte zu dem Gebäude hin.

Gabes Augen blitzten vor Triumph. „Was, wenn Tommy einen *weiteren* Magier kannte, jemanden, der nicht Ludlow ist?"

Ich versuchte, mich durch zu denken. „Es würde ein Magier sein müssen, der mit der Kunstwelt verknüpft ist. Jemanden, von dem Tommy weiß, dass er beide Gemälde gesehen hat. Das beschränkt es auf einen weiteren Angestellten oder einen Künstler, der sein Werk am Burlington House abgeliefert hat. Tommy hatte mit der Öffentlichkeit nichts zu tun. Das sind immer noch eine Menge Leute, Gabe."

„Aber es beschränkt die Auswahl. Wen sollen wir als erstes befragen? Künstler oder Angestellte?"

„Künstler", sagte ich. „Insbesondere einen, von dem wir wissen, dass er Magier ist."

„Freddie Duckworth, den Bildhauer. Also gut."

Bis zu dem Zeitpunkt, als Gabe am Motor des Automobils gekurbelt hatte und neben mir am Steuer Platz nahm, hatte ich es mir allerdings anders überlegt.

„Moment", sagte ich, während er den Hebel zog, der die Gänge des Automobils scheppern ließ. „Ich glaube, wir sollten zum Burlington House. Tommy gab zu, dass er sich in Mr. Boltons Büro geschlichen hat, um meine Adresse zu finden. Was, wenn er dort etwas gesehen hat, das nahelegt, dass Mr. Bolton irgendein Magier ist?"

„Oder vielleicht der Assistent, falls die Angestelltenakten im äußeren Büro aufbewahrt wurden. Ich weiß, wie wir das herausfinden können, bevor wir sie zur Rede stellen." Er bog mit dem Automobil in den Verkehr ab und düste los.

Ich musste mir die Hand auf den Hut pressen, damit er nicht wegflog. Es war schwer, über das Motorengeräusch hinweg zu sprechen, darum musste ich mich fragen, wohin wir unterwegs waren. Es schien, als würden wir zurück nach Mayfair fahren.

Die Fahrt gestattete es mir, über die paarmal nachzudenken, da ich in Mr. Boltons Büro gewesen war. Was für Hinweise gab es dort, dass er oder Mr. Driscoll Magier waren? Was könnte Tommy Allan womöglich gesehen haben, als er sich reingeschlichen hatte?

Und dann kam es mir.

Gabe hatte auf der Fahrt auch nachgedacht. In dem Augenblick, in dem er den Motor vor dem Stadthaus in der Park Street abstellte, wandte er sich zu mir. „Der Assistent hat sich seltsam wegen seiner Krankheit benommen. Ist dir das aufgefallen? Könnte es ihm die ganze Zeit gut gegangen sein, und er hat wegen seiner Krankheit gelogen?"

„Er hat sich seltsam benommen, aber ich kann mir nicht vorstellen, wie oder inwiefern sich das darauf bezieht."

Er seufzte. „Stimmt. Warte hier. Ich bin in ein paar Augenblicken zurück." Er wollte schon seine Tür öffnen, doch ich erwischte ihn am Arm.

„Gabe. Ich glaube, es ist Mr. Bolton. Ich glaube, er ist ein Magier, sehr wahrscheinlich Kautschuk."

„Kautschuk?"

„Er hatte eine Menge Stempel in einer Kiste. Sie waren alle ordentlich aufgestellt, fast schon liebevoll. Er schien stolz auf sie zu sein."

„Das klingt nach einem Magier, der von seinem Handwerk besessen ist." Er lächelte. „Hoffentlich kann ich deine Ahnung bestätigen." Wieder bat er mich darum, zu warten.

Ich sah ihm nach, wie er zwei Stufen auf einmal zum Eingang nahm. Bristow öffnete die Tür, als Gabe gerade ankam. Er warf Gabe einen fragenden Blick zu, als er vorbeilief, dann spähte er nach draußen.

Ich winkte. Er kam die Stufen herab, um sich mir anzuschließen. „Möchten Sie hereinkommen, Miss Ashe?"

„Ich warte hier, vielen Dank. Gabe sagte, er würde nicht lange brauchen." Ich wollte ihn schon fragen, weshalb er glaubte, dass Gabe wegen dieses Besuches so geheimnistuerisch war, entschied mich aber dagegen. Es war nicht gerecht, einen Bediensteten zu bitten, über seinen Arbeitgeber zu schwätzen.

Ganz, wie er gesagt hatte, kehrte Gabe nur ein paar Minuten später zurück. Er kurbelte am Motor, stieg auf den Sitz neben mir und lächelte breit. „Du hast recht. Bolton ist ein Kautschukmagier."

„Du wirkst sicher."

„Das bin ich." Er fuhr los, bevor ich etwas sagen konnte,

doch ich war mir nicht sicher, ob ich ihn überhaupt gebeten hätte, das weiter auszuführen. Unsere Freundschaft war nicht stark genug, dass ich so direkt war. Falls er wollte, dass ich erfuhr, wie er bestätigt hatte, dass Mr. Bolton ein Kautschukmagier war, hätte er es mir erzählt.

Die Ausstellung im Burlington House war ruhig. Sie war nun inzwischen fast zwei Wochen für die Öffentlichkeit zugänglich, und da es Sonntagvormittag war, wo viele in die Kirche gingen, bedeutete das, dass keine große Menge anwesend war. Ich war besorgt, dass wir Mr. Bolton dort nicht finden würden, doch er war in seinem Büro, kümmerte sich um Papiere. Von Mr. Driscoll, seinem Assistenten, fehlte jede Spur.

Mr. Bolton blinzelte überrascht zu uns auf. Etwas an unserer Miene musste ihn wohl über unseren Grund aufgeklärt haben, weshalb wir hier waren, denn seine Hand schloss sich über seinem Zeigestock. Er hob ihn allerdings nicht. Er würde versuchen, vorerst mit einem Bluff davonzukommen.

„Guten Morgen, Mr. Glass, Miss Ashe. Das ist ja eine Überraschung. Sind Sie gekommen, um mir zu sagen, dass Sie den elenden Tommy Allan gefunden haben?"

„Er wurde heute Vormittag tot aufgefunden", sagte Gabe.

Mr. Boltons Gesicht wurde blass. Seine Lippen bewegten sich, doch es kam nichts heraus.

Gabe deutete auf den Aktenschrank auf einer Seite des Raumes. „Werden die Angestelltenakten dort aufbewahrt?"

Mr. Bolton blinzelte heftig, als er versuchte, mit der rasch weiterziehenden Unterhaltung mitzuhalten. „Ja. Warum?"

„Wann haben Sie angefangen, hier zu arbeiten?"

„Ein Jahr, bevor der Krieg ausbrach." Er deutete auf eine Fotografie, die an der Wand hing, auf der sechs Soldaten waren, die Arme umeinander gelegt, und Mr. Bolton in einer Offiziersuniform, der auf einer Seite stand. „Ich wiederhole mich. Warum?"

„Haben Sie davor in der Kautschukfabrik Ihrer Familie gearbeitet?"

Mr. Bolton blieb still.

Gabe kam um den Schreibtisch und deutete auf die obere Schublade. Mr. Bolton hob seinen Stock und schlug damit nach unten, als wolle er Gabes Hand erwischen, doch Gabe schnappte ihn ihm weg.

Mr. Bolton schoss hoch. „Das ist empörend! Sie können nicht hereinkommen und sich durch meine Besitztümer wühlen!"

Gabe nahm die Kiste mit Stempeln aus der Schublade und klappte den Deckel auf. Es waren mindestens acht Stempel darin, alle mit polierten Holzgriffen und Kautschuksockeln. Etliche waren makellos, als wären sie nie benutzt oder kürzlich gereinigt worden.

Gabe zog einen heraus, doch Mr. Bolton schnappte ihn ihm weg, stellte ihn zurück in die Kiste und schloss den Deckel. Er zog die Kiste an seine Brust. „Hinaus", knurrte er. „Sie haben hier keine Befehlsgewalt."

„Die haben Sie selbst angefertigt", sagte Gabe. „Sie haben sie alle gemacht, womöglich vor dem Krieg. Aus welchem Grund auch immer arbeiten sie nicht mehr in der Kautschukfabrik Ihrer Familie, aber Sie haben ein paar Stücke behalten. Sie zu halten, sie zu reinigen, sie zu benutzen, das befriedigt Ihren Zwang, dieses Jucken, an dem Sie von Zeit zu Zeit kratzen müssen. Für Sie haben die Kautschukgegenstände, die Sie in der Nähe halten, die Form von Stempeln, die Ihre Familie aus Kautschukmagiern herstellt."

Mr. Boltons Griff um die Kiste verfestigte sich.

Gabe fuhr fort. „Da Sie ein Magier sind, konnten Sie von Magiern gefertigte Gemälde identifizieren. Sie haben eines mit der Absicht gestohlen, es auf dem Schwarzmarkt zu verkaufen. Sie haben vorgehabt, ein weiteres von einem bisher noch unbekannten Malermagier zu stehlen, aber der Versuch schlug fehl."

„Ich habe nichts dergleichen getan!" Seine Stimme wurde höher, und eine Schweißperle lief über seine Schläfe. Ich war keine Expertin beim Verhör, aber auf mich wirkte er schuldig.

Gabe dachte das eindeutig auch. „Sylvia, bitte nutze das Telefon auf Mr. Driscolls Schreibtisch, um Scotland Yard anzurufen. Sag ihnen, sie sollen Männer schicken, die Mr. Bolton in Gewahrsam nehmen, für den Diebstahl des Delaroche, den versuchten Diebstahl des Meerespanoramas von Partridge und den Mord an Tommy Allan."

Mr. Bolton stolperte in den Stuhl, sein Mund stand offen, seine Schultern sanken herab.

Es fühlte sich wie eine endlos lange Wartezeit an, bis die Polizei kam und wir uns anhören mussten, wie Mr. Bolton abwechselnd die Verbrechen leugnete, und dann wieder lange Zeit trotzig schwieg. Weg war der direkte und herrschaftliche Mann, der mich eingestellt hatte. Ich hatte ihn gemocht. Ich hatte ihn als Verwalter und als Mensch respektiert. Im Vergleich wirkte der Kerl, der jetzt zusammengesunken am Schreibtisch saß, wie eine Marionette ohne Fäden.

Cyclops traf mit vier Konstablern ein, um die Festnahme zu beaufsichtigen. Er hörte zu, während Gabe unsere Theorie erklärte. So einfach dargelegt wurde klar, dass die Beweise dünn waren. Es mochte vielleicht nicht für eine Verurteilung reichen.

Cyclops legte uns das allerdings nicht dar. Nachdem Mr. Bolton aus dem Büro eskortiert worden war, klopfte er Gabe auf die Schulter. „Gute Arbeit. Hoffentlich gesteht er nach ein paar Stunden, in denen er in unseren Zellen vor sich hin brütet."

„Und was, wenn nicht?", fragte Gabe.

„Wir finden vielleicht etwas bei ihm zu Hause, das ihn mit dem Diebstahl und dem Mord in Verbindung bringt." Er lächelte mich an. „Was hältst du von deiner ersten Festnahme, Sylvia?"

„Es war ziemlich aufregend, auch wenn Gabe die ganze Arbeit erledigt hat. Ich habe nur daneben gestanden."

„Ich bin sicher, du warst eine große Hilfe, oder Gabe hätte dich gar nicht mitgenommen. Wo ist Alex?"

Gabe schaute auf seine Uhr. „Er könnte inzwischen zu Hause sein."

Cyclops seufzte. „Ich wünschte, er würde zur Ruhe kommen."

„Das wird er, wenn es für ihn an der Zeit ist."

„Seine Mutter macht sich Sorgen. Das tun wir beide."

„Das ist unnötig. Er ist bei Willie."

Cyclops' Blick bohrte sich in den von Gabe.

Gabe hob ergeben die Hände. „Tut mir leid. Mir ist gerade klar geworden, wie das klingt. Ich werde auf ihn aufpassen, das verspreche ich."

Cyclops nahm die Kiste mit Kautschukstempeln, dann ging

er, um seinen Männern aus dem Büro zu folgen, doch Gabe rief ihm nach.

„Kannst du Bolton nach dem Entführungsversuch von mir fragen? Ich will wissen, ob er verwickelt war."

Cyclops nickte und ging.

Gabe und ich folgten ihm und gingen zurück zum Automobil, das auf dem Piccadilly parkte. Keiner von uns sagte etwas. Ich fühlte mich irgendwie niedergeschlagen nach der Aufregung der Konfrontation, und vielleicht ging es Gabe genauso. Für mich lag es daran, dass die Ermittlung zu Ende war. Mein Teil war beendet. Mit der Festnahme war meine Einbindung vorbei, und ich hatte keine Gründe mehr, Gabe zu treffen.

Ich hatte unsere gemeinsame Zeit schätzen gelernt. Mein Geist fühlte sich beflügelt, wenn ich ihn sah. Unterhaltungen waren nicht nötig, damit ich mich in seiner Gesellschaft wohlfühlte. Mir gefiel es, einfach neben ihm in dem Automobil zu sitzen.

Vermutlich war es nur gut, dass wir einander nicht mehr treffen würden, wenn ich so empfand.

Ob Gabe aus demselben Grund still war, oder weil er sich Sorgen machte, dass nicht genügend Beweise gegen Mr. Bolton vorlagen, konnte ich nicht sagen. Wir fuhren zurück zur Park Street, wo wir den verschlafenen Alex trafen. Offenbar war Willie direkt ins Bett gegangen, nachdem sie zurückgekehrt waren, kurz nachdem wir am Vormittag aufgebrochen waren, doch Alex war aufgeblieben. Gabe erklärte, was passiert war. Alex stöhnte, als er erwähnte, dass sein Vater gekommen war, um Mr. Bolton abzuholen.

„Er wird mir was vorpredigen, wenn ich ihn nächstes Mal sehe."

„Vermutlich", sagte Gabe fröhlich.

Alex wischte sich mit der Hand übers Gesicht. „Ich brauche noch einen Kaffee. Sonst noch wer?"

Ich lehnte ab. „Ich werde jetzt aufbrechen. Ich will den Rest des Tages damit verbringen, mir eine neue Bleibe zu suchen."

Gabe holte Luft, als würde er etwas sagen wollen, hielt aber inne. Er nickte nur. „Ich helfe dir mit deinen Taschen." Er bat

Bristow, von Dodson den Hudson vorfahren zu lassen, um mich nach Hause zu bringen, dann gingen wir nach oben.

Mein Gepäck wartete gleich hinter der Tür meines Schlafzimmers auf mich, ein kleines Sträußchen aus Wicken und Narzissen lag oben auf der Hutschachtel. Die Karte daran war in der inzwischen vertrauten Handschrift von Mrs. Bristow verfasst. „Wir hoffen, Ihr Aufenthalt war behaglich", stand dort. „Sie sind eingeladen, uns jederzeit zu besuchen. Die Bewohner der Park Street Nummer 16 haben Ihre Gesellschaft genossen und werden Sie vermissen." Unterschrieben war sie mit Mr. und Mrs. B.

Ich lächelte. Sie war sehr fürsorglich.

Gabe runzelte die Stirn, während ich die Notiz in meine Tasche packte und das Sträußchen und die Hutschachtel aufnahm. „Was muss ich tun, um so behandelt zu werden? Das Größte, was Mrs. Bristow mir je geschenkt hat, ist Nadel und Faden, damit ich selbst einen Knopf wieder an meine Jacke nähen kann."

„War das nach einem Abend, als du mit Willie und Alex aus warst?"

Zur Antwort ließ er ein schiefes Grinsen aufblitzen.

Er hatte mehr Leute, denen es wichtig war, als ihm klar war. Seine Eltern mochten ja auf ihrem Anwesen auf dem Land residiert haben, während Gabe sein wildes Leben in London führte, aber er hatte Willie, die auf ihn aufpasste, genauso Cyclops und Catherine, und Mrs. und Mr. Bristow schienen ebenfalls die Rolle der Eltern angenommen zu haben. Sie hatten alle sichergestellt, dass Gabe wegen seines unsteten Lebensstils nicht zu Schaden kam, und dass er weiter zu einem Mann heranwuchs, der geerdet, freundlich und jemand war, auf den sie alle stolz sein konnten.

Ich blinzelte Tränen weg, während ich nach unten ging, nicht ganz sicher, weshalb Gabes großes Glück mich überhaupt erst zum Weinen brachte. Während ich auf Dodson wartete, fragte ich Bristow, ob ich mich von seiner Frau verabschieden könne.

Er führte mich durch eine Tür, die in den Schatten des Treppenhauses schwer zu sehen war, eine schmale Treppe hinab zum Bedienstetenbereich im Keller. Ich dankte der Haushälterin, der

Köchin und dem Dienstmädchen für ihre Gastfreundschaft, lobte Mrs. Ling für ihr köstliches Essen. Sie schüttelte mir die Hand und lächelte, dann sagte sie mir, dass sie mir eines Tages eine Spezialität aus ihrem Heimatland China machen würde.

„Das wäre mir eine Ehre." Ich sagte ihr nicht, dass ich nicht zurückkommen würde. Sie schien so glücklich über meine Antwort, dass ich sie nicht enttäuschen wollte.

Bis ich zur Eingangshalle zurückkehrte, war das Automobil eingetroffen. Der Motor des Hudsons grollte wie ferner Donner, und Dodson stand neben der hinteren Beifahrertür und wartete auf mich.

Gabe, der ein angespanntes Lächeln auf dem Gesicht hatte, als ich aus dem Bedienstetenbereich im Keller zurückgekehrt war, schüttelte mir die Hand, als hätten wir gerade ein Geschäft abgeschlossen. Ich schätzte, dass wir gewissermaßen Kollegen waren, nachdem wir in den letzten paar Tagen zusammengearbeitet hatten. Es fühlte sich trotzdem seltsam an. Aber wie sonst hätte er mich verabschieden können? Ein Kuss auf die Wange wirkte zu vertraut, eine Verbeugung zu formell. Also war es ein Handschütteln, und nicht einmal ein anhaltendes. Tatsächlich schien er plötzlich begierig, mich loszuwerden. Er nahm meine Taschen und trug sie die Eingangsstufen hinab. Er befestigte sie am Gepäckträger hinten am Hudson, während ich auf den hinteren Sitz schlüpfte. Dodson schloss die Tür, und sobald das Gepäck gesichert war, fuhren wir los.

Gabe winkte mir einfach vom Bürgersteig aus. Ich winkte ebenfalls, dann schaute ich nach vorne. Es war nicht vernünftig, zurückzuschauen. Überhaupt nicht vernünftig. Es bedeutete nur Melancholie. Und davon hatte ich in den letzten Jahren genug gehabt. Es war Zeit, nach vorne auf das zu schauen, was als nächstes kam. Nur nach vorne.

KAPITEL 17

*D*aisy und ich verbrachten den Sonntagnachmittag auf der Suche nach einer Pension. Bei Dämmerung gaben wir auf. Jene, die verfügbare Zimmer hatten, mochten die Tatsache nicht, dass ich kein Empfehlungsschreiben von meiner vorherigen Pensionsbetreiberin und auch nicht von meinem letzten Arbeitgeber hatte. Meine Anstellung bei der Glass-Bibliothek war nicht lang genug, um dafür gültig zu sein. Ohne Empfehlungsschreiben nahmen mich die Häuser mit gutem Ruf nicht auf. Und die fragwürdigen? Ich war nicht verzweifelt genug, um es dort zu versuchen. Sogar Daisy rümpfte die Nase über sie, und sie war sehr viel furchtloser als ich.

Sie beharrte darauf, dass ich bei ihr blieb, bis ich etwas für die Dauer fand. „Ich werde deine Gesellschaft genießen", erzählte sie mir beim Abendessen im billigen italienischen Restaurant um die Ecke an ihrer Wohnung. „Als ich bei meiner Familie gewohnt habe, wollte ich nur von ihnen weg, damit ich die Flügel ausbreiten und mein Leben frei wie ein Vogel führen kann. Aber nach ein paar Monaten vermisste ich sie. Na ja, nicht so sehr sie, sondern den Lärm, den sie veranstaltet haben, das Geplauder, das Gelächter und sogar den Streit und die Predigten. Allein zu leben ist so … einsam."

„Vielleicht musst du mehr raus. Es ist bestimmt schwer, in deiner Wohnung zu leben und zu arbeiten."

Ihre Augen leuchteten. „Wollen wir in einen Club gehen? Ich habe von einem neuen gehört, in dem Ragtime und Jazz gespielt wird." Sie tanzte ein wenig auf dem Platz, als könne sie die Musik schon hören.

Ich fragte mich, ob es der Club in der Kingly Street war, in den Willie und Alex gestern Nacht gegangen waren. Die Gedanken an sie führten unvermeidlich zu Gabe, und ich wollte nicht an ihn erinnert werden. „Ich glaube, ich werde zu Hause bleiben, aber du solltest gehen."

Sie schaute mich gleichmütig an. „Warst du je in einem Nachtclub, Sylvia?"

„Ich war in Pubs und Tanzhallen. Nachtclubs sind doch nur eine Kombination aus beiden, oder nicht?"

Sie verdrehte die Augen. „Sind sie nicht. Vielleicht gab es ja nicht viele, wo du gelebt hast, aber sie kommen derzeit in ganz London auf. Du musst einfach einen Abend mit mir kommen. Wir werden eine tolle Zeit erleben, Cocktails trinken und die ganze Nacht tanzen."

„Ich werde mit dir kommen, nur nicht heute Nacht."

„Dann ist es abgemacht." Sie warf mir einen unschuldigen Blick zu, den sie aber mit einem Zwinkern ruinierte. „Das ist wie das Zusammensein mit einem Mann. Man muss einfach zumindest einmal im Leben einen Club erlebt haben."

Nun war es an mir, die Augen zu verdrehen. „Beide Erfahrungen werden warten müssen. Ich muss morgen arbeiten."

„Wenn du müde wirst, kannst du in einem dieser wunderbaren Sessel ein Nickerchen halten. Professor Nash wird es nichts ausmachen. Er wirkt ziemlich lieb."

„Das ist er, und das ist ein Grund, weshalb ich ihn nicht ausnutzen möchte."

„Ich will nicht allein ausgehen." Sie zog eine Schnute, dann schob sie sich eine Gabel Lasagne in den Mund.

„Warum nimmst du nicht Horatio mit?"

Sie verzog das Gesicht. Nachdem sie fertig geschluckt hatte, sagte sie: „Männer bitten mich nicht um einen Tanz, wenn er sich um mich herum drückt. Sie werden glauben, wir sind zusammen."

„Wärst du gern mit ihm zusammen?"

„Das meinst du doch nicht ernst." Ihr Tonfall war ausdruckslos.

„Ich schätze nicht."

Nach etwas mehr Abwägung beschloss sie, nicht in den Club zu gehen. Ich schätzte aber, dass sie irgendwie frustriert war, als ich erklärte, dass ich früh zu Bett gehen wollte. Nachdem ich in der Vornacht so schlecht geschlafen hatte, war ich zu müde, um lange auf zu bleiben. Daisy bestand darauf, dass ich die Hälfte des Bettes nahm, während sie auf der anderen Seite unter die Decken schlüpfte. Sie ließ das Licht auf ihrer Seite an, während sie las, und ich beschloss, auch ein paar Seiten zu lesen. Erst als ich das grüne Buch aus Gabes Bibliothek in der Hand hielt, wurde mir mein Fehler klar. Ich würde doch noch zu seinem Haus zurückkehren müssen. Ich musste das Buch zurückgeben.

Vielleicht konnte ich es mit der Post schicken oder es zur Bedienstetentür bringen. Was immer für eine Methode ich wählte, ich wusste, es war das Richtige, ihm aus dem Weg zu gehen.

* * *

MEINE ENTSCHLOSSENHEIT, Gabe aus dem Weg zu gehen, wurde am folgenden Vormittag völlig ruiniert, als ich in der Glass-Bibliothek ankam, um zu sehen, wie er am Eingangstresen mit Professor Nash plauderte. Ich hielt auf der Schwelle inne und blinzelte ihn nur dümmlich an, während ich versuchte, meine zusammenhanglosen Gedanken zu sortieren. Ich wollte ihn sehen. Ich freute mich, ihn zu sehen. Und doch tat ich das gleichzeitig nicht. Es ergab keinen Sinn.

Er saß auf der Tischkante, und jetzt stand er auf, um mich zu begrüßen. „Darf ich dir den Mantel abnehmen?" Er half mir heraus, und ich hängte ihn auf den Ständer an der Tür.

„Geht es um das Buch?", fragte ich.

„Welches Buch?"

„Das, das ich mir von dir ausgeborgt habe."

„Nein. Behalt es. Es macht mir nichts. Es geht um die Ermittlung. Ich wollte dir erzählen, wie das Verhör gestern Nacht lief. Cyclops hat mich heute Vormittag angerufen." Er stieß ein schweres Seufzen aus. „Es ist nicht gut. Bolton hat nicht gestanden. Er hat die Verwicklungen in alles geleugnet - die Diebstähle und den Mord genauso wie meinen Entführungsversuch. Ich bin nicht unbedingt überzeugt, dass er in den verwickelt war, aber es besteht die Möglichkeit, dass er mit dem Fall in Zusammenhang stand, also musste man die Frage stellen."

„Haben sie sein Haus durchsucht, um weitere Beweise zu finden?"

Er schüttelte den Kopf. „Cyclops sagte, sie werden ihn gehen lassen müssen, wenn sie nicht bald eindeutige Beweise finden." Er setzte sich wieder auf die Tischkante, und sein Daumen tippte rasch auf den Oberschenkel. Er runzelte nachdenklich die Stirn. „Allerdings schien es Bolton wichtig, zu erwähnen, dass er nur als Verwalter von der Royal Academy angestellt wurde, nicht wegen irgendwelcher Erfahrungen mit Kunst. Er behauptet, keine Verbindung zur Kunstwelt zu besitzen, ob sie nun von Magiern hergestellt ist oder nicht."

Professor Nash hatte zugehört und räusperte sich nun, um sich vorzubeugen. „Entschuldigt, dass ich mich einmische, aber ich habe kriminelles Verhalten studiert. Das ist ein Hobby von mir." Er schob sich die Brille die Nase hoch. „Wenn die einzige Abweichung von seiner Leugnung war, dass er klarstellte, keine Verbindungen zur Kunstwelt zu besitzen. Dann bedeutet das wahrscheinlich, dass es wichtig ist."

Gabe nickte. „Das sehen Cyclops und ich auch so. Wir glauben, dass er schuldig ist, aber nicht allein gehandelt hat. Sein Partner hat die Kunstverbindungen. Ob Bolton einfach nur derjenige war, der die magische Kunst identifiziert hat, wie es Mr. Ludlow für Lady Stanhope in deren Plan getan hat, oder ob er das Genie dahinter war, bleibt noch zu sehen."

„Der Marionettenspieler", murmelte ich.

„Genau. Ob er derjenige war, der die Fäden in der Hand hielt oder nicht."

„Ich glaube es nicht. Er wirkte ziemlich niedergeschlagen, als ihm klar wurde, dass wir erraten haben, dass er ein Magier ist. Zu dem Zeitpunkt erinnerte er mich auf einmal eine Marionette, deren Fäden man durchtrennt hatte. Er trieb nur so dahin. Er wusste nicht, was er sagen sollte, ohne dass ihn jemand führte.

Ich glaube, er war ein Komplize bei diesem Verbrechen, nicht der Anführer."

Wir verfielen in Schweigen, dachten darüber nach, wer der Marionettenspieler sein konnte.

Professor Nash meldete sich als erstes zu Wort. „Cyclops sollte Mr. Bolton mehr Druck machen. Wenn er genug Druck ausübt, könnte er ihn zum Beichten bringen. Mr. Bolton wird nicht wissen, dass er eigentlich ein netter Mensch ist, darum sollte Cyclops das zu seinem Vorteil nutzen."

Gabe und ich starrten ihn beide an. Er lächelte zurück, ziemlich zufrieden mit sich.

„Ich glaube, Cyclops bekommt Antworten lieber ohne gewaltsame Methoden", sagte Gabe.

Der Professor zuckte nur mit den Schultern. „Das wird länger dauern, aber dann soll es so sein. Ich lobe ihn für seine Moral. Also ..." Er nahm seine Brille ab und wischte sie mit einem Taschentuch sauber. „Wer sind eure anderen Verdächtigen? Welche kennen Bolton?"

„Ein Angestellter, würde ich raten", sagte Gabe. „Obwohl Bolton die Künstler vielleicht auch getroffen hat, hätte er bestimmt mehr mit den Angestellten zu tun gehabt." Er wandte sich zu mir, seine Augen glänzten. „Derjenige, mit dem er am meisten zu tun hatte, war sein Assistent Driscoll."

Ich lächelte, konnte es nicht zurückhalten. „Mr. Driscoll hat uns wegen seiner Krankheit angelogen, da bin ich mir sicher."

„Was hat das denn mit dem Diebstahl zu tun?", fragte Professor Nash.

„Ich weiß es nicht, aber wir werden es herausfinden", sagte Gabe. „Darf ich mir Sylvia eine Weile ausborgen?"

„Natürlich."

Ich beharrte nicht darauf, zu bleiben. Ich wollte mit Gabe gehen. Ich wollte die Ermittlung zu Ende bringen. Wenn es meinem Chef nichts ausmachte, was konnte ich da einwenden?

* * *

WIR FANDEN Mr. Driscoll an Mr. Boltons Schreibtisch im Büro des Verwalters stehen, vor ihm lagen Papiere ausgebreitet. Er nahm eines, musterte es und warf es weg. Es rutschte vom Schreibtisch auf den Boden. Mr. Driscoll wühlte durch die anderen, veranstaltete einen noch größeren Schlamassel.

Gabe räusperte sich, und der Assistent schaute auf. „Was ist denn? Oh. Sie beide." Er richtete sich mit einem befangenen Blick auf die Papiere auf. Er mischte einige von ihnen zu einem Stapel zusammen.

„Lassen Sie die Dokumente liegen", befahl Gabe.

Mr. Driscolls Finger zog sich zurück, als hätte Gabe ihm auf die Handgelenke geschlagen. „Die Polizei war bereits hier, hat diese Dinge durchsucht. Ich weiß nicht, was Sie zu finden erwarten."

„Wir sind nicht hier, um uns die Dokumente anzusehen. Wir wollten mit Ihnen reden."

Ich nahm ein paar der Papiere. Es waren Bankabrechnungen und Quittungen. Mr. Driscoll versuchte nicht, mich aufzuhalten. Er konzentrierte sich auf Gabe, nicht auf mich. Falls er nach Beweisen suchte, die ihn belasteten, um sie zu vernichten, waren sie nicht in diesen Papieren.

Gabe wies auf die Papiere. „Suchen Sie nach etwas Bestimmtem?"

Mr. Driscoll seufzte schwer. „Das Gremium möchte wissen, wie viel die Ausstellung bisher eingebracht hat. Sie wollen es heute! Sie wissen, dass Mr. Bolton festgenommen wurde. Sie wissen, dass ich hier allein bin. Ich habe nach einer Gnadenfrist von einem Tag gefragt, und sie wollen sie mir nicht gewähren. Sie sind wütend, dass er den Ruf der Royal Academy beschädigt hat, aber das bedeutet doch nicht, dass ich bestraft werden sollte!"

Ich reichte ihm die Papiere, die ich zusammen gesammelt hatte. „Ich habe Ihren Platz eingenommen, als Sie sich nicht gut gefühlt haben."

Sein Blick senkte sich. Ein Anzeichen von Schuld vielleicht?

„Sie waren nicht wirklich krank, oder?"

Er berührte sich am Kragen. „Ich hatte einen rauen Hals."

„Das ist das erste Mal, dass Sie einen rauen Hals erwähnen. Letztes Mal haben Sie behauptet, Sie hätten Husten gehabt."

Mr. Driscoll zerrte an seinem Kragen und beäugte den Ausgang.

Gabe ging, um ihn zu verstellen. „Weshalb sind Sie weggeblieben, wenn Sie nicht krank waren?"

Mr. Driscoll schluckte schwer.

„Warum lügen Sie uns an? Was verbergen Sie?"

„Nichts", quietschte er.

„Wir glauben Ihnen nicht. Sie sind irgendwie in den Diebstahl verwickelt. Entweder erklären Sie es uns hier, oder Sie gehen nach Scotland Yard und erklären es dort. Ich bezweifle, dass sie da so nett fragen."

„In Ordnung! Ich gebe nach. Ich sage es Ihnen." Mr. Driscoll fuhr sich mit der Hand durch seinen großen, gewellten Pony, sodass er ganz schief wurde. „Schließen Sie die Tür."

Gabe tat, worum er gebeten hatte, und näherte sich dem Schreibtisch. Wir standen vor dem Assistenten auf der anderen Seite.

Mr. Driscoll holte tief Luft und stieß sie langsam aus. „Ich hatte nichts mit dem Diebstahl zu tun. Aber Sie haben recht. Ich war nicht krank. Jemand hat mich bezahlt, damit ich ein paar Tage wegbleibe." Er zuckte mit den Schultern. „Es war Geld, um nichts zu tun. Wie konnte ich da Nein sagen?"

„Wer hat Sie bezahlt?", fragte Gabe.

„Ich weiß nicht."

„Ich glaube Ihnen nicht."

„Es stimmt!" Mr. Driscolls Blick huschte zwischen uns hin und her. „Er hat mir eine Nachricht geschickt, mich mit ihm im Green Park zu treffen, wo er mich bezahlen würde. Es war dunkel, und er hatte einen Mantel mit Kapuze. Sein Gesicht habe ich nicht gesehen."

„Sie scheinen zu wissen, dass er ein Mann war."

Er nickte. „Das war er. Er hat nicht versucht, seine Stimme zu verstellen. Er war nicht hochgewachsen oder dick, nur ganz normal."

„Es war nicht Mr. Bolton?"

„Nein. Seine Stimme hätte ich erkannt."

Gabes Daumen tippte wieder an den Oberschenkel.

Je länger sich die Stille hinzog, desto mehr fummelte Mr. Driscoll an den Papieren herum. „Sie müssen mir glauben! Ich wurde bezahlt, um nicht hier zu sein. Ich weiß nicht, was das mit Ihrem Diebstahl zu tun hat. Der Delaroche wurde vor meiner Abwesenheit gestohlen, und der Versuch mit dem Meerespanorama kam nach meiner Rückkehr. Nichts Unerfreuliches ist während meiner Abwesenheit passiert, weshalb ist das also relevant?"

Für mich ergab das auch keinen Sinn. Ich war an seiner Stelle eingestellt worden, wenn da also etwas hätte passieren sollen, hatte meine plötzliche Anstellung es abgewandt? Hatte meine Anwesenheit Mr. Boltons Pläne vereitelt? Falls ja, weshalb hätte er mich einstellen sollen? Warum sagte er nicht ab, schickte mich weg, weil er keine vorübergehende Assistentin brauchte?

Gabes Daumen wurde plötzlich reglos. Er wandte sich zu mir. Dem Ausdruck auf seinem Gesicht entnahm ich, dass seine Gedanken auf denselben Pfaden gewandelt waren wie meine. Und er war offensichtlich zu einem Schluss gekommen.

Mein Mund wurde trocken. „Ich war es nicht. Ich habe Mr. Driscoll nicht bezahlt, um sich krank zu melden. Ich habe ihn oder Mr. Bolton noch nie vorher getroffen." Die Worte stolperten heraus, weil ich es unbedingt leugnen wollte. In diesem Augenblick war es nicht meine Angst vor einer Festnahme, die meine Leugnung erzwang. Es war die Angst, dass Gabe mich für schuldig halten könnte.

Er nahm sanft meine Arme und neigte den Kopf, um mir in die Augen zu schauen. „Ich weiß, dass es nicht du warst, Sylvia. Ich weiß, dass du bei alldem unschuldig bist."

Mr. Driscoll verschränkte die Arme vor der Brust, wirkte erleichtert, dass niemand ihn weiterhin beschuldigte. „Woher wissen Sie das?"

Gabe deutete auf die Fotografie auf der Wand, diejenige, auf der Mr. Bolton in Uniform neben sechs Soldaten gezeigt wurde, ihre Arme umeinander gelegt. Ich nahm sie ab und musterte ihre Gesichter. Ich erkannte keines davon. Ich las die Namen, die unten geschrieben standen, doch sie waren nicht vertraut.

„Ich verstehe nicht. Ist einer dieser Männer Mr. Boltons Komplize?"

Gabe deutete auf ein Wort am Ende der Bildunterschrift. „Passchendaele."

„Die Schlacht von Passchendaele war 1917, nicht? Da haben wir so viele Männer verloren." Gabe war auch dort gewesen. Ich erinnerte mich, dass er das erwähnt hatte. Aber wo hatte ich es ihn sagen hören?

„Sylvia, wer hat dir deine Anstellung hier besorgt?"

„Mr. Bolton."

„Nicht, wer dich eingestellt hat. Wer hat vorgeschlagen, dass du dich bewirbst?"

Mein Herz machte einen Satz. O Gott. „Horatio." Er hatte eine Szene aus der Schlacht von Passchendaele auf die Trennwand aus Holzpaneelen in seiner Wohnung gemalt.

Gabe nickte grimmig. „Ich bin sicher, wenn wir uns die Militäraufzeichnungen ansehen, werden wir feststellen, dass Bolton Horatios Sergeant war. Sie haben einander in den Schützengräben sicher gut kennengelernt."

„Sie haben eine Möglichkeit gefunden, ihre jeweiligen Talente zu kombinieren und Geld nach ihrer Rückkehr ins Zivilleben zu machen", fügte ich an, dachte darüber nach, während ich sprach. „Mr. Bolton konnte Magie identifizieren, und er arbeitete bereits hier bei der Akademie, hatte sehr wahrscheinlich eine garantierte Anstellung als Verwalter nach seiner Rückkehr aus dem Krieg. Und Horatio kannte die Kunstwelt in- und auswendig. Er hatte Verbindungen zum Schwarzmarkt, wo ein gestohlenes Gemälde im Geheimen an den höchsten Bieter versteigert werden konnte, ohne dass es die Behörden jemals herausfanden."

Gabe nickte dazu, stimmte allem zu.

„Was ich aber nicht verstehe", fuhr ich fort, „ist die Rolle, die ich bei dem Ganzen gespielt habe? Weshalb musste ich Mr. Driscolls Stellung hier einnehmen?"

„Wir werden Horatio fragen, nachdem er festgenommen wurde." Gabe reichte die Fotografie dem ziemlich verblüfften Mr. Driscoll. „Vielen Dank für Ihre Zeit. Sie waren äußerst hilfreich. Darf ich Ihr Telefon benutzen?"

Gabe rief Cyclops bei Scotland Yard an und erzählte ihm, dass er sich mit uns bei Horatios Wohnung treffen sollte. Dem

Blick, den Gabe mir zuwarf, während ich lauschte, entnahm ich, dass Cyclops ihm auftrug, dass ich nicht dabei sein sollte.

„Danke dir für deinen Rat", sagte Gabe. Er legte den Hörer auf. „Er findet nicht, dass du mitkommen solltest. Ich neige zur Zustimmung. Horatio könnte gewalttätig werden, wenn ihm klar wird, dass er in die Ecke getrieben ist."

„Bring mich nicht zurück zur Bibliothek", sagte ich, als wir das Burlington House verließen. „Das liegt nicht auf deinem Weg. Bring mich zu Daisy. Ihre Wohnung ist nicht weit von Horatio entfernt, also verlierst du nicht viel Zeit."

Trotz des Montagsverkehrs brachte Gabes rasches Fahren uns in kurzer Zeit nach Bloomsbury. Ich bat ihn, mich auf dem Laufenden zu halten, bevor ich ausstieg. Ich klopfte an Daisys Tür, konnte meine Aufregung nicht verbergen. Blut rauschte durch meine Adern. Ich konnte kaum stillstehen. Wenn es sich so anfühlte, einen Verbrecher zu schlagen, konnte ich den Reiz verstehen, Polizist oder beratender Inspektor zu werden.

Meine Laune wurde gedämpft, als Daisy die Tür öffnete. Ich würde gleich meiner Freundin sagen, dass ihr Freund ein Dieb und Lügner war. Ich musste im Kopf behalten, dass Leben in die Brüche gehen würden. Es bestand durchaus die Möglichkeit, dass sie mich verabscheute für die Rolle, die ich dabei gespielt hatte, Horatios Verbrechen aufzudecken.

„Du musst doch nicht klopfen, Dummerchen", sagte sie. „Du wohnst jetzt hier."

„Daisy, ich muss dir etwas Ernstes sagen."

„Wegen des Schals?" Sie deutete auf den orangeroten Seidenschal, der um ihren Kopf geschlungen und auf einer Seite gebunden war, die Enden über die linke Schulter gelegt. „Ich habe ein Modell in der letzten Ausgabe von *Femina* gesehen, die ihren Schal so getragen hat, und wir haben beschlossen, es zu versuchen."

Mein Blut wurde eiskalt. „Wir?"

Sie ging mir voraus ins Wohnzimmer. Ich blieb abrupt stehen.

Horatio saß auf dem Sofa, die Beine vor sich ausgestreckt und an den Knöcheln übereinandergeschlagen. Er lächelte fröhlich, doch das verschwand rasch. Am Ausdruck auf meinem Gesicht hatte er wohl erraten, dass ich es wusste.

„Alles in Ordnung, Syl?", fragte Daisy. „Du bist blass geworden. Komm rein. Setz dich, und ich mache dir eine Tasse Tee. Bist
du deswegen früher heimgekommen? Weil du dich nicht gut
fühlst?"

Sie versuchte, mich weiter in den Raum zu drängen, doch ich
wehrte mich. Ich wollte nirgendwo in der Nähe von Horatio
sein. Er hatte sich von seiner Überraschung erholt, und inzwischen waren seine Augen düster. Weg war der liebenswerte
Mann, ersetzt durch einen verzweifelten. Verzweifelt, wild und
gefährlich.

Er sprang auf und raste auf uns zu, schnappte sich die Bronzeskulptur des Bassets vom Tisch, während er vorbeikam. Er
hob sie zum Zuschlagen.

Daisy kreischte und warf die Arme über den Kopf. Ich
duckte mich weg, prallte in die Wand. Die Ränder meines Sicht-
felds verschwammen, und der Raum neigte sich.

Schritte erklangen auf der Treppe draußen. „Sylvia!" Es war
Gabe.

Aber er würde zu spät kommen. Wenn man nach dem Klang
seiner Stimme ging, war er zu weit weg, um mich zu erreichen,
bevor Horatio zuschlug. Er ragte über mir auf, die Adern an
seinem Hals standen hervor, sein Gesicht war rot und wurde
noch röter. Er war kein großer Mann, aber war groß genug, und
die Statue wirkte solide.

Ich konzentrierte mich darauf, machte mich bereit, mich im
letzten Moment wegzuducken, wenn er den Winkel seines
Schlags nicht mehr ändern konnte. Das war noch etwas, was
meine Mutter mir beigebracht hatte – den Schwung eines
größeren Angreifers gegen ihn einzusetzen.

Aber ich musste mich nicht bewegen. Gabe war plötzlich da,
die Statue in seiner Hand, nachdem er sie Horatios Griff
entrissen hatte. Horatio stand da, den Arm noch gehoben, und
blinzelte dümmlich seine leere Hand an.

Dann versuchte er zu fliehen.

Gabe stieß die Statue Horatio in den Magen, sodass ihm die
Luft wegblieb. Horatio beugte sich nach vorn, keuchte und
hustete. Gabe nahm ihn am Handgelenk, drehte es nach hinten

und schob ihn nach vorn an die Wand. Ich huschte an Daisys Seite. Wir nahmen einander in die Arme.

Gabe atmete genauso schwer wie Horatio, doch ohne das Keuchen. Er war wohl die Stufen herauf gesprintet, um rechtzeitig anzukommen. Es war eine heldenhafte Bemühung. Er hatte so weit weg geklungen, als er meinen Namen gerufen hatte. „Darf ich deinen Schal ausborgen, Daisy?", fragte er zwischen zwei Atemzügen.

Daisys Finger bebten zu sehr, um den Knoten zu lösen, darum half ich ihr und reichte Gabe den Schal. Er band Horatios Handgelenke hinter dem Rücken zusammen.

„Mir ist im Foyer ein Telefon aufgefallen", sagte Gabe. „Daisy, würdest du bitte die Polizeiwache vor Ort anrufen?"

Ich war mir nicht sicher, ob sie dazu fähig sein würde. Sie war sprachlos, während sie mit großen Augen Horatio anstarrte. Doch sie nickte und raste aus der Tür.

Gabe schnappte ein weiteres Mal nach Luft. Er schien wieder zu Atem zu kommen, allerdings langsam. Es erinnerte mich an das andere Mal, als ich ihn so gesehen hatte, als er nach Luft geschnappt hatte, als wäre er derjenige gewesen, dem sie aus den Lungen getrieben worden war, nicht der Angreifer. Das war bei dem Entführungsversuch passiert, wo er sich befreit und den Grobian festgehalten hatte, der versucht hatte, ihn in das Fahrzeug zu stoßen. Damals hatte er sich nicht so überanstrengt und schneller wieder normal geatmet. Damals hatte er, so wie jetzt, plötzlich und unerwartet das Blatt gewendet.

Wie?

KAPITEL 18

Ich hatte keine Zeit, um zu überlegen, und Gabe wollte Antworten.

„Warum haben Sie Sylvia in Ihren Plan eingebunden?"

Ich war mir nicht sicher, ob das die beste erste Frage war, aber es war auf jeden Fall diejenige, auf die ich die Antwort am meisten hören wollte.

Genauso Gabe, wenn man es als Hinweis nahm, wie grob er Horatio packte und ihn herumwirbelte, um vor uns zu stehen. Als Horatio nicht antwortete, schubste Gabe ihn zurück an die Wand. Horatio fuhr zusammen und hustete wieder.

Gabe ließ ihn los. „Bolton hat bereits den Diebstahl gestanden und Sie belastet. Er lastet Ihnen auch den Mord an Tommy Allan an." Es war ein Bluff, und zwar ein ziemlich guter.

Horatio glaubte ihm. „Ich war es nicht! Er war es!"

„Wenn Sie wollen, dass wir Ihnen glauben, müssen Sie es erklären. Fangen Sie am Anfang an. Weshalb haben Sie Sylvia in Ihren Plan einbezogen?"

„Sie war eine Mittlerin. Sie hat Nachrichten von mir an Bolton überbracht. Zweimal, um genau zu sein."

„Wie?", fragte ich. „Du hast mir keine Nachrichten mitgegeben."

„Das hast du nicht gemerkt. Sie waren in deiner Manteltasche."

Ich hatte meinen Mantel in der Bibliothek gelassen. Das war der Einzige, den ich besaß. Ich hatte ihn jeden Abend tragen, um zum Burlington House und wieder nach Hause zu gelangen, denn das Wetter war kühl. Ich hatte ihn in Mr. Boltons Büro ausgezogen und ihn dort gelassen, bevor ich mich für den Abend an die Arbeit gemacht hatte. Tatsächlich hatte er ihn einmal für mich aufgehängt. Das andere Mal war er zurück in sein Büro geschlüpft, um seinen Stock zu holen. Er hatte wohl da die Nachricht aus der Tasche gefischt.

„Das erste Mal hast du sie in meine Tasche geschoben, als Daisy betont gefragt hat, ob es mein einziger Mantel ist." Wir hatten darüber gelacht, wie arm ich war, dass ich mir keinen weiteren Wintermantel leisten konnte. „Beim zweiten Mal hast du bei mir in der Pension vorbeigeschaut, bevor ich in die Arbeit ging. Du hast so getan, als würdest du mir ein Gemälde schenken, damit du an meinen Mantel herankamst."

„Ich habe nicht so getan. Ich habe es dir geschenkt."

„Ich kann nicht glauben, dass mir das Stück Papier nicht aufgefallen ist", murmelte ich.

„Bolton und ich wollten so wenig wie möglich zusammen gesehen werden", fuhr Horatio fort. „Wir wollten nicht, dass die Leute erfahren, dass wir uns kennen."

„Aus Passchendaele", sagte Gabe.

„Er war mein Sergeant. Da haben wir den Plan ausgeheckt, aber er ließ sich erst dieses Jahr umsetzen. Unsere Interaktionen waren enorm begrenzt. Bei unserem letzten Treffen habe ich ihm gesagt, ich würde ihm eine neue Mitarbeiterin schicken, und er solle in ihren Manteltaschen nach Nachrichten suchen."

„Sie haben Driscoll bezahlt, dass er sich ein paar Tage krank gemeldet hat", sagte Gabe. „Dann ließen Sie Sylvia als Kellnerin feuern und legten nahe, sie solle sich für die Stelle als Assistentin des Verwalters bewerben, in dem Wissen, dass sie sie bekommen würde, weil Bolton sie erwartete."

„Ich habe nicht dafür gesorgt, dass sie gefeuert wird. Tatsächlich war das Kellnern der erste Plan. An diesem Punkt hatte ich noch nicht daran gedacht, Driscoll aus dem Ganzen zu entfernen. Ich wusste, dass die Ausstellung vorübergehende Bedienungen brauchen würde, und als ich gehört habe, dass Daisy und Sylvia Sie treffen wollten, schlug ich vor, sie sollten sich bewerben, weil ich wusste, mein Einfluss würde helfen. Sie wurden angestellt, doch am ersten Tag gefeuert, bevor ich die Gelegenheit hatte, eine Nachricht für Bolton zu schreiben. Ich musste mir eine alternative Methode suchen, und da dachte ich daran, Driscoll zu bezahlen und Sylvia als Ersatz zu schicken. Es war ohnehin eine sehr viel bessere Idee. Leichter für ihn."

Deshalb hatte Mr. Bolton sich meine Referenzen nicht sonderlich genau angesehen. Ich wäre angestellt worden, ganz gleich, wie gut oder schlecht sie waren.

„Wer hat beschlossen, den Delaroche zu stehlen?", fragte Gabe.

„Ich. Ich kannte die Besitzerin – wir waren Geliebte. Ich habe das Gemälde in ihrem Salon gesehen. Sie hat damit geprahlt, dass es von einem Maler gefertigt worden war, von dem keiner wusste, dass er ein Magier war. Als ich hörte, dass es in die Ausstellung gehen würde, habe ich es Bolton gesagt. Wir beschlossen, es würde unser erstes Werk werden. Nachdem es ins Burlington House gebracht worden war, sah er es und bestätigte, dass es von einem Magier gefertigt war, dann nahm er es aus dem Rahmen und versteckte es hinter einem anderen, bis er von mir hörte. Da kommen Sylvia und ihre Manteltasche ins Spiel. Meine Nachricht sagte Bolton, wo er es lassen sollte, damit ich es abholen konnte. Dann habe ich es dem Käufer weitergegeben, einem Kerl, von dem ich weiß, dass er magische Kunst sammelt."

„Diesen Namen werden Sie der Polizei verraten müssen", sagte Gabe.

„Das kann ich nicht. Er wird sich rächen."

„Er wird sich sowieso rächen, wenn er herausfindet, dass die Leinwand magisch war, nicht die Farbe. Ich schätze, das wird den Preis senken."

Ich schätzte, ich hatte ins Schwarze getroffen. Horatio fluchte.

„Die zweite Nachricht in Sylvias Tasche?"

Horatio seufzte, sein ganzer Kampfgeist hatte ihn verlassen. „Das war, wo und wann wir uns treffen sollten, damit ich Bolton seine Hälfte bezahlen konnte."

„Was ist mit dem zweiten Gemälde, dem Meerespanorama

von Arthur Partridge? Das haben Sie versucht zu stehlen, sind aber gescheitert."

Horatio senkte den Kopf und nickte. „Bolton hätte es nie versuchen sollen, während die Polizei da war."

„Er war gerade dabei, als man ihn erwischt hat", fuhr Gabe fort. „Er musste sich etwas einfallen lassen, um den Verdacht woanders hinzulenken. Also tat er so, als hätte er Tommy Allan auf frischer Tat ertappt und ihn verscheucht, kurz bevor der Konstabler ankam. Aber Tommy Allan war niemals da. Bolton war die ganze Zeit allein."

„Er wurde gierig. Er wollte das Meerespanorama um jeden Preis."

„Er hat einen Unschuldigen belastet", fuhr ich ihn an. „Tommy Allan war kein Heiliger, aber er hat nicht verdient, für dein Verbrechen zu sterben."

„Sein Tod hatte nichts mit mir zu tun! Ich habe es erst danach herausgefunden. Bolton hat mich mitten in der Nacht aufgesucht, völlig hysterisch, und mir gesagt, ich müsse ihm helfen. Er sagte, er hätte eine anonyme Nachricht erhalten, die verlangte, dass er eine gewisse Geldsumme zahlte, oder man würde der Polizei mitteilen, dass er magische Gemälde identifizierte und stahl. Die Nachricht war nicht unterzeichnet, doch es waren ein Treffpunkt und ein Ort darauf. Bolton ging hin. Es war unten am Hafen. Der Umzugshelfer trat hervor. Bolton war wütend und stellte den Kerl zur Rede. Er schubste ihn. Allan stürzte und stieß sich den Kopf, bevor er ins Wasser fiel."

„An diesem Punkt hätte er gut und gerne noch leben können", sagte Gabe.

Horatio zuckte nur mit einer Schulter. „Es war nicht meine Schuld. Seinen Tod können Sie mir nicht in die Schuhe schieben."

„Vor etwas mehr als zwei Wochen hat man versucht, mich vor dem Burlington House zu entführen. Waren das Sie?"

„Nein. Weshalb sollte ich versuchen, Sie zu entführen? Da kannte ich Sie ja noch nicht mal."

Daisy kehrte mit zwei Polizisten zurück. Sie wollten Horatio nach unten geleiten, als sie sie aufhielt. „Darf ich bitte meinen Schal zurückhaben?"

Einer der Konstabler löste den Schal, und der andere ließ sofort Handschellen um Horatios Handgelenke zuschnappen.

Daisy nahm den Schal entgegen, lächelte charmant den Konstabler an. „Eines noch, bevor Sie ihn wegbringen." Sie ohrfeigte Horatio auf die Wange, sodass eine rote Stelle in der Form ihrer Hand zurückblieb. „Verfaul im Gefängnis, du Schwein."

Die Konstabler brachten Horatio weg, während seine Augen tränten.

Weitere zwei Bobbies ersetzten sie, dazu noch Cyclops. Er setzte uns in Kenntnis, dass er Scotland Yard angerufen hatte, sobald ihm klar geworden war, dass Horatio nicht zu Hause war, und dass sie ihm von Daisys Anruf berichtet hätten.

Gabe wiederholte Horatios Geständnis, und danach ging auch Cyclops.

Daisy schloss die Tür, starrte aber weiter darauf, der Rücken uns zugewandt. Ihre Schultern bebten, und ich hörte sie schniefen. Ich legte die Arme von hinten um ihre Taille, und sie lehnte sich an mich.

„Ich kann nicht glauben, dass ich ihm vertraut habe", sagte sie. „Ich habe ihn in mein Heim gelassen. Ich habe über Mode und Kunst mit ihm gesprochen!" Das schien sehr weit oben auf ihrem Betrugsbarometer zu stehen.

Ich umarmte sie fest. „Er hat uns alle hereingelegt. Und so schrecklich, wie er sich erwiesen hat, ich glaube ich schon, dass er dich als Freundin mochte. Er hat dich nicht benutzt." Ich zog an dem Schal, den sie hielt. „Ihm hat es gefallen, Mode mit dir zu besprechen."

Sie drehte sich plötzlich um, ihre Augen glänzten vor Tränen, aber auch Aufregung. „Seine Wohnung wird jetzt leerstehen. Du solltest einziehen, Sylvia."

„Die Miete wird zu hoch sein."

„Nicht, sobald ich eine Kampagne starte, dass dort ein Dieb und Mörder gewohnt hat. Ich werde es der Mietagentur und den Nachbarn sagen, den Restaurantangestellten in der Nähe und den Ladenbesitzern ..." Sie packte meine Hände. „Wenn sie dann Schwierigkeiten haben, sie zu vermieten, wirst du dich mit einem niedrigen Angebot melden."

Ich lachte, erleichtert, dass sie den Verlust ihrer Freundschaft nicht bedauerte. „Das wird nicht funktionieren."

„Ich kann sehr überzeugend sein."

„Außerdem ist Horatio vielleicht nicht der Mörder."

Sie winkte meine Sorge ab. „Das weiß doch niemand." Sie nahm meine Hand. „Komm mit, setz dich. Du auch, Gabe. Wir haben alle eine Tasse Tee verdient."

Gabe und ich setzten uns auf das Sofa, während sie in der Küche Tee machte. Ich war immer noch ein wenig erschüttert von der Erfahrung, aber meine Nerven beruhigten sich allmählich.

„Bist du sicher, dass es dir gut geht?", fragte er.

Ich nickte. „Mir ist nichts passiert."

„Du musst bei Cyclops eine Aussage machen, aber wenn du dich heute nicht dazu fähig fühlst, kann es warten."

Ich wollte es nicht unbedingt noch einmal nachempfinden, aber es war vielleicht besser, es eher früher als später hinter mich zu bringen, damit ich die Einzelheiten nicht vergaß. Aber ganz gleich, wie sehr ich daran dachte, es gab eine Einzelheit, die ich nicht ganz verstand. Alles war so schnell passiert ... Darum ging es ja, aber das war auch das Problem. „Gabe, woher wusstest du, dass du mir nach oben folgen musst, nachdem du mich draußen rausgelassen hast?"

„Ich wusste es nicht. Nicht wirklich. Ich dachte nur, dass eine geringe Chance bestand, dass Horatio nicht zu Hause und stattdessen hier war. Es war nur eine kleine Wahrscheinlichkeit, aber trotzdem eine Wahrscheinlichkeit. Es hätte mich besorgt, zu gehen, ohne zumindest nachzusehen. Ich war noch nicht weit, also machte ich kehrt, parkte und kam nach oben."

„Du hast Daisys Schrei gehört."

„Sie hat also geschrien?"

„Du hast geantwortet, aber du hast gewirkt, als wärst du zu weit weg, um rechtzeitig anzukommen. Deine Stimme war in der Ferne, als wärst du noch unten im Erdgeschoss."

Er hob eine Schulter, um damit zu zucken. „Ich habe drei Stufen auf einmal genommen."

Das erklärte seine Atemlosigkeit, als er angekommen war.

Aber trotzdem … Er war zu weit weg gewesen, um mich zu erreichen, nachdem er gerufen und bevor Horatio zugeschlagen hatte. Er war in einem gefühlten Sekundenbruchteil erschienen.

Er schien meine Verwirrung zu verstehen, denn er sagte: „Während einer Krise verschiebt sich die eigene Wahrnehmung der Zeit. Für manche wird sie schneller, für andere langsamer."

Er hatte genug Krisen durchgemacht, um es zu wissen.

Daisy kehrte zurück und stellte ein Tablett auf den Tisch. Anstatt den Tee sofort auszuschenken, nahm sie die bronzene Hundestatue dort auf, wo Gabe sie auf den Boden gestellt hatte, nachdem er Horatio damit erwischt hatte. Sie zog sie an ihre Brust. „Sylvia hatte es im Griff, weißt du. Sie wollte sich wegducken, während er damit zuschlug, und ihn dann ins Stolpern bringen, sie ihm wegschnappen und ihn damit auf den Kopf hauen."

„Wirklich?", sagte ich mit einem Lachen. „Ich bin nicht sicher, ob ich das alles hätte tun können, obwohl ich auf jeden Fall vorhatte, mich wegzuducken, bevor er mir den Schädel einschlägt."

Sie stellte die Hundestatue zurück auf ihren ursprünglichen Platz auf dem Beistelltisch und tätschelte ihr den Kopf, als wäre es ein pflichtbewusstes Haustier. „Das hätte ich getan." Wir lächelten einander an. Es war die zweite Konfrontation, in der wir gekreischt hatten, anstatt uns zu wehren.

Nachdem wir unseren Tee fertig getrunken hatten, fuhr Gabe mich zur Bibliothek. Er parkte das Auto und ging mit mir in die Crooked Lane zum Eingang der Bibliothek. Obwohl Tommy Allan tot war, und Horatio und Mr. Bolton im Gefängnis, machte er sich immer noch Sorgen.

„Außerdem könnte der Journalist Albert Scarrow dich zur Rede stellen", erklärte er, als ich ihm sagte, dass ich keine Begleitung brauchte.

„Wo wir gerade bei Journalisten sind, glaubst du, der Entführungsversuch hängt mit dem Artikel zusammen?"

„Es wirkt wie eine extreme Methode, um an ein Interview zu kommen."

„Ich meine nicht, dass Journalisten versuchen, dich zu

entführen. Ich meine …" Ich seufzte. „Ich weiß nicht, was ich meine. Aber der zeitliche Ablauf ist seltsam. Die Artikel, wie du den Jungen bei der Isle of Wight gerettet hast, ist in der Zeitung erschienen, dann am folgenden Tag hat jemand versucht, dich in seinen Wagen zu zerren."

Er schob sich die Hände in die Taschen und starrte grimmig voraus.

„Es ist einfach ein sehr großer Zufall", fuhr ich fort. „Glaubst du nicht, dass eine Verbindung besteht, weil du so leicht und rasch aus Schwierigkeiten herauskommst?"

„Nein."

„Aber …"

„Nein, Sylvia. Da gibt es keine Verbindung. Es ist nur ein Zufall, und ich bin mir sicher, es war einfach ein Fall einer verwechselten Identität."

Was war es nun? Zufall oder eine Verwechslung? Ich biss mir auf die Lippe, um keine Erwiderung auszusprechen.

Er öffnete die Bibliothekstür für mich, trat aber nicht ein. „Danke für deine Hilfe, nicht nur heute, sondern während der ganzen Ermittlung. Pass auf dich auf." Es war formell, und er lächelte nicht. Er schaute mich nicht einmal an. Meine Fragen zu dem Entführungsversuch ärgerten ihn.

Das bedeutete wahrscheinlich das Ende unserer Freundschaft, wenn man unsere Beziehung so nennen konnte. Wenn man sie so leicht beenden konnte, dann war sie vielleicht gar nicht so stark gewesen. Vermutlich hatte ich sie in meinem Kopf übermäßig betont.

Es war am besten so. Ich hatte angefangen, Gefühle für ihn zu entwickeln, Gefühle die über eine Freundschaft hinausgingen. Doch er war verlobt und wollte heiraten. Er war nicht verfügbar. Es war besser, den Kontakt mit ihm hier und jetzt ganz einzustellen, anstatt diese Gefühle zu noch mehr anwachsen zu lassen, als sie bereits waren. Die Formalität unserer Trennung war eine sichere und kluge Angelegenheit. So musste es sein.

Wir schüttelten uns die Hände, bevor er sich umdrehte und die Crooked Lane entlang ging, seine breiten Schultern hochgezogen, seine Schritte entschlossen. Er schaute nicht zurück.

* * *

DAISY ERKLÄRTE, dass der frühe Abend nach Cocktails schrie. Ich stimmte zu. Es war ein außerordentlicher Tag gewesen. Meine Nerven waren immer noch strapaziert, nachdem ich jedes mögliche Gefühl durchlebt hatte. Die Arbeit in der Bibliothek den ganzen Nachmittag lang war der beruhigende Balsam gewesen, den ich gebraucht hatte, weil ich die Ereignisse des Tages verdauen konnte, ohne mich mit ihnen aufzuhalten. Es half auch, mit Professor Nash über sie zu sprechen. Er war nüchtern und bedacht. Ich erwähnte meine Theorie über Gabes Entführungsversuch allerdings nicht. Je mehr ich darüber nachdachte, desto lächerlicher wirkte sie.

Er lag vermutlich richtig. Es war einfach ein Fall einer Verwechslung, ansonsten hätte es einen weiteren Versuch gegeben.

Daisy reichte mir einen Martini. „Kopf hoch, meine Liebe. Ich weiß, du hast den Mann verloren, aber du hast einen Mörder und einen Dieb erwischt." Sie zwinkerte. „Und der Mann wird nicht ewig verloren sein."

Ich warf ihr einen strengen Blick zu. „Er wird bald heiraten, Daisy."

„Wenn ich du wäre, würde ich um ihn kämpfen. Männer wie ihn trifft man nicht jeden Tag."

„Ich bin völlig glücklich, wie ich bin. Ich brauche keinen Mann in meinem Leben."

„So, so." Sie stieß ihr Glas an meines, dann nickte sie. „Aber du solltest einen guten Kerl nicht aus deinem Leben verschwinden lassen. Nicht, wenn du ihn eindeutig magst. Lass deine Angst doch nicht deinem Glück in den Weg geraten."

Ich empörte mich. „Was für eine Angst?"

„Deine Angst, Männern zu nahe zu kommen." Sie zwinkerte mich unschuldig an. Als ich fragend mit der Schulter zuckte, fuhr sie fort: „Du hast keine Angst vor Männern, aber du hast Angst, sie dich kennenlernen zu lassen. Gabe ist der erste, den du nahe ran gelassen hast, seit du hier in London warst."

„Das stimmt nicht", murmelte ich.

Sie pflügte weiter, als hätte ich nichts gesagt. „Es ist verständlich, wenn man deinen Hintergrund kennt. Du hattest keinen Vater, du bist oft umgezogen, also hattest du nie viele Freunde, und ganz gewiss keine männlichen."

Es stimmte. Mein Bruder James war der einzige Mann in meinem Leben gewesen.

„Aber du solltest von dieser Angst nicht bestimmen lassen, was du tust, oder du wirst den Rest deines Lebens einsam sein. Und ich glaube, ich kenne dich gut genug, um zu wissen, dass du eines Tages heiraten und Kinder haben willst."

Das tat ich, aber nur, wenn der richtige Mann ankam.

Ich nahm einen großen Schluck von dem Cocktail, wollte nicht darüber nachdenken, wie perfekt Gabe als Mann und Vater wäre. Ich kannte ihn kaum. Meine Gefühle waren immer noch zu verletzt nach dem Tag heute, und das war mein Problem. Morgen würde ich ganz anders zu ihm stehen.

„Wenn du ihn willst, solltest du für ihn kämpfen", sagte sie noch einmal. „Ich habe gesehen, wie er dich ansieht, und ich glaube, du kannst es schaffen, sein Herz für dich zu gewinnen."

Da schüttelte ich den Kopf, wollte ihre Worte abschütteln, bevor sie in meine Gedanken und mein Herz einsickerten. „Er ist mit einer sehr netten Frau verlobt."

„Ich glaube nicht, dass du von ihm weggehst, weil er verlobt ist. Du gehst von ihm weg, weil er ein Mann ist und dir nahekam, und das entsetzt dich."

Ich leerte mein Glas und hielt es ihr hin. „Ich brauche noch einen Cocktail, und du musst aufhören zu reden."

Sie nahm das Glas mit einem selbstgefälligen Lächeln entgegen. „Ich bin gut darin, Leute zu verstehen und Ratschläge zu geben. Vielleicht sollte ich Psychotin werden."

„Du meinst Psychologin, dafür braucht man eine Ausbildung an der Universität."

Sie zog eine Schnute. „Also ist dieser Beruf auch vom Tisch. Heute Vormittag habe ich Schauspielerei in Erwägung gezogen, aber ich bin ziemlich elend gescheitert, vor Horatio die Selbstsichere zu spielen, als er uns angegriffen hat."

„Du hast unter Druck gestanden. Weshalb willst du überhaupt den Beruf wechseln? Ich dachte, du wärst eine Künstlerin?"

Sie seufzte und schob sich hoch. „Ich war nicht sonderlich gut im Malen. Horatio war nur nett zu mir. Wo wir gerade dabei sind, was machst du mit dem Gemälde, das er dir geschenkt hat?"

„Ich weiß nicht. Ich will es nicht. Es wegwerfen?"

„Mach das nicht. Ich glaube, du solltest es verkaufen. Er wird berüchtigt werden. Das könnte den Wert seiner Kunst steigern."

Es war eine wunderbare Idee. Ich könnte Freddy Duckworth oder Arthur Partridge fragen, ob sie einen Käufer kannten, der ein Gemälde wollte, das von einem berüchtigten Kunstdieb gemalt worden war.

Als Daisy mir noch einen Cocktail reichte, erhob ich das Glas auf sie. „Deine Ratschläge sind wirklich gut. Ich verspreche dir, ich werde versuchen, meine Angst zu überwinden, Männer zu nahe an mich heranzulassen."

„Gut. Denn heute Abend werden wir in einen Club gehen."

Ich verzog das Gesicht. „Nicht heute Abend. Ich bin erschöpft. Heute war ein langer Tag."

Sie verdrehte die Augen, schüttelte den Kopf und lächelte mich aufrichtig an.

* * *

Laut Professor Nash war eine Schlüsselkomponente des Daseins als Bibliothekarin in der Glass-Bibliothek, dass man den Inhalt kannte, der in den Seiten eines Buches steckte. Da er persönlich viele der Bücher im Lauf der Jahre gesammelt und gekauft hatte, war er ziemlich vertraut mit ihnen. Falls ein Besucher ihn zum Beispiel nach Baumwollmagie fragte, wusste er, dass das Thema in Texten über andere Magieformen wie etwa Leinwände für Malerei und Kleidung angesprochen wurde. Er wollte, dass ich mit der Zeit dasselbe Wissen entwickelte, und schlug vor, der beste Plan für den Anfang wäre es, zumindest einen Teil eines jeden Buches zu lesen, beginnend mit den allgemeinen, bevor wir zu den Spezialthemen übergingen.

Es würde ein ganzes Leben brauchen, sie alle zu lesen. Selbst nur die Einleitungen der ersten Kapitel würden Jahre dauern. Trotzdem war ich nicht abgeneigt, mich hinzusetzen und zu lesen. Ich nahm einen Arm voller Bücher und setzte mich an den Schreibtisch in der Leseecke im Erdgeschoss. Mit Professor Nashs Karteisystem neben mir konnte ich auch nachsehen, ob die Bücher richtig katalogisiert waren.

Diese Stellung war ein wahrgewordener Traum für eine Bücherliebhaberin.

Ich war damit beschäftigt, etwas über Keramikmagie zu lernen, als jemand sich räusperte. Ich schaute von der Amphore auf, auf die Bilder von nackten, athletischen Männern gemalt waren, um Gabe zu sehen. Mit rotem Gesicht schloss sich rasch das Buch, aber nicht, bevor er sah, wohin meine Aufmerksamkeit gewandt gewesen war.

Da er ein Gentleman war, nahm er meine Röte nicht zur Kenntnis. Er hielt eine Papiertüte hoch. „Krapfen?"

Ich schaute an ihm vorbei, konnte aber den Professor nicht sehen.

„Er isst seinen am Eingangstresen." Gabe öffnete vor mir die Tüte. „Ein Friedensangebot."

„Das hättest du doch nicht tun müssen. Zwischen uns gibt es keinen Streit, also braucht es auch kein Friedensangebot."

Er zog eine Grimasse. „Tatsächlich muss ich dir etwas gestehen. Ich habe dich angelogen."

„Ach?"

„Als du mich gefragt hast, ob ich einen Silbermagier kenne, sagte ich, das täte ich nicht. Dieser Teil ist keine Lüge." Er stellte die Tüte ab und setzte sich auf die Tischkante. „Die Lüge war, dass ich hätte herausfinden können, ob es einen gab. Ich ... habe es nur einfach nicht getan." Er beobachtete mich genau, suchte mich auf Anzeichen dessen ab, was ich dachte.

„Hat das was damit zu tun, wie du herausgefunden hast, dass Mr. Bolton ein Kautschukmagier ist?"

Um seine Lippen spielte ein zögerliches Lächeln. „Dir entgeht nicht viel. Du hast recht. Ich habe Zugriff auf einen ... weitläufigen Wissensschatz über magische Abstammungslinien." Sein Zögern war verräterisch; er wollte nicht zu viel verraten.

Ich verstand das und respektierte es. Manche Dinge mussten

ein Geheimnis bleiben. „Deine Familie ist der Bewahrer dieses Wissens?"

Er nickte. „Und ein paar andere."

Wieder führte er es nicht aus. Ob das Wissen niedergeschrieben war oder in jemandes Kopf steckte, konnte ich nicht sicher sagen. Als er mich im Wagen hatte sitzen lassen, um Mr. Boltons Familiennamen zu überprüfen, hätte er jemanden anrufen oder eine Liste zurate ziehen können, die im Haus aufbewahrt wurde. Alles klang sinnvoll.

„Als du mich zum ersten Mal nach deiner Familie gefragt hast, ob sie Silbermagier sind, wollte ich nicht, dass du erfährst, dass ich es herausfinden kann. Ich wusste nicht, ob ich dir vertrauen konnte. Jetzt weiß ich es."

Das Zuhören war erfreulicher, als es hätte sein sollen. „Ich vertraue dir auch." Ich sagte es mechanisch, ohne nachzudenken, aber es kam sehr tief aus mir heraus. Ich vertraute ihm implizit.

Er lächelte. „Vielen Dank. Das bedeutet mir eine Menge." Er senkte den Blick, als könne er es nicht länger ertragen, mich anzusehen, denn zu viel ging zwischen uns durch Blicke allein hin und her. Zumindest fühlte es sich für mich so an. „Es gibt übrigens keine Magierfamilien namens Ashe. In keiner magischen Disziplin."

„Oh. Ach, egal. Es war sowieso eine wilde Theorie."

„Es gibt andere Zweige in deiner Familie, und falls du ihren Namen und ihre Ursprünge nicht kennst, kann man unmöglich sicher sein. Aber es gibt eine Silberschmiedemagierin. Oder es gab sie. Marianne Folgate. Bedeutet dieser Name für dich etwas?"

„Professor Nash hat jemanden namens Marianne erwählt, erwähnt, aber ich kenne keine Marianne oder Folgate."

„Meine Eltern sind ihr 1891 hier in London begegnet. Sie war jung, etwa achtzehn oder neunzehn. Sie wissen sonst nichts über sie, ob sie noch lebt oder tot ist, oder ob sie verheiratet ist und Kinder hatte. Es tut mir leid, dass ich dir nicht mehr als das verschaffen kann."

„Das ist schon gut. Danke, dass du nachgesehen hast, aber

ich bin mir ziemlich sicher, ich bin keine Silbermagierin. Ich spüre keine Neigung zu Silber."

Er sah mit gerunzelter Stirn auf die Papiertüte hinab, in der sich unsere Krapfen abzeichneten. „Bist du sicher, dass du keine Magierin irgendeiner Art bist?"

Von allen Dingen, die er heute zu mir hätte sagen können, war das vielleicht das Überraschendste. Ich brauchte ein paar Augenblicke, bevor ich mich erholte, und am Ende blieb ich sprachlos. Ich zuckte nur mit den Schultern.

„Es ist nur, dass du erkannt hast, was an der Meereslandschaft so besonders war."

„Das haben viele Leute, Magier und auch die allgemeine Öffentlichkeit. Sie war wunderschön."

„Du hast auch die gestohlene Leinwand hinter dem dörflichen Gemälde entdeckt. Das war bestimmt nicht leicht zu sehen. Vielleicht wurdest du dazu hingezogen, weil seine Magie zu dir gerufen hat."

„Die Ecke hatte sich gelöst. Ich habe einfach zum richtigen Zeitpunkt hingesehen. Ich hatte mehr Glück als alles andere."

Er zuckte mit den Schultern und nahm die Tüte. „Nimm einen, oder ich bin gezwungen, sie beide zu essen, und wenn Willie mich fragt, warum ich zu voll bin, um Abendessen zu essen, werde ich zugeben müssen, dass ich zwei Krapfen gegessen habe. Sie wird sagen, dass ich an Gewicht zulege. Und bevor ich mich versehe, wird Mrs. Ling die Nachtische und Saucen vom Speiseplan streichen. Du rettest den ganzen Haushalt vor geschmacklosen Diäten, wenn du deinen Anteil aufisst."

Ich lachte. „Du kannst sehr überzeugend sein."

„Das liegt daran, dass ich keine Witze mache. Das ist genau das, was Willie tun würde."

Ich griff in die Tüte, und als ich einen Krapfen herausnahm, berührte ich Gabes Hand. Mit der Papierschicht zwischen uns hätte es nichts bedeuten sollen. Es hätte keinen Schlag durch mich schicken sollen, mich von Kopf bis Fuß wärmen.

Doch das tat es.

Ich schaute auf, um zu sehen, ob er es auch gespürt hatte. Unsere Blicke trafen sich, und ich wusste, es war so.

Keiner von uns bewegte sich. Wir saßen beide starr da, nicht sicher, wie wir weitermachen oder was wir sagen sollten. Mit jedem vergehenden Schlag meines Herzens wurde die Intensität tiefer, pochte gleichzeitig mit meinem Puls.

Professor Nash kam herein und leckte sich die Finger. Ich schnappte mir den Krapfen aus der Tüte. „Das war der beste Krapfen, den ich je hatte. Woher hattest du den?"

Gabe nahm seinen Krapfen auch heraus und zerknüllte die leere Tüte. „Ein magischer Bäcker in der ..."

„Sag es mir nicht!" Der Professor hob beide Hände, wehrte Gabe ab. „Ich habe es mir anders überlegt. Ich will es nicht wissen. Wenn ich es wüsste, würde ich mir jeden Tag einen Leckerbissen kaufen wollen, und Willie wird mich bald tadeln." Er tätschelte seinen Bauch.

Ich biss in die zimtige Leckerei. Er hatte recht. Er war köstlich leicht, und irgendwie behielt er die Wärme. Ich genoss jeden Mundvoll, bis kein Brösel Zucker mehr übrig war.

„Es muss doch einen Zauber geben, den dieser magische Bäcker auf das Essen wirken kann, damit man kein Gewicht zulegt, ganz gleich, wie viel davon man isst."

Gabe warf die zusammengeknüllte Papiertüte in den Müll. „Der magische Bäcker, der diesen Zauber kennt, wird ein Vermögen machen."

Der Professor rieb sich übers Kinn und wandte sich zu den Buchregalen. „Ich werde ein paar Bände über Essensmagie noch einmal lesen. Sylvia, du solltest mir helfen. Wenn es auch nur einen Hinweis auf so einen Zauber gibt, werden wir ihn finden."

Ich stand auf, um ihm zu folgen, und Gabe lachte leise. „Ich habe dir gesagt, die Arbeit hier wird kein Zuckerschlecken."

„Kein Zuckerschlecken", sagte ich. „Aber es wird sehr viel Spaß machen, wenn jeder Tag so ist."

Er grinste. „Wenn es dich glücklich macht, dann freut es mich, dass ich der Grund war, dass du von deiner letzten Stelle geflogen bist."

„Du warst nicht der einzige Grund."

„Falls Freunde fragen, werde ich ihnen meine Version erzählen."

Ich lachte. Mir gefiel, dass er mit seinen Freunden über mich reden wollte. Ich war mir nicht sicher, was das für die Zukunft bedeutete, aber im Augenblick wirkte die Zukunft strahlender und klarer als schon eine lange Zeit. Der Nebel, der sich seit dem Tod meines Bruders und meiner Mutter um mich gelegt hatte, hatte sich endlich gehoben.

Freuen Sie sich auf:
DAS MEDICI-MANUSKRIPT
Buch 2 der Reihe Die Glass-Bibliothek

HOLEN SIE SICH EINE KOSTENLOSE KURZGESCHICHTE.

Ich habe eine Kurzgeschichte zur Reihe *Glass & Steele* geschrieben, die vor DIE TOCHTER DES UHRMACHERS SPIELT. Sie heißt DAS SPIEL DES VERRÄTERS und folgt Matt und seinen Freunden ins Wildwest-Städtchen Broken Creek. Sie enthält Spoiler für DIE TOCHTER DES UHRMACHERS, das sollte man also vorher gelesen haben. Das Allerbeste ist aber, dass die Geschichte KOSTENLOS ist, exklusiv für Abonnenten meines Newsletters. Tragen Sie sich jetzt auf meiner Webseite ein, falls Sie das nicht bereits getan haben: WWW.CJAR-CHER.COM

Wenn Sie bereits Abonnent sind, finden Sie die Anleitung in meinem Newsletter.

EINE NACHRICHT DER AUTORIN

Ich hoffe, Ihnen hat **Die Bibliothekarin aus der Crooked Lane** genauso viel Spaß gemacht wie mir beim Schreiben. Als Indie-Autorin ist es für den Erfolg des Buches entscheidend, es bekannt zu machen. Wenn Ihnen dieses Buch gefallen hat, sagen Sie es doch bitte weiter und schreiben Sie eine Rezension in dem Shop, in dem Sie es gekauft haben.

AUSSERDEM VON C. J. ARCHER

REIHEN MIT 2 ODER MEHR BÄNDEN

The Glass Library*

Cleopatra Fox Mysteries*

After The Rift

Glass and Steele*

The Ministry of Curiosities Series*

The Emily Chambers Spirit Medium Trilogy

The 1st Freak House Trilogy

The 2nd Freak House Trilogy

The 3rd Freak House Trilogy

The Assassins Guild Series

Lord Hawkesbury's Players Series

Witch Born

EINZELTITEL

Courting His Countess

Surrender

Redemption

The Mercenary's Price

*Verfügbar auf Deutsch

ÜBER DIE AUTORIN

C.J. Archer begeistert sich für Geschichte und Bücher, seit sie denken kann, und wähnt sich glücklich, dass sie beides vereinen konnte. Sie verbrachte ihre frühe Kindheit in der dramatischen Schönheit des Outbacks von Queensland, Australien, lebt inzwischen aber mit ihrem Mann, zwei Kindern und einer frechen schwarzweißen Katze namens Coco in Melbourne.

Abonnieren Sie C.J.s Newsletter auf ihrer Webseite, um informiert zu werden, wenn sie ein neues Buch herausbringt: http://cjarcher.com/deutsch/

facebook.com/CJArcherAuthorPage
instagram.com/authorcjarcher